D. H. 로렌스의
소·설·과·타·자·성

D. H. 로렌스의
소 · 설 · 과 · 타 · 자 · 성

‖ 윤영필 지음 ‖

도서출판 ▌동인

이 저서는 2007년 정부(교육인적자원부)의 재원으로 한국학술진흥재단의 지원을 받아 출판되었음(KRF-2007-814-A00297)

C · O · N · T · E · N · T · S

D. H. LAWRENCE

일러두기

A   *Apocalypse and the Writings on Revelation.* Ed. Mara Kalnins.
Cambridge: Cambridge UP, 1980.

AR   *Aaron's Rod.* Ed. Mara Kalnins. Cambridge: Cambridge UP, 1988.

FUPU *Fantasia of the Unconscious and Psychoanalysis and the Unconscious.*
Harmondsworth: Penguin, 1977.

L1   *The Letters of D. H. Lawrence.* Vol. 1. Ed. James T. Boulton.
Cambridge: Cambridge UP, 1979.

L2   *The Letters of D. H. Lawrence.* Vol. 2. Ed. George J. Zytaruk &
James T. Boulton. Cambridge: Cambridge UP, 1981.

P   *Phoenix: The Posthumous Papers of D. H. Lawrence.* Ed. Edward D.
McDonald. London: William Heinemann, 1936.

P2   *Phoenix II: Uncollected, Unpublished and Other Prose Works by D. H. Lawrence.*
Ed. Warren Roberts and Harry T. Moore. London: Heinemann, 1968.

R   *The Rainbow.* Ed. Mark Kinkead-Weekes.
Cambridge: Cambridge UP, 1989.

RDP   *Reflections on the Death of a Porcupine and Other Essays.* Ed.
Michael Herbert. Cambridge: Cambridge UP, 1988.

SCAL   *Studies in Classic American Literature.* Harmondsworth: Penguin, 1971.

SL   *Sons and Lovers.* Ed. Helen Baron and Carl Baron.
Cambridge: Cambridge UP, 1992.

SM   *The Symbolic Meaning: The Uncollected Versions of Studies in Classic American
Literature.* Ed. Armin Arnold. Arundel: Centaur, 1962.

STH   *Study of Thomas Hardy and Other Essays.* Ed. Bruce Steele.
Cambridge: Cambridge UP, 1985.

WL   *Women in Love.* Ed. David Farmer, Lindeth Vasey & John Worthen.
Cambridge: Cambridge UP, 1987.

I. 서론

1. 들어가는 말

　소설과 산문을 비롯한 로렌스의 글은 언제나 인간의 존재란 무엇이며 근대세계에서 온전한 존재와 삶이 어떻게 실현될 수 있는가 하는 근본 물음을 중심으로 펼쳐진다. 작가라면, 더구나 기존의 인간관이 심각한 위기에 처했음을 감지한 모더니즘 시기의 작가라면 인간의 존재에 대한 한층 진지한 사유를 하는 것이 당연한 일이기는 하지만, 존재의 문제를 사유한 열정과 깊이에 있어서나 전통적 인간관의 위기를 극복할 새로운 인간관을 탐색함에 있어서 로렌스는 분명 남다른 데가 있다. 한 평자의 언급대로 비교적 짧은 생애동안 그가 산출한 많은 저술들의 가장 두드러진 특징이 그 형식적 다양성이라면,[1] 이를 관통하는 주제는 인간 존재에 대한 문제의식이라 해도 지나침이 없을 듯하다. 그런데 위기에 처한 전통적 인간관을 극복할 실마리이자 온전한 인간상을 모색하는 로렌스의 사유에서 늘 핵심적인 위치를 차지하는 것은 바로 타자성의 문제이다.

　사실 타자성의 문제는 이미 로렌스 비평 초기부터 많은 주목을 받아왔다. 로렌스가 죽은지 얼마 되지 않아 그의 서한집을 발간하며 붙인 「소개의 글」에서 헉슬리(Aldous Huxley)는 머리(John Middleton Murry)가 『여자의 아들』 (*Son of Woman*)에서 보인 로렌스에 대한 몰이해를 비판한다. 그리고 로렌스의 진정한 예술가적 재능이 어디에 있는가를 물은 뒤 이렇게 답한다.

> 로렌스의 특별하면서도 특징적인 재능은 워즈워스가 "미지의 존재 양식들"이라고 부른 어떤 것에 대한 비상한 감수성이었다. 그는 세계의 신비를 늘 강렬하게 인식하였고 그에게 신비는 항상 신성한 영적 힘이었다. 로렌스는 인간 의식의 경계 너머에 있는 타자성의 검은 실재를, 우리 대부분이 거의 끊임없이 망각하듯이 결코 그렇게 잊을 수가 없었다. 이 특별한 감수성은 직접적으로 경험된 타자성을 문학예술로 표현할 수 있는 놀라운 힘을 수반하고 있었다.
>
> Lawrence's special and characteristic gift was an extraordinary sensitiveness to what Wordsworth called "unknown modes of being." He was always intensely aware of the mystery of the world, and the mystery was always for him a *numen*, divine. Lawrence could never forget, as most of us almost continuously forget, the dark presence of the otherness that lies beyond the boundaries of man's conscious mind. This special sensibility was accompanied by a prodigious power of rendering the immediately experienced otherness in terms of literary art.[2]

　비록 신비주의적 태도와 혼동될 여지가 있다고는 하겠으나, 초기 비평으로서 타자성에 관한 특별한 감수성을 로렌스의 본질적인 예술가적 재능으로 지적한 것은 상당히 정확한 평가였다고 할 수 있다. 이어서 헉슬리는 로렌스가 성의 문제를 주로 다룬 것은 그것을 통해 "신성한 타자성에 대한 직접적이며 비의식적인 앎"(the immediate, non-mental knowledge of divine otherness)을 부각시킬 수 있었기 때문이라고 하면서, 그가 의식적인 자기동일성을 거부하고 "항상 본질적으로 (의식의) **타자**인 살아 있는 육체에서 타자성을 알고자"(know it [otherness] in the living flesh, which is always essentially *other*) 했다고 지적한다.[3] 헉슬리의 글에서 흥미로운 것은 다만 자아와 타자 사이의 관계에 국한되지 않고, 의식의 경계를 넘어선 미지의 경험이라든가 육체의 문제 등이 타자성의 주제로 부각되었다는 점이다.

로렌스에 관한 이후 논의에서도 타자성의 주제는 거의 빠지지 않고 언급되어온 편인데, 여기에는 남녀관계를 비롯한 인간관계 내지 인간과 자연의 관계에 있어서 타자성의 문제, 의식의 '타자'로서의 육체적 자아, 그리고 미지와 초월의 문제 등 타자성의 주제로 포괄될 수 있는 모든 사안들이 망라된다.[4] 그러나 그 대부분이 타자성에 대한 단편적인 강조에 그칠 뿐, 막상 로렌스가 제기한 근본적인 차원에서 이 문제에 천착해서 그가 제기한 타자성의 여러 층위들을 유기적으로 결합시켜 논의한 글은 찾아보기 어렵다. 이 글이 『아들과 연인』(*Sons and Lovers*), 『무지개』(*The Rainbow*), 『사랑하는 여인들』(*Women in Love*)을 통해 타자성의 주제를 검토해보려는 것도 이러한 이유에서다. 특별히 이 세 소설에 주목하는 것은 이 작품들이 로렌스의 대표작인 까닭도 있지만, 더욱 중요한 이유는 이 작품들을 써가는 과정에서 타자성에 관한 그의 사유가 본격적으로 무르익었기 때문이다. 본고는 기존 논의를 비판적으로 검토하고 타자성의 문제가 포괄하는 여러 층위들 사이의 긴밀한 관계에 주목하면서 무엇보다 해당 작품들을 일관되게 로렌스의 타자성에 관한 사유라는 주제를 중심으로 살펴보는 데 그 의의를 둘 것이다.

타자성에 관한 로렌스의 사유에 제대로 접근하기 위해서는 이것이 그저 보편적 진실의 차원에서 제기된 문제가 아니라 서구문명에 대한 역사적 통찰에서 비롯된다는 사실을 분명히 인식해야 하는데 기존의 비평들은 곧잘 이 점을 간과하는 경향이 있다.『사랑하는 여인들』의 저술이 어느 정도 일단락된 직후 쓰인 미국고전문학에 대한 일련의 에세이들—이후 수정을 거쳐 『미국고전문학 연구』(*Studies in Classic American Literature*)로 출판되기 이전의 글들—을 모아놓은『상징적 의미』(*Symbolic Meaning*)는 타자성에 관한 로렌스의 문제의식이 역사적 통찰에 뿌리박고 있다는 사실과 함께 그것이 어떤 층위에서 얼마나 강렬하게 제기되고 있는지를 잘 보여주는 글이다. 이 글의 초반부에 독자는 동일성과 타자성의 문제를 제기하는 그의 강한 어조와 마주치는데, 다음 대목은 마치 타자성에 관한 일종의 선언서같은 느낌마저 준다.

> 이제 우리가 미국작품들에서 배워야 하는 것은 경험 방식에 있어서의 이러한 변화, 즉 존재의 변화이다. 지금까지 우리는 유사성과 단일성에 의거해 생각하고 말해왔다. 이제 우리는 차이와 타자성에 의거해 생각하는 법을 배워야만 한다. 지상에 낯선 존재가 나타났으니 더 이상 그가 우리 중의 하나라고, 우리와 똑같은 존재라고 속이려고 해봐야 소용없는 짓이다. 우리와 미국 사이에는 생각할 수조차 없는 거대한 간극이 있으며, 그 공간 너머로 우리는 우리에게 손짓하는 우리와 같은 사람들이 아니라 낯선 사람들, 어쩌면 우리들의 허상일지도 모르나, 다른 세계의 **다른** 존재들인 불가해한 존재들을 보고 있는 것이다. 과거에 관한 한 둘 사이의 연계는 역사적으로 유효하다. 그러나 순수한 현재와 미래에 있어서는 유효하지 않다. 성 오거스틴과 동시대 로마의 정통파 원로원 의원 사이에 있었던 것과 유사한, 변환 불가능한 타자성의 실재가 현실인 것이다. 단일성은 단지 지난 역사의 것일 뿐이다.
>
> 우리가 더 이상 하나가 아니라는 점, 그리고 우리 사이에는 상상할 수도 없는 이 **존재**의 차이, 즉 시대의 차이가 있다는 인식은 받아들이기 어렵고 고통스러운 것이다. 그러나 자유를 얻을 수 있는 유일한 희망은 오롯이 받아들이는 데 있다. 변화는 실제로 이미 일어났다. 그것이 우리의 의

식에서도 일어나지 않는다면 우리는 줄곧 혼돈의 상태에 머무를 수밖에 없다. 우리는 실제로 발생한 우리의 분기(分岐)를 묶어놓는 옛 단일성으로 부터 벗어나야만 한다.

And it is this change in the way of experience, a change in being, which we should now study in the American books. We have thought and spoken till now in terms of likeness and oneness. Now we must learn to think in terms of difference and otherness. There is a stranger on the face of the earth, and it is no use our trying any further to gull ourselves that he is one of us, and just as we are. There is an unthinkable gulf between us and America, and across the space we see, not our own folk signalling to us, but strangers, incomprehensible beings, simulacra perhaps of ourselves, but *other*, creatures of an other-world. The connection holds good historically, for the past. In the pure present and in futurity it is not valid. The present reality is a reality of untranslatable otherness, parallel to that which lay between St. Augustine and an orthodox senator in Rome of the same day. The oneness is historic only.

The knowledge that we are no longer one, that there is this inconceivable difference in *being* between us, the difference of an epoch, is difficult and painful to acquiesce in. Yet our only hope of freedom lies in acquiescing. The change has taken place in reality. And unless it take place also in our consciousness, we maintain ourselves all the time in a state of confusion. We must get clear of the old oneness that imprisons our real divergence. (*SM* 17)

물론 위에서 로렌스가 어떤 추상적이고 보편적인 차원의 타자성을 논하고 있는 것은 아니다. 그는 구대륙과 미국의 문명 또는 문학에 있어서의 근본적 차이를 간과한 채 그 둘을 동일시하는 경향에 대해 주의를 환기시킨다. 그러나 "유사성과 동일성에 의거해" 생각해온 독자의 태도를 이토록 강하게 문제삼는 이유는 두 문명의 역사적 차이를 인지하지 못했다는 점 이상의 무언가 더 근본적인 문제가 걸려 있다고 판단하기 때문일 것이다.

로렌스가 독자의 본능화된 동일성의 경향에 대해 처음부터 단호하게 제동을 걸고 나오는 것은 서구문명 자체가 철저히 동일성 논리에 귀속되어 왔다는 판단에서 비롯된 것임이 인용문 이후 글의 진행에서 분명해진다. 그는 구대륙과 구별되는 미국문명의 특성을 서구문명을 규정해온 동일성의 경향에서 벗어날 가능성에서 찾는다. 그는 미국문명의 이중적 성격－유럽의 부정적 양상이 신대륙에서 제한 없이 확장된, "유럽의 순전하고, 흉물스러운 반영"(sheer and monstrous reflection of Europe, *SM* 28)으로서의 당대 미국현실과 그러한 부정적 모습을 깨고 나올 진정한 "아메리카의 실체"(the reality of America)－을 지적하면서 유럽문명과 동일화의 원리를 공유하는 당대 미국이 아닌, 타자성의 인식에 기초한 새로운 문명의 가능성을 지닌 곳으로서의 진정한 미국을 평가해주는 것이다. 로렌스는 벤자민 프랭클린(Benjamin Franklin)에서 드러나는 미국적 인간상과 유럽의 계몽주의적 이상의 근본적 동일성을 다음과 같이 규정한다.

> 이 모든 것은 단일화 과정, 즉 평등과 우애라는 공통이념을 받아들임에 있어 상당히 동질적이고 통일되어 있으며 궁극적으로 냉정하고 합리적이며 공리적일 수밖에 없는, 신중하며 자의식적이고 자기결정적인 인간성이 형성되는 과정의 일부였다. 차이가 있다면 유럽의 이상이 단일성의 신비적이고 고양된 의식의 이상에 머문 데 반해 미국의 이상은 삶의 수단을 생산하기 위한 실용적인 합치였다는 것뿐이다.

> All this was part of the process of oneing, the process of forming a deliberate, self-conscious, self-determined humanity which, in the acceptance of a common idea of equality and fraternity, should be quite homogeneous, unified, ultimately dispassionate, rational, utilitarian. The only difference was that whilst the

European ideal remained one of mystic, exalted consciousness of oneness, the ideal in America was a practical unison for the producing of the means of life. (*SM* 42)

위에서 로렌스가 언급하는 "단일화 과정"은 그가 흔히 관념주의(idealism)라고 비판하는 바, 인간의 자발적이며 본능적인 존재가 의식과 의지에 의해 통제되고 억압되면서 의식으로 일원화되는 서구문명의 고질적 경향을 의미한다. 그는 미국고전문학에서 한편으로 이 동일화의 과정이 끝까지 관철되는 양상을 추적하는가 하면, 다른 한편으로는 진정한 타자성의 가능성이 열리는 지점들을 짚어낸다. 가령 프랭클린과 포우(Edgar Allan Poe)에게서 동일화 과정을 읽어내는가 하면, 크레브쾨르(Hector St John de Crèvecoeur)가 "자아가 배제된 동일화"(selfless oneing, *SM* 64)가 몸에 밴 "감정적 관념주의자"(an emotional idealist)로서의 분명한 한계에도 불구하고 이를 극복하고 새들이 "타자성의 형언할 수 없는 물러남 속에 존재하도록"(existed in the unutterable retraction of otherness, *SM* 65) 할 수 있었던 순간이라든가, 쿠퍼(Fenimore Cooper)의 작품에서 내티 범포(Natty Bumppo)와 칭카츠국(Chingachgook)이 "변환불가능한 미지의 존재"(the untranslatable unknown, *SM* 103)로 만나는 순간을 높이 평가하는 것이다. 로렌스는 "정신적 승리의 최종 단계"(the last phase of spiritual triumph, *SM* 256)에 진입하는 휘트먼(Walt Whitman)에 이르러 의식의 "거대한 단일성"이 완수된다고 하고 바로 그 지점에서 타자성에 기초한 새로운 관계가 열릴 가능성도 발견한다.

이처럼 서구문명의 동일화 경향을 비판하고 온전한 인간실현에 있어 타자성의 중요성을 강조하는 로렌스의 태도가 예리한 역사적 통찰임은 주체의 죽음과 타자성, 또는 차이의 문제를 인문학의 궁극적 화두로 만든 데 기여한 현대 프랑스 철학의 사유를 통해서도 입증된다. 레비나스(Immanuel Levinas), 데리다(Jacques Derrida), 들뢰즈(Gilles Deleuze)를 비롯한 일군의 프랑스 철학자들이 공유하는 근본적 문제의식은 동일성의 사유에 귀속된 서구형이상학을 해체하고 동일성으로 재전유되지 않는 절대적 차이, 즉 타자성을 사유하려는 것이기 때문이다.[5] 들뢰즈의 경우 자신의 주장을 펴는 데 로렌스를 빈번히 인용하기도 하려니와 최근에는 이들 철학자와 로렌스 사이의 유사성에 주목하는 글들도 나오고 있다.[6] 현대 프랑스 철학이 주체의 죽음과 차이의 문제에 관한 한 그 진정한 발원지라고 할 수 있는 니체(Friedrich Nietzsche), 그리고 하이데거(Martin Heidegger)의 철학에 빚지고 있음이 주지의 사실이고, 로렌스 역시 이 두 독일철학자의 사유와 밀접한 관련 속에 있다는 점을 생각하면[7] 타자성의 문제에 관한 로렌스와 현대 프랑스 철학자들 사이의 근본적 유사성은 우연의 일치가 아니다. 그러나 이들간의 유사성과 차이를 구체적으로 논하는 것은 이 글의 의도가 아니다. 다만 지적해둘 것은 이후 논의를 통해서도 분명해지겠지만 타자성에 관한 로렌스의 사유는 늘 구체적인 삶의 현실에 뿌리박고 있기 때문에, 일종의 형이상학적인 근본원리로서의 '차이'를 특화시키려 하는 이들 철학자들의 태도와는 근본적으로 구별되는 데가 있다는 사실이다.[8]

이상과 같은 문제의식을 가지고 본고는 이어지는 서론의 2절에서 로렌스가 서구문명의 가장 본질적 특성으로 지적하는 관념주의의 문제를 그의 산문을 통해 검토하면서 인간주의와 동일성의 원리에 대한 그의 비판에 주목한다. 특히 관념주의의 동일화 원리에 의해 초래되는 육체의 억압에 초점을 두면서 그것의 의미가 무엇인지를 규명하는 한편, 또 다른 주요한 억압, 즉 삶의 '미지'와 '신비'에 대한 봉쇄의 측면도 다룬다. 3절은 로렌스가 관념적, 인간주의적 자아관을 해체하는 가운데 모색하는 새로운 자아가 타자성의 문제와 어떤 관련이 있는지를 살펴보는 부분으로서, 그가 추구하는 온전한 자아실현은 다양한 자아 내적 요소들의 조화로운 관계 및 미지로의 부단한 자기초월이라는 이중의 내적 타자성, 그리고 외부대상과의 진정한 관계맺음의 성취 등 타자성의 여러 층위들 사이의 긴밀한 연관 속에서 이룩되는 것임을 밝힌다.

본론의 첫 장인 『아들과 연인』에 관한 논의에서는 주인공 폴(Paul)의 성장에 있어 그 핵심적 내용을 이루는 억압된 육체의 복원 과정을 검토한다. 폴의 육체성이 억압되는 가정적, 사회적 배경이라든가 육체에 대한 그의 인식이 형성되고 심화되는 주요한 계기들, 혹은 그것이 우회적인 방식으로 드러나는 정황들을 짚어보면서 이 작품에서 로렌스가 육체성에 대한 문제의식을 단지 개인적 차원에서가 아닌 사회 전체의 차원에서 조망하고 있음을 확인한다.

타자성에 관한 로렌스의 한층 성숙한 인식이 반영된 『무지개』는 남녀관계에서의 타자성, '미지'의 추구, 자아 내적인 억압과 분열 등 타자성의 여러 주제들을 복합적으로 담아낸다. 이 작품에 대한 논의에서는 3세대에 걸친 브랭원(Brangwen)가의 삶에서 포착되는 서구 근대사의 근본 특성이 타자성의 문제를 통해 드러난다는 점을 밝히는 데 주력할 것이다. 특히 이 작품에서 가장 난해한 성격을 지닌 갈등으로 여겨지곤 하는 제2세대의 남녀관계를 다루는 부분에서는 갈등의 핵심이 바로 타자성에 있다는 점, 그리고 이러한 타자성 문제가 근대 특유의 역사와 긴밀한 연관 속에 있다는 점이 구체적으로 검토된다. 또 제3세대에서 한층 강화된 근대사회의 균질화 경향이 타자성에 기반한 온전한 존재의 성취를 심각하게 위협하는 양상과 이러한 위협의 극복을 위한 모색을 살펴본다.

『사랑하는 여인들』에서 로렌스는 서구의 동일화 경향이 정점에 이른 세계, 즉 모든 존재의 본질적 차이가 소멸된 세계를 그려내며, 그 결과 '반복'의 문제가 이 작품의 내용과 형식 모두를 특징짓는 지배적인 요소로 부각된다. 따라서 이 소설에 대한 논의에서는 동일성의 세계를 특징짓는 이 반복의 의미에 주목하는 한편, 의식과 감성이 분리된 이후 의식의 전일적 발달이 진행된 데서 동일화된 서구세계의 역사적 기원을 발견하는 버킨(Birkin)의 핵심적 통찰을 주요한 단서로 삼으며 제럴드(Gerald), 허마이어니(Hermione), 구드런(Gudrun) 등 주요 인물들을 통해 동일성 세계의 특성들을 살펴본다. 나아가 타자성이 발현되는 온전한 관계맺음의 성취 가능성이 어떻게 타진되고 있는지 버킨과 어슐러의 관계를 중심으로 검토한다.

결론부에서는 『사랑하는 여인들』이후 타자성에 관한 로렌스의 사유에서 중요한 위치를 차지하는 '힘'(power)의 원리를 간략히 논하는 가운데, 그의 타자성에 관한 사유가 서구 근대세계에 대한 통찰로서 어느 정도로 의미 있는 것이며, 또 그것이 남겨둔 과제는 무엇인가를 생각해보려 한다.

2. 관념주의와 동일성의 원리

로렌스는 근대 서구의 인간관과 세계관이 근본적으로 관념주의에 뿌리박고 있기에 관념주의의 팽창이 초래한 위기를 인식하고 그것을 극복하는 일이야말로 서구의 숙명적 과제라고 생각했다. 그의 이러한 인식은 다양한 형태의 글쓰기에 두루 반영되었고, 심지어 "우리는 이제 관념주의의 마지막 단계에 있다"(We are now in the last stages of idealism, *FUPU* 211)라거나, "오늘날 우리가 진정한 적이 무엇인지를 알기를 원한다면 그것은 다름 아닌 관념주의다"(If we want to find the real enemy today, here it is: idealism, *RDP* 76)라는 등의 직설적인 발언으로까지 표출되었다. 중요한 것은 로렌스가 말하는 관념주의가 정확히 어떤 함의를 지녔는지, 그리고 그것이 서구 문명 자체와 근대적 세계관 혹은 인간관에 대한 얼마나 타당성 있는 진단인지의 문제일 터이다. 일반적으로 관념주의란 일상적인 차원에서 현실 자체보다 어떤 이상 내지 관념을 우위에 두고 이를 추구하는 삶의 태도를 일컫지만, 철학적으로 는 사물의 실체가 어떤 식으로든지 의식 혹은 관념에 의해 규정되거나 이와 관련된다고 보는 입장을 포괄적으로 지칭한다. 그러한 포괄성 탓에 관념주의 에 관해서는 철학 내부적으로도 상당한 관점의 차이가 존재하며, 또 얼마든 지 더 세부적으로 분류될 수 있는 용어인 만큼 애당초 정의내리기가 결코 쉽 지 않은 개념이기도 하다. 로렌스는 관념주의를 이러한 여러 용례들 중 딱히 어느 것과도 완전히 일치하지 않으면서 또 어느 정도 그 모두를 두루 포괄하 는 느슨한 개념으로 사용하는데, 서구에서 관념주의가 시작되는 기점에 관한 아래 대목을 보면 그가 지칭하는 관념주의는 단지 철학적 차원에서 제기되 는 문제가 아니라 서구 역사의 전체적 흐름에 대한 근본적인 통찰 속에서 형 성된 것임을 알 수 있다.

이 무렵까지, 즉 인간 의식의 측면에서 **진정한** 변화가 명확하게 시작 된 기원전 600년경까지 우주는 권능적 존재들과 우주적 통치자들로 이루 어져 있었다. 이제 그것 자체가 하나의 더 큰 법칙에 종속되고 그 지배하 에 있음이 입증될 것이었다. 모든 위대한 우주적 통치자들이 **단일한 법칙** 에 종속되었음을 입증하려는 새로운 열광적 본능이 지상에 나타났다. 인 간의 의식에서 왕들의 통치는 끝났다. 우주와의 직접적 연결이 끊어졌다. 인간과 우주는 접촉이 끊어져 어떤 의미에서는 서로 적이 되었다. 인간은 우주를 **발견해내서** 마침내 그것을 지배하는 데 착수했다. 이후로는 왕들 을 통한 우주의 인간에 대한 살아있는 지배는 더 이상 웅대한 이념이 되 지 못했다. 이제는 의식의 집단적 노력을 통한 인간의 우주에 대한 지배가 웅대한 이념이었다. 집단적으로 우주를 정복할 수 있기 위해 인간은 서로를 사랑해야만 했다. 정복자는 의식이었다. 그리고 의식은 단일하며 나눠질 수 없는 것이다.

　인간의식의 이 엄청난 방향전환은 인간 자신에 이중의 효과를 가져왔다. 인간은 최고의 행복 혹은 희열, 즉 우주와 우주의 일부인 육체로부터 의식으로, 불멸의 의식으로 탈출했다는 느낌에 전율했다. 그리고 동시에 자기 안의 죽음, 즉 육체의 죽음을 느낌으로써 거대한 권태와 거대한 절망으로 가득찼다.

Till now, till about 600 B.C., when *real* change in the direction of man's consciousness definitely set in, the cosmos had consisted of Powers and Rulers. Now, it was to be proved subordinate and subject in itself to a greater rule. There was a new wild instinct on earth: to prove that all the great Rulers were subject to One Rule. The rule of kings was over, in the consciousness of man. The immediate connection with the cosmos was broken. Man and the cosmos came out of touch, they became, in a sense, enemies. Man set himself to *find out* the cosmos, and at last to dominate it. Henceforth the grand idea was no longer the living sway of the cosmos over man, through the rule of kings. Henceforth it was the dominion of man over the cosmos, through the collective effort of Mind. Men must love one another, so that collectively Man could conquer the cosmos. And the conqueror was Mind. And Mind was One and indivisible.

This terrific *volte face* of the human consciousness had a dual effect on man himself. It thrilled him with the highest happiness, or bliss, the sense of escape from the cosmos and from the body, which is part of the cosmos, into Mind, immortal Mind. And at the same time, it filled him with a great ennui and a great despair, as he felt death inside himself, the death of the body.(*A* 196)

　관념주의를 거의 서양문명의 발상이 되는 핵심적 사건으로 파악하는 위 대목은 관념주의에 대한 로렌스의 몇 가지 기본 입장을 드러낸다. 우선 그는 추상적 사유가 대두하면서 인간과 "우주와의 직접적 연결이 끊어"져서 양자가 서로 분리된 채 대립적인 상태로 들어섰다는 점에 주목한다. 동시에 이것은 "단일하며 나눠질 수 없는" 특성을 지닌 의식이 "단일한 법칙"의 위치를 장악하며 동일성의 원리를 확립하는 사태와 중첩된 과정임을 밝힌다. 그리고 인간이 우주와 그 안에 존재하는 만물을 "정복"하는 데는 인간 내면에서 육체의 억압과 죽음이 수반되고 있다는 점에서 의식의 단일한 지배는 자아 바깥 타자에 대한 억압이자 동시에 육체라는 내적 타자에 대한 억압으로 파악된다.

다음으로 로렌스는 "인간의 우주에 대한 지배"를 가져온 관념주의를 인간주의와 결부시키는 한편, 관념주의가 대세로 자리잡을 수 있었던 데는 "의식의 집단적 노력"을 통해 기존의 온갖 관계의 구속을 끊어버리고 인간이 만물을 지배할 수 있게 되었다는 해방의 희열감이 크게 작용했음을 지적한다. 또 동일성의 원리인 관념주의는 추상화를 통해 모든 존재를 관계맺음의 통합된 장으로부터 분리시켜 단자화시킴으로써 오히려 새로운 단일성을 실현한다는 점에서, 한편으로 유례없는 해방감을 선사하지만 동시에 육체의 죽음이라는, 자기 존재로부터의 가장 본원적인 소외로서 "거대한 권태와 거대한 절망"을 동반하는 매우 역설적인 현상으로 제시된다.

물론 로렌스의 이러한 설명이 관념주의와 서구문명에 대한 얼마나 적절한 이해인지는 이제부터 점검해보아야 할 문제이다. 분명한 것은 그가 일관되게 관념주의를 동일성의 원리로 규정하면서 그로 인한 타자성의 억압을 비판의 중심에 놓는다는 사실이다. 가령 두뇌의식의 승리에 대한 그의 신랄한 평가도 의식 자체에 대한 부정적인 입장에서가 아니라, 의식이 존재의 다층성을 부정하고 "하나이자 모든 것임"(One-and-Allness, RDP 136)을 자처하는 순간을 비판하는 관점에서 나온다. 관념주의에 경도된 서구민주주의 이념에 대해서도 마찬가지이다. 그는 "평균인"과 "단일한 정체성"(One Identity)에 기초한 "인류의 거대한 이상"을 문제삼는다. 순수한 추상을 통해 "인간을 수리적 단위로 환원"한 평균인이라는 "이 신비한 단일자"(this mysterious One, *RDP* 63)는 물질적이며 기능적 차원에 적합한 것이지 인간 존재의 차원에는 적용될 수 없으며, "단일한 정체성"의 이상 역시 뿌리깊은 인간중심적 열정, 다시 말해 "모든 것을 자신 속에 포함시키려는, 즉 모든 것을 움켜쥐려는 열정"(the passion to include everything in himself, grasp it all, *RDP* 71)에서 비롯된 것에 불과하다고 말한다. 로렌스에 따르면 "모든 인류를 동질적인 전체로 통일하려는 단일성의 이상"(the ideal of Oneness, the unification of all mankind into the homogeneous whole, *RDP* 78)을 폐기하고 "현존하는 타자성의 낯선 인식"(strange recognition of present otherness, *RDP* 80)에 기반할 때에만 진정한 민주주의의 가능성이 열리는 것이다.

주목할 것은 관념주의의 동일화 논리를 이야기하면서 그가 항상 우선적으로 제기하는 것은 의식에 의한 육체 또는 감성적 영역의 억압과 전유의 문제라는 사실이다. "관념주의란 의식에서 생겨난 관념에 의해 거대한 감정적 원천들이 구동되는 것을 의미한다"(By idealism we understand the motivizing of the great affective sources by means of ideas mentally derived, *FUPU* 210)는 발언에서도 드러나듯 관념주의를 정의하는 대목에 이르면 어김없이 육체의 전유 내지 억압이 거론된다.[9] 따라서 육체의 전유와 억압이 의미하는 바를 파악하는 것이 관념주의를 이해하는 데 있어 긴요한 문제라 하겠는데, 이와 관련해 살펴볼 것은 로렌스가 서구문명의 정신사와 근대미술사에 대한 통찰을 절묘하게 결합시키면서 세잔(Paul Cézanne)의 예술적 성취를 평가한, 말년의 대표적 산문의 하나인 「이 그림들의 소개」("Introduction to These Paintings")이다.[10]

이 글에서 그는 근대서구의 역사를 "정신, 즉 두뇌의식을 찬미하기 위해 생식(生殖)하는 육체를 십자가에 매달아온 구역질나며 혐오스러운 역사"(the nauseating and repulsive history of the crucifixion of the procreative body for the glorification of the spirit, the mental consciousness, *P* 569)로 규정한다. "십자가 처형의 대사제"인 플라톤에게서 그 단초가 마련된 이 육체 살해는 근대 르네 상스 시기에 매독의 창궐과 겹치면서 "두뇌의식이 육체적, 본능적, 직관적 의식으로부터 폭력적으로 반발하며 떨어져나가는"(the mental consciousness recoiling in violence away from the physical, instinctive-intuitive consciousness, *P* 552) "거대한 파열" 속에서 결정적으로 실행되었고, 이후 3세기 동안은 육체 가 최종적으로 죽는 잔여 과정이 진행되다가 18세기에 이르면 완전한 "송장" 이 되었다는 것이다. 그는 19세기 낭만주의시인들을 "사후 시인들"(post-mortem poets)로 칭할 뿐 아니라, 자신과 독자 모두 "시체"요 "유령"이며 세 계가 온통 하나의 커다란 무덤으로서 썩는 냄새가 진동한다고 한다.

친애하는 독자여, 당신과 나, 우리 모두 시체로 태어났고 지금도 시체로 존재하고 있다…… 그러나 우리의 세계는 유령과 복제물로 가득찬 널찍한 무덤이다. 우리는 모두 유령이고 사과 한 개조차도 만져본 적이 없다. 우 리는 서로에게 유령이다. 당신은 나에게 유령이요 나 또한 당신에게 유령 이다. 당신은 당신 자신에게조차 그림자이다. 그림자란 관념, 개념, 추상화 된 현실, 에고를 뜻한다. 우리는 견실하지 않다. 우리는 육신으로 살고 있 지 않다. 우리의 본능과 직관은 죽었고 우리는 추상의 수의에 둘둘 말린 채 살고 있다. 견실한 무엇이라도 닿으면 우리는 상처를 입는다. 만지고 만져서 아는 더듬이인 우리의 본능과 직관들, 바로 그것들이 절단당한 채 죽어 있는 것이다. 우리는 수의에 감싸인 채, 줄곧 수의에 감싸인 채 걷고 말하고 먹고 성교하며 웃고 배설한다.

We, dear reader, you and I, we were born corpses, and we are corpses. . . . But our world is a wide tomb full of ghosts, replicas. We are all spectres, we have not been able to touch even so much as an apple. Spectres we are to one another. Spectre you are to me, spectre I am to you. Shadow you are even to yourself. And by shadow I mean idea, concept, the abstracted reality, the ego. We are not solid. We don't live in the flesh. Our instincts and intuitions are dead, we live wound round with the winding-sheet of abstraction. And the touch of anything solid hurts us. For our instincts and intuitions, which are our feelers of touch and knowing through touch, they are dead, amputated. We walk and talk and eat and copulate and laugh and evacuate wrapped in our winding-sheets, all the time wrapped in our winding-sheets. (P 569-70)

로렌스의 주장을 과장된 것으로 폄하하지 않고 "진지하게 받아들이"는 법을 익히는 것이 얼마나 어려운 일인가를 토로하는 한 평자에 의하면 "상처 입은 영락한 육체"(traumatized and abject body)에 대한 그의 진단은 그 당대뿐만 아니라 소위 '포스트모던'한 현대에도 매우 유효하며, 특히 겉으로는 멀쩡하면서도 실은 육체가 깊은 내상을 입고 있을 가능성을 지적한 것은 최근 이론가들조차 아직 주목하지 못한 깊은 통찰이다.[11] 그런데 육체가 치명적 상처를 입었고, 로렌스 말대로 죽어서 썩은 냄새가 진동하는 게 사실이라면 이를 알아차리기가 왜 그토록 어려운 것일까? 그것은 무엇보다도 그가 언급하는 육체란 생물학적 차원에 국한되는 것이 아니며 오히려 의식보다 훨씬 심층적이고 본원적인 층위의 인간 존재가 깃들고 발현되는 장으로서, 시각이라든가 의식에 드러나거나 포착되지 않음을 그 본질적인 속성으로 하기 때문이다. 또한 "근대적 도덕성이 증오, 즉 본능적, 직관적, 생식적 육체에 대한 깊고도 악한 증오에 그 뿌리를 두며"(modern morality has its roots in hatred, a deep, evil hate of the instinctive, intuitional, procreative body, P 558) 그로 인해 육체의 죽음이 가속화된 것이라면, 의식적 차원에서는 거의 본능적으로 이를 외면하려 하는 게 당연할지도 모른다. 그러나 현대에 이를수록 육체의 죽음이 더욱 완벽하게 망각된다면 뭔가 또 다른 요인을 생각해볼 필요가 생기는 데, 때문에 "오늘날은 의식이 민감하게 감응하는 육체를 매음하여 그저 반응만을 강요하는 자위행위적 의식의 전성시대"(today, the great day of the masturbating consciousness, when the mind prostitutes the sensitive responsive body, and just forces the reactions, *P* 575)라고 한 로렌스의 의미심장한 발언에 주목하게 된다. 이 발언의 의미는 『상징적 의미』의 휘트먼론에서 서구 관념주의의 발달사를 곧 육체살해의 역사로 규정하고 그 시대적 단계를 압축적으로 설명하는 가운데 나온 다음 발언을 통해 한층 분명해진다. 로렌스는 고대 그리스에서 인간의 "관능적 존재"(sensual being)의 정복이 시작되었고, 기독교의 시대를 통해 실제 "멸절시키는" 단계에 접어들었으며, 이러한 과정이 완수되는 근대 어느 시점에 이르면 또다른 전환이 일어난다고 한다.

> 그러나 일단 정복이 실행되고 나면 오늘날 관광객들이 전쟁터를 탐방하는 것과 조금도 다름없이, 의식은 되돌아가 손가락으로 만지고 탐색하고픈 유혹을 받는다. 이처럼 거대한 감정적 중추들에 감각과 반응을 자의식적이며 **두뇌의식적으로** 불러일으키는 것이 소위 감상주의 또는 선정주의이다. 의식이 감정적 중추들에 되돌아가서 그 속에 미리 의도된 반응을 작동시키는 것이다.

> But once the conquest has been effected, there is a temptation for the conscious mind to return and finger and explore, just as tourists now explore battlefields. This self-conscious *mental* provoking of sensation and reaction in the great affective centres is what we call sentimentalism or sensationalism. The mind returns upon the affective centres, and sets up in them a deliberate reaction. (*SM* 255)

이처럼 억압과 말살의 단계를 넘어 완전히 정복된 육체에다가 의식의 의지에 따라 마음대로 생산, 조종되는 가상의 감정을 심어 마치 육체 자체가 자율적으로 움직이며 왕성하게 살아 있는 듯 보이게 만드는 것이야말로 육체를 정복하는 가장 고도의 단계요 최종적인 육체의 죽음이 일어난 현장이다. 로렌스는 이 고도의 단계가 효율적으로 실행되려면 "자의식적이며, 두뇌의식적인" 감독이 육체의 "거대한 감정적 중추들" 곳곳까지 철저히 관철되면서도 동시에 이러한 감독의 응시 자체가 의식적 주체 자신에 의해서도 감지되지 못하는 경지에 이르러야 한다고 말한다―"의식은 모르는 상태에서 교묘하게 우리 자신의 감정과 충동을 유발하고 명령한다. 말하자면 사람은 어찌할 도리없이 무의식적으로 거대한 감정적 중추의 중요한 반응 하나하나를 자신의 의식으로부터 생겨나게 하는 것이다"(The mind subtly, without knowing, provokes and dictates our own feelings and impulses. That is to say, a man helplessly and unconsciusly *causes* from his mind every one of his own important reactions at the great affective centers, *RDP* 130).

프로이드(Sigmund Freud)의 심리학에서 일종의 무의식으로 제기된 근친상간의 동기를 관념주의의 한 사례로 분석하면서 "비록 무의식적으로라고는 하나 인간 이성에 의해 만들어진 하나의 논리적 연역"(*FUPU* 210)에 불과하다고 한 것도 같은 맥락에서이다. "관념주의의 마지막 단계"에 이른 현대에 육체의 죽음이 망각되고 은폐됨은 특정한 개인의 한계에서 비롯되는 것이 아니라, 이처럼 가장 자의식적이면서도 동시에 무의식적이어야 하는 일견 모순된 양상이지만 실은 엄격한 내적 논리에 따르는 "자위행위적 의식"이 주체의 지배적 존재양식이 되는 시대 자체의 본질적 성격에서 나온다. 로렌스의 관념주의에 대한 비판이 관념주의의 내용 이상으로 그 '형식'을 문제삼고 있다는 것, 다시 말해 "근대에서 진리와 지식이 주어지는 방식, 그리고 근대적 인간성의 존재양식을 상당정도 책임지고 있는 욕망의 작동 방식에 대한 근본적 문제제기"(a radical questioning about the way truth and knowledge are given in modernity, and about the manner of desiring which is in a large measure answerable for the mode of being of modern humanity)를 담고 있음에 각별히 주목해야 한다는 문제제기의 당위성도 이러한 관점에서 이해될 수 있다.[12]

다시 육체의 죽음을 통해 로렌스가 의도하는 바가 무엇인가 하는 원래의 물음으로 돌아가 보자. 앞서 지적했듯이 그는 생식적 육체에 대한 두려움과 증오로 야기된 본능적, 직관적 의식의 억압과 손상에 주목하면서 이를 인간 사이의 또는 인간과 우주 사이의 온전한 관계맺음이 단절된 현상과 직결시킨 바 있다. "직관에 의해서만 인간이 **진정으로** 인간 또는 살아있는 실체의 세계를 인식할 수 있는 것이기에"(But by intuition alone can man *really* be aware of man, or of the living, substantial world, P 556) "만지고 만져서 아는 더듬이인 우리의 본능과 직관"이 죽어 "육체적 교섭의 감정"이 소멸함으로써 온전한 관계맺음의 가능성 자체가 원천적으로 봉쇄된다는 것이다. 그런데 인간과 만물의 삶과 존재가 열릴 가능성은 오직 이러한 관계맺음으로부터 생겨나는 것이기 때문에, 육체의 죽음으로 인해 인간과 우주가 서로에게서 떨어져나와 "관념적 존재"(ideal beings)로 단자화됨은 곧 존재의 죽음을 의미한다. 육체의 죽음은 인간 존재의 죽음이자, 동시에 모든 사물, 나아가 우주의 죽음이다. 우주가 실제로 죽었다기보다 적어도 인간에게는 죽은 것이나 다름없다는 뜻이다.

이 지점에서 잠시 살펴볼 것은 인간의 삶과 존재에서 관계맺음의 중요성을 역설하는 로렌스의 태도이다. 그가 늘 존재와 삶이라는 관점에서 인간의 문제에 천착한 한편, 어떤 억압과 일그러짐도 없는 참된 관계맺음의 성취를 온전한 삶과 존재 실현의 관건으로 생각하였음은 주지의 사실이다. "인간에게 있어서는 인간과 그를 에워싸고 있는 우주와의 이 완성된 관계야말로 삶 그 자체이다"(this perfected relation between man and his circumambient universe is life itself, for mankind, *STH* 171)라고 하면서 "진정한 관계맺음에 선행하며 동반되는, 나와 나를 에워싼 우주와의 저 섬세하며 영원히 떨리며 변화하는 균형"(that delicate, forever trembling and changing balance between me and my circumambient universe, which precedes and accompanies a true relatedness, *STH* 172)으로서의 진정한 도덕성을 강조한 것이 그 단적인 예다. 유념할 사실은 관계맺음에 대한 로렌스의 강조가 애초부터 따로 존재하는 개체들을 미리 전제한 연후에 이들 사이에 어떤 관계가 형성되는가를 살피는 태도−로렌스의 관점에서 보자면 이미 철저히 관념주의에 예속된 사유방식[13]−와는 근본적으로 다르며, 오직 순간순간 실현되는 관계맺음을 통해서만 비로소 각 개체의 진정한 존재와 삶이 열린다는, 말하자면 관계맺음 자체가 개별 존재자에 일종의 초월적 선행성을 가진다는 입장이라는 것이다. "모든 것, 심지어 개체성 그 자체도 관계에 달려 있다"(everything, even individuality itself, depends on relationship, *P* 190)라거나, 남녀관계를 논하면서 "삶의 정수이자 핵심적인 실마리는 남자도 여자도, 둘의 관계로부터 우연히 생겨나는 아이들도 아닌, 관계 그 자체이다"(It is the relation itself which is the quick and the central clue to life, not the man, nor the woman, nor the children that result from the relationship, as a contingency, *STH* 175)라고 한 발언 등은 이를 뒷받침한다.[14] 따라서 로렌스가 우주를 죽은 물체로 파악하는 근대적 과학관에 반대해 "거대한 살아있는 육체"(a vast living body, *A* 77)로서의 우주나 "살아있는 공간" 등을 언급하면서 단지 은유적인 표현으로가 아니라 실제로 우주가 살아 있다는 신념을 드러낼 때에도,[15] "로렌스의 이런 태도나 신념을 '물활론(物活論)'이든 '범신론(汎神論)'이든 또는 다른 무슨 이름이든 '우주'를 이미 대상화해놓고서 그것이 생명체냐 아니냐를 판별하는ー그야말로 재현주의적이고 데리다와 하이데거가 공유하는 의미로 형이상학적인ー학설로 보아서는 안 된다는 것이다. 오히려 '삶 자체' 또는 '순수한 관계맺음'이 이룩되고 드러나면서 생물・무생물 모두가 존재할 가능성이 비로소 열린다는 발상이며, 그런 특수한 의미에서 '생명체'가 '죽은 물체'에 선행한다는 주장이 성립하는 것이다."[16]

이처럼 인간 사이에, 그리고 인간과 우주 사이에 이룩되는 관계맺음을 삶과 존재의 핵심으로 파악하는 로렌스의 입장을 제대로 이해할 때 관념의 지배와 더불어 시작된 육체의 죽음이 얼마나 중대한 문제인가를 실감할 수 있다. "육신을 전적으로 부정함으로써"(A 78) 우주와 교감하는 직관적, 본능적 인식이 죽었고 동시에 "인간 존재의 길고도 더딘 죽음"(A 79)이 시작되었다는 그의 진단은 『묵시록』(*Apocalypse*) 결말부의 다음 발언을 통해 분명하게 전달된다.

묵시록은 우리가 부자연스럽게 저항하고 있는 것이 무엇인지를 보여준다. 우리는 우리와 우주, 세계, 인류, 국가, 가정 사이의 관계에 대해 부자연스럽게 저항하고 있다. 묵시록에서 이 모든 관계는 저주받은 것들이고 우리에게도 그것은 저주받은 것들이다. **우리는 관계를 견딜 수 없는 것이다.** 그것이 우리의 질병이다. 우리는 떨어져 나와 고립되어야만 한다. 우리는 그게 자유롭다고, 개인으로 존재하는 것이라고 말한다. 일정 선을 넘으면, 우리가 이미 도달한 그 일정 선을 넘으면 그것은 자살이다. 아마도 우리는 자살을 택한 것인지도 모른다.

The Apocalypse shows us what we are resisting, unnaturally. We are unnaturally resisting our connection with the cosmos, with the world, with mankind, with the nation, with the family. All these connections are, in the Apocalypse, anathema, and they are anathema to us. *We cannot bear connection*. That is our malady. We *must* break away, and be isolate. We call that being free, being individual. Beyond a certain point, which we have reached, it is suicide. Perhaps we have chosen suicide. (*A* 148)

로렌스에 따르면 의식에 의해 타자화된 육체가 살해되면서 인간이 절대적으로 단자화된 관념적 실체가 됨과 더불어 다른 모든 존재들의 타자성을 억압할 토대가 마련된다. 육체 살해를 통해 인간과 인간, 또는 인간과 우주의 유기적인 관계맺음이 해체되면 이제 단자화된 에고(ego)는 무수한 다른 단자들과 대면하게 되는데, 거기에는 앞서 지적한 해방감과 더불어 "거대한 권태감 및 거대한 절망감", 그리고 "인류의 거대한 불안감 내지 신경증"(the great unease, the nervousness of mankind, *P* 556)이 수반된다.[17) 무엇보다 "직관적 인식의 따뜻한 흐름"(the warm flow of intuitional awareness, *P* 556)을 상실한 만큼 에고가 다른 모든 존재를 대하는 기본 정서는 적대감이다. "인간의 에고는 은밀하게 모든 다른 에고를 증오한다...... 또한 최고의 위치에 오른 인간의 작은 에고는 정복되지 않은 우주를 증오한다"(the ego in a man secretly hates every other ego. . . . And again, the supreme little ego in man hates an unconquered universe, *RDP* 281). 이렇게 만인의 만물에 대한 투쟁과 정복의 심리적 토대가 형성되는 것이다. 육체를 잃은 추상화되고 단자화된 에고는 개별적으로, 집단적으로 자연에 대한 정복과 지배를 관철시키고자 하는데, 이미 유기적 관계맺음으로부터 유리된 '죽은' 실체로 확립된 까닭에 모든 존재들은 용이하게 정복의 대상과 도구로서 기능할 수 있게 된다.

그런데 로렌스는 이처럼 자연, 또는 타인종이나 국가와 겨루고 지배하고자 하는 어떠한 사회적 집단도 유기적 합일을 대체한 "관념적, 사회적 또는 정치적인 단일성"(ideal, social or political oneness, *P* 556)에 의해 묶여 있는 만큼 자체의 내부적인 갈등과 억압으로부터 결코 자유롭지 못하다고 지적한다. 현대민주주의 사회를 지배하는 사랑의 이상, "**사회적** 믿음과 인간의 인간에 대한 선의"(the *social* belief and benevolence of man towards man) 아래에는 인간의 육신에 대한 혐오와 증오, "육체적인 공감적 흐름의 붕괴에 따른 인간의 인간으로부터 떨어지려는 내면의 급격한 반동"(the inward revulsion of man away from man, which follows on the collapse of the physical sympathetic flow, *P* 270)이 공존하며, 지금까지는 그래도 이 두 성향이 어느 정도 균형을 맞춰 왔으나 결국은 후자의 파괴적인 승리로 나아가리라는 것이 그의 진단이다.[18] 이와 같이 존재하는 모든 것을 온전한 관계맺음의 매듭으로부터 분리해 투쟁과 억압, 정복의 관계로 재정립할 토대를 제공한다는 점에서 육체의 억압은 개별 존재자들 사이에 행해지는 타자성의 억압에 선행하는, 가장 본원적 차원의 억압으로 제기되는 것이다.

한편 로렌스는 객관적 지식의 추구를 근간으로 하는 근대과학 역시 관념주의적 앎의 방식을 대표하는 사례로서 비판한다. 그는 관념주의와 더불어 "우주와 함께함, 즉 육체와 성, 감정, 열정이 땅, 하늘, 별과 함께함"(the togetherness with the universe, the togetherness of the body, the sex, the emotions, the passions, with the earth and sun and stars)이 수반된 종교적, 시적인 앎이 "의식적이며 합리적이고 과학적인"(mental, rational, scientific) 앎[19]으로 대체되었다고 보며, 근대과학을 육체의 죽음과 더불어 추상적인 '순수한' 앎이 추구된 관념주의적 경향의 최종 산물로 파악한다.[20] 그렇다고 근대과학에 대한 그의 이러한 평가가 예를 들어 고대의 우주관에 대한 향수에서 비롯된 것은 아닌데, 그는 근대과학의 기계적 우주관과는 달리 우주와의 생생한 관계맺음을 놓치지 않았던 칼데아(Chaldea)의 우주관에 대해 아낌없는 공감을 표하는 것 이상으로 "일단 대체되어버린 옛 비전을 회복할 수는 없다"(*A* 54)고 하면서 옛 비전과 조화를 이룰 새로운 비전에 대한 탐색의 과제를 강조한다.[21] 또 과학의 실제 성취를 일방적으로 무시하는 입장도 아니며, 그의 비판의 초점은 우주를 단자적으로 대상화해서 기계적으로 이해하고 분석하는 태도, "우주에 관한 궁극적이며 최종적인 기술"(the ultimate and final description of the universe, *A* 53)을 자부하는 지적 독단성과 과학의 절대적 객관성의 표면 뒤에 은폐된 인간중심주의 등을 향하고 있는 것이다.[22]

또한 로렌스는 흔히 과학과는 상반되는 영역으로 간주되는 예술에서도 절대적인 객관성을 추구하는 관념주의적 인식 내지 재현방식이 관철됨을 발견한다. 「이 그림들의 소개」에서 "사과를 자신으로부터 밀쳐내서 그 자체로 살도록 둔"(to shove the apple away from him, and let it live of itself, *P* 567) 세잔의 노력과 성취를 서양미술사의 '혁명적' 사건으로 평가할 때도 이는 세잔이 예술가의 자의적인 주관성의 개입뿐 아니라 근대미술의 코닥사진식 재현주의를 극복하였음에 무게를 둔 것이었다. 이보다 몇 년 전에 쓴 「예술과 도덕」("Art and Morality")에서도 로렌스는 사물을 단자적이고 객관적인 실체로 인식하고 재현하는 태도의 저변에는 관념주의의 인간중심적 동일성 논리가 작용하고 있음을 간명하게 밝힌 바 있다.

이것이 우리에게 형성된 습관이다. 즉 **모든 것**을 시각화하는 습관이다. 사람 각자가 자기자신에게 하나의 그림이다. 즉 사람은 사진의 한가운데에 홀로 절대적으로 존재하며 자기자신으로 완전한, 하나의 완전한 작은 객관적 실체이다. 나머지 모든 것은 단지 배경일 뿐이다. 모든 남자, 모든 여자에게 우주는 자신의 절대적인 작은 그림의 배경에 불과한 것이다.

이것은 그리스가 처음으로 "어둠"의 마력을 깨뜨린 이래, 수천년에 걸쳐 인간의 의식적 에고가 발달해온 결과이다. 인간은 자기자신을 **보는** 법을 배웠다. 그래서 이제 인간은 자신이 보는 대로 **존재한다**. 자신의 영상대로 자신을 만드는 것이다.

This is the habit we have formed: of visualising *everything*. Each man to himself is a picture. That is, he is a complete little objective reality, complete in himself, existing by himself, absolutely, in the middle of the picture. All the rest is just setting, background. To every man, to every woman, the universe is just a setting to the absolute little picture of himself, herself.

This has been the development of the conscious ego in man, through several thousand years: since Greece first broke the spell of "darkness." Man has learnt to *see* himself. So now, he *is* what he sees. He makes himself in his own image. (*STH* 165)

위에서 그가 말하는 "그림"이나 "시각화"는 근대 회화를 논하는 맥락에서나 코닥사진과의 비유에서나 액면 그대로 시각 혹은 그림을 뜻하기도 한다. 그러나 이러한 본능화된 관습이 서구에서 "수천 년에 걸쳐 인간의 의식적 자아가 발달"한 결과라고 한다든지 곧이어 플라톤의 이데아(Idea)를 언급하는 부분에서 알 수 있듯이, 그것은 단순한 시각적 행위나 그림 이상의 의미, 즉 인간 의식의 관념화 작용, 철학적 용어로 말하자면, 표상(representation, Vorstelling)을 염두에 둔 표현으로 간주할 수 있다.[23] 로렌스에 의하면 인간의 "시각화" 내지 표상이 이제 모든 존재를 결정하는 절대적 위치를 획득하였을 뿐 아니라, 표상의 힘을 빌지 않고는 그 어떤 것도 존재로서의 실재성을 확보할 수 없게 된 것이다. 그리고 그는 "우주를 (오직) 보이기 때문에 실재하는 것으로 받아들이는 이 본능"(this instinct of accepting the universe as real because it is seen, *STH* 235)은 사물뿐 아니라 인간 그 자신에까지 철저히 관철된다고 한다. "보이는 것이 바로 우리의 존재가 되는"(We are what is seen, 167) 것이다. 로렌스는 "인간 개개인은 각자에게 하나의 정체성, 즉 고립된 절대자들의 우주와 상응하는 하나의 고립된 절대자가 된다"(each man to himself an identity, an isolated absolute, corresponding with a universe of isolated absolutes, 165)라고 함으로써 "만물을 보는 인간성의 눈" (the All-seeing Eye of humanity, 166)에 담긴 단자화된 인식이라든가, 존재의 "어둠"을 깨뜨리고 만물을 철저히 객관화된 실체로 확립하는 인간중심적, 독단적 태도를 비판한다. 이 "보편적 시력"(the universal vision) 앞에서 "모든 나머지의 존재들은 단지 무대이자, 배경에 지나지 않으며", "신조차도 우리와 **다른 방식으로** 볼 수 없"(Even God could not see *differently* from what we see, 165)는 것이다.

이처럼 근대과학과 예술이 표방하는 객관성의 근저에는 이미 절대화된 주관성이 전제되어 있으며 이는 관념주의와 병행한 인간중심주의의 심화를 뜻한다는 로렌스의 판단은 「세계상의 시대」("The Age of World Picture")에서 근대과학의 본질과 그 형이상학적 토대를 비판적으로 고찰한 하이데거의 사유와도 통한다. 하이데거는 근대적 인간해방과 더불어 대두한 유례없는 객관주의와 주관주의의 필연적 상관관계를 밝히면서 거기에는 인간이 표상을 통해 세계를 하나의 "상(像)"으로 파악함으로써 모든 존재자의 존재와 진리방식을 근거지우는 "주체"로서의 지위를 획득하는 더욱 핵심적 사건이 깔려있음을 상세히 설명한다. 이를 요약하는 하이데거의 다음 발언은 로렌스의 사유와의 유사성을 분명히 확인시켜준다.

근대[의 본질적 성격]를 결정짓는, 이 두 사건의 맞물림, 즉 세계가 상(像)으로 변하고 인간이 주체가 되는 이 두 사건의 맞물림은 동시에, 언뜻 모순적으로 보이는 근대사의 근본적 사건을 조명한다. 즉 세계가 정복된 채 더 광범하고 더 철저하게 인간의 조처에 놓이게 될수록, 그리고 객체가 더욱 객관적으로 나타나면 날수록 주체는 더욱 주관적으로, 즉 더욱 집요하게 자신을 끌어올리며, 세계에 대한 고찰과 이론은 더욱 맹렬하게 인간론,

인간학으로 바뀐다. 세계가 상으로 되는 바로 그곳에서 인간주의가 최초로 발생한다는 것은 놀라운 일이 아니다.

The interweaving of these two events, which for the modern age is decisive —
that the world is transformed into picture and man into *subiectum* — throws light
at the same time on the grounding event of modern history, an event that at
first glance seems almost absurd. Namely, the more extensively and the more
effectually the world stands at man's disposal as conquered, and the more
objectively the object appears, all the more subjectively, i.e., the more
importunately, does the *subiectum* rise up, and all the more impetuously, too, do
observation of and teaching about the world change into a doctrine of man, into
anthropology. It is no wonder that humanism first arises where the world
becomes picture.[24]

흥미롭게도, 하이데거는 근대의 과학과 사유의 본질적 특성을 사물을
"항상 이미 알려진" 것으로 파악한다는 의미에서의 "수리적"(mathematical)인
것으로 규정하는데,[25] 로렌스 또한 관념주의적 사유의 특징을 유사하게 파악
한다. 예를 들어 로렌스는 자신이 의도하는 진정한 "사유의 모험"과 대비되
는 "앎의 모험"에 관해 이렇게 기술하는 것이다.

이것이 우리가 사는 방식이다. 우리는 우리가 이미 아는 것으로부터
다음에 알 것으로 나아간다. 페르시아의 '샤'(王)가 뭔지 모르면 우리는 테
헤란에 있는 궁전을 한 번 방문하는 것으로 멋지게 해치울 수 있다고 생
각한다. 달에 대해 별로 아는 것이 없으면 그에 관한 최근의 책 한 권만
읽으면 정통하게 된다.
정말이지, 우리는 그것에 대해 모든 것을 안다는 것을 안다. 이미 다
알려진 것, 알려진 것일 뿐이다! 둘 더하기 둘을 셈하고 기계 속의 진짜
작은 신이 되는, **이해**의 황홀한 작은 게임만이 남아 있는 것이다.

이 모든 것은 앎과 이해의 모험이다. 그러나 사유의 모험은 아니다.

> And this is how we live. We proceed from what we know already to what we know next. If we don't know the Shah of Persia, we think we have only to call at the palace in Teheran to accomplish the feat. If we don't know much about the moon, we have only to get the latest book on that orb, and we shall be *au courant*.
> We know we know all about it, really. *Connu! Connu!* Remains only the fascinating little game of *understanding*, putting two and two together and being real little gods in the machine.
> All this is the adventure of knowing and understanding. But it isn't the thought-adventure. (*RDP* 214)

로렌스는 이처럼 "이미 알려진" 것의 확실성에 토대해서 지식의 끊임없는 확장을 꾀하는 관념주의적 사유 방식에는 "어떤 바깥도 **존재하지** 않는다"(There *is* no outside, *RDP* 214)라고 하면서 삶의 신비와 '미지'를 부정하는 동일성의 논리를 비판한다. 그는 이러한 관념주의적 사유가 근대에 들어 강화된 것이지만 서구정신사에 이미 깊이 뿌리내린 병폐임을 지적한다. 서구의 로고스중심주의와 인간주의를 비판하는 글인 「제 꼬리를 입에 문 그」("Him With His Tail in His Mouth")에서 그는 "종교와 철학은 모두 사물의 시작과 도착점에 도달하려는 동일한 이중의 목적을 가지며"(Religion and philosophy both have the same dual purpose: to get at the beginning of things, and at the goal of things), 이는 곧 "끝이 처음과 하나가 된다"(the end is one with the beginning, *RDP* 309)는 점을 미리 결정한 태도에 다름없다고 한다. 말하자면 어떤 불변의 실체에 근거해 삶을 규정하려는 일체의 토대주의적 사유나 현실의 궁극적 완결을 미리 설정하는 목적론적인(teleological) 태도 모두 삶에 대한 외경의 상실이며, "창조의 둘레에 원을 그리고, 철꺽 들어맞는 하나의 최종적 관념의 자물쇠로 뱀의 꼬리를 입에 채우는"(draw a ring round creation, and fasten the serpent's tail into its mouth with the padlock of one final clinching idea, 310) 행위에 지나지 않는다는 것이다.

로렌스는 만물을 "이미 알려진" 것으로 파악하는 관념주의적 사유방식으로 말미암아 삶 자체에 깃든 신비로움이나 미지, 경이, 초월 등이 모두 부정된다는 사실을 각별히 강조한다. 그것은 육체의 억압과 함께 관념주의의 동일성의 원리가 타자성의 발현에 가한 또 하나의 핵심적 억압으로 보기 때문이다. 따라서 미지와 신비, 경이 등이 삶에서 차지하는 중요성을 지나치다 싶게 역설하는 그의 태도는 그의 신비주의적 성향 탓이 아니라, 관념주의의 동일화 논리에 의해 망각된 삶의 본원적인 층위를 환기시키려는 의도의 산물인 것이다.[26]

이상에서 살펴본 관념주의에 대한 로렌스의 비판은 결국 온전한 인간의 삶과 존재를 모색하려는 시도에서 비롯된 것이고, 늘 인간의 문제로 되돌아온다. 그가 줄기차게 문제삼는 것은 관념주의가 내면화된 자아, 즉 "에고" 내지 "인성"(personality)인데, 그에 따르면 '에고'는 관념주의의 모든 특성을 "육화"한 것이다. 육체적, 감정적 존재가 (자기)의식에 의해 철저히 억압되어 모든 관계로부터 단절되고 진정한 자발성을 상실한 채 기계적 논리에 따라 움직이는 상태, 말하자면 창조적인 삶을 특징짓는 '미지'로의 "자발적 변화"(spontaneous mutability)가 봉쇄된 자기동일적이며 "고정된 정적 실체"(a fixed static entity, *RDP* 76)이다. 관념주의에 대한 로렌스의 이와 같은 문제의식을 고려할 때 '에고이즘'(egoism)에 대한 그의 비판적 논의는 범속한 차원의 이기주의 비판이 아니라 서구문명의 본질적인 역사적 한계가 극복되느냐 마느냐 하는 중대한 문제를 두고 펼쳐진 것임을 알 수 있다. 그렇다면 과연 로렌

스는 동일성의 원리에 종속되어 있는 서구의 인간주의적이고 관념적인 인간
관을 넘어선 온전한 인간의 모습을 어떻게 그려내고 있는지를 이제 살펴보
도록 하자.

3. 자아의 온전성과 타자성

온전한 인간상을 모색하려는 로렌스의 시도는 늘 종래의 관념적 자아관
을 해체하는 데서 시작한다. 그는 자아를 다층적인 것으로 보는 한편, 특히
의식적 자아에서 벗어난 육체의 존재를 환기함으로써 이러한 해체작업을 실
행한다. 그러나 의식으로 단일화될 수 없는 자아의 다양한 층위를 강조한다
고 해서 인간이란 원래부터 분열되고 파편적인 존재라든가, 나아가 그렇게
분열된 것이 오히려 바람직한 상태라고 보는 태도와는 거리가 멀다. 그는 오
히려 "유해한 것은 분열 그 자체다"(It's the division itself which is pernicious,
P 370)라고 하면서 온전성의 회복을 촉구하기 때문이다.[27] 기존의 인간관을
극복하고 "다른 자아"(another ego)를 모색하려는 시도가 표현된, 『결혼 반지』
(The Wedding Ring)에 관한 익히 잘 알려진 한 편지 역시, 비록 동원되는 여러
비유들로 인해 오히려 뜻이 애매해지는 면 없지 않다 해도, 로렌스가 사회적,
또는 일상적 차원과는 동떨어진 불변의 어떤 실체를 의도한다기보다는 종래
의 관념적 자아에 비해 상대적으로 더 지속적이고 심층적인 자아를 모색하
는 입장임을 드러낸다.[28]

그런데 이러한 로렌스의 자아관에 대한 평가들을 먼저 살펴보면, 기존의
인간관이 거의 모든 영역에서 해체되던 모더니즘 시기에 그가 "몰개성적 차
원"의 자아를 성공적으로 재구성한 점을 높이 평가해주는 경우[29]도 있지만,
그의 모순적인 태도를 지적하는 경향이 더 지배적이다. 본즈(Diane S. Bonds)

는 앞의 로렌스 편지에서 자기동일적 자아관과 차이의 원리에 입각한 자아관이 병존함을 발견하며 그의 작품 전반에서 이 두 자아관 사이의 갈등을 읽어낸다.[30] 한편 이글튼(Terry Eagleton)은 "집단적"(corporate) 요소와 개인주의적 요소 사이에서 갈등을 보이는 "낭만주의적 휴머니즘 전통"의 모순이 로렌스에게서 재연되고 있음을 지적하기도 한다.[31] 해체론과 맑시즘의 관점에서 가해지는 이러한 비판은 자아 내적인 층위에서든 아니면 타자들과의 관계에서든 결국 타자성에 관한 로렌스의 사유가 불충분하다고 보는 것인데, 이러한 비판을 염두에 두면서 그가 추구한 온전한 자아상이 타자성의 문제와 어떤 상관관계에 있는지 검토해보기로 한다.[32]

로렌스는 서구의 전통적 자아관에서 육체적 존재가 지속적으로 억압되었다고 보기 때문에 육체를 복원하는 것을 온전한 존재 실현을 위한 일차적인 과제로 여긴다. 그가 이처럼 육체에 대한 깊은 믿음을 표하는 것[33]은 의식에 의해 육체의 억압이 심화되어온 서구 역사를 비판하려는 의도에서 비롯되는 면도 있으나, 근본적으로는 육체가 인간 존재의 더욱 본원적인 층위라는 관점에 기인한다. 여기서 유념할 사항은 이처럼 육체의 중요성이 강조되는 것에 비례해서 의식의 지위나 역할 또한 새롭게 자리매김된다는 사실이다. 그의 글에는 일견 육체, 또는 "피의 의식"(blood consciousness)이 찬미되고 의식은 일방적으로 비판되는 듯한 대목들도 많아서 원시주의자라든가 반이성주의자라는 오해를 낳기도 한다. 그러나 그러한 대목들도 면밀히 따져보면 의식이 인간의 온전한 존재와 삶에 역행하는 경우에 대한 비판이지 의식 자체에 대한 비판은 아닌 경우가 대부분이다. "우리가 가지고 태어나는 이 두 뇌의식은 모든 것 중 가장 양면적인 축복이다"(This mental consciousness we are born with is the most double-edged blessing of all, *RDP* 105)라는 말에서도 드러나듯이 의식에 대한 로렌스의 태도는 쉽게 규정할 수 없는 복잡한 성격을 띤다.[34] 이처럼 종종 모순적으로 보이며 때로 복잡하고 애매하게 느껴진다 하더라도 그에게 의식을 바라보는 일관된 시각이 결여된 것은 아니다. 그는 (두뇌)의식이란 인간의 감정적 중추에 있는 더 본원적 의식이 발달하고 난 뒤 최종적 단계에서 생겨나는 것으로 "역동적 의식의 말단적 도구"(the terminal instrument of the dynamic consciousness, *FUPU* 247)라고 함으로써 의식은 어디까지나 "도구적"인 것이지 결코 삶 그 자체의 목적이 될 수 없음을 강조한다.[35] 그러나 의식이 도구적 기능에 한정된다고 해서 의식의 중요성이 부정되지는 않는다. 그는 의식의 한계를 엄격히 규정하면서도 기본적으로 진정한 삶의 실현에 있어서 의식이 차지하는 특유의 핵심적 역할을 긍정하는 입장인 것이다.[36]

요컨대 로렌스는 육체나 의식 혹은 다른 무엇이든 "살아있는 인간 전체"(the whole man alive)가 될 수는 없는 만큼 어떤 하나의 일방적인 압도가 아닌, 다양한 내적 요소들이 서로 차이를 유지하며 공존하는 가운데 유기적이고 비억압적인 관계맺음을 이룩하는 데서 온전한 자아의 가능성을 발견한다고 볼 수 있다. 의식은 앎과 이해를 통해 자아와 외부 대상과의 매개로 기능할 뿐 "자발적 중추들"(spontaneous centers)을 다스릴 수 없고, "우리를 존재로 솟아나게 하는 저 영원히 알 수 없는 실재"(that for ever unknowable reality which causes us to rise into being)인 "영혼"만이 이를 관장한다고 밝힌 뒤, 로렌스는 상호갈등하기도 하는 부분들과 전체 사이의 관계에 대해 다음과 같이 말한다.

> 의식, 보수적 정신, 그리고 헤아릴 수 없는 영혼, 이 셋은 모든 인간에게 있어서 힘의 삼위일체다. 그러나 이것들조차 넘어선 무엇이 있다. 그것은 순수한 단독성, 의식의 총체성, 존재의 단일성 상태에 있는 개인, 즉 성

령강림 이후 우리와 함께 있으며 우리가 부정해서는 안 되는 성령이다. 갑작스러운 통찰을 통해 내가 틀렸다는 것을 알고 '내가 **틀렸다**'라고 나 자신에게 말할 때, 이것은 나의 온 자아, 즉 성령이 말하는 것이다. 그것은 어떤 의식적 추론이 아니다. 단지 영혼이 섬광을 발한 것도 아니다. 영혼과 의식, 정신이 하나로 변모하여 나의 온 존재가 한 목소리로 말한 것이다. 나는 내 존재의 이 음성을 **결코** 부정해서는 안 된다. 나의 모든 격랑 속에서 나의 온 자아가 마침내 말을 하면 일순간 모든 것이 멈춘다...... 그리고는 멈춤의 순간이 지난 뒤에는 새로운 시작, 새로운 삶의 조정이 있다. 양심은 개인이 총체적으로 의식할 때, 즉 완전히 알 때 생기는, 존재의 의식이다. 그것은 두뇌의식을 포함하면서도 훨씬 능가하는 무엇이다.

Mind, and conservative psyche, and incalculable soul, these three are a trinity of powers in every human being. But there is something even beyond these. It is the individual in his pure singleness, in his totality of consciousness, in his oneness of being: the Holy Ghost which is with us after our Pentecost, and which we may not deny. When I say to myself: 'I am wrong,' knowing with sudden insight that I *am* wrong, then this is the whole self speaking, the Holy Ghost. It is no piece of mental inference. It is not just the soul sending forth a flash. It is my whole being speaking in one voice, soul and mind and psyche transfigured into oneness. This voice of my being I may *never* deny. When at last, in all my storms, my whole self speaks, then there is a pause. . . . And then, after the pause, there is fresh beginning, a new life adjustment. Conscience is the being's consciousness, when the individual is conscious *in toto*, when he knows in full. It is something which includes and which far surpasses mental consciousness. (*FUPU* 133-34)

위 대목에서 "총체성"과 "단일성"을 지닌 자아 전체가 부분에 대해 일종의 절대적 우위를 가진다는 사실을 강조하는 로렌스의 태도는 전통적 자아관을 '해체'하는 데 몰두해서 실천적 주체로서의 온전한 자아상을 모색하는 일마저 기피하거나 파편화된 자아를 예찬하는 현대 이론의 일부 경향과는 분명하게 구별된다.[37] 그러나 또한 그의 이러한 태도가 종래의 자아관에 대한 집착과도 다르다는 사실은 자아가 부분과 무관하게 이미 주어진 것이라든가 단일하며 자기동일적인 실체도 아니라는 점을 밝히는 데서 드러난다. 부분들이 "하나로 변모한" 온 자아는 자아 내적 요소들 간의 관계맺음 그 자체로부터 나오는 것이라는 점에서 이에 선행해서 존재하는 실체라거나, 특정한 부분들의 발현이 배제된 억압적 전체로 볼 수 없는 것이다. 위 대목이 들어 있는 『무의식의 환상곡』(*Fantasia of the Unconscious*) 전편에 걸쳐 로렌스가 온전한 자아란 대극성(polarity)을 띤 여러 감정적 중추들의 내적인 상호작용, 그리고 이것과 외부대상과의 관계를 통해 형성됨을 줄곧 강조하고 있음을 고려할 때 그가 단일한 어떤 실체로서의 자아를 상정하지 않고 있음은 더욱 분명하다 하겠다.

이와 관련해서 "성령"이라는 표현에도 주목할 필요가 있는데, 온전한 자아의 호칭에 대한 예민한 자의식에도 불구하고[38] 로렌스가 "성령"이란 용어를 가장 빈번히 사용하는 데는 그것이 자아의 온전성 자체의 중요성을 십분 전하면서도 단일한 실체로서 오인될 위험을 피할 수 있다는 점이 크게 작용한 듯하다. 그가 의미하는 "중재자로서의 성령"(the Holy Ghost, the Mediator, *RDP* 373)은 대립자들의 관계맺음 자체이기도 하면서 각각의 대립자들을 초월한 어떤 것이다. 말하자면 "성령"은 "순수한 관계, 즉 여럿에서 하나됨으로의 순수한 번득임"(a pure relation, a sheer gleam of oneness out of manyness, *RDP* 303)을 통해 현시된다. 민들레의 "성령은 빛과 어둠, 낮과 밤, 습함과 햇빛의 기운을 하나의 작은 실마리 속에 묶어 붙들고 있는 것이다"(The Holy Ghost is that which holds the light and the dark, the day and the night, the wet and the sunny, united in one little clue, *RDP* 359). 따라서 로렌스가 인간의 온전성을 '성령'으로 칭할 때는 다양한 요소들 사이에서 이루어지는 관계맺음을 떠나서는 온전한 자아가 애당초 가능하지 않다는 인식과 더불어, 부분적인 요소들이나 그것의 합을 넘어선 온전한 존재의 층위가 엄연히 존재한다는 인식을 동시에 담고 있다고 하겠다. 오직 관계맺음 그 자체로서만 현시된다는 점에서 온전한 자아인 "성령"은 철저히 "비실체적 비실재"(unsubstantial unreality, *RDP* 191)이다. 그러나 실체로서 실재하지는 않지만 존재하지 않는 것은 아니며 근본적으로 자아의 구성요소들에 가장 깊숙이 간여하고 있는 그 무엇이다.

한편 로렌스는 온전한 자아란 내적으로 다양한 층위로 구성되어 있을 뿐 아니라 항구적으로 미래에 개방된 변화하는 존재임을 강조한다. 그는 인간이 관념적 에고가 될 때 "시간의 흐름 속에 있는 우연적 응집물"(an accidental cohesion in the flux of time)에 불과하면서도 "영원하며 절대적인" 불변의 존재로 자처한다고 한다(*RDP* 272, 280). 또한 동일성을 추구하는 서구의 관념주의적 경향으로 인해 현재를 불변의 것으로 고착화함으로써 영원성을 확보하려고 하는 그릇된 현재중심적 시간관이 조장되어 왔음을 비판한다. 그에 따르면 "거짓된 지금"(the false Now)이 추구하는 "영원성은 과거 전체와 미래 전체의 종합이자, 존재의 완전한 **바깥** 내지 부정에 불과한 것이다"(eternity is but the sum of the whole past and the whole future, the complete *outside* or negation of being, *SM* 40). 그는 삶의 끊임없는 변화와 흐름으로 드러나는 진정한 현재의 중요성을 역설하며,[39] 인간 역시 이러한 항구적 변화의 흐름에서 벗어나지 않을 때만 온전한 삶이 가능함을 환기한다.

> 사는 동안 우리는 삶의 유동(流動)과 죽음의 유동 사이에 균형을 이루고 있다. 그러나 진정한 실마리는 우리를 계속 움직여 개화(開花) 상태로

들어가도록 하는 성령이다. 그리고 유년기의 가냘픈 푸른 꼬리풀로부터, 모든 양귀비꽃과 해바라기를 거쳐, 마찬가지로 가냘프고 약한 노령의 작별의 꽃에 이르기까지 해마다 개화는 다르다. 해마다 차이가 거듭된다.

사는 동안 우리는 변하며, 우리의 개화는 항구적인 변화이다.

While we live, we are balanced between the flux of life and the flux of death. But the real clue is the Holy Ghost, that moves us on into the state of blossoming. And each year the blossoming is different: from the delicate blue speedwells of childhood, to the equally delicate, frail farewell flowers of old age: through all the poppies and sunflowers: year after year of difference.

While we live, we change, and our flowering is a constant change. (*RDP* 286)

물론 이처럼 차이와 변화를 긍정한다 하더라도 더 중요한 문제는 그것이 얼마나 진정한 차원의 변화냐 하는 것이다. 시간의 흐름 속에서 부단히 변한다 하더라도 그것이 어떤 근본적으로 불변하는 실체의 표면적 변화에 불과하다든가 또는 어떤 실체의 이미 주어진 내적 가능성이 시간 속에서 궁극적 완성을 향하고 있는 것에 불과하다면 이는 진정한 의미의 차이나 변화라 할 수 없을 것이다. 로렌스는 자기초월을 통해 미지의 존재로 거듭날 때만 진정한 차이의 성취도, 온전한 존재의 실현도 가능하다는 점을 강조한다.

디도란 존재는 새로운, 절대적으로 새로운 것이었다. 그전에는 결코 존재하지 않다가 디도를 통해 **존재한** 것이다. 내가 막 뽑아낸 이 가시투성이 방가지똥도 그 나름으로 온 시간을 통틀어 처음으로 존재하고 있다. 그것은 그 자체, 즉 새로운 것이다. 가장 생생하게, 그 노랗고 작은 동그란 꽃 속에서 가장 생생하게 그 자체로 존재한다. 그 꽃으로 존재한다. 그 꽃을 통해 그전까진 결코 발해진 바 없는 무엇을 세상에 발한다. 그것과 유사한 것은 있었지만 그것과 꼭 같은 것은 결코 없었다. 이 풍요로운 새로운 존재는 이 풀의 노랗게 피어난 동그란 꽃 속에서 가장 풍요롭다.

그렇다면 재생산에 수반되는 이 초과란 과연 무엇인가? 초과란 그 최대한의 존재 상태에 있는 물 자체이다. 이 초과에 조금이라도 못미쳤다면 그것은 아예 존재하지도 못했을 것이다. 이 초과가 없어지면 어둠이 지표를 덮을 것이다. 이 초과를 통해 풀이 꽃으로 바뀌며 마침내 그 자체를 성취한다. 모든 것의 목표 내지 정점은 양귀비꽃의 붉은 색, 불사조의 이 불꽃, 디도의 이 방종한 존재, 심지어 그녀의 소위 낭비인 것이다.

What was Dido was new, absolutely new. It had never been before, and in Dido it *was*. In its own degree, the prickly sow-thistle I have just pulled up is, for the first time in all time. It is itself, a new thing. And most vividly it is itself in its yellow little disc of a flower: most vividly. In its flower it is. In its flower it issues something to the world that never was issued before. Its like has been before, its exact equivalent never. And this richness of new being is richest in the flowering yellow disc of my plant.

What then of this excess that accompanies reproduction? The excess is the thing itself at its maximum of being. If it had stopped short of this excess, it would not have been at all. If this excess were missing, darkness would cover the face of the earth. In this excess, the plant is transfigured into flower, it achieves at last itself. The aim, the culmination of all is the red of the poppy, this flame of the phoenix, this extravagant being of Dido, even her so-called waste. (*STH* 11-12)

"초과"를 통해 이룩되는 "최대한의 존재 상태에 있는 물 자체"는 "초과"라는 말의 고유한 의미대로, 이미 결정된 어떤 실체가 될 수 없다. 또한 "인간은 항상, 거의 매일이다시피 초과를 지니고 산다"(He has his excess constantly on his hands, almost every day, *STH* 31)는 발언에서도 분명하게 드러나듯이 부단히 진행되는 삶 속에서 존재의 "최대한"이란 항상 미래를 향해 열린 가능성으로서 예견 불가능한 것이기 때문에 일단 달성된다고 해서 완전히 종결될 성질의 것도 아니다. 로렌스는 "자기보존"의 집착에서 벗어나 '미지'와 미래로 뛰어들 때, 즉 "존재하고 있는 것과 존재하지 않는 것이 접하는 전선"(the firing line, where what is is in contact with what is not, *STH* 19)에 나설 때만 "초과"를 통한 온전한 자아 성취가 가능함을 강조한다. "전선"의 이미지가 전달하듯 여기에는 기존의 자아에 대한 중대한 위험이 수반된다. "존재하는 것과 존재하지 않는 것에 대한 어떤 새로운 의식, 보호물들을 놔두고 전진하는 삶의 모험 속에서 위험을 무릅쓰며 **존재하고자** 하는 어떤 새로운 용기"(some new sense of what is and what is not, some new courage to let go the securities, and to *be*, to risk ourselves in a forward venture of life, *STH* 17)를 가질 때 비로소 온전한 자아실현이 가능한 것이다.

이처럼 로렌스가 추구하는 온전한 인간상은 다양한 내적 요소들의 조화로운 관계와 미지로의 부단한 자기초월이라는 이중의 내적 타자성에 기초한다. 나아가 로렌스는 진정한 자아실현이란 단지 자아 내적 차원에서만 이루어질 수는 없는, 말하자면 그와 동시에 타자와의 관계맺음을 근원적으로 요구하며 오직 이를 통해서만 이룩되는 것임을 일관되게 주장한다. 관계맺음을 중시하는 그의 태도는 앞에서도 언급한 바가 있지만, 이는 통상 개인적인 속성으로 생각되기 쉬운 "자발성"(spontaneity)과 "순진성"(naiveté)에 대한 그의 발언을 통해서도 확연하게 드러난다.

로렌스가 자발성의 중요성을 강조한 것은 익히 알려진 일이지만 정작 그 의미를 섬세하게 이해하려고 한 시도는 그리 많지 않다. 기존 비평의 이러한 한계를 문제삼는 앨콘(Marshall W. Alcorn)은 로렌스가 온전한 자아에서 비롯되는 "영혼의 자발성"(soul spontaneity)과 "에고의 자발성"(ego spontaneity)을 구별하고 있다고 하면서, 의식적인 것과 대비되는 무의식적인 것으로서, 또는 의지와 양립할 수 없는 자연적 충동으로서 자발성을 상정해서는 로렌스가 의도한 바 진정한 자발성을 제대로 설명할 수 없음을 적절히 지적한다.[40) 그러나 이에 덧붙여 강조해야 할 점은 로렌스가 자발성을 한 개인의 내적 차원에 국한될 수 없는 사회적 관계의 소산으로 이해한다는 점이다. 그의 이러한 관점은 18세기 계몽주의의 산물인 '선인(善人)'의 이상을 비판하는 같은 제목의 글("The Good Man")에 잘 나타나 있다. 그는 "소위 '자발적인 인간 본성'이란 것은 존재하지도 않으며, 존재해 본 적도 없다. 인간 본성은 항상 이러저러한 틀에 따라 만들어지는 것이다"(The thing called "spontaneous human nature" does not exist, and never did. Human nature is always made to some pattern or other, *P* 752)라고 하며 타고난 순수한 자발성에 대한 루쏘(Jean Jacques Rousseau)류의 '감상주의'(sentimentalism)를 경계한다. 그는 어린아이나 오지의 원주민에 대한 낭만적 환상을 부정한 뒤 모든 인지되지 않은 감정들이란 "인습적 감정형식"(conventional feeling-patterns, *P* 753)으로 옮겨지지 않으면 "신경증"으로 남을 뿐이라고 하면서 감정의 사회적 층위를 강조한다. 여기에서 "인습적 감정형식"은 레이먼드 윌리엄스(Raymond Williams)가 언급한 '감정 구조'(structures of feeling)를 연상시키기도 하는데, 이처럼 인간의 감정 형성에 작용하는 사회적 감정구조의 절대적 역할을 환기시키는 것은 어느 구조주의자의 발언 못지않다고 하겠다.

로렌스가 말하는 "순진성" 역시 참된 관계맺음의 실현과 결코 분리해서 생각할 수 없다. 그는 인간이 "우주 전체와 하나의 살아 있는 연속체"(one living *continuum* with all the universe)로 존재하는 것을 "순진성의 본질적 상태"(the essential state of innocence, of naiveté) 또는 "근본적 개체의식"(radical individual consciousness, *P* 762)이라 부른다. 이 "순진성"의 상태를 그는 "다르나 분리되어 있지 않은"(different, but not separate) 상태라고 표현하기도 한다.

즉 모든 존재자들의 타자성이 인정되지만 서로 동떨어진 단자들로서가 아니라 '살아있는' 관계 속에 맺어진 상태인 것이다. 그러나 자기의식의 발달로 인해 "하나됨"(at-oneness)의 순진성이 깨어져서 단자화된 결과 주관의식과 객관의식으로 분리된 상태를 로렌스는 "사회적 의식"이라고 부르며, 이는 곧 타자와의 왜곡된 관계를 초래한다는 것이 그의 주장이다. 자아의 '순진성'은 자아 내적, 외적 타자성에 열려 있는 상태이며, 바로 이러한 의미에서 그는 '순진성'을 "혼돈으로 살아있는 태양을 향한 저 가장 내밀하고 순진한 영혼의 열림"(that innermost naive opening of the soul . . . to the sun of chaotic livingness, *P* 261)이자, "얼룩박이 표범같은 혼융된 자아에 대한 믿음" (faith in the speckled leopard of the mixed self, *P* 262)이라고 표현한 것이다.

이와 같이 로렌스는 온전한 자아실현에 있어 타자와의 관계맺음의 중요성을 강조하는 한편, 모든 관계맺음의 가장 근본을 다름 아닌 각 개체적 존재의 고유성, 즉 타자성에 두는데 이는 「민주주의」("Democracy")의 다음 발언에서 명료하게 드러난다.

> 우리 앞에 실제로 현존하고 있는 사람이 변환 불가능하고 불가해한 육화된 신비라는 사실, 사회적 삶에 관한 어떠한 거대한 구상도 바로 이 사실에 토대해야만 한다. 바로 **타자성**이라는 사실이다.
> 각각의 인간 자아는 단일하며 교체불가능하고 고유하다. 이것이 그 **제일의** 실재이다.

> The fact that an actual man present before us is an inscrutable and incarnate Mystery, untranslatable, this is the fact upon which any great scheme of social life must be based. It is the fact of *otherness*.
> Each human self is single, incommutable, and unique. This is its *first* reality.
> (*RDP* 78)

각 개체적 존재의 타자성이 발현될 때, 인간이 서로 "평등 또는 불평등의 문제가 도대체 개입할 여지조차 없는"(without any question of equality or unequality entering in at all, *RDP* 80) 비교불가능한 고유한 존재로서 만날 때 진정한 관계맺음의 성취도, 온전한 자기 존재의 실현도 가능하다는 것이 로렌스의 주장이다. 여기에는 앞에 언급한 이중의 내적 타자성, 즉 자아 내부의 다양한 요소들간의 조화로운 관계와 '미지'로의 부단한 자기초월이 수반되어야 함은 물론이다. 온전한 존재 실현은 자아 내적, 외적 타자성의 발현이 충일하게 함께 어우러질 때 비로소 가능한 것이다.

그렇다면 근대세계를 살아가는 사람들에게 타자성이 발현되는 온전한 삶의 성취는 어떻게 가능하며 여기에는 어떠한 어려움들이 도사리고 있는가? 앞으로 이 논문이 다룰 세 소설은 로렌스가 주로 남녀관계를 중심으로 타자성의 문제를 포괄적으로 다루면서 균질화된 삶을 강요하는 근대세계에 대한 역사적 통찰을 담아낸 작품들이다. 타자성이 발현되는 온전한 자아실현과 관계맺음의 성취를 향한 그의 "사유의 모험"은 어떻게 시작되고 전개되는지, 먼저 작가의 전기적 체험에 대한 진지한 성찰을 통해 타자성의 문제를 본격적으로 인식할 계기로 마련되는 『아들과 연인』부터 살펴보도록 하겠다.

NOTES

1) David Ellis and Howard Mills, *D. H. Lawrence's Non-Fiction: Art, Thought and Genre* (Cambridge: Cambridge UP, 1988) 1.
2) Aldous Huxley, introduction, *The Letters of D. H. Lawrence*, ed. Aldous Huxley (London: William Heinemann, 1932) xi-xii.

3) Huxley, 앞의 글 xii, xxi.

4) 이후 작품론에서 언급하지 않는 글 중 타자성의 주제와 관련된 몇 편을 소개하면, 의식보다 더 심층적인 자아(Underself)에 대한 로렌스의 문제의식을 문체상의 독창성과 연결시켜 논한 Alan Friedman, "The Other Lawrence," *Partisan Review* 37.2 (1970): 239-53; 이와 유사하게 육체적 자아의 타자성을 다룬 T. H. Adamowski, "Self/Body/Other: Orality and Ontology in Lawrence," *D. H. Lawrence Review* 13.3 (fall 1980): 193-207; 독일 철학과 문학의 "대극성"(polarity)에 관한 사유의 전통을 로렌스와 연결시키며 타자성에 관한 그의 사유를 높이 평가하는 Ronald Gray, "English Resistance to German Literature from Coleridge to D. H. Lawrence," *The German Tradition in Literature 1871-1945* (Cambridge: Cambridge UP, 1965) 327-54; 탈식민주의론적 관점과 심리분석학적 관점을 결합시켜 로렌스의 타자성을 논한 Howard J. Booth, "'Give me differences': Lawrence, Psychoanalysis, and Race," *D. H. Lawrence Review* 27.2-3 (1997-98): 171-96; 워즈워스와 로렌스에 있어서의 주체와 객체의 관계를 비교분석한 Donald Gutierrez, *Subject-Object Relations in Wordsworth and Lawrence* (Ann Arbor: UMI Research P, 1987) 등이 있다.

5) 현대 프랑스 철학이 동일성과 타자성의 문제를 축으로 전개되어 왔음을 통시적으로 논한 글로는 Vincent Descombes, *Modern French Philosophy* (Cambridge: Cambridge UP, 1980)를 꼽을 수 있겠다. 한편 Derrida, Levinas, Nancy, Deleuze 등의 차이에 관한 사유를 비교분석한 글로는 Todd May, *Reconsidering Difference* (Pennsylvania: Pennsylvania UP, 1997) 참조.

6) 예를 들면, 로렌스를 데리다의 해체적 사유와 비교한 Gerald Doherty, "White Mythologies: D. H. Lawrence and the Deconstructive Turn," *Criticism* 29.4 (fall 1987): 477-96; 로렌스와 들뢰즈의 친연성을 논한 Ginette Katz-Roy, "'This may be a withering tree this Europe': Bachelard, Deleuze and Guattari on D. H. Lawrence's Poetic Imagination," *Etudes Lawrenciennes* 10 (1994): 219-35.

7) 로렌스 자신이 니체의 글을 읽기도 했고 그의 '힘의 의지'(will to power)에 대해 종종 언급한 까닭에 두 사람의 사유를 비교한 글들은 상당히 많은 편이다. 이에 관한 가장 포괄적인 논의로는 Colin Milton, *Lawrence and Nietzsche: A Study in Influence* (Aberdeen: Aberdeen UP, 1987)를 들 수 있다. 좀더 최근 논의로는 Robert E. Montgomery, *The Visionary D. H. Lawrence: Beyond Philosophy and Art* (Cambridge: Cambridge UP, 1994) 73-131 참조. 근래에는 로렌스와 하이데거의 유사성에 주목하는 연구들도 이루어졌는데 Michael Bell, *D. H. Lawrence: Language and Being* (Cambridge: Cambridge UP, 1991) (이후 *LLB*로 표기함) 및 Anne Fernihough, *D. H. Lawrence: Aesthetics and Ideology* (Oxford: Clarendon, 1993) 140-70 등이 대표적이다. Fiona Becket, *D. H. Lawrence: The Thinker as Poet* (London: Macmillan, 1997)도 이에 속한다. 이보다 앞서 로렌스와 하이데거의 친연성을 논한 글로 Paik Nack-chung, "A Study of *The Rainbow* and *Women in Love* as Expressions of D. H. Lawrence's Thinking on Modern Civilization," diss., Harvard U, 1972 (이후 *SRW*로 표기함)이 있다.

8) 이와 관련해서 로렌스가 사용하는 "other(ness)"란 어휘가 영어에서는 매우 일상적인 친숙한 말로서 'alterity', 'différence' 등의 철학적, 비평적 용어와는 구별된다는 점을 언급할 필요가 있다. 또한 이 논문에서 논의의 편의상 "otherness"를 "타자성(他者性)"으로 옮겼지만, 우리말의 "다름"이란 말에 더 가깝다고 할 수 있다.

9) 로렌스의 주요 산문의 하나인 「민주주의」("Democracy")에서도 관념주의는 유사하게 정의된다. "The second great temptation is the inclination to set up some fixed centre, in the mind, and make the whole soul turn upon this centre. This we call idealism." (*RDP* 79)

10) 이 글을 본질적인 유럽사에 대한 통찰이자 세잔에 대한 탁월한 예술비평이요 지각과 인식에 관

한 철학적 안목이 조화를 이룬 훌륭한 사례로서 진지하게 검토한 글로 John Remsbury, "Real Thinking: Lawrence and Cézanne," *Cambridge Quarterly* 12.2 (spring 1967): 117-47, rpt. in *D. H. Lawrence: Critical Assessments*, ed. David Ellis and Ornella de Zordo, 4 vols, (East Essex: Helm Information, 1992) 4: 188-210 참조. Remsbury는 육체와 지각에 관한 로렌스의 사유가 영국의 철학자인 Gilbert Ryle보다 우위에 있으며, Merleau-Ponty와 유사성이 있음을 밝히고 있다.

11) Garry Watson, "D. H. Lawrence and the Abject Body: A Postmodern History," *Writing the Body in D. H. Lawrence*, ed. Paul Poplawski (Westport: Greenwood, 2001) 1-17. Watson은 '상처입은' 근대적 육체에 관한 로렌스의 통찰이 Nietzsche, Max Weber의 사유와 연장선상에 있으며, 그 진단과 대안이 현대 프랑스 사상가인 Foucault, Hélène Cixous, Luce Irigaray 등과 통하는 면이 있음을 밝힌다.

12) Kim Sungho, "Engaging the Ineffable: Feeling and the Trans-Modern Imagination in D. H. Lawrence's *Women in Love* and *The Plumed Serpent*," diss., State U of New York at Buffalo, 2000, 6-13.

13) 이런 관점에서 로렌스는 관념론과 실재론, 혹은 관념주의과 물질주의, 이상주의와 현실주의, 주관주의와 객관주의 등의 구분이 근본적으로 동일한 현상의 앞뒷면에 지나지 않는다고 본다. *FUPU* 211 및 *RDP* 76 참조. 전자의 한 대목을 인용해 보면, "Thus we see how it is that in the end pure idealism is identical with pure materialism, and the most ideal people are the most completely material. Ideal and material are identical."

14) 그의 이러한 입장은 따라서 실체론적인 사유에 입각한 유기체론과의 본격적인 단절을 의미한다. 이 점에서 그의 사상은 Fredric Jameson이 지적한 바 있는, 19세기를 풍미했던 유기체론 모델의 실체론적인 사유로부터 쏘쉬르(Ferdinand de Saussure)의 언어론이나 그에 빗지고 있는 구조주의, 후기구조주의 등에 의해 대표되는 20세기의 "장"(field), 혹은 관계성 중심 사유로의 이행과 근본적으로 통하는 바가 있다. Fredric Jameson, *The Prison House of Language* (Princeton: Princeton UP, 1972) vi 참조.

15) 『묵시록』(*Apocalypse*)에는 로렌스의 이러한 신념이 특히 강하게 드러나는데 일례를 들면, "And sometimes it seems as if the experience of the living heavens, with a living yet not human sun, and brilliant living stars in *live* space must have been the most magnificent of all experiences, greater than any Jehovah or Baal, Buddha or Jesus. It may seem an absurdity to talk of *live* space. But is it? While we are warm and well and "unconscious" of our bodies, are we not all the time ultimately conscious of our bodies in the same way, as live or living space? And is not this the reason why void space so terrifies us?" ("Introduction to *The Dragon of the Apocalypse*," *A* 51)

16) 백낙청, 「로렌스의 재현 및 (가상)현실 문제」, 『안과밖』 창간호 (1996): 297-98.

17) 근대에 접어들어 서구의 관념주의가 심화되면서 자의식적이며 관념화된 에고에 수반되는 고독과 소외감, 신경증에 대한 로렌스의 심리학적 차원에서의 문제의식이 잘 드러나는 글로는 Trigant Burrow가 저술한 *The Social Basis of Consciousness*에 대한 서평 (*P* 377-82) 참조.

18) 육체적 존재에 대한 혐오감과 증오가 근대 민주주의 사회 속의 인간관계와 감정의 층위를 속속들이 규정하며 사회의 내적 갈등을 유발하고 있음을 실감나게 보여주는 글로는 여기 언급한 "Introduction to *Bottom Dogs*, by Edward Dahlberg," (*P* 267-73) 외에도 "Men Must Work and Women as Well" (*P2* 582-91)을 꼽을 수 있겠다. 작품론에서 다루겠지만 『사랑하는 여인들』 역시 이러한 현상을 탁월하게 형상화한 예이다.

19) "A Propos of *Lady Chatterley's Lover*," *P2* 512.

20) 로렌스는 서기 6세기경 육체의 죽음과 더불어 영적 자아의 부활과 순수한 지식의 추구 자체가

목적이 되는 경향이 다양한 지역의 신비의식을 통해 드러나고 있음을 지적하며, 이러한 경향과 근대과학 사이에 본질적 연속성이 있음을 언급한다. *A* 168-69 참조.

21) 과학의 성취를 기본적으로 인정해주면서도 그 한계를 짚어내는 로렌스의 태도는 다음에서도 잘 드러난다. "Our objective science of modern knowledge concerns itself only with phenomena, and with phenomena as regarded in their cause-and-effect relationship. I have nothing to say against our science. It is perfect as far as it goes. But to regard it as exhausting the whole scope of human possibility in knowledge seems to me just puerile. Our science is a science of the dead world. Even biology never considers life, but only mechanistic functioning and apparatus of life" (*FUPU* 12). 과학적인 앎의 가치는 그것대로 인정하면서도 추상화되지 않는 직접적 앎, 즉 '종교적', '시적' 앎의 중요성을 환기하며 둘 사이의 조화를 모색해보려는 로렌스의 태도를 엿볼 수 있는 대목으로는 *A* 190-92 참조.

22) 근대과학의 절대적 객관성에 대한 로렌스의 비판이 과학 자체의 관점에서도 유효함은 그의 인식론을 헝가리의 과학자이자 철학자인 Polanyi의 사상과 비교 검증한 근년의 글들에서도 확인된다. Pamela A. Rooks, "D. H. Lawrence's 'Individual' and Michael Polanyi's 'personal': Fruitful Redefinitions of Subjectivity and Objectivity," *D. H. Lawrence Review* 23.1 (spring 1991): 21-29 및 M. Elizabeth Wallace, "The Circling Hawk: Philosophy of Knowledge in Polanyi and Lawrence," *The Challenge of D. H. Lawrence*, ed. Michael Squires and Keith Cushman (Madison: U of Wisconsin P, 1990) 103-20 참조.

23) 로렌스가 "그림/상"(picture)을 실제 그림과 무관하게 종종 의식이나 관념과 연관시켜 사용함을 잘 보여주는 사례로는 "Review of *The Social Basis of Consciousness*, by Trigant Burrow," *P* 377-82 참조.

24) Martin Heidegger, "The Age of the World Picture," *The Question Concerning Technology and Other Essays*, tr. William Lovitt (New York: Harper & Row, 1977) 133.

25) Heidegger, 앞의 글 118-20. 근대과학과 형이상학의 '수리적' 특성에 대한 한층 본격적인 논의로는 Martin Heidegger, "Modern Science, Metaphysics and Mathematics," *Martin Heidegger: Basic Writings*, ed. David Farrell Krell (London: Routledge, 1993) 271-305 참조.

26) 삶에 있어 '신비'와 '경이'의 중요성을 강조하는 로렌스의 태도가 잘 드러난 예로는 "Preface to *The Grand Inquisitor*, by F. M. Dostoievsky," *P* 283-91 및 "Hymns in a Man's Life," *P2* 597-601 참조.

27) Rosanov의 글에 대한 한 서평에서 로렌스는 Dostoievsky를 비롯한 러시아 문학에서 빈번히 주제화되는 자기분열적 현상을 "인간 영혼의 신비한 복잡성"(the mysterious complexity of the human soul)으로 상찬하는 태도를 비판하면서, 분열을 극복하고 진정한 온전성이 회복될 수 있는 가능성을 보인 "첫 러시아인"으로서 Rosanov를 긍정적으로 평가한다. "Review of *Solitaria*, by Rosanov," *P* 367-71.

28) Edward Garnett에게 보낸 1914년 6월 5일자 편지(*L2* 182-84)에 나타난 로렌스의 예술관 및 자아관을 상세하게 다룬 글로 백낙청, 「'다른 어떤 율동적 형식'과 리얼리즘─*The Wedding Ring*에 관한 로렌스 편지의 해석 문제」, 『황찬호 교수 정년기념 논문집』 (황찬호 교수 정년기념논문집 간행위원회, 1987) 157-75 참조.

29) Bell, *LLB* 5. Bell은 기존의 자아를 해체하면서도 행위의 주체로서의 새로운 자아를 재구성한 것을 로렌스 뿐만 아니라 조이스(James Joyce) 등 모더니스트 대가들의 일반적 성취로까지 확대하기도 한다. Michael Bell, *Literature, Modernism and Myth* (Cambridge: Cambridge UP, 1997) 90-92 참조.

30) Diane S. Bonds, *Language and the Self in D. H. Lawrence* (Michigan: UMI Research P, 1987) 21-24. 이와 유사하게 Doherty는 로렌스가 데리다와 해체적 사유를 공유하면서도 자기현전적 자아관에 여전히 머물러 있음으로 해서 근본적 자기모순을 보여준다는 주장을 펼친다. Doherty, 477-96.

31) Terry Eagleton, *Criticism and Ideology: A Study in Marxist Literary Theory* (London: Verso, 1978) 157-60. 로렌스의 이러한 경향을 좀더 일찍 조심스럽게 지적한 글로는 Raymond Williams, *Culture and Society: Coleridge to Orwell* (1958; London: Hogarth, 1993) 212-13 참조.

32) 타자성의 문제를 주로 다루면서 로렌스의 자아관과 사회관을 낭만주의 및 데리다의 해체주의적 관점과 비교 검토한 근래의 논의인 Kim Sungho, "Lawrence's 'Believing Community': Beyond Romanticism and Deconstruction," *D. H. Lawrence Studies* 8 (Seoul: July 1999): 21-35은 본고의 문제의 식과 통하는 바가 있다.

33) 일례를 들면 "I look at my hands as I write and know they are mine, with red blood running its way, sleuthing out Truth and pursuing it to eternity, and I am full of awe for this flesh and blood that holds this pen. Everything that ever was thought and ever will be thought, lies in this body of mine. This flesh and blood sitting here writing, the great impersonal flesh and blood, greater than me, which I am proud to belong to, contains all the future. What is it but the quick of all growth, the seed of all harvest, this body of mine?" (*P* 306)

34) 의식에 관한 로렌스의 복잡한 사유를 근대성의 문제와 관련하여 논의한 최근의 글로는 황정아, 『D. H. Lawrence의 근대문명관과 아메리카』(서울대 박사학위논문, 2003) 43-63 참조.

35) *FUPU* 34, 247, 248 등 참조.

36) 이러한 기본입장을 잘 드러내는 한 대목으로는 "But the bringing of life into human consciousness is not an aim in itself, it is only a necessary condition of the progress of life itself. Man is himself the vivid body of life, rolling glimmering against the void. In his fullest living he does not know what he does, his mind, his consciousness, unacquaint, hovers behind, full of extraneous gleams and glances, and altogether devoid of knowledge. Altogether devoid of knowledge and conscious motive is he when he is heaving into uncreated space, when he is actually living, becoming himself. And yet, that he may go on, may proceed with his living, it is necessary that his mind, his consciousness, should extend behind him. The mind itself is one of life's later developed habits. *To know* is a force, like any other force. . . . And this *knowing* is a now inevitable habit of life's developed late, it is a force active in the immediate rear of life, and the greater its activity, the greater the forward, unknown movement ahead of it." (*STH* 41-42) 참조.

37) 자아의 온전성을 강조하는 로렌스의 태도는 포우(Edgar Allan Poe)의 단편인 「어셔가의 몰락」 ("The Fall of the House of the Usher")의 등장인물 로데릭(Roderick)을 설명하면서 "자아의 진정한 중심성"(the true centrality of the self)이 상실되고나면 육체는 단지 물리적인 반응을 기계적으로 접수하는, "살아있는 존재의 사후의 물리적 실체"(the physical, post-mortem reality of a living being) 에 불과하다고 말하는 데서도 드러난다. *SCAL* 83-84 참조. 육체에 대한 로렌스의 강조는 어디까 지나 육체가 온전한 인간 존재가 발현되는 장이 되고 있음을 전제로 한 것이다.

38) 자아의 온전성을 호칭하는 데 대한 로렌스의 자의식은 다음 발언을 통해서 잘 드러난다. "It is difficult to know what name to give to that most central and vital clue to the human being, which clinches him into integrity. The best is to call it his vital sanity. We thus escape the rather nauseating emotional suggestions of words like soul and spirit and holy ghost" (*P* 766). '영혼' '정신' '성령' 등의 전통적 용어에 담긴 "감정상의 역겨운 연상들"을 경계하고 이를 피하고자 하는 고심의 흔적은 자아의 온전성을 "It"으로 표현하는 데서도 알 수 있다("The true liberty will only begin when Americans discover IT, and proceed possibly to fulfil IT. IT being the deepest *whole* self of man, the self

in its wholeness, not idealistic halfness", *SCAL* 13). 그러나 로렌스는 신조어를 쓰기보다는 '영혼', '성령' 등의 옛 용어를 빈번히 사용하는데, 이는 언어의 특성상 단순히 문제의 용어를 폐기하고 새로운 용어를 만들어냄으로써 인식상의 새로운 전환이 가능한 것은 아니기 때문이다. 오해를 피하기 위해 덧붙이자면 본문에서 인용한 대목에서의 "영혼"은 그가 다른 곳에서 자아의 전체성을 뜻하면서 쓰는 영혼의 의미와는 다른 것이다. 후자의 일례를 들어보면, "The *wholeness* of a man is his soul. . . . It's a queer thing is a man's soul. It is the whole of him. Which means it is the unknown him, as well as the known" (*SCAL* 16).

39) 로렌스가 영원성을 추구하는 종래의 현재중심적 시간관을 비판하며 '현재성'에 대한 자신의 관점을 피력하는 대표적인 글로는 미국에서 출판된 그의 시집 *New Poems*에 붙인 「소개의 글」(*P* 218-22) 및 *SM* 38-40 참조.

40) Marshall W. Alcorn, Jr., "Lawrence and the Issue of Spontaneity," *D. H. Lawrence Review* 15.1-2 (spring-summer 1982): 147-65.

II. '다른 자아'의 초상으로서의 『아들과 연인』: 억압된 육체의 복원

    한 평자에 따르면 『아들과 연인』은 "영국소설을 통틀어 현재 가장 널리 읽히는 작품의 하나"이자 로렌스 소설 중에서도 단연 대중적 인기를 누려왔다.[1] 그러나 정작 이 소설의 진정한 성취가 무엇인지, 또 로렌스의 소설적 성취 전체 속에서 이 작품이 어떤 위치를 점하고 있는지를 결정하기란 쉽지 않다. 작품의 세부적인 해석에 관한 것은 물론이고 인물의 재현이 얼마나 객관적인 차원에서 이루어졌는지에 대한 빈번한 논란은 이 작품을 이해하는 데 따르는 각별한 어려움을 잘 말해준다. 이러한 비평적 어려움의 또 다른 증거는 플롯의 축을 이루는 폴(Paul)의 성장이 제대로 규명되지 않고 있다는 점이다. 폴의 성장 여부부터 논란이 될 뿐 아니라 그 성장의 본질적 내용이 무엇인지, 온전한 자아상을 모색하는 로렌스의 일관된 사유 여정에 폴이 이룩한 성장이 어떤 의미를 지니는지를 진지하게 검토하려는 시도는 매우 미흡한 상태인 것이다. 이 글에서는 이러한 문제가 육체의 억압과 복원이라는 작품의 핵심적 주제가 간과되어온 결과로 보고 이를 규명하고자 한다.

폴의 성장 문제가 깊이있게 검토되지 않고 있음은 로렌스의 문학적 성취를 확고히 자리매김한 리비스(F. R. Leavis)의 평가에서도 드러난다. 그는 이 작품이 초기작인 『흰 공작』(*The White Peacock*)이나 『침입자』(*The Trespasser*)보다는 월등하다고 하면서도 '본질적인' 차원에서는 대수롭지 않은 작품으로 여기는 한편, 이 작품의 '성공'을 "자전적인 것에 대한 엄격한 집중"(the strict concentration on the autobiographical)에서 비롯된 것으로 파악한다. 그는 로렌스가 이 작품을 통해 자신의 전기적 경험에 대한 확고한 이해에 도달함으로써 차후의 대작을 쓸 계기를 마련했다는 데 의미를 두며, 폴의 성장을 비롯한 작품의 의미를 상당 부분 작가 개인의 차원에 국한시킨다.[2]

한편 이 작품에 대한 아주 짤막한 언급이면서도, 가장 빈번히 참조되는 비평의 하나인 「발견으로서의 기법」("Technique as Discovery")에서 쇼러(Mark Schorer)는 폴의 성장 자체를 부정하는 입장을 취한다. 그에 따르면 이 소설은 작가의 자기치료적 의도가 강한 작품인데 작가가 전기적 소재를 예술적 형식으로 충분히 소화해내지 못함으로써 의도와 실제 성취 사이에 상당한 간극이 존재한다. 그리고 이러한 간극은 인물들의 객관적인 형상화의 실패로 이어지며 결정적으로는 결말의 혼돈을 초래한다. 그는 이 작품의 주제를 아들에 대한 어머니의 사랑이 초래하는 파괴적 효과, 그리고 폴이 경험하는 사랑에 있어서의 정신적, 육체적 '분열'이라는 두 가지로 파악하면서 마땅히 "죽음으로의 표류"로 끝나야 할 결말부가 아무런 예고 없이 오히려 삶을 향한 반전으로 처리되는 것은 중대한 예술적 결함이라고 주장한다.[3]

심리학적 관점, 특히 프로이드의 외디프스 콤플렉스와 관련해서 이 작품을 분석하는 경향은 작품의 출판 직후부터 가장 유력한 흐름으로 자리잡았다. 여기 속하는 비평들 대부분은 비록 작품 자체의 성취에 대한 평가에는 차이를 보인다 할지라도 폴과 어머니의 외디프스적 관계에 집중하면서 그 파괴적 영향에 주목하기 때문에 폴이 궁극적으로 좌절하는 것으로 읽어낸다는 공통점을 지닌다.[4] 설사 결말부의 반전을 인정하더라도 폴의 성장 과정을 규명하려는 태도는 아닌 것이다.[5]

이러한 경향에 반대하며 로렌스의 소위 '생명력'에 주목해서 폴의 성장을 다루어보려는 시도도 없지 않은데 스필카(Mark Spilka)가 대표적이다. 그는 로렌스의 생명력에 관한 비전이 중심 테마이고 외디프스적 요소는 나중에 덧씌워진 부차적인 것에 불과하다고 하면서, 어머니 및 두 여인과의 세 가지 사랑을 경험하는 가운데 폴이 생명력 있는 존재로 태어나는 과정에 주목한다. 그러나 외디프스적 논의에 지나치게 집착하는 기존 논의를 바로잡는 미덕을 지닌 스필카의 논의는 작품의 사회적 맥락을 충분히 고려하지 않을 뿐 아니라 폴의 성장과정을 꼼꼼하게 다루지도 못하는 결함을 보인다.[6]

1970, 80년대 이후 맑시즘이나 여성론 등의 이론이 본격 도입되면서 폴의 성장을 진지하게 다루어보려는 '소박한' 시도는 한층 외면당하는 듯이 보인다. 레이먼드 윌리엄스(Raymond Williams), 이글튼(Terry Eagleton), 홀더니스(Graham Holderness), 쉐크너(Peter Scheckner) 등 일군의 맑시스트 비평가들은 대체로 탄광촌의 사회상을 그 내부적 시선으로 충실히 재현한 것에 주목하며 이 작품을 로렌스 최고의 성취로, 혹은 이후 두 대작과 견주어 떨어짐이 없는 것으로 평가하면서도 폴의 성장 자체는 개체화냐 공동체로의 회귀냐 하는 단순한 틀로 파악하며 이를 지엽적인 주제로 처리한다.[7] 그밖에 이론중심적 태도에서 벗어나 폴의 성장을 진지하게 다뤄보고자 하는 시도가 아주 없지는 않으나[8] 갈수록 이 주제가 이 소설의 논의에서 주변으로 밀려나는 것은 돌이킬 수 없는 추세로 보인다.

이처럼 폴의 성장이 본격적으로 규명되지 않은 채로 남아 있기 때문에 작품의 결말부를 어떻게 해석하느냐 하는 것은 언제나 주요한 문제거리였다. 상당히 예외적인 경우를 제외하고는[9] 대부분의 평자들이 폴이 삶으로 전환한다는 사실 자체는 인정하면서도 과연 이것이 그간의 작품 진행과 맞아떨어지는 자연스러운 결말인지 아니면 작가의 의도가 작위적으로 반영된 것인지, 또는 자연스러운 결말이라 하더라도 삶으로 돌아선 폴의 결정이 어느 정도 확고한 것인지에 관해서는 쉽게 합의하지 못한다. 그러나 이러한 논란은 그의 성장 과정과 그 본질적 의미가 규명된다면 자연히 해소될 성격의 것이다. 따라서 폴의 성장 내용을 지시하는 중요한 실마리가 담긴 결말부 자체에 먼저 주목해볼 필요가 있다.

어머니의 죽음 뒤에 미리엄(Miriam)과의 마지막 이별을 하고 홀로 남은 폴은 극심한 소외감과 공허감에 빠져든다. 모든 존재를 집어삼킬 듯한 죽음과 침묵의 거대한 밤 앞에서 그는 한편으로 두려움을 느끼면서도 죽은 어머니와 함께 하고픈 퇴행적 욕구에 이끌린다. 그러나 "죽음으로의 표류"에 가장 접근한 듯이 보이는 바로 그 순간 삶으로의 최종적 반전이 일어난다.

> 그러나 그의 몸이 있었다. 울타리 계단에 기댄 그의 가슴, 나무 빗장에 놓인 그의 손이 있었다. 그것들은 뭔가 의미있는 것 같았다. 그는 어디에 있는 것일까? 밀밭에 숨은 밀이삭 한 알보다도 못한 곧추선 작은 살점 하나인 자신은. 그는 그것을 참을 수가 없었다. 사방에서 어둡고 거대한 침묵이 그토록 작은 한 점에 불과한 그를 내리눌러 없애버리려는 듯했다. 그러나 거의 아무 것도 아닌 존재이긴 하지만 소멸될 순 없었다. 모든 것을 삼켜버리는 밤은 별들과 태양 너머로까지 뻗쳐나갔다. 몇 개의 밝은 낟알 같은 별과 태양은 그것 모두를 능가하며 그들을 왜소하고 겁먹게 만드는 저기 어둠 속에서 공포에 질려 빙빙 돌며 서로를 부둥켜안고 있었다. 바로 그만큼이었다. 자신도 무한히 작고, 핵심에 있어 아무 것도 아닌 존재였지

만 그렇다고 무(無)는 아니었다.

But yet there was his body, his chest that leaned against the stile, his hands on
the wooden bar. They seemed something. Where was he? — one tiny upright
speck of flesh, less than an ear of wheat lost in the field. He could not bear it.
On every side the immense dark silence seemed pressing him, so tiny a speck,
into extinction, and yet, almost nothing, he could not be extinct. Night, in
which everything was lost, went reaching out, beyond stars and sun. Stars and
sun, a few bright grains, went spinning round for terror and holding each other
in embrace, there in a darkness that outpassed them all and left them tiny and
daunted. So much, and himself, infinitesimal, at the core a nothingness, and yet
not nothing. (*SL* 464)

밀튼(Colin Milton)이 적절히 지적하듯이[10] 위에서 주목해야 할 것은 폴이
삶으로 전환하는 힘의 원천이 육체에서 비롯된다는 점, 그리고 이 전환이 일
견 삶과 존재에 대한 매우 미약한 옹호로 느껴질 수 있지만 실은 존재의 의
미를 긍정하는 가장 근본적이면서도 완강한 몸짓이라는 사실이다. 폴의 육체
가 의미심장한 차원에서 다루어지고 있음은 위에서 그의 몸이 성경구절을
연상시키는 "밀밭에 숨은 밀이삭 한 알"에 비유되고 "곧추선 작은 살점 하
나"로 묘사되는 것에서 잘 드러난다. 또 그의 육체가 스스로도 의식하지 못
하는 활력을 담고 있음이 위 인용문에 앞서 미리엄과의 최종 만남이 이뤄지
는 장면이라든지 도시를 향해 돌아서는 마지막 대목을 통해 전달된다.[11] 여
기에서 우리는 폴이 삶으로 전환하는 데 있어 육체적 자아의 역할이 매우 중
요하며, 작가 또한 이 점을 강조하고 있다는 사실을 확인할 수 있다.

로렌스가 육체의 문제를 매우 중대하게 여기고 있었음은 실제 출판시에
는 포함되지 않았으나 원래 이 작품의 머리말로 의도되었던 글("Foreword to

Sons and Lovers")에서도 확인된다. 평자들은 흔히 이 글을『아들과 연인』과 직접 연관시키기보다는 이후 펼쳐지는 그의 작품들이나 철학적 사유와 더 깊은 관계가 있는 것으로 보곤 하며, 또 이 소설과 연결짓더라도 어머니와 아들 사이의 외디프스적 요소, 이로 인한 아들의 '분열' 등을 논하는 마지막 대목만을 문제삼는 경향이 있다.[12] 그러나 작품과의 표면적 연관관계가 분명한 결론부보다는 오히려 육체에 대한 말의 우위를 비판하고 육체의 중요성을 강조하면서 둘 사이의 새로운 관계를 논하는 이 글의 전체적 취지 자체가 바로『아들과 연인』의 핵심적 문제의식과 맞닿아 있다는 점에 주목해야 한다. 로렌스는 "말씀이 육신으로 되었다"(The Word was made Flesh)는 성요한의 말은 실상의 본말을 전도한 것이라며 논박한다. 그는 육체야말로 '말'보다 더 크고 "무한하며" 말의 진정한 근원임을 거듭 강조하면서 서구의 관념주의와 로고스 중심주의를 비판한다. 진정한 육체와 말의 관계, 그리고 이를 통해 개화되는 삶에 관한 로렌스의 비전은 이 글의 가장 인상적인 다음 구절에서 드러난다.

> 그래서 우리는 씨앗을 이러한 순환의 출발점으로 삼는다. 여자는 **육신**이다. 여자는 남자라 불리는 중간자를 포함하여 육신의 나머지 모두를 생산하며, 남자라는 이 묘한 존재는 멋진 색깔의 꽃잎으로 변할 수 있는 수술과도 같다. 즉 그들은 그들의 삶의 소재를 얇게, 얇게, 더 얇게 두드려 펴서 분홍 또는 보라 꽃잎이나 생각, **말**로 만들 수 있다. 그것이 너무나 얇게 두드려 펴져서 더 이상 생식하는 무엇, **아버지**의 무엇이 아니고 한층 넓게 펴지고 확장되어 여봐란 듯 나타날 때 우리는 '이것이야말로 **극치**로구나'라고 말한다. 장미가 장미인 것은 그 꽃잎 때문이며 장미는 '**장미**'라고 불리는 삶의 그 모든 흐름의 극치라는 데 모두가 동의하듯 말이다. 그러나 진정으로 '**장미**'인 바로 그것은 오직 영원히 변하지 않으며 동일한, 저 떨리며 번득이는 육신의 육신, 즉 원형질이라고 할 수도 있는 항구적

흐름, '장미'의 의심할 여지없고 영원하며 무한한 무엇, **육신, 아버지,** 더 정확히 말하자면 **어머니**라 해야할 무엇에 들어있는 것이다.

So we take the seed as the starting point in this cycle. The woman is the Flesh. She produces all the rest of the flesh, including the intermediary pieces called man—and these curious pieces called man are like stamens that can turn into exquisite coloured petals. That is, they can beat out the stuff of their life thin, thin, thin, till it is a pink or a purple petal, or a thought, or a Word. And when it is so beaten out, that it ceases to be begetting stuff, of the Father, but is spread much wider, expanded and showy: then we say, 'This is the Utmost!'—as everybody will agree that a rose is only a rose because of the petals, and that the rose is the utmost of all that flow of life, called 'Rose.' But what is really 'Rose' is only in that quivering, shimmering flesh of flesh, which is the same, unchanged for ever, a constant stream, called if you like Protoplasm, the eternal, the unquestioned, the infinite of the 'Rose', the Flesh, the Father—which were more properly, the Mother. (*SL* 470)

위에서 주목하게 되는 것은 삶의 원천으로서의 육체가 강조되면서도, 유기적 비유를 통해서 드러나듯이 육체와 말의 관계가 어떤 기계적 지배종속과도 구별되는 매우 역동적인 관계로 제시된다는 점이다. 뒤이어 로렌스는 육체와 말의 유기적 관계를 통해 성취되는 삶 자체를 기독교의 삼위일체에 빗대어 "아버지가 아들을 통해 의식의 순간에 자신을 소비하는 것"(the Father through the Son wasting himself in a moment of consciousness, 470-71)이자 "성령이요 계시"(the Holy Ghost, the Revelation)라고도 한다. 이처럼 육체 자체의 내적 요구에 충실하여 말과 의식이 마침내 최고로 고양되어 개화할 때 "삶의 그 모든 흐름의 극치"가 완성된다는 점에서, 육체의 근본적 우위에도 불구하고 그에 못지않게 말의 창조적 역할도 확보되는 셈이다.[13]

한편 육체가 "영원히 변하지 않으며 동일한" 것이라고는 하나 동시에 "떨리고, 번득이는" "항속적인 흐름"으로 묘사된다는 점에서 어떤 불변의 실체를 상정하고 있다고 보기는 어려우며, 어디까지나 말의 개화에 비해 상대적으로 견고하고 안정된 지속성을 그 본질적 특성으로 가지고 있음을 강조한 것으로 보아야 할 것이다. 이처럼 육체의 근원적이며 지속적인 특성을 강조하는 구절은―"나의 존재인 이 육신은 나를 넘어선다"(This flesh I am is beyond me, 467)는 발언과 더불어―앞에 언급한 『결혼 반지』(Wedding Ring)에 관한 서한에서 관념적 자아관을 거부하며 "탄소"의 비유를 들어 "다른 자아"를 언급했던 대목을 떠올리게 한다. 그리고 이는 육체성의 복원을 근간으로 하는 폴의 성장을 통해 관념적 자아관을 넘어선 새로운 인간상을 모색하려는 『아들과 연인』에서의 시도가 이후 작품과 근본적인 연속성을 가짐을 시사한다. 그렇다면 폴의 육체적 억압이 형성되는 가정적, 사회적 상황은 무엇인지, 그가 어떤 과정을 거쳐 육체성을 회복하게 되는지, 그리고 육체성을 회복한다는 것은 과연 무슨 의미인지, 이제 작품을 통해 이러한 문제들을 구체적으로 살펴보도록 하자.

1. 억압된 육체: 비극적 가족사의 내막

폴의 본격적인 의식의 성장에 자연스럽게 초점이 맞춰지는 후반부에 앞서 작품의 전반부(Part I)는 그러한 성장의 배경인 베스트우드(Bestwood) 광산촌과 그곳에서 살아가는 모렐(Morel) 가족의 삶을 전반적으로 다룬다. 계급 차이를 극복하고 결혼한 모렐 부부가 탄광촌의 열악한 현실에 의해 애초의 가능성을 상실하고 실패를 맞는 과정의 생생한 재현을 통해 이들이 상실한 삶의 본질이 무엇이며, 또 그러한 실패가 자식들에게 어떤 심리적 영향을 미치는지가 전달되는 것이다.

인물들에 대한 적절한 거리와 공감이 유지되면서 모렐 부부의 삶을 통해 탄광촌의 현실을 드러내는 전반부가 탁월한 예술적 성취임은 대부분의 평자들이 인정하는 바이다. 본격적인 산업화 과정에 편입되는 광산촌의 역사가 짧게 서술되면서 현실의 삶에 깊은 좌절과 실망을 느끼는 모렐 부인의 모습이 제시된 후 밤늦게 술에 취한 남편 월터(Walter Morel)가 돌아와 두 인물이 서로를 마주하는 첫 장면(14-15)은 그 좋은 예다. 이 장면은 두 인물의 성격을 인상적으로 드러내는 동시에 이들이 처한 삶의 현재 모습에 개입된 다양한 사회적 요인들을 풍부하게 암시한다는 점에서 이 작품 전체에 대한 일종의 이정표 역할을 한다고도 할 수 있다. 이 부분을 읽는 독자는 대부분 방언을 통해 전달되는 월터의 넉넉하며 다정다감한 태도와 이에 반응하는 모렐 부인의 신랄하며 현실주의적인 태도 사이의 현저한 대비에 강한 인상을 받는다.

그러나 인물들에 대한 깊은 이해와 공감이 수반된 객관적 재현과 부부간의 갈등에 침윤된 사회적 요인에 주목하는 홀더니스가 적절하게 분석하고 있듯이, 실상 월터의 다정다감함에는 휴일을 맞아 탄광노동자와 가장으로서의 의무로부터 완전히 벗어나버린, 산업사회의 현실에 의해 '강요받은' 이기주의가 개입되어 있다. 또 아내의 신랄한 반응의 배후에는 남편의 것에 상응할만한 아무런 자유도 누리지 못한 채 아이들을 돌보며 온종일 가사노동을 감당해야만 하는 광산촌 여성의 힘겨운 현실이 놓여 있다.[14] 이러한 사회적 상황을 읽어낼 때 두 인물에 대한 독자의 평가는 새로운 조정을 거칠 수밖에 없다. 그런데 흥미로운 점은 그러한 편견이 교정되고 난 뒤에도 처음 두 부부에게서 느껴지던 따뜻함과 신랄함의 대조적 인상은 여전히 지속되며, 월터 역시 인간적 매력을 상실하지 않는다는 것이다.[15] 코코넛을 얻게된 경위를 이야기하는 월터의 긴 대사는 특히 인상적인데 이 대목은 비록 상당부분 그의 자기만족적 태도를 드러내는 게 사실이나, 또한 가족에 대한 그의 애정이 본래부터 결핍된 것은 아님을 짐작케 하며 그와 홋지키슨(Hodgkisson) 사이에 느껴지는 따뜻한 동료애는 가정에 대한 그의 이기주의가 산업사회 현실에 의해 강요된 것임을 우회적으로 암시한다.[16] 표현력의 결핍이라는 노동자에 대한 일반적 선입견에서 크게 벗어난 월터의 막힘없는 자기표현력과 이를 통해 전달되는 따뜻함 역시 그의 독특한 활력으로 남는다.

뒤이어 작품은 이 시점에 이르기까지 모렐 부부가 겪어온 삶의 경위를 축약적으로 기술하는데, 특히 두 사람이 처음 만나는 성탄절 연회 장면은 이들을 서로에게 끌리게 했던 근본적인 욕망과 한때 열려 있었던 삶의 가능성을 환기시킴으로써 이들이 상실한 바가 무엇인지를 확연하게 보여준다.

> 월터 모렐은 그녀 앞에서 녹아 없어지는 듯했다. 광부인 모렐에게 그녀는 신비와 매혹의 존재 그 자체, 즉 숙녀였다. 그녀가 그에게 말을 걸었을 때 그 남부 발음과 순수한 영어를 듣고 그는 짜릿함을 느꼈다...... 거트루드 코퍼드가 젊은 광부의 춤추는 모습을 보고 있노라니 그의 동작에는 매혹이라고나 할 어떤 환희가 깃들어 있고 그의 몸의 꽃이라할 얼굴은 불그스레하고 헝클어진 검은 머리가 흘러내려 있으며, 춤을 출 상대가 누구이든 한결같이 웃음을 짓고 있었다. 그녀는 한번도 그런 남자를 만난 적이 없었기 때문에 그가 꽤나 놀라운 사람으로 여겨졌다. 그녀에겐 그녀의 아버지가 모든 남자의 표본이었다. 태도가 오만하고 잘생겼으며 다소 신랄한 조지 코퍼드, 다른 무엇보다 신학책 읽기를 좋아하고 오직 한 사람 사도 바울에게만 공감적으로 끌리며, 사람을 다룰 때 가혹하고 친밀하게 대할 땐 비꼬며 모든 관능적 쾌락을 무시하는 조지 코퍼드, 그는 이 광부하고는 전혀 다른 사람이었다. 거트루드 자신도 춤을 경멸하는 편이었다...... 그녀는 자신의 아버지와 마찬가지로 청교도였으며 고결하고 대단히 엄격했다. 그리하여 자신의 삶처럼 사색과 정신에 의해 꺾이고 옥죄어져 백열상태가

되지 않고 촛불처럼 육체로부터 흘러내리는 이 남자의 관능적인 생의 불꽃에 담긴 어슴푸레한 황금빛 부드러움이 그녀에게는 자신을 초월한 경이로운 어떤 것인 듯 보였다.

Walter Morel seemed melted away before her. She was to the miner that thing of mystery and fascination, a lady. When she spoke to him, it was with a southern pronunciation and a purity of English which thrilled him to hear. . . . Gertrude Coppard watched the young miner as he danced, a certain exultation like glamour in his movement, and his face the flower of his body, ruddy, with tumbled black hair, and laughing alike whatever partner he bowed above. She thought him rather wonderful, never having met anyone like him. Her father was to her the type of all men. And George Coppard, proud in his bearing, handsome, and rather bitter; who preferred theology in reading, and who drew near in sympathy only to one man, the Apostle Paul; who was harsh in government, and in familiarity ironic; who ignored all sensuous pleasure — he was very different from the miner. Gertrude herself was rather contemptuous of dancing. . . . She was a puritan, like her father, high-minded, and really stern. Therefore the dusky, golden softness of this man's sensuous flame of life, that flowed from off his flesh like the flame from a candle, not baffled and gripped into incandescence by thought and spirit as her life was, seemed to her something wonderful, beyond her. (17-18)

위 대목은 "모든 관능적 쾌락을 무시"한 조지 코퍼드와의 대비를 통해 월터의 생동하는 육체적 활력을 강렬하게 부각시킨다. 특히 의식의 "백열 상태"와 대비되는 그의 "황금빛" 육체의 온기가 "flow", "flesh", "flame"의 긴밀한 언어적 조응 속에 표현됨으로써 시를 방불케하는 마지막 문장은 남달리 육체적 활력이 살아있는 한 인물이 자기 삶의 절정기에 분출하는 생명력을 유감없이 전달한다. 아주 짧지만 이 대목은 독자에게 결코 잊을 수 없는 강렬한 인상을 남긴다. 차가운 백열 불빛에 대비되는 부드럽고 따뜻한 황금빛 불꽃의 이미지는 작품을 통해 거듭 되풀이되며, 월터가 한때 지녔던 이 생동하는 육체성은 신체적으로나 심리적으로 육체의 상처에 짓눌리는 모렐 가족의 결핍된 삶을 비추는 일종의 숨겨진 거울 역할을 한다.[17]

한편 월터의 육체적 건강성 못지않게 이에 반응하는 거트루드의 감수성도 눈여겨볼 필요가 있다. 그렇지 않을 경우 일부 평자들이 그렇듯이 이 대목에서 부각되는 육체와 정신의 대비를 작품 전체를 규정하는 하나의 이원적 틀로 고착화시켜 월터와 거트루드를 그 양단에 배치하는 오류를 범하기 쉽기 때문이다.[18] 거트루드가 월터에 끌린 데는 서로 매우 다른 삶을 살아왔다는 사실이 크게 작용했고, 이로 인해 월터의 매력이 그녀에게 다소 과장되게 다가왔을 것은 분명하다. 그러나 그녀는 "모든 남자의 표본"인 자기 아버지를 가장 내밀한 곳으로부터 잘 알고 있는 인물로서, 스스로 아버지와 유사한 면이 많으면서도 "사색과 정신에 의해 꺾이고 옥죄어져 백열 상태가 된" 아버지의 삶─더구나 이미 자신에게도 내화되어 있는 삶─의 한계를 느끼고 이에 거부감을 가지고 있다. 한때 사귀었던 부유한 상인의 아들 존 필드(John Field)의 중산계급적 한계를 실감한 바도 있는 거트루드임을 기억한다면, 월터의 육체적 활력의 "경이로움"에 반응하여 그의 "따뜻한 기운"을 받아들일 수 있는 그녀의 감수성을 단지 대극적인 요소에 대한 낭만적 끌림이라고만 볼 수는 없는 것이다.

이렇게 시작된 두 사람의 관계가 처음의 가능성을 상실하고 실패로 귀결되는 것은 탄광촌의 열악한 현실 속에서 계급적 차이까지 극복해야 하는 일 자체가 매우 버거운 과업인 탓도 있지만 두 사람이 가진 역량의 한계 또한 분명한 까닭이다. 월터의 경우 어떤 새로운 상황에 창조적으로 대응할만한 의식적 각성을 전혀 보여주지 못하며 특히 그의 정신적 유약성이 문제다. 그는 아내의 요구에 능동적으로 대처하기보다는 늘 이를 회피하고 모면하려는 태도로 일관하는가 하면 자신이 가장으로서 책임을 다하지 못했음에 대한 부끄러운 의식에 남몰래 짓눌려 있기도 하다.[19] 아내에게 서랍을 던져 이마에 상처를 입힌 사건의 다음날, 자신의 행위에 대한 은밀한 수치심을 느끼면서도 고집스럽게 이를 외면하려 몸부림치는 가운데 "더 큰 상처를 입고", "녹이 나듯 그의 정신을 파먹는 처벌"(the punishment which ate into his spirit like rust, 55)을 자초하는 대목은 회피와 가책의 악순환 속에서 그가 몰락해 가는 과정을 특징적으로 보여주는 한 사례다.

중산계급적 가치관을 고수하는 모렐 부인의 태도 역시 이들의 실패에 주요한 역할을 하는데, 실은 작품 도입부에서 이미 작가가 그녀의 이러한 한계를 직접 전달한 바 있다.

> 그럼에도 불구하고 그녀는 아직도 그와 다툼을 계속했다. 그녀는 여전히 대대로 청교도 조상들로부터 물려내려온 높은 도덕의식을 가지고 있었다. 그것은 이제 종교적 본능이었고 그녀는 그를 사랑하기 때문에, 또는 사랑했기 때문에 그에 대해서 거의 광신도처럼 행동했다. 그가 죄를 지으면 그녀는 그를 고문했다. 그가 술을 마시고 거짓말을 한다든지, 종종 비겁하게 굴거나 가끔 못되게 굴면 그녀는 무자비하게 채찍을 휘둘렀다.
>
> 안타깝게도 그녀는 남편과는 너무나 정반대였다. 그녀는 그가 도달할 수도 있는 약소한 상태에 만족할 수 없었고, 그가 의당 그렇게 되어야만 하는, 상당한 정도가 되기를 고집했다. 그래서 그녀는 그를 실제 가능한 것 이상으로 고상하게 만들려고 하다가 그를 파괴했다. 그녀는 스스로도 손상을 입어 다치고 상처가 났지만 자신의 가치를 조금도 상실하지 않았다. 그녀에게는 또한 아이들이 있었다.
>
> Nevertheless, she still continued to strive with him. She still had her high moral sense, inherited from generations of Puritans. It was now a religious

instinct, and she was almost a fanatic with him, because she loved him, or had loved him. If he sinned, she tortured him. If he drank, and lied, was often a poltroon, sometimes a knave, she wielded the lash unmercifully.

The pity was, she was too much his opposite. She could not be content with the little he might be, she would have him the much that he ought to be. So, in seeking to make him nobler than he could be, she destroyed him. She injured and hurt and scarred herself, but she lost none of her worth. She also had the children. (25)

위에서 두 인물의 갈등이 주로 도덕적 가치관의 차이에 입각해 다루어지는 것을 두고 한 평자는 작가가 이전까지 충분히 극화해놓은 사회적 차이를 도덕적이고 심리적인 차원으로 치환하려 한다고 비판한다.[20] 그러나 위 대목은 사회적 차원을 희석시키기보다는 오히려 두 사람의 계급적, 사회적 출신의 차이가 이들이 가장 일상적으로, 또 예민하게 맞부딪치는 도덕적 가치의 차원에까지 이어지고 있음을 보여주는 부분이다. 사실 이들의 갈등은 대부분 계급적으로 다른 성장배경을 가진 데서 오는 정신적, 도덕적 가치관의 차이에서 비롯된다. 탄광촌의 관습적 가치관을 아무런 반성 없이 고수하는 월터의 한계도 뚜렷하지만 탄광촌 사회의 관행에 비춰 크게 흠잡을 것도 아닌 남편의 음주나 거짓말을 곧 '죄'로 규정하는 데서도 잘 드러나듯, 자신의 중산계급적 도덕관의 정당성을 확신하는 모렐 부인의 독선적 태도 역시 문제인 것이다. 모렐 부인은 남편에게 자신의 이상을 일방적으로 강요하면서 그를 "파괴시키는" 데 일조하고 비록 갈등 속에서 스스로도 많은 상처를 입지만, 성격적 강인함을 타고난 데다가 남편과 달리 분명한 명분을 내걸고 싸움으로써 결국 "자신의 가치를 조금도 상실하지 않"는, 일종의 원치 않던 승리를 거둔다.[21]

그런데 이들 부부 사이에서 벌어지는 일련의 갈등을 거치면서 생겨난 변화 가운데 특히 두드러지는 것은 가정에서 철저히 소외된 채 몰락일로에 들어선 월터의 육체적 쇠퇴이다. "그의 자부심과 정신력과 더불어 체격도 줄어드는 듯 했다"(his physique seemed to contract along with his pride and moral strength, 37)는 데서도 드러나듯 그의 존재 상태를 가리키는 지표이기도 한 그의 몸이 점차 허물어져 간다는 것이다. 그래서 "움직일 때나 가만히 있을 때나 아름다웠던 그의 몸은 오므라들어 해가 거듭될수록 원숙해지는 것이 아니라 도리어 천하고 비루해지는 듯이 보였다"(His body, which had been beautiful in movement and in being, shrank, did not seem to ripen with the years, but to get mean and rather despicable, 141)는 묘사가 이어진다. 그의 육체적 몰락에는 여러 요인이 개입되어 있고 탄광의 열악한 산업현실도 중요한 요인으로 작용한다.[22] 그러나 무엇보다 월터가 의식적 각성이 없는 삶을 살아가는 남자라는 점이 가장 근본적인 문제라 할 수 있는데, 이는 폴이 태어나던 날 일을 마치고 집으로 돌아온 그의 모습을 그려내는 다음 대목에서 단적으로 드러난다.

그는 바우어 부인이 식탁보를 깔지 않은 것, 그리고 제대로 규격을 갖춘 정찬용 접시가 아닌 조그만 접시를 내놓은 것에 대해 화가 났다. 그는 식탁에 팔을 얹어놓고 한참을 앉아 있다가 먹기 시작했다. 아내가 아프다든지 아들을 또 출산했다는 사실이 그 순간 그에게는 아무런 의미가 없었다. 그는 너무 지쳐 있었고 식사를 원했다. 두 팔을 식탁에 올려놓은 채 앉아있고 싶었다. 바우어 부인이 주위를 왔다갔다 하는 것이 마음에 들지 않았다. 난로불도 너무 약해 기분이 언짢았다.
식사를 마친 뒤에 그는 이십 분 가량을 앉아 있었다. 그리고 나선 불을 세게 지폈다. 그러고는 양말을 신은 채 마지못해 이층으로 올라갔다. 이 순간에 아내를 마주한다는 것이 고역이었고 그는 지쳐 있었다. 그의 얼굴은 시꺼멓고 땀으로 얼룩져 있었다. 그의 내의는 때가 스며든 채 다시 말라붙어 있었다......

그는 다음에 무슨 말을 해야 할지 몰라하며 서 있었다. 그는 피곤했고, 이렇게 신경써야 하는 것이 오히려 귀찮았으며 자신이 어디에 있는지조차 모를 지경이었다.

"아들이라고," 그는 더듬거리며 말했다.

그녀는 이불을 내려 아기를 보여주었다.

"축복하소서!" 그는 중얼거렸다. 그 말을 듣자 그녀는 웃음이 나왔다. 실제 그 순간에 느끼지도 않은 아버지로서의 애정을 가장하며 그가 기계적으로 축복을 했기 때문이다.

"이제 가세요," 그녀가 말했다.

"가보겠소, 그럼" 그는 돌아서면서 대답했다.

가란 말을 듣고 나서 그는 아내에게 입맞추고 싶었지만, 감히 그렇게 하지는 못했다. 그녀도 남편이 입맞춤을 해주었으면 하는 마음이 없지 않았으나 내색할 수가 없었다. 그가 희미한 탄광먼지 냄새를 뒤에 남기고 다시 방을 나간 뒤에야 그녀는 자유롭게 숨을 쉴 수가 있었다.

After he had sat with his arms on the table—he resented the fact that Mrs Bower put no cloth on for him, and gave him a little plate, instead of a full sized dinner-plate—he began to eat. The fact that his wife was ill, that he had another boy, was nothing to him at that moment. He was too tired, he wanted his dinner, he wanted to sit with his arms lying on the board, he did not like having Mrs Bower about. The fire was too small to please him.

After he had finished his meal, he sat for twenty minutes. Then he stoked up a big fire. Then, in his stocking feet, he went reluctantly upstairs. It was a struggle to face his wife at this moment, and he was tired. His face was black, and smeared with sweat. His singlet had dried again, soaking the dirt in. . . .

He stood at a loss what to say next. He was tired, and this bother was rather a nuisance to him, and he didn't quite know where he was.

"A lad, tha says," he stammered.

She turned down the sheet and showed the child.

"Bless him!" he murmured. Which made her laugh, because he blessed by rote—pretending paternal emotion, which he did not feel just then.

"Go now," she said.

"I will my lass," he answered, turning away.

Dismissed, he wanted to kiss her, but he dared not. She half wanted him to kiss her, but could not bring herself to give any signs. She only breathed freely when he was gone out of the room again, leaving behind him a faint smell of pit-dirt. (43-44)

이 대목에서 표면적으로 읽어낼 수 있는 것은 아내의 출산 소식을 접하고도 신변의 사소한 불편에만 집착하는 월터의 가정에 대한 무관심과 뿌리 깊은 이기심이다. 이 점은 출산에 임박해서도 남편의 식사를 걱정하는 모렐 부인과는 대조적으로 아내의 힘겨운 출산 소식에도 아랑곳없이 마실 것부터 찾는 그의 태도에 대한 바우어 부인의 분노를 통해서도 전달된 바 있다. 그러나 이러한 태도의 원인은 기본적인 육체적 욕구의 충족 이외에 다른 어떤 것에도 주의를 기울일 수 없는 그의 정신적, 육체적 소진 상태에 있다. 이날 그는 탄갱에서 작업의 진척을 방해하는 큰 암석을 제거하는 일로 일찌감치 지쳐버렸고 이것이 그의 특별한 피로와 불쾌감을 가져왔다. 단지 임금만을 목적으로 한 노동 이상의 자기투여로 일에 임하는 월터의 태도는 그의 기본적인 건강성을 반영하는 면이 있기도 하다. 그러나 의식적인 각성이 뒷받침되지 않은 상태에서 본능적인 자기투여를 과도하게 행함으로써 그는 불필요한 육체적 소모를 초래할 뿐 아니라 가정에서 자신의 존재를 기형적이기조차 한 모습으로 드러낸다. 점진적인 육체적 쇠퇴를 수반하는 그의 몰락은 단순한 물리적인 육체적 소모 이상으로, 이처럼 가정 내에서 자신의 존재가 온전하게 발현되지 못하는 상황들과 이로 인한 정신적 부담감의 축적에서 유래하는 것이다.

물론 위 인용문에서도 드러나듯이 월터의 육체적 활력이나 따뜻함이 가정에 자연스럽게 펼쳐지지 못하고 위축되는 데는 앞서 지적한 모렐 부인의 한계가 문제의 다른 한 축을 이룬다. 태어난 아들을 축복하는 남편의 말이 진정한 감정에서 나오는 것이 아님을 쉽사리 눈치챈 모렐 부인의 실소는 바우어 부인과는 달리 남편의 내면을 훨씬 내밀하게 이해한 결과지만, 그녀가 남편에 대한 공감적 이해에는 못 미치는 인물임을 암시한다. 월터 편에서는 형식적인 의무감에서 벗어나자 비로소 아내에 대한 본연의 애정을 느끼나 그나마도 표현하지 못하고 마는데, 이는 아내에 대한 두려움과 죄책감이 이미 얼마나 그의 마음 깊숙이 자리잡고 있는지를 보여준다. 그리고 이러한 두려움과 죄책감은 요컨대 남편의 소외와 몰락이라는 댓가를 치르며 모렐 부인이 이룩한 '승리'의 부산물인 셈이다.

그러나 부부관계의 불균형과 불화 속에서 확보되는 모렐 부인의 '승리'가 가져온 더욱 의미심장한 결과는 그녀 자신과 자식들의 삶에서 나타난다. 즉 월터가 가정 밖으로 밀려나고 모렐 부인이 자식들의 성장에 절대적 영향력을 행사해가는 과정은 중산계급적 삶의 불모성을 실감하며 그녀 스스로 강력히 희구한 바 있는 육체적 활력과 온기의 원천을 가정 밖으로, 곧 자신과 자식들의 삶 밖으로 몰아낸 것을 의미한다. 이와 관련해 작품은 월터의 육체적 활력이 모렐 가족의 영역에서 점차 사라져간다는 사실이 이들 가족의 삶에 어떤 영향을 미칠 것인가에 관한 하나의 예시로 간주될 법한 장면을 이미 제시한 바 있다. 1장 말미에서 언쟁 끝에 월터가 임신한 아내를 집밖으로 내쫓은 후 이어지는 부분이 바로 그것이다. 시적 함축성이 인상적인 이 대목에서 쫓겨난 아내는 "그녀에게 차갑게 쏟아져내려 그녀의 달아오른 영혼에 충격을 주는 거대한 흰 빛 속에서"(in a great, white light, that fell cold on her, and gave a shock to her inflamed soul, 33) 정원의 흰 백합을 매개로 자연과 교섭하며 태아와 농밀한 일체감을 경험한다. 이를 두고 여러 평자들은 자연의 생명력과 맞닿은 모렐 부인의 감수성이라든가 이를 통해 태아인 폴에게 전이되는 생명력 등에 주목해서 작품의 주제에 대한 암시를 찾아내곤 한다.[23] 그런가 하면 모렐 부인에 대한 부정적 암시에 주목하는 평자들 또한 적지 않다.[24] 하지만 이 장면에서 주의깊게 살펴볼 것은 그중 어느 일면이 아니라 바로 이 대목의 복합적인 층위 자체다. 단지 절충을 꾀하기 위함이 아니라, 모렐 부인의 행위가 양면성을 띤 복합적인 것이라는 사실이 이 작품을 정확히 이해하는 데 매우 필수적이기 때문이다.

우선 모렐 부인이 자연과 교섭하며 이뤄내는 몰아적 차원에 내포된 의미를 충분히 인정해야 한다. 이 작품이 자연, 특히 꽃과 교섭하는 것을 주요한 모티프의 하나로 삼고 있으며, 자연과의 교감을 통해 드러나는 한 인물의 감성을 우발적이거나 지엽적인 양상이 아닌 그의 총체적인 존재의 발현으로 그려낸다는 점을 감안할 때, 모렐 부인의 몰아적 감수성이 의미하는 바는 크다. 관념성의 심각한 개입으로 인해 꽃 한송이조차 자연스럽게 대하지 못하는 미리엄이나 클라라(Clara)와 비교해보면—물론 두 인물 사이에도 차이가 있어서 점차 변화를 겪는 클라라에 비해 미리엄의 경직성이 훨씬 두드러짐도 고려해야 되겠지만—모렐 부인의 감성이 지닌 기본적 건강성은 더 확연해지며, 이는 처음 월터의 육체적 활력과 온기에 민감하게 반응할 수 있었던 감수성과도 무관하지 않은 것이다.

그러나 자연과의 교감 속에서 표출되는 그녀의 감수성은 현실과의 단절을 댓가로 얻어진 것이라는 점에서 한계 또한 분명하다. "신비로운 바깥에서 그녀는 버림받은 느낌이 들었다"(In the mysterious out-of-doors she felt forlorn, 35)라거나, 자연과 인간, 그리고 인간의 생산활동이 한 데 어우러진 세계를 상기시키는, "멀리 떨어지지 않은 곳에서 나는 뜸부기의 울음소리, 한숨같은 기차 소리, 멀리서 남자들이 외치는 소리"(a corncrake not far off, sound of a train like a sigh, and distant shouts of men, 35)를 듣고는 평온해졌던 그녀의 마음이 다시 동요하는 부분에서도 이러한 사실은 확인된다.[25]

한편 모렐 부인이 느끼는 태아와의 합일의 감정 역시 생명력의 전이인 동시에, 남편이자 아이의 아버지로부터 격리된 상태에서 이루어진 과도한 밀착의 성격을 띤다. 그녀가 밤으로 "녹아나오고" "태아 역시 그녀와 더불어 달빛의 도가니 속에 녹아드는"(the child too melted with her in the mixing-pot of moonlight, 34) 농밀한 일체감은 장차 펼쳐질 폴과 어머니의 미묘한 애착 관계를 예고한다. 모자간의 합일이 차가운 백색의 이미지가 압도하는 곳에서 일어난다는 점도 주목되는데, 그녀가 집안으로 되돌아오는 다음 장면은 이와 관련해 암시해 주는 바가 크다. "그녀는 뱃속의 아기에 대해 마냥 걱정을 하면서 어떻게 하면 따뜻하게 할 수 있을가를 궁리하다가" "더럽기는 하지만 따뜻한" 헌 양탄자로 임시 변통을 하고서는, 한동안 애쓴 후에야 "구리빛" 등잔이 타는 집안에서 술취한 채 졸고 있는 남편을 깨우는 데 성공한다.

> 그녀는 단호하게 창문을 두드렸다. 그는 깜짝 놀라 잠에서 깨어났다. 그녀
> 는 이내 그가 주먹을 움켜쥐고 노려보는 것을 보았다. 그는 육체적으로는
> 조금도 두려움이 없었다. 스무 명의 강도가 들었다 해도 그는 가릴 것 없
> 이 덤벼들었을 것이다. 어리둥절하면서도 싸울 태세로 그는 이리저리 노
> 려보았다.
> "문 열어요, 월터" 그녀는 차갑게 말했다.
> 그의 주먹이 풀어졌다. 자신이 한 짓이 떠올랐다. 시무룩하고 고집스
> 러운 모습으로 그는 고개를 떨구었다. 그녀는 그가 서둘러 문 쪽으로 가는
> 것을 보았고 빗장이 찰칵거리는 소리를 들었다. 그는 걸쇠를 빼려 하고 있
> 었다. 문이 열렸다. 그러자 거기에, 황갈색 등잔불빛 속에서 나온 그에게

는 두려운 은회색 밤이 펼쳐져 있었다. 그는 얼른 되돌아갔다.

집안으로 들어왔을 때 모렐부인은 남편이 문을 지나 달리다시피 층계로 가는 것을 보았다. 그녀가 들어오기 전에 서둘러 자리를 피하려고 그는 목에서 깃을 잡아뜯었고, 깃은 단추구멍이 뜯어진 채 버려져 있었다. 그것을 보자 그녀는 화가 났다.

그녀는 몸을 따뜻하게 하고 마음을 진정시켰다. 피곤에 지쳐 모든 것을 잊고, 그녀는 마저 끝내야 할 사소한 집안일들을 하느라 이리저리 움직였다. 남편의 아침 식사를 차리고 탄광용 물통을 씻고 작업복을 따뜻하게 난롯가에 걸어두고 그 곁에 작업화를 두고…… 잠자리에 들었다.

She rapped imperatively at the window. He started awake. Instantly she saw his fists set and his eyes glare. He had not a grain of physical fear. If it had been twenty burglars, he would have gone blindly for them. He glared round, bewildered, but prepared to fight.

"Open the door Walter," she said coldly.

His hands relaxed—it dawned on him what he had done. His head dropped, sullen and dogged. She saw him hurry to the door, heard the bolt chock. He tried the latch. It opened—and there stood the silver grey night, fearful to him, after the tawny light of the lamp. He hurried back.

When Mrs Morel entered, she saw him almost running through the door to the stairs. He had ripped his collar off his neck, in his haste to be gone ere she came in, and there it lay with bursten button-holes. It made her angry.

She warmed and soothed herself. In her weariness forgetting everything, she moved about at the little tasks that remained to be done, set his breakfast, rinsed his pit-bottle, put his pit-clothes on the hearth to warm, set his pit-boots beside them . . . and went to bed. (36)

죄책감에서 황급히 도망치는 월터는 아내의 정신적 강인함과 신랄함에 주눅든 남편의 모습이다. 흥미로운 것은 임신한 아내를 차가운 바깥으로 난

폭하게 내쫓은 월터의 냉혹성이 더 문제가 될 법한 상황인데도 두 인물이 위치한 장소와 색감에 있어서 그에게는 오히려 따뜻한 이미지가, 모렐 부인에게는 차가운 이미지가 투영되어 있다는 점이다. 월터가 졸고 있는 "황갈색의 등잔불빛"이 있는 따뜻한 방과 아내가 있는 흰 달빛이 쏟아지는 차가운 바깥이 뚜렷한 대비를 이룬다. 또 문을 열라는 그녀의 말을 수식하는 "차갑게"(coldly)는 이 장면에서의 유일한 대사에 인접해 있는 위치적 특성으로 인해, 그리고 반복되는 "warm"과의 대비로 인해 그녀의 차가움을 한층 부각시킨다. "and there stood the silver grey night"라는 표현 역시 그녀와 은회색 밤을 은연중 동일시하는 결과를 낳는다. 이러한 일련의 장치는 모렐 부인이 가진 상황적 정당성에도 불구하고 그녀가 남편의 육체적 활력과 온기를 가정으로부터 축출하고 있음을 상징적으로 전달하며, "사색과 정신에 의해 꺾이고 옥죄어져 백열상태가 된" 거트루드가 마치 촛불에서 흘러나오는 듯한 월터의 "황금빛 부드러움"과 따뜻함에 매료되던 처음 장면과 겹치면서 이들 관계의 실패를 효과적으로 전달한다.

육체의 의미를 묻는 이 작품에서 "따뜻한"(warm)이나 "따뜻함"(warmth)이란 단어는 의미심장하게 반복되는 핵심적 용어이며, 차가움과 따뜻함의 대비는 작품의 가장 중심적 이미지를 구성한다. 그런데 남편과의 관계에서 차가운 이미지가 두드러지지만 모렐 부인은 앞의 인용문에서도 나타나듯이 다른 한편 무엇인가를 따뜻하게 하려고 부단히 애를 쓰며, 여기에 그녀라는 인물의 복잡성과 아이러니가 있다. 명백히 그녀는 자식들의 성장에 있어서 생명력과 온기를 제공하는 원천이 된다. 그러나 남편의 육체적 활력을 가정에서 몰아냄으로써 그녀 자신과 자식들에게 중요한 결핍을 초래하며, 같은 이유로 그녀가 자식들에게 주는 온기에도 부정적 요인이 수반된다. 훗날 폐렴에 걸려 누워있던 폴이 다림질하는 어머니를 애틋한 마음으로 바라보는 다음 장면은 그녀의 온기에 담긴 이중성을 잘 보여준다.

> 그는 의식이 반쯤 깬 상태로 잠을 자면서, 다리미 받침대에 다리미를
> 내려놓을 때 나는 덜거덕거리는 소리와 다림질판에서 탁탁 나는 희미한
> 소리를 어렴풋이 알아들었다. 한번은 잠에서 깨어 눈을 뜨자 어머니가 마
> 치 다리미가 얼마나 뜨거운지를 듣기라도 하는 듯 다리미를 볼 가까이 댄
> 채로 난로 깔개 위에 서 있는 모습이 보였다. 고통과 환멸, 자기희생으로
> 꽉 다문 입과 아주 약간 한쪽으로 기울어진 코, 그리고 매우 젊고 재빠르
> 며 따뜻한 푸른 눈을 가진 어머니의 고요한 얼굴을 보고 있노라니 그의
> 가슴이 사랑으로 조여들었다. 그녀가 그렇게 조용히 있을 때 그녀는 용감
> 하고 삶으로 충만한듯 하면서도, 자신의 당연한 권리를 박탈당한 것처럼
> 보였다. 한 번도 충족된 삶을 누려보지 못했다는 어머니에 대한 이러한 느
> 낌이 소년에게 예리한 아픔을 주었다. 그리고 자신이 그녀에게 보상을 해
> 줄 수 없다는 사실이 그를 무력감으로 아프게 했지만, 한편 그의 내면에
> 참을성 있는 완강함을 심어놓기도 했다. 어머니에게 보상을 해주는 것이
> 어린아이로서 그의 목표였다.
>
> 그녀는 다리미에 침을 뱉었고, 조그만 침방울은 다리미의 윤나는 검은
> 표면에서 튀어 굴러내려갔다. 그런 다음 그녀는 꿇어앉아 난로깔개의 마
> 대로 된 안감에 다리미를 힘차게 문질렀다. 불그스레한 난로불빛 속에서
> 그녀는 따뜻했다. 폴은 그녀가 쪼그리고 앉아 머리를 한 쪽으로 갸우뚱하
> 고 있는 모습을 좋아했다. 그녀의 동작은 가볍고 민첩했다. 그녀를 지켜보
> 고 있으면 즐거웠다.

> He, in his semi-conscious sleep, was vaguely aware of the clatter of the iron
> on the iron-stand, of the faint thud, thud on the ironing-board. Once, roused,
> he opened his eyes to see his mother standing on the hearthrug with the hot
> iron near her cheek, listening as it were to the heat. Her still face, with the
> mouth closed tight from suffering and disillusion and self-denial, and her nose
> the smallest bit on one side, and her blue eyes so young, quick, and warm,

made his heart contract with love. When she was quiet, so, she looked brave and rich with life, but as if she had been done out of her rights. It hurt the boy keenly, this feeling about her, that she had never had her life's fulfilment: and his own incapability to make up to her hurt him with a sense of impotence, yet made him patiently dogged inside. It was his childish aim.

She spat on the iron, and a little ball of spit bounded, raced off the dark glossy surface. Then, kneeling, she rubbed the iron on the sack lining of the hearthrug, vigorously. She was warm in the ruddy firelight. Paul loved the way she crouched and put her head on one side. Her movements were light and quick. It was a pleasure to watch her. (90-91)

모렐 부인의 행동에 묻어나는 활력이 부지중에 아들의 삶을 얼마나 따뜻하게 북돋아주는지, 동시에 고통과 환멸 속에 자기희생을 하는 어머니의 모습이 자식에게 얼마나 드러나지 않는 깊은 심리적 상처를 남기는지를 보여주는 위 대목은 자식에 미치는 그녀의 영향이 섬세하고 탁월하게 포착된 일례다. 인용문 바로 앞 장면에서 월터가 모처럼 집안에서 땜질을 하고 신관을 만들며 일을 하거나 탄광에서 있었던 일을 특유의 "흥이 나게 이야기하는 방식"(a warm way of telling a story, 89)으로 전해줄 때 그에게서 나오는 따뜻함과는 달리 모렐 부인이 주는 따뜻함은 삶의 온기이면서도 또한 "contract"라는 평범치 않은 표현이 미묘하게 암시하는 바, 폴을 위축되게 하는 이중성을 지녔다. 어머니를 삶의 절대적 원천으로 간주하고 동조해온 폴의 무의식에 어머니가 남기는 심리적 상처와 그로 인한 육체성의 손상은 아버지의 소외로부터 직접 비롯되는 육체성의 결핍과 더불어 장차 그가 짊어져야 할 무거운 짐으로 남는다.

2. 숨겨진 육체의 비밀: 생사의 갈림길에 선 두 아들

"난 우리가 가야할 올바른 길이 있다고 생각해. 우리가 그 길을 가면 문제
가 없지, 그 길 가까이 가도 그렇고. 그러나 잘못 가면 죽는 거야. 난 윌리
엄 형이 어딘가 길을 잘못 들었다고 확신해."

"I reckon we've got a proper way to go — and if we go it, we're all right — and
if we go near it. But if we go wrong, we die. I'm sure our William went wrong
somewhere." (193)

윌리엄(William)의 단명한 생애를 "단지 소모된" 것에 불과하다고 평가하
면서 폴이 미리엄에게 하는 이 말은 그의 성장이 형의 죽음에 대한 성찰을
매개로 이루어짐을 분명히 보여준다. 또한 폴의 성장의 의미를 파악하기에
앞서 그의 분신(alter-ego) 역할이라고도 할 윌리엄의 "어딘가 잘못된" 점에
대한 이해가 선행되어야 할 문제임도 환기시킨다.

윌리엄은 모렐 집안 자식들 가운데 육체적 활력이나 지능이 가장 뛰어난
인물로서 어머니의 소망에 부응하여 탄광촌의 삶을 뛰어넘어 바깥세계에 선
구적으로 진입한다. 그러나 "너무도 손쉽게 신사가 되는 것에 스스로도 정말
이지 꽤나 놀랄"(115) 지경인 중산계급으로의 이 급속한 진입은 윌리엄 자신
의 존재 자체, 그리고 근대세계에 대한 근본적 성찰을 결함으로써 실패한다.
성공에만 맹목적으로 집착해서 자신을 망각한 그의 태도는 런던에서 온 아
들의 편지를 본 모렐 부인이 "그가 제 발로 굳건하게 땅을 딛고 서 있지 못
한 채 새로운 생활의 빠른 물살에 어지럽게 돌아가고 있는 듯"(he did not
stand firm on his own feet, but seemed to spin rather giddily on the quick current
of the new life, 116)하다고 우려하는 부분에서도 잘 드러난다. 신분상승에 대
한 윌리엄의 집착은 그 원동력이라 할 어머니의 소망을 그가 창조적으로 읽

어내지 못한 것과 직접적 관련이 있다. 즉 그는 신사로서 성공하기를 바라는 어머니의 열망만을 따랐을 뿐, 그 근저에 있는 더욱 근본적인 소망, 즉 아들이 "그녀가 그에게 쏟은 모든 것을 발전시켜 결실을 맺고 자기자신이 되어주기를 바라는"(wanted him to be himself, to develop and bring to fruit all that she had put into him, 77) 소망을 망각한다. 온전한 자기실현이라는 이 근본적인 소망을 제대로 실현하기 위해서는 어머니의 열망을 단순히 계승해서는 안되고, 어머니 자신조차 정확히 이해하지 못하는 복잡한 층위를 띤 이 소망, 나아가 그것을 잉태한 가족적, 사회적 관계에 대한 비판적 성찰이 감행되어야 할 텐데 윌리엄은 이를 철저히 외면한 것이다.

자신의 존재에 대한 각성 없이 성공에 매진하는 윌리엄의 불모성은 육체에 대한 그의 태도에서도 나타난다. 그의 몸은 건강한 생명력의 발현이 되지 못하고 성공과 육체적 욕구충족을 위해 늘 도구적이며 기능적 차원에서 동원된다. 그는 몸을 혹사할 정도까지 일이나 공부에 매달리는가 하면 이와 같은 계급상승에의 집중적 자기투여 과정에서 채 만족되지 못하는 육체적 욕구를 채우기 위해, 휴식을 취해야 마땅할 시간마저 야회나 무도회 참석에 바침으로써 이중으로 육체를 소모한다. 속물인 릴리(Lily)를 경멸하면서도 성적 끌림에서 헤어나오지 못하는 모습에서도 알 수 있듯이 그는 여성과의 관계가 열어줄 어떠한 충만하고 생산적인 가능성으로부터도 차단된다. 계급상승의 과제를 절대적 목표로 삼아 추구해간 윌리엄은 육체성의 진정한 의미에 다가서지 못한 채 자신의 육체에 견딜 수 없는 과부하를 자초함으로써 때이른 죽음을 맞은 것이다. 그리고 이는 육체성의 결핍이 은폐된 가정에서 자라온 자신의 성장배경에 대한 진지한 성찰이 이뤄지지 못한 결과이기도 하다.

윌리엄에 비해 폴의 성장 조건은 상대적으로 열악한 편이다. 육체적으로도 덜 건강하게 태어났지만 다른 자식들에 비해 어머니와의 관계가 훨씬 문제적이기 때문이다. 그는 모렐부부의 관계가 가장 좋지 않을 때 태어나는데, 그 결과 모렐 부인의 마음속에는 충만한 사랑의 결실이 아닌 이 자식에 대한 강한 죄의식이 자리잡게 되고 이들 사이에는 비범한 밀착관계가 형성된다. 앞의 달빛 장면에서도 그녀는 태아인 폴과 "녹아서" 하나가 되는 경험을 했고 출산 이후까지 "그녀 자신과 아기의 연약한 작은 몸을 이어주던 탯줄이 끊어지지 않은 듯이 느낀다"(51). 맏아들에 대한 그녀의 애정이 "열정적인"(passionate) 데 반해, 이 둘째 아들에 대한 애정은 "더 미묘하고 섬세한"(more subtle and fine, 93) 성격을 띠는 것이다.

어머니와의 이 독특한 관계로 인해 폴은 아버지의 세계를 철저히 부정하면서 성장한다. 그는 자식들 중 본능적으로 아버지를 가장 멀리하며, 아버지의 임금을 대신 받아 돌아오는 장면에서 그러하듯이 노동자들에 대해서도 적대적으로 과민하게 반응한다. 따라서 일할 나이가 되어 사회로 진출하게 되었을 때 그의 태도에는 어머니에 대한 지나친 애착과 산업사회의 현실에 대한 과도한 두려움이 나타난다. 한편으로는 기쁘면서도 자식과 헤어져야 하는 슬픔에 고통스러워 하는 어머니의 심정을 전혀 헤아리지 못하고 런던을 향해 흔연히 떠난 윌리엄(79)과 달리 폴은 사회에 진출하는 것을 꺼리고 자기직업을 구체적으로 생각해보기조차 싫어하며, 다만 그림을 그리면서 어머니와 함께 살기를 소망한다.

그러나 산업적 현실로의 진입에 소극적인 그의 태도가 단지 부정적인 것만이 아님도 분명하다. 자신이 산업사회에서 별로 상품가치가 높지 않다는 자기인식, 물질적으로 좀 더 성공해봐야 대수롭지 않다는 판단, 그리고 막 싹트기 시작하는 예술가적 감수성 등이 합해져 이러한 일종의 소극적 저항을 형성시킨 것이다. 중요한 것은 이러한 저항의 근저에 폴의 자기 존재에 대한 내밀한 자긍심과 이에 토대한 비판적 냉철함이 자리잡고 있다는 점이다(114). '신사'가 되는 데 취하여 자신의 존재를 망각한 윌리엄의 경우에 비할 때, 몰개성성을 강요하는 현대산업주의에 대한 폴의 경계는 일부 지나치게 예민한 구석도 있지만 그 정당성 또한 분명하다 하겠다.

그러나 채터지(Arindam Chatterji)가 적절하게 지적하듯이 소극적인 태도로 시작되었던 조든 의료기공장의 경험은 폴의 성장에 중대한 영향을 끼친다.[26] 아직 산업주의의 냉혹한 원리가 철저히 관철되지 않은 일종의 변방에 속하는 이 공장은 여전히 "가정적 느낌"(a homely feel, 139-40)을 주며, "일하는 동안 사람이 곧 일이요, 일이 곧 사람으로, 하나가 됨"(The man was the work, and the work was the man, one thing, for the time being, 140)을 느낄 수 있는 곳이다. 그러한 미덕을 간직한 곳에서의 노동 경험을 통하여 폴은 예를 들어 산업주의에 대해 기본적으로 지녔던 과도한 두려움이 그대로 구현된 현실을 대면함으로써 자칫 근대적 가치에 대한 전면적인 부정으로 치닫는 위험을 피할 수 있었던 것이다. 이 공장에서 다른 노동자들과 함께 일하는 과정에서 그는 노동을 통해 드러나는 인간의 활력과 온기를 실감하며 노동의 의미를 깨닫는다.

> 차를 마시고 나서 모든 가스등에 불이 켜지면 일은 더 활발하게 진행되었다. 저녁에 발송할 많은 우편물이 있었다. 작업실로부터 방금 다림질한 따뜻한 스타킹이 올라왔다. 폴은 이미 송장(送狀)을 작성해 놓았었다. 이제 포장을 하고 주소를 쓰고, 그리고 나서 우편물들을 저울에 달기만 하면 되었다. 사방에서 중량을 불러대는 소리가 들려왔고, 쇠가 철커덕거리는 소리, 재빨리 줄 끊는 소리, 우표 받으러 나이든 멜링씨에게 서둘러 가는 소리 등이 들렸다. 마침내 우체부가 자루를 들고 유쾌하게 웃으며 왔다. 그러고 나면 모든 일이 느슨해졌다.

> After tea, when all the gases were lighted, work went more briskly. There was

the big evening post to get off. The hose came up warm and newly pressed from the workrooms. Paul had made out the invoices. Now he had the packing up and addressing to do, then he had to weigh his stack of parcels on the scales. Everywhere voices were calling weights, there was the chink of metal, the rapid snapping of string, the hurrying to old Mr Melling for stamps. And at last the postman came with his sack, laughing and jolly. Then everything slacked off. (134)

노동을 통해 발휘되는 사람들의 이러한 활기찬 움직임이 폴의 가장 두드러진 특성의 하나인 인간적 온기와 공감에 대한 예민한 감수성[27]을 열어주고, 전적으로 어머니의 영향 아래 자라오는 과정에서 초래된 육체적 결핍을 메울 어떤 신선한 자극이 되었을 것임을 짐작하기는 어렵지 않다.

윌리 농장(Willey Farm)을 방문하러 가는 길에 그가 잠시 사생을 하면서 어머니와 나누는 다음의 대화는 그의 이러한 변화를 확인케 한다.

그가 사생을 하는 동안 그녀는 빨간 집들이 푸른 수목 사이에서 반짝이는 오후 풍경을 말없이 돌아보았다.
"세상은 멋진 곳이야," 그녀가 말했다. "놀랍도록 아름답구나."
"탄광도 그래요," 그가 말했다. "저렇게 쌓여 있는 것 좀 보세요, 거의 살아 있는 무엇같아요, 우리가 모르는 거대한 생물같아요."
"그래" 그녀가 말했다. "그럴지도 몰라!"
"저기 선 채 기다리고 있는 화차들은 마치 한 줄로 늘어서서 먹이를 기다리는 짐승 같아요."
"화차들이 저렇게 서 있으니 정말 고맙기도 하지," 그녀가 말했다, "이번 주엔 어지간히 일이 돌아간다는 뜻이니까."
"하지만 전 사물이 살아 있을 때 그것에 묻은 사람 느낌이 좋아요. 화차에는 사람 느낌이 있어요, 그것 모두가 사람의 손으로 다뤄져 왔으니까요."

"그래," 모렐 부인이 대답했다.

She was silent whilst he worked, looking round at the afternoon, the red cottages shining among their greenness.

"The world is a wonderful place," she said, "and wonderfully beautiful."

"And so's the pit," he said. "Look how it heaps together, like something alive, almost—a big creature that you don't know."

"Yes," she said. "Perhaps!"

"And all the trucks standing waiting, like a string of beasts to be fed," he said.

"And very thankful I am they *are* standing," she said, "for that means they'll turn middling time this week."

"But I like the feel of *men* on things, while they're alive. There's a feel of men about trucks, because they've been handled with men's hands, all of them."

"Yes," said Mrs Morel. (152)

자연의 풍경에서만 아름다움을 발견할 뿐 탄광은 그저 현실적인 관점으로 바라보는 모렐 부인과 탄광과 화차에서 묻어나는 "사람 느낌"에 열정적으로 반응하는 폴의 태도가 대조를 이루는 위 대목은 모처럼 일상의 현실에서 빠져나온 두 사람이 자연 속에서 일체감을 느끼는 상황의 일부로 제시되면서도 폴이 어머니의 세계관에서 떨어져나오고 있음을 시사한다. 삶에 대한 그의 인식과 예술적 안목이 이전보다 상당한 성장을 이룬 모습이다. 취직 전 조합열람실에서 산업세계에 대한 막연한 두려움을 가지고 창밖의 고향 정경을 동경하듯 바라보던 그의 시선은 현실에 대한 진정한 공감과 이해가 결핍된 낭만적이고 심미적인 것이었다(114). 게다가 아래 길의 양조장 마차꾼 모습을 내려다보고는 은연중에 그를 개나 돼지에 비교하며, 한가롭기만 한 그의 처지를 부러워하는 폴의 심경에는 심미적 거리를 유지한 관찰자의 우월감이 배어 있기도 했다(115).[28] 그에 비해 앞의 인용문에서 폴은 탄광을 살아 움직이도록 하는 인간의 노동과 그 속에 담긴 인간의 체취를 느끼고 거기에서 아름다움을 발견하는데, 여기에는 어머니의 반응을 통해 폴의 잔존하는 낭만성이 암시되는 면도 없지 않지만 탄광촌 현실을 적대적인 편견으로 바라보던 유년기의 한계에서 벗어나 그가 한층 견실한 현실인식과 예술적 안목으로 이행하고 있음을 보여준다고 하겠다. 노동을 통해 발산되는 인간의 활력에 주목하고 근대화에 대한 편협한 관점을 극복[29]할 계기도 된 조든 공장에서의 경험은 이처럼 폴에게 내화된 육체성의 결핍과 대면할 가능성도 열어줌으로써 그의 성장에 일대 전환점 역할을 했다고 볼 수 있는 것이다. 그러나 폴은 육체에 대한 억압을 뿌리깊게 내면화한 한 여성과 만남으로써, 육체에 대한 진정한 자기인식에 도달하기까지 여전히 만만찮은 시련을 거쳐야할 처지에 놓인다.

3. 억압된 육체성과의 본격적 대면

작품 후반부(Part II)의 상당 부분을 차지한 폴과 미리엄의 관계가 그의 성장을 이해하는 데 중요함은 재론의 여지가 없다. 그러나 두 인물의 관계가 이미 많은 비평적 조명을 받아온 까닭에, 여기서는 그들 관계가 진행되는 과정을 구체적으로 다루기보다는 미리엄과의 만남을 거치며 폴이 이룩한 성장이 정확히 무엇인가 하는 문제를 짚어보고자 한다. 그렇더라도 두 인물 관계의 본질이나 폴의 성장 내용을 이해하기 위해서는 미리엄의 인물됨을 제대로 파악하는 것이 선결요건임은 부정할 수 없다. 그러나 화자의 서술에 개입된 편향성을 밝히고 미리엄을 재조명하는 것이 이 작품을 논하는 근래 비평의 주요한 추세 중 하나이고 보면 문제가 그리 단순하지는 않다.[30] 일단은 화자가 그녀의 특징을 뚜렷이 제시하는 7장의 초반부에 주목해야 할 것이다. 왜냐하면 이 대목에서 화자의 서술은 폴의 관점과 분리된 객관적인 관점에서 이루어지는 만큼 이후 진행에서 드러나는 미리엄의 행동은 물론이고 그 이전 폴이 처음 농장을 방문했을 때의 그녀의 모습까지도 전적으로 이곳에서 제시된 그녀의 인물됨 안에서 이해되어야 마땅하기 때문이다.[31]

미리엄의 특성으로 가장 먼저 언급되는 것은 "낭만적"(romantic), 또는 "신비적"(mystic) 성향이다. 사회적 관계로부터 대부분 단절된 채 농장에서 인정도 못 받는 고된 집안일을 하는 여성으로서 그녀가 가슴 깊이 내밀한 자긍심을 키우면서 신과 예수, 그리고 월터 스콧(Walter Scott)의 소설 주인공들로 채워진 상상의 세계를 통해 억압적인 현실의 초극 가능성을 꿈꾸는 것은 아주 자연스러운 현상일 수도 있다. 그러나 화자는 그녀와 어머니의 유대관계를 언급하는 가운데 이들이 "가슴 속에 종교를 보물처럼 간직한 채 이를 코로 숨쉬며, 종교의 안개 속에서 삶의 전체를 바라보는 그런 여자들"(such women as treasure religion inside them, breathe it in their nostrils, and see the whole of life in a mist thereof, 173)이라고 함으로써 미리엄의 신비적 낭만성이 이미 평범하거나 건강한 것과는 사뭇 거리가 있음을 암시한다. 곧이어 그녀가 낭만적 신비의 세계를 유일한 삶의 실재로 여긴다든가, 교회에서 성가대 소녀들의 "저속성"이나 목사의 "평범하게 들리는"(common-sounding) 목소리에 과민하게 반응한다든지, "가슴 속에 어떤 신비한 이상을 품지 않은"(he did not carry any mystical ideals cherished in his heart, 174) 아버지를 존중하지 않는 등, 일상적 삶을 철저히 평가절하 하는 면모들이 열거될 때 그녀의 문제적 성격이 더욱 분명히 전달된다.

이처럼 일상성을 경시하는 그녀의 신비주의적 성향은 당대 기독교의 정신주의적 경향을 반영하는 어머니의 지대한 영향 아래 형성된 것이다. 상처

입은 강한 자존심과 "영적인"(soulful) 성격을 지닌 레이버스 부인(Mrs Leivers)의 종교적 태도가 가족들의 삶 전반에 부정적인 영향을 끼치고 있음은 어머니의 태도에 반발하는 아들들조차 "평범한 인간적 교제를 이루는 하찮은 것들을 비웃음"(they scorned the triviality which forms common human intercourse, 178)으로써 남들과 진정한 친교를 원하는 자신들의 욕망을 만족시키지 못하는 곤경에 처한다는 사실에서 단적으로 드러난다. 미리엄은 일상적 삶을 평가절하하는 어머니 레이버스 부인의 정신적 영향을 고스란히 받으며 "어머니가 마음속으로 아끼는 자식"(the child of her heart)으로서 줄곧 남자형제들의 조롱과 구박의 대상이 되는데, 이러한 상황에서 그녀의 낭만적 세계에 대한 동경과 자기 존재를 인정받고픈 욕구는 점점 강화된다. 그리고 그녀의 이러한 열망은 자신에게 열린 유일한 탈출구, 즉 근대 여성에게 개방되어가는 교육의 기회를 붙들려는 강한 의지로 표현된다. 그러나 자연스럽기도 한 이 배움에의 갈구는 그녀가 처한 삶의 질곡 속에서 몹시도 왜곡된 방식으로 드러난다.

> 그녀는 돼지치기 소녀로서의 자기 처지를 증오했다. 그녀는 사람들이 자기를 존중해주기를 원했다. 그녀는 배우기를 원했다…… 부(富)나 지위로 공주가 될 수는 없었다. 그래서 그녀는 자부할 수 있는 학식을 얻고자 미칠 지경이었다. 자신은 다른 사람들과는 다르고 평범한 사람들과 같이 분류될 수 없기 때문이었다. 남들과 구별될 수 있는 유일한 길은 학식이었기에 그녀는 이를 추구하리라 생각했다.
> 그녀의 아름다움, 수줍으면서도 야성적이고, 떨리는 듯이 민감한 존재의 아름다움이 그녀에게는 아무 것도 아닌 듯이 여겨졌다. 그토록 열렬하게 환희를 원하는 그녀의 영혼조차도 충분하지 않았다. 그녀는 다른 사람들과 다르다고 느꼈기 때문에 자신의 자부심을 강화시켜줄 무엇인가를 가져야만 했다.

She hated her position as swine-girl. She wanted to be considered. She wanted to learn. . . . She could not be princess by wealth or standing. So, she was mad to have learning whereon to pride herself. For she was different from other folk, and must not be scooped up among the common fry. Learning was the only distinction to which she thought to aspire.

Her beauty, that of a shy, wild, quiveringly sensitive thing, seemed nothing to her. Even her soul, so strong for rhapsody, was not enough. She must have something to reinforce her pride, because she felt different from other people. (174)

배움을 통해 남다른 자기 존재를 확인하려는 미리엄의 열망은 그녀의 열악한 환경을 감안할 때 독자의 공감을 끌어내기에 충분한 일면이 있다. 그러나 배움을 통해 남들에게 인정받고 손상된 자부심을 회복하려는, "자부할 수 있는 학식을 얻고자 미칠 지경인" 그녀의 과도한 열망은 자칫 의지적인 집착으로 변질될 수 있는 위험을 내포한다. 더욱 본질적인 문제는 그녀의 이러한 갈구가 그녀의 육체적 존재에 대한 부정과 뿌리를 같이 하며, 또한 그것을 심화시키는 방식으로 해소되기를 요구한다는 데 있다. "그녀의 아름다움, 수줍으면서도 야성적이고, 떨리는 듯이 민감한 존재의 아름다움이 그녀에게는 아무 것도 아닌 듯이 여겨지는" 것이다. 육체성에 대한 그녀의 이러한 부정은 앞에서 언급한, 일상적 삶에 대한 부정과 밀접한 관계에 있다. 언제나 일상사를 영적인 차원으로 초극하려고 하는 성향은 바로 일상적 자아를 구성하는 육체성에 대한 거부와 직결되기 때문이다. 영혼과 육체의 "자의적"이고 계서적인 구분을 깊이 내화한 미리엄(269)의 위축된 육체적 존재는 경직되고 부자연스러운 행동으로 표출된다.

그녀의 몸은 유연하지도 생기 있지도 않았다. 그녀는 머리를 앞쪽으로 숙이고 생각에 잠겨 다소 둔하게 몸을 흔들며 걸었다. 서투르지는 않았지만, 상황에 꼭 맞는 동작은 찾아볼 수 없었다. 종종 설거지를 하다가 컵이나 큰 잔을 두 쪽으로 깨뜨리고는 당황하고 화가 나서 서 있곤 했다. 두려움과 자기불신으로 인해 일하면서 애서 너무 힘을 주는 것 같았다. 그녀에게는 느슨하거나 분방한 데가 없었다. 무엇이나 강렬하게 꽉 움켜잡았고, 그녀의 노력은 과충전된 나머지 노력 자체에 장애가 되었다.

Her body was not flexible and living. She walked with a swing, rather heavily, her head bowed forward, pondering. She was not clumsy, and yet none of her movements seemed quite *the* movement. Often, when wiping the dishes, she would stand in bewilderment and chagrin, because she had pulled in two halves a cup or a tumbler. It was as if, in her fear and self mistrust, she put too much strength into the effort. There was no looseness or abandon about her. Everything was gripped stiff with intensity, and her effort, overcharged, closed in on itself. (184)

육체에 대한 불신과 부정은 미리엄의 존재를 규정하는 가장 핵심적인 특성이다. 나중에 폴이 깨닫게 되듯이 "이러한 자기불신이야말로 그녀 영혼의 가장 심층적인 동기이며"(It was the deepest motive of her soul, this self-mistrust, 260), 그녀와 레이버스 부인에게서 감지되는 "영원한 처녀성"(eternal maidenhood, 322)의 원천이다.

일상적 삶과 육체성을 부정하는 태도와 밀접한 관련이 있는, 미리엄의 또다른 특징으로 화자는 "의인주의적"(anthropomorphic, 179) 성향을 언급한다. 실제 문맥에서 이 "의인주의적"이란 표현은 다소 갑작스럽다는 느낌도 주는데, "그녀는 사물이 그녀의 상상력이나 영혼에서 불붙어야만 비로소 자기 것으로 느끼는 듯 보였다"(She seemed to need things kindling in her imagination or in her soul, before she felt she had them, 179)라거나 "종교적 강렬함"에 의해 "일상적 삶으로부터 단절되어" 현실을 아름답거나 추한, 이원적인 분리의 관점으로 파악할 뿐이라는 화자의 설명에 접하면 미리엄의 '의인주의적' 면모란 그녀가 사물의 존재를 있는 그대로 인정하기보다 주관성을 과도하게 투사하여 관계맺는 경향을 지칭하는 것으로 파악된다. 그녀의 이러한 면모를 좀 더 정확히 이해하기 위해서는 로렌스가 종종 '의인주의'를 빌어 타자성을 억압하고 자기동일성으로 환원시키는 서구의 고질적 인간중심주의라든가 또는 그것에 내재한 남성중심주의를 비판하곤 했다는 점을 상기할 필요가 있다. 존재의 개체성에 기반한 온전한 관계맺음의 가능성을 모색하면서 서구적 '사랑'의 부정성을 점검하는 후기의 한 에세이에서 그는 워즈워스(William Wordsworth) 시의 '의인주의적' 성향을 지적한다. 워즈워스의 낭만주의적 태도가 앵초꽃의 "그 고유하고 특수한 앵초꽃다운 정체성"(its own peculiar primrosy identity)을 부정하고 "**시인 자신의** 영혼과 동일해야 함"(It must be identical with *his* soul, *RDP* 335)을 강요한다는 것이다.

> 심지어 앵초꽃 하나하고 평형을 이루기가 시인에게조차도 쉽지 않다. 워즈워스는 꽃이 그 자체의 영혼을 갖도록 내버려두지 않았다. 그것[꽃]은 시인 자신의 영혼을 가져야만 했다. 그리고 자연은 감미롭고 순수해야만, 즉 윌리엄 같아야 했다. 그것도 감미로운 윌리엄 같아야 했다. 의인화되어야만 했다. 인간, 심지어 인간 중에도 특수한 품종만 빼고는 그 어떤 것도 제 영혼을 제 것이라 부르지 못하게 만드는 의인주의인 것이다……
>
> 우리는 로맨스를, 말하자면 자연이라든가 꽃, 개, 아기, 또는 순수한 모험을 사랑하는 사람들을 늘 경계해야 한다. 그것은 그들이 사랑의 헤엄질로 빠져듦을 의미하는데, 그 속에서는 모든 것이 손쉽고 어떤 것도 그들 자신의 에고이즘에 저항하지 않는다. 자연, 아기, 개는 대꾸하지 못하기 때문에 **그토록** 사랑스러운 것이다.

You see, it is not so easy even for a poet to equilibrate himself even with a mere primrose. He didn't leave it with a soul of its own. It had to have his soul. And Nature had to be sweet and pure, Williamish. Sweet-Williamish at that! Anthropomorphized! Anthropomorphism, that allows nothing to call its soul its own, save anthropos: and only a special brand, even of him . . . .

And we must always beware of romance: of people who love Nature, or flowers, or dogs, or babies, or pure adventure. It means they are getting into a love-swim where everything is easy and nothing opposes their own egoism. Nature, babies, dogs are *so* lovable, because they can't answer back. (*RDP* 336)[32]

과연 인간중심주의에 대한 이러한 비판이 워즈워스 시에 대한 얼마나 적절한 해석인지는 논란의 여지가 많다고 하겠지만,[33] 적어도 미리엄의 성격에 대한 분석으로 바꾸어 본다면 상당히 적절한 평가일 듯 하다. '낭만적' 감수성을 지닌 그녀가 여러 장면에서 꽃을 대할 때라든가 어린 남동생을 대할 때의 태도는 항상 일종의 "사랑의 헤엄질"로서, 타자와의 자연스런 관계맺음이라기보다 자신이 추구하는 영적 교섭을 타인에게 강제하는 자기중심적 특성을 띠기 때문이다. 여기에는 다른 존재에 대한 소유와 지배 의지가 은폐되어 있는데, 그녀가 폴을 대하는 태도 또한 이와 다르지 않다. 다음의 두 예를 통해서도 확인되듯이 이러한 면모는 그들 관계에 시종 지속된다.

그 무렵 그는 몹시 앓았고, 그녀는 그가 쇠약해질 것이라고 느꼈다. 그렇게 되면 자신이 그보다 더 강해질 것이다. 그러면 그를 사랑할 수 있을 것이다. 그가 약해진 상태에서 그의 애인이 되어 그를 돌봐줄 수 있다면, 그가 그녀에게 의지할 수 있다면, 말하자면 그를 팔로 안을 수 있다면 얼마나 그를 사랑할 것인가!

Then he was so ill, and she felt he would be weak. Then she would be stronger than he. Then she could love him. If she could be mistress of him in his weakness, take care of him, if he could depend on her, if she could, as it were, have him in her arms, how she would love him! (174)

왜 자신이 그에게 묶여 있는가? 왜 이 순간조차도 그가 그녀를 보고 명령을 하면, 복종해야만 한단 말인가? 그의 하찮은 명령들에 복종할 것이다. 그러나 그녀는 일단 복종을 하고 난 뒤에는 그를 수중에 넣고 자신이 원하는 데로 이끌 수 있다는 것을 알았다. 그녀는 자기 자신에 대해 확신했다.

Why was she fastened to him? Why even now, if he looked at her and commanded her, would she have to obey? She would obey him in his trifling commands. But once he was obeyed, then she had him in her power, she knew, to lead him where she would. She was sure of herself. (342)

중요한 것은 미리엄에게 강한 소유 의지가 잠재한다는 사실 못지않게 이것이 기독교적 교리의 가르침에 부합하는 사랑이나 희생, 복종 등 이를 은폐하는 우회적 방식으로 표출된다는 점이다. 그녀의 소유의지는 이렇게 겉으로는 나무랄 데 없는 행위로 은폐되어 나올 뿐 아니라 본인에게조차 은폐되어 있다. 그런 까닭에 폴 역시 다만 막연한 불만을 느낄 뿐 문제에 대한 정확한 이해에 도달하거나 이를 그녀에게 전달하여 해소하는 데 상당한 어려움을 겪을 수밖에 없다. 그가 때로 미리엄에게 부당할 정도로 신랄하며 심지어 잔인하게조차 보이는 행동을 범하는 것에는 이러한 요인이 적지 않게 작용한다고 봐야 한다.[34]

그러나 미리엄의 근본 성격이 일찌감치 규정된다고 해서 이것이 그녀가 아무런 변화도 발전도 없는 평면적이고 정형화된 인물로 그려졌음을 의미하지는 않는다. 그녀가 성장기에 있는 여성에 걸맞는 섬세한 감수성을 보여주는 대목들은 쉽게 발견되며, 그녀를 재평가하려는 근래의 비평적 논의들도 실제로 그런 부분에 근거하고 있다. 그럼에도 불구하고 변함없는 사실은 미리엄의 이러한 섬세한 감수성조차도 자신의 여성적 육체성을 부정하는 그녀의 근본 한계를 극복하지는 못한다는 것이다. 한편으로 미리엄의 한계가 이렇듯 뚜렷한 다음에야 그녀와 폴 관계의 실패가 피할 수 없는 결과로 보이기도 한다. 그러나 이들 관계의 실패가 단지 미리엄 편의 결함에서만 비롯된 것은 아니다. 폴 자신의 발언이나 화자의 서술을 통해 충분히 전달되듯이, 육체적 활력으로 충만했던 아버지의 세계가 가정 밖으로 밀려난 채 어머니의 지배적인 영향 아래 성장하는 과정에서 그의 내면에도 은밀히 육체에 대한 저항이 형성되어 왔기 때문이다.[35]

    폴과 미리엄의 관계에 직간접적으로 개입하는 모렐 부인의 존재 역시 이들의 관계 발전에 상당한 장애가 됨은 물론이다. 자식의 자기실현에 대한 진정한 소망과 동시에 실패한 남편과의 관계에 대한 보상심리라는 이중적 성격의 애정을 품은 모렐 부인의 존재는, 나중에 폴이 어머니에게 내놓고 말하듯이(395) 그가 적절한 여성을 찾는 데 근원적인 장애요인이 될 소지를 안고 있다. 일면 정당성과 정확성도 있으나 미리엄에 대한 모렐 부인의 부정적 반응이나 판단에는 이처럼 아들의 미래에 대한 진정한 우려와 자신의 이해관계가 뒤엉켜 있다. 그리하여 말의 취지가 정당한 곳에서도 말의 형식에 의해 그 정당성이 부정되곤 하는 것이다.[36] 더구나 미리엄을 거부하는 모렐 부인의 심정은 대부분 우회적이고 미묘하게 전달되지만, 남편이 없는 것과 다름없는 자기 삶을 상기시키면서 아들의 애정에 노골적으로 호소하는 장면(250-52)에 이르면 그렇지 않아도 순조롭지 않은 폴과 미리엄의 관계에 어머니와 아들 사이의 과도한 애착은 상당한 짐이 될 수밖에 없다는 것이 명백하게 드러나고 만다.

갈수록 힘겨워지는 관계 속에서 "이들의 교제가 완전히 표백된, 순결한 형태로 진행됨"(their intimacy went on in an utterly blanched and chaste fashion, 198)으로 인해 점차 강렬해지는 육체적 욕망을 부단히 억눌러야 하는 폴의 내적 갈등과 고통도 깊어진다. 그러나 미리엄과 달리 폴의 경우는 스스로 육체성에 대한 억압을 강력히 느낄수록 그에 비례해 자기인식이 더욱 심화되는 성과도 있다. 미리엄과의 관계에서 본격화된, 육체성에 관한 그의 예민한 문제의식은 공장에서 일하며 노동에 담긴 육체적 활력을 실감하는 과정이라든가 집안에서 간헐적으로 드러나는 아버지의 육체성에 대해 새롭게 인식하는 기회를 통해서(235-36), 또한 클라라와 만나는 과정을 통해 한층 심화되는 것이다. 일단락된 미리엄과의 관계를 새롭게 시도해보려는 시점에서 폴이 자신들의 지난 관계를 되돌아보며 육체성의 발현을 억눌렀던 "일종의 지나치게 강한 순결성"(a sort of overstrong virginity, 322)을 스스로 진단하고 분석하는 대목은 이 문제에 관한 그의 인식에 상당한 진전이 있음을 말해준다.

> 폴은 주위를 둘러보았다. 그가 아는 상당히 많은 괜찮은 사람들이 자기와 마찬가지로 그들 자신의 순결성에 얽매여 빠져나오지 못하고 있었다. 그들은 사랑하는 여자들에 대해 너무나 민감해서 상처를 주거나 부당하게 대하느니 차라리 영원히 애인 없이 살고자 했다. 아내의 여성적인 성스러운 영역을 꽤 난폭하게 짓밟고 들어오는 우를 범한 남편을 둔 어머니들의 자식들이기 때문에 그들 자신 역시 아주 소심하고 수줍었다. 여자로부터 비난을 사느니 자기자신을 부정하는 편이 더 쉬운 일이었다. 여자는 그들의 어머니와 같은 존재였고, 그들은 어머니에 대한 의식으로 가득 차 있었기 때문이다. 그들은 사랑하는 상대를 위험에 처하게 하기보다는 독신의 비참함을 감수하고자 했다.
> 그와 미리엄 사이에 오간 모든 말, 모든 추상, 모든 영리한 인식, 그 모

든 것은 의당 미리엄에게 했어야 할 입맞춤이 의식의 용어들로 옮겨진 것 아니고 무엇이겠는가, 그녀를 품안에 안았어야 할 삶의 온기가 사색하고 철학하는 용도로 바뀐 것 아니고 무엇이겠는가. 사색과 인식은 무엇이었는가? 그것은 단지 그를 소모시켰을 뿐이다. 그것은 삶도 결실도 아니었다. 그것은 죽음의 한 형태였다. 살아있는 충동이 추상으로 변한 것이다. 그는 이제 멈출 것이다. 그들은, 그와 미리엄은 이러한 추상들을 멈출 것이다.

He looked round. A good many of the nicest men he knew were like himself, bound in by their own virginity, which they could not break out of. They were so sensitive to their women, that they would go without them for ever rather than do them a hurt, an injustice. Being the sons of mothers whose husbands had blundered rather brutally through their feminine sanctities, they were themselves too diffident and shy. They could easier deny themselves than incur any reproach from a woman. For a woman was like their mother, and they were full of the sense of their mother. They preferred themselves to suffer the misery of celibacy, rather than risk the other person.

All the talk, all the abstraction that went on between him and Miriam, all the cleverness and the realisation, what was it but the kisses that should have been given, translated into terms of consciousness, the warmth with which he would have held her in his arms turned to the purpose of thinking and philosophising. And what was thought, realisation?—it only wasted him away. It was not life, fruition. It was a form of death: living impulse turned into an abstraction. He would stop now. They would stop these abstractions, he and Miriam. (323)

여기서 자신의 "순결성"에 대한 폴의 인식은 동시대 남성 전반에 해당되는 보편적이며 객관적인 차원으로까지 확장되어 있다. 물론 이 "순결성"이 "아내의 여성적인 성스러운 영역을 꽤 난폭하게 짓밟고 들어오는 우를 범한 남편을 둔 어머니들의 자식"이기 때문에 생겨난 문제로 받아들여질 뿐 아버지의 육체성에 대한 어머니의 억압이 미친 영향에 대해서는 인지되지 못하고 있다는 점에서, 이 대목에서 폴의 인식이 충분히 객관적인 통찰에 이르렀다고 볼 수는 없다. 그러나 지금껏 자신의 삶에 질곡이 되어온 억압된 육체성의 그 은폐된 근원이 어머니와의 정상적이지 못한 관계에 있다는 점과 이를 자기 시대의 전형적 문제로 깨닫는 부분은 의미심장하다.[37]

인용문 두 번째 단락이 드러내는 것처럼 폴의 새로운 자기인식은 자신과 미리엄의 관계에 대한 냉철한 판단과 결단으로 이어진다. 자신이 미리엄을 통해 이뤄낸 의식과 사색의 계발은 그 원천적 힘이 되었어야 마땅할 육체성과 온기를 희생한 댓가로 얻어진 것으로서 삶이 아닌 "죽음의 한 형태"에 불과했다는 판단은 어쩌면 그녀가 자신의 성장에 기여한 바에 대한 지나치게 가혹한 평가로 보일 수도 있다. 그러나 이러한 판단은 그녀와의 만남에서 간혹 느꼈던 죽음의 충동(228, 231-33)을 비롯하여 그들 관계에 내포된 근본적 한계에 대한 장기간의 고통스런 경험에 토대한 자기반성이라는 점에서 상당 부분 신뢰할 만하다. 폴이 이처럼 육체성의 의미에 근접해가면서, 자신의 의식과 사유에 있어서의 근본적인 전환이 요청되는 만큼 미리엄과 더 이상 추상적 관계를 지속하지 않겠다는 단호한 결단을 내리는 모습은 한 단계 올라선 성숙의 징표인 것이다.

이러한 각성을 거쳐 폴은 미리엄과의 새로운 관계를 모색하지만 육체적 접촉을 통해서도 끝내 자기희생적 태도를 버리지 못하는 미리엄을 보며 그는 예전에 경험했던 죽음의 충동을 다시 확인할 뿐이다. 그리고 이는 삶에 대한 허무주의적 인식으로까지 진행된다. "이제 그에게 생은 그림자요, 낮 또한 흰 그림자로 보였다. 밤, 죽음, 정적, 무위, 이것이야말로 **존재처럼** 보였다. 살아 있다는 것, 무엇인가를 촉구하며, 굽히지 않고 요구한다는 것, 그것은 **존재하지 않음**이었다. 어둠 속으로 녹아나와 그곳에서 거대한 존재와 하나되어 일렁거리는 것이야말로 지고한 것이었다"(To him now life seemed a shadow, day a white shadow, night, and death, and stillness, and inaction, this seemed like *being*. To be alive, to be urgent, and insistent, that was *not-to-be*. The highest of all was, to melt out into the darkness and sway there, identified with the great Being, 331). "어떠한 살아 있는 온기도 주지 못하는" 미리엄과의 불모적 관계에 대한 분명한 확인이 이루어지고 클라라에 대한 무의식적인 끌림이 더해가면서 그는 마침내 미리엄과 헤어질 결심을 한다. 그러던 어느 날, 미리엄과의 아직 정리되지 않은 관계로 인해 어머니와 미묘한 심리적 갈등을 일으키다가 마침내 "서로 내놓고 트집을 잡는 특수한 상황"(a peculiar condition of people frankly finding fault with each other)이 벌어질 즈음 폴은 홀연 백합 향기에 끌려 바깥으로 나선다.

밤이 너무 아름다워 그는 소리라도 지르고 싶었다. 어슴푸레한 황금빛 반달이 그 빛으로 하늘을 자주빛으로 물들이며 정원 끝에 있는 검은 단풍나무 뒤로 지고 있었다. 가까이에는 희부연 백합 울타리가 정원을 가로질렀고, 사방의 공기는 살아 있기라도 한 듯 꽃향기로 꿈틀거리는 것 같았다. 그는 백합의 흔들리는 짙은 냄새를 날카롭게 가로질러 강렬한 향기가 풍겨오는 패랭이 꽃밭을 지나 울타리같은 하얀 꽃들 옆에 나란히 섰다. 꽃들은 숨이 찬 듯 온통 느슨하게 축 쳐져 있었다. 그는 꽃향기에 취했다. 그는 달이 지는 것을 보려고 들판으로 내려갔다.

뜸부기가 건초장에서 끈덕지게 울어댔다. 달은 더 붉어지면서 꽤나 빨리 아래로 미끄러져 내려갔다. 그의 뒤에는 커다란 꽃들이 마치 소리쳐 부르기라도 하듯 비스듬히 기울어져 있었다. 그 때 무슨 충격과도 같이, 뭔가 날것같은 거친 다른 향기가 그를 자극했다. 주위를 살피다가 그는 자줏빛 붓꽃을 발견하고는 그 살진 목과 움켜쥐는 검은 손을 만졌다. 어쨌든 그는 무엇인가를 발견한 것이었다. 그 꽃들은 어둠 속에서 뻣뻣하게 서 있

었다. 그 향기는 잔혹했다. 달은 언덕 꼭대기에서 녹아내리고 있었다. 이
윽고 달이 지자 사방이 깜깜했다. 뜸부기는 여전히 울고 있었다.

패랭이꽃을 한 송이 꺾어 들고 그는 집안으로 들어갔다.

"애야, 잘 시간이 됐구나" 어머니가 말했다.

그는 패랭이꽃을 입술에 댄 채로 서 있었다.

"어머니, 이제 미리엄과 헤어질 거예요," 그가 차분하게 대답했다.

The beauty of the night made him want to shout. A half moon, dusky gold, was sinking behind the black sycamore at the end of the garden, making the sky dull purple with its glow. Nearer, a dim white fence of lilies went across the garden, and the air all round seemed to stir with scent, as if it were alive. He went across the bed of pinks, whose keen perfume came sharply across the rocking, heavy scent of the lilies, and stood alongside the white barrier of flowers. They flagged all loose, as if they were panting. The scent made him drunk. He went down to the field to watch the moon sink under.

A corn-crake in the hay-close called insistently. The moon slid quite quickly downwards, growing more flushed. Behind him, the great flowers leaned as if they were calling. And then, like a shock, he caught another perfume, something raw and coarse. Hunting round he found the purple iris, touched their fleshy throats, and their dark, grasping hands. At any rate he had found something. They stood stiff in the darkness. Their scent was brutal. The moon was melting down upon the crest of the hill. It was gone, all was dark. The corncrake called still.

Breaking off a pink he suddenly went indoors.

"Come my boy," said his mother. "I'm sure it's time you went to bed."

He stood with the pink against his lips.

"I shall break off with Miriam, mother," he answered calmly. (337-38)

위 대목의 아이러니는 아들의 갈등하는 모습에서 드디어 미리엄을 포기

하고 "자신에게 돌아올 때"가 무르익었음을 읽어내는 어머니의 기대와는 달리, 폴에게는 두 사람 모두에 대한 결별의 의지가 들어선다는 점이다. 미리엄에 대한 폴의 결별 의지가 명백한 표층적 의미를 구성하고 있지만, 동시에 이 인용문은 다양한 이미지와 색감 등을 통해 어머니를 넘어서서 클라라로 향하는 그의 무의식적 의지를 암시한다. 위 장면은 앞서 살펴본 바 있는, 임신한 모렐 부인이 달빛 아래 꽃과 교감하는 모습을 연상시킬 뿐 아니라 바로 그 대목과의 관계 속에서 의미가 더욱 풍부하게 살아나는 부분이다. 그때와는 대조적으로, 하늘을 붉게 물들이는 "어슴푸레한 황금빛 반달" 아래서 "희부연 백합 울타리"로부터 야생의 붓꽃으로 돌아섬으로써 폴은 백색의 정원에서 이루어진 어머니와의 농밀한 합일, 그 창조적이면서도 파괴적인 밀착관계로부터 마침내 놓여난다. 흰 백합을 압도하며 점차 붉어지는 황금빛 달의 색조는 폴이 결말부에 돌아서는 "도시의 황금빛 인광"(the city's gold phosphorescence)과도 연결되는가 하면, 그가 "살진 목과 움켜쥐는 검은 손"을 가진 "자줏빛 붓꽃"과 조응하는 모습은 이 대목에서 그가 경험하는 '놓여남'의 본질이 억압된 육체성의 회복에 있음을 시사한다. 그리고 문제의 핵심이 억압된 육체성에 있다는 사실에서 어머니와 미리엄에 대한 결별의 동시성이 해명된다. 미리엄과 모렐 부인은 크고 작은 차이에도 불구하고, 또 정도의 차이도 분명하지만 육체성의 억압, 현저한 의식 지향성, 강한 의지와 소유욕 등의 주요한 특성을 공유한다. 그런 맥락에서 이 두 여성은 폴의 육체성이 위축되어 발현하지 못한 데 서로 역할을 분담해온 셈이다. "그는 미리엄과 싸우는 것과 거의 비슷하게 어머니와 싸웠다"(He fought against his mother almost as he fought against Miriam, 262)라는 화자의 발언에 담긴 의미가 여기에서 분명해진다. 미리엄과 어머니 사이에서 갈등하는 동안 폴은 어느덧 자신의 육체성을 억압하는 두 사람 모두에 대한 저항을 키워간 것이다.

물론 미리엄과의 결별에 대한 폴의 결심이 의식적 차원에서 이뤄지는 것과 달리, 훨씬 내밀하고 끈질긴 영향력을 행사하는 어머니와의 관계로부터 놓여나려는 결심은 한층 무의식적 차원에서 진행된다. 그러나 이 무의식적 의지가 그의 삶에 결정적 전기로 마련되고 있음을 시적 암시 속에서 확인한 독자로서는 이후 미리엄과의 결별로 인해 폴과 어머니의 관계가 더 밀착되는 듯이 보이는 장면조차도 최종적 결별의 한 과정에 불과한 것임을 예감하게 된다.

4. "놓여남"의 의미

폴이 자신의 삶을 짓누르던 육체의 억압으로부터 놓여난 것은 클라라와의 만남을 통해서인데, 이들 관계의 핵심적 경험을 그려낸 다음 장면은 진정한 육체의 교류가 남자와 여자 각각의 삶에 어떤 의미를 줄 수 있는지를 집약한다.

> 그동안 들판에서는 내내 물떼새들이 울고 있었다. 정신이 들자 그는 자기 눈 가까이 어둠 속에서 힘찬 생명력으로 휘어져 있는 것이 무엇일까, 그리고 무슨 소리를 말하고 있는 것일까 생각했다. 그리고는 그게 풀잎이며 물떼새가 울고 있는 것임을 깨달았다. 따뜻한 기운은 내쉬는 클라라의 숨결이었다. 그는 머리를 들어 그녀의 눈을 들여다보았다. 그 눈은 어둡고 빛나는 낯선 것이었고, 그 근원에서는 야성적인 생명이, 그에겐 낯선 존재이면서도 그와 만나서 그의 생명을 응시하고 있었다. 그는 두려워서 그의 얼굴을 그녀의 목에 묻었다. 이 여자는 무엇일까. 강하고 낯선 야성적 생명이 이 시간 내내 어둠 속에서 자신의 생명과 함께 호흡한 것이었다. 그것은 그들 자신보다 훨씬 더 거대하기에 그는 입을 다물 수밖에 없었다. 그들은 만났던 것이며, 그들의 만남에는 겹겹이 들어선 풀잎들의 찌를 듯한

솟구침과 물떼새의 울음, 별들의 선회가 포함되어 있었던 것이다.

All the while, the peewits were screaming in the field. When he came to, he
wondered what was near his eyes, curving and strong with life in the dark, and
what voice it was speaking. Then he realised it was the grass, and the peewit
was calling. The warmth was Clara's breath heaving. He lifted his head and
looked into her eyes. They were dark and shining and strange, life wild at the
source staring into his life, stranger to him, yet meeting him. And he put his
face down on her throat, afraid. What was she. A strong, strange, wild life, that
breathed with his in the darkness through this hour. It was all so much bigger
than themselves, that he was hushed. They had met, and included in their
meeting the thrust of the manifold grass stems, the cry of the peewit, the wheel
of the stars. (398)

두 인물이 육체적 접촉을 통해 우주와의 합일을 경험하며 삶에 대한 깊
은 만족과 경외감에 휩싸이는 위 대목은 "낯선"이란 용어의 반복에서도 알
수 있듯이 타자성에 대한 인식에 초점이 놓여 있다.[38] 클라라에게 폴이 "미지
의 어떤 존재, 거의 섬뜩하다시피 한 어떤 존재가 되"(he was something
unknown to her, something almost uncanny, 397)듯이, 폴이 공감각적으로 반응
하는 풀잎이며 푸른 도요새의 울음소리, 클라라의 숨결과 시선 또한 낯설게
다가온다. 그리고 바로 이 낯섦의 체험은 사랑을 나누는 동안 그의 내부에서
일어난 변화, 즉 "이성, 영혼, 피" 등 그의 온 존재가 하나로 어우러지면서 의
식에 억눌려 있던 육체가 그 자체의 독립적 생명력을 가진 것으로 발현되는
것─"그의 손은 살아 있는 존재 같았다. 그의 사지와 몸뚱이는 온통 삶과 의
식으로 충일하여 그의 어떠한 의지에도 종속되지 않고 그 자체로 살아 있었
다"(His hands were like creatures, living; his limbs, his body were all life and

consciousness, subject to no will of his, but living in themselves, 408) — 과도 통한다. 요컨대 진정한 육체적 교섭을 통해 자아 안팎에서 모든 것이 관념적 친근성의 속박을 벗어나 본연의 '낯선' 모습으로 마주하는 '만남'의 장이 열린 것이다.

이어지는 대목에서 화자는 아담과 이브의 비유까지 들면서 이들의 육체적 합일의 의미를 한껏 끌어올린다. 타자성이 발현된 이 만남의 장을 통해 이들은 존재 자체의 근원적 힘 — "모든 풀잎, 그리고 모든 나무와 살아있는 것을 그 나름의 높이로 들어올리는, 전율하리만치 거대한 (존재의) 융기"(the tremendous heave that lifted every grass-blade its little height, and every tree, and living thing, 398) — 에 대한 인식과, 그 거대한 힘의 물결에 실린 "낱알"같은 인간의 왜소함을 깨닫는다. 여기에서 "인간성의 거대한 밤과 거대한 낮"(the great night and the great day of humanity)을 불러낸 이 생명의 엄청난 힘 앞에서 "그들 자신이 아무 것도 아닌 존재임을 안"(To know their own nothingness)다는 것은 이들이 인간중심적 편견을 벗어난 다른 어떤 관점에서 진정한 인간적 삶의 의미를 확인하는 토대를 마련했음을 뜻하기도 한다. 무엇보다 두 사람은 이제 다시는 소멸되지 않을, "생에 대한 믿음"(belief in life)을 얻은 것이다.

이들이 도달한 그와 같은 경험의 의미를 존재론적으로 규명하는 앞의 인용문은 폴이 미리엄과의 관계에서 허무주의적 충동을 느끼는 장면과 대조될 뿐 아니라, 마찬가지로 존재론적 차원에서 폴의 갈등을 다루는 결말부와도 긴밀히 연관됨으로써 압도적인 무(無)의 힘을 뿌리칠 수 있는 그의 활력을 신뢰할만한 충분한 근거로 작용한다. 이를 계기로 폴은 육체성의 의미를 실감하고 자신을 짓눌러온 삶의 질곡으로부터 벗어나 온전한 자기실현을 이룰 중요한 전기를 마련한 셈이며, 클라라 역시 실패한 남편과의 관계로 인해 파생된 "자기불신"(self-mistrust, 405)을 극복하고 여성성에 대한 내적 신뢰를 회복한다.

그러나 두 사람 모두에게 "생의 세례"(the baptism of life, 405)를 안겨준 육체적 합일의 경험을 거치고도 이들 관계는 결실에 이르지 못한다. 이는 결국 두 사람의 관계가 그 충만한 합일감의 성취에도 불구하고 이를 지속적으로 정착시킬 수 있을 정도로 굳게 결합된 것은 아님을 의미한다. 폴은 클라라가 "자신의 영혼을 안정시켜줄 수 있는 사람은 아님"(399)을 깨닫는가 하면, 자신이 그녀와의 관계에서 얻은 깊은 만족이 오직 "몰개성적인"(impersonal) 것일 뿐이라고 느낀다. 즉 그녀라는 독특한 개인에 대한 인격적 친밀성이 결여되어 있음을 발견하는 것이다. 그런 까닭에 관계가 지속될수록 폴에게는 구속감이 가중되며 클라라 역시 그의 온 존재를 다 차지하지 못한다는 불안과 결핍을 느낀다.

사실 폴과 미리엄 사이에 이뤄진 농밀한 인격적 친밀성을 생각하면 이에 비견할 교류를 갖지 못한 클라라와의 관계가 실패하는 것은 어떤 면에서 당연하기조차 하다. 또 그렇게 보면, 친밀한 인격적 교류가 없이 "몰개성적" 차원에서 진행된 관계를 통해 폴과 클라라가 앞서와 같은 충만한 육체적 합일감에 도달했다는 것이 오히려 뜻밖으로 느껴지는 면도 없지 않다. 더불어 이들이 경험한 육체적 교류의 의미를 존재론적 차원으로 끌어올린 작가의 서술이 과연 이들의 실제 성취에 제대로 부합하는 것이었는가 하는 의구심마저 생겨날 소지도 있는 것이다.[39]

그러나 폴과 클라라의 관계가 육체적 합일감의 경험을 포함한 온전한 남녀관계를 굳게 정착시킬만한 영혼의 친밀하고도 깊이 있는 교류에까지 미치지 못한 것은 사실이라 하더라도, 그렇다고 이들 관계가 전적으로 "몰개성적"인 것만은 아니며 서로에 대한 상당한 이해와 인간적 공감을 토대로 발전하였음을 상기할 필요가 있다. 살아온 환경이나 연령의 차이도 지닌 두 인물이 서로 공감적 이해를 싹틔우기란 마냥 쉽지만은 않은 일이었고 실제로 이들 관계는 그다지 우호적이지 않게 시작되기도 했다. 그것이 깊은 친교로 발전할 수 있었던 계기는 거만한 듯이 보이는 클라라의 행동 이면에 비참한 삶의 현실이 있음을 폴이 깨닫기 시작하면서부터다. 특히 처음으로 그녀의 집을 방문해 레이스를 뜨는 누추한 노동 현실을 목격한 것은 그에게 일종의 "개안"이었으며, 이들 관계가 본격적인 국면에 들어서는 중요한 전기를 이룬다. "물레질을 하는 그녀의 모습은 거기, 삶이 내팽겨쳐 놓은 쓰레기더미 속에 좌초되어 있는 듯이 보였다. 마치 삶이란 그녀에게 아무 소용도 없다는 듯이, 삶에 의해 옆으로 제쳐진다는 것은 그녀로서는 가혹한 일이었다. 그녀가 항변하는 것도 당연했다."(She seemed to be stranded there, among the refuse that life has thrown away, doing her jennying. It was a bitter thing to her to be put aside by life, as if it had no use for her. No wonder she protested, 304)는 대목에서도 드러나듯 클라라가 느끼는 삶의 박탈감을 깊고도 예리하게 실감하면서 폴은 여권운동을 통한 그녀의 항변에 담긴 근본적 정당성에도 깊이 공감하는 것이다. 따라서 이들 관계의 궁극적 한계는 그것대로 인정하더라도, 두 사람이 남녀관계를 통해 성취해낸 바가 클라라의 삶에 대한 폴의 공감적 이해, 그리고 그에 대한 클라라의 확인을 바탕으로 무르익은 것이라는 사실을 간과해서는 안 된다.

또한 중요한 것은 클라라에 대한 폴의 공감이 육체적으로 매료된 한 여인의 힘겨운 현실을 우연히 목격한 데서 비롯된 일시적이거나 사적인 차원에 머무는 반응과는 구별된다는 점이다. 오히려 처음 그녀의 육체적 활력에 무의식적으로 끌린 것부터가 노동계급의 건강성에 예민하게 반응할 수 있는 폴의 기본적 감수성이 이미 그 내부에 마련되어 있음을 뜻하는 것이다. 가족

형편이 점점 나아지고 폴이 화가로서 성공할 가능성이 엿보이는 시점에서 그와 어머니가 나누는 다음 대화는 이 점과 관련해서 의미가 크다.

"있잖아요," 그는 어머니에게 말했다. "난 부유한 중산계급에 속하고 싶지 않아요. 난 서민들이 가장 좋아요. 나도 서민에 속하구요."

"하지만 딴 사람이 네게 그렇게 말한다면 속이 쓰릴걸. 너 자신이 어떤 신사 못지않다고 생각하고 있는 거 너도 알잖아."

"제 자신으로서 그렇다는 거지요," 그는 대답했다. "내 계급이나 교육, 혹은 예의범절이 아니고요. 그러나 나 자신은 어떤 신사 못지않지요."

"그래 좋다. 그렇다면 서민들 이야기는 왜 하니?"

"왜냐 하면, 사람들 사이의 차이는 계급이 아니라 그들 자신에게 있기 때문이죠. 다만 중산계급으로부터는 사상을 얻고, 노동계급으로부터는 삶 그 자체, 온기를 얻지요. 그들의 증오와 사랑을 느낄 수 있잖아요."

"애야, 다 좋다고 치자. 그러나 그렇다면 넌 왜 네 아버지 친구들에게 가서 이야기하지 않니?"

"하지만 그 사람들은 좀 달라요."

"조금도 다르지 않다. 그들이 서민이지. 결국 넌 지금 서민들 중 누구와 사귀니? 중산계급처럼 사상을 교환하는 사람들하고 어울리잖아. 나머지 사람들엔 넌 관심이 없어."

"하지만, 거기엔 삶이 있어요."

"난 네가 모어튼양 같은 교육받은 처녀에게서보다 미리엄에게서 털끝만큼도 더 삶을 얻는다고 믿지 않아. 계급에 대해 속물적인 건 바로 너야."

"You know," he said to his mother, "I don't want to belong to the well-to-do middle class. I like my common people best. I belong to the common people."

"But if anyone else said so, my son, wouldn't you be in a tear. *You* know you consider yourself equal to any gentleman."

"In myself," he answered, "not in my class or my education or my manners.

But in myself, I am."

"Very well then—then why talk about the common people."

"Because—the difference between people isn't in their class, but in themselves.—Only from the middle classes, one gets ideas, and from the common people—life itself, warmth. You feel their hates and loves—"

"It's all very well, my boy—but then why don't you go and talk to your father's pals?"

"But they're rather different."

"Not at all. They're the common people. After all, whom do you mix with now, among the common people? Those that exchange ideas, like the middle classes. The rest don't interest you."

"But—there's the life—"

"I don't believe there's a jot more life from Miriam than you could get from any girl—say Miss Moreton. It is *you* who are snobbish about class." (298)

중산계급으로 진입할 충분한 가능성이 있고 이미 노동계급의 지위에서 어느 정도 벗어나 있으면서도 노동계급에의 강한 애착을 드러내는 아들에 대해 불만스러워하는 모렐 부인의 태도는 뿌리깊게 중산계급적 이상에 젖어 있는 데다가 마지막 대사에서도 드러나듯이 미리엄과의 교제에 대한 못마땅한 감정이 개입됨으로써 결코 공평무사한 것은 못된다. 그러나 그렇다고 해서 계급에 대한 폴의 태도에 담긴 문제점을 지적하는 그녀의 예리한 비판이 힘을 잃지는 않는다. 이후 클라라와 함께 노팅엄 성채에 올라가서 그녀의 남편 백스터 도즈(Baxter Dawes)를 짐승에 빗대어 언급하는 장면이라든가(314), 화가로서의 성공이 가시화되면서 계급상승의 전망을 어머니와 함께 즐기는 장면(345-46) 등을 고려하면 폴의 계급적 태도에도 '속물적'이라면 속물적인 잔재가 없지 않은 것이다. 그러나 위 인용문은 폴이 어머니의 중산계급적 인생관이나 행복의지로부터 이탈하여 독자적인 가치관을 형성하며 성장해나가는 한 과정으로 제시되면서 그의 속물적 잔재보다는 그 건강성에 초점이 맞춰지는 대목이다. 인간 존재의 궁극적 차이를 계급이 아닌 개개인의 사람됨에 두며, 스스로 중산계급과 노동계급 그 어디에도 딱히 소속되지 않은 폴이 삶의 온기에 주목하고 노동계급의 건강성에 대한 확고한 신뢰를 보이는 것은 그가 노동계급에 대한 유년기적 적대감에서 벗어나 공감으로 이행하는 과정이 상당히 진척되었음을 시사한다.

폴이 클라라와의 관계를 발전시키고 이를 통해 육체적 교섭의 참된 의미를 깨달을 수 있었던 것은 이처럼 노동계급이 지닌 육체적 활력과 삶의 온기에 대한 그의 공감적 인식이 꾸준히 확장되었기에 가능했다. 클라라와 함께 공연장에 갔다가 기차를 놓치고 그녀의 집에서 하루밤을 머무는 장면은 노동계급에 대한 폴의 공감이 매우 친밀하면서도 섬세한 결을 이루고 있음을 느끼게 하는 또다른 예다. 사실 앞에 언급한 첫 방문을 포함한 이 두 번의 방문 장면은 그 탁월한 재현에 힘입어, 상대적으로 박진감이 떨어지는 작품 후반부에 생동감을 부여하는 역할도 하는데 이는 상당부분 클라라의 어머니인 래드퍼드 부인(Mrs Radford)에 대한 생기 있는 인물묘사 덕분이다. 늙어서도 "삶의 절정에 있는 여자나 가질 법한 힘과 침착성"(the strength and *sang froid* of a woman in the prime of life, 303)을 지니고 있어서 처음부터 폴의 호감을 자아내는 래드퍼드 부인은 노동계급 특유의 견실함과 활력을 지닌 인물로서, 이러한 활력은 그녀가 쓰는 방언을 통해서도 유감없이 전달된다. 래드퍼드 부인의 이같은 면모를 고려할 때, 연회복 차림으로 밤늦게 들어온 두 남녀를 못마땅해 하며 냉소적인 적대감으로 대하던 그녀를 폴이 점차 누그러뜨려 결국 "명백히 그를 좋아하게끔"(Mrs. Radford was evidently fond of him, 385) 만들 수 있었다는 것은 중요한 의미를 갖는다. 노동계급에 대한 그의 공감은 결코 속물적인 것이 아니며 그는 노동계급 사람들이 갖는 "사랑과 증오"의 감정적 흐름을 거스르지 않고 이에 교감할 수 있는 감수성을 갖춘 것이다.

그러나 이러한 폴의 역량이 가장 현저히 발휘되는 것은 무엇보다 백스터와의 관계에서라고 볼 수 있다. 폴과 클라라의 관계가 일정한 한계에 부딪치면서, 또 작품 결말부에 접근할수록 폴과 백스터의 관계는 눈에 띄게 부상하는데, 이를 구체적으로 검토하기에 앞서 일단 결말부의 구조에 눈을 돌려볼 필요가 있다. 어머니의 죽음 후에 폴의 심리적 방황을 다루는 짧은 마지막 장을 제외하면 그 이전의 두 장이 모두 폴과 백스터의 관계를 다루는 데 할애된다. 특히 이 작품의 실질적인 마지막 장이라고도 할 수 있는, "놓여남"("Release")이라는 의미심장한 제목의 14장은 폴이 어머니를 안락사시키는 행위에서도 암시되듯이 그가 어머니의 영향으로부터 궁극적으로 해방되는 과정을 다루는데,[40] 어머니의 임종 과정과 나란히 진행되면서도 폴과 백스터의 관계는 이 장의 처음과 끝을 관통하는 한결 비중있는 위치를 점한다. 결말부에서 이들 관계가 차지하는 커다란 비중을 고려한다면 그것이 폴의 성장 과정의 최종국면에 값하는 의미심장한 것으로 입증될 때만 『아들과 연인』 전체가 하나의 예술작품으로서 어엿한 형식을 갖춘 셈이라 하겠는데, 실제 그러하다. 요컨대 백스터에 대한 무의식적 공감을 통해 그의 삶의 의욕을 되살리고 클라라와 재결합하도록 하는 일련의 과정에서 드러나는 폴의 모습은 어머니로부터의 벗어남을 가능케 할 그의 생명력이 근본적으로 어떤 성격을 지녔는가를 짐작할 수 있게 만드는 중요한 단서인 것이다.

폴과 백스터는 처음부터 서로에게 전혀 호의적이지 않았고 일종의 연적으로서 더욱 적대적인 관계에 들어서는데, 그럼에도 불구하고 이들 사이에는 서로를 은밀하게 묶어주는 "그 특유의 친밀감"(that peculiar feeling of intimacy, 386)이 형성된다. 어느 칠흑같은 밤 벌판에서 "그들이 벌거벗은 증오의 극단에서 만나"(they had met in a naked extremity of hate, 423-24) 사투를 벌이는 장면(409-10)은 이러한 적대감과 유대가 동시에 드러나는 대목으로서, 폴이 클라라와 깊은 충만감을 나누는 장면과 함께 이 작품에서 육체적 교류가 가장 생생하게 묘사된 곳의 하나이기도 하다. "서로의 원초적 인간이 만났던" (the elemental man in each had met, 424) 이 사투를 통해 한편으로 이들의 보이지 않는 유대는 더욱 끈끈해지기도 했지만, 더불어 이 사건이 그들 사이의 적대성의 표층을 선명히 부각시킨 만큼 그들이 이를 극복하고 공감적 관계로 발전하기가 한층 어려워진 계기이기도 했다. 따라서 세상을 등진 채 병에 걸려 고통받는 백스터를 폴이 자진해서 방문하고, 몇 번의 만남을 통해 이해의 폭을 넓혀가며 결국 백스터에게서 삶의 의욕을 되살려낸 것은 상당한 의미가 있다. 더구나 폴 자신도 어머니의 임종을 앞두고 심한 정신적 방황을 겪고 있던 상황이었음을 고려하면 더욱 그러하다.

사실 폴은 클라라와 만나기 시작한 직후부터 백스터에 대한 집요한 관심을 보이며, 그녀의 관념적 태도로 인해 백스터의 사내다움이 붕괴되었음에 혐의를 두고 "마치 마음에 걸리는 무엇이라도 되듯이"(319) 이를 끈질기게 추궁하기도 하는데, 이것은 폴이 백스터의 몰락한 현재 모습 이면에 있는 건강한 잠재력을 직관적으로 느껴왔기 때문이기도 하다. 이처럼 폴이 백스터의 됨됨이를 알아보고 신뢰할 수 있었던 것은 노동계급에 대한 공감이 꾸준히 확장되어온 과정의 연속이자 그러한 공감의 핵심에 자리한 육체성에 대한 인식의 발전이 가져온 결과임은 재론의 여지가 없다. 두 사람 사이에 존재하는 숙명적 유대감 역시 이러한 맥락 속에서 형성된 것이다. 물론 폴이 느끼는 유대감에는 백스터의 몰락에 대한 죄의식과 책임의식도 적잖게 자리하고 있는데(423), 백스터와 월터의 유사성에 주목해 외디프스적 주제에 맞춰 읽어내면 폴의 행동이 아버지에 대한 무의식적 죄의식과 보상심리로 해석될 소지도 있다.[41] 그러나 폴이 육체성의 억압을 자기 개인의 차원에 국한되지 않는 근대의 전형적 문제로까지 인식했고 더불어 줄곧 노동계급에 대한 공감적 이해의 폭을 확장시켜 왔음을 생각하면, 백스터에 대한 그의 유대감과 책임의식을 심리적 차원으로만 국한시키는 것은 작품의 결을 크게 거스르는 일이라 하지 않을 수 없다.

두 사람이 마지막으로 함께 만나 서로를 격려하며 깊은 정을 나누는 상당히 감동적이기까지 한 장면(446-47)은 백스터에 대한 폴의 공감과 배려가 매우 뜻깊은 일이었음을 증명한다. 병원에 격리되어 있던 그를 폴이 처음 방문했을 때 "두려움과 불신, 증오, 비참함으로 가득 찬 표정"(424)을 하고 자포자기 상태에 있던 백스터가 어머니의 임종을 맞아 정신적 위기를 겪고 있는 폴을 "어루만지듯이" 격려할 수 있게 되었다는 데서 백스터의 큰 변화를 실감할 수 있다. 그런데 유사하게 삶의 위기를 겪은 연장자로서 백스터가 폴에게 보내는 격려는 오히려 그가 폴을 믿고 의지하기 때문에 나온 것이다. 즉 백스터는 누군가가 자신을 "따뜻하게 북돋워서 다시 견고하게 세워주기를"(to warm him, to set him up firm again, 446), 그리하여 스스로 새로운 삶의 의욕을 가질 수 있기를 바라는 무의식적 욕구를 지니고 있으며, 폴이 이러한 역할에 응해주기를 원한다. 따라서 폴에 대한 격려는 바로 백스터 자신의 이러한 바람의 표현이기도 하다. 폴이 이처럼 다른 한 남성의 신뢰와 의지의 대상이 되는 모습을 통해 정신적 위기 이면에 잠재한 그의 생명력을 짐작할 수 있다. 또 이들의 교감이 서로에게 부지중에 삶의 활력을 충전시켜 주는 것임이 "우리 둘 다 아직은 한바탕 일을 벌일 만한 충분한 힘이 있다"(We've got plenty of life in us yet, to make things fly, 447)라고 하며 서로의 숨은 열정을 북돋는 대목에서 확인된다. 두 사람 사이에 가식 없이 이뤄지는 이 끈끈한 교감은 언제라도 되돌아올 수 있는 "서로를 죽이고자 하는 본능"(the instinct to murder each other, 448)의 견제 하에 유지되는 것이기에 감상적인 화해와는 구별되는 무게를 지닌다.

백스터에 대한 폴의 배려는 그를 클라라와 재결합시키는 것으로 마무리 되는데, 이들의 재결합이 얼마나 타당한 것인지를 밝히는 것은 폴이 클라라를 도구적으로 이용하고 남편에게 되돌려주었다는 혐의[42]를 해명할 관건일 뿐 아니라, 육체성의 의미에 대한 인식을 축으로 한 폴의 성장이 얼마나 진정한 것이었는지를 우회적으로 가늠할 기회도 된다는 점에서 중요하다. 분명한 것은 미리엄과의 대화에서 폴이 도즈 부부와 자기 부모의 삶을 비교하며 단정적으로 평가하는 대목(361-62)에서도 드러나듯이, 폴은 육체성의 의미를 깨달음으로써 근대의 남녀관계에 대한 객관적인 안목을 꾸준히 확장시켜 왔으며, 따라서 도즈 부부를 재결합시키는 시도도 이러한 맥락의 연장에서 파악되어야 한다는 점이다. 폴의 시도가 결합을 바라는 당사자들의 숨겨진 욕망이나 장래성을 어느 정도 정확히 읽어낸 결과라는 사실은 화자의 서술이나 극화된 부분들에 의해 뒷받침된다. 백스터는 삶의 의욕을 회복하면서 마음속으로 아내와의 재결합을 분명히 원하며, 다소 미묘한 데가 있지만 클라라 역시 남편과의 재결합에 대한 깊숙한 욕구를 지니고 있다.[43] 클라라가 남편과 결별 후 폴과의 만남을 통해 자신의 여성성을 확인하고 남자 일반에 대한 두려움과 불신을 극복하기도 했고 과거 남편에 대한 자신의 행동이 잘못되었다는 사실을 깨닫기도 한다는(427) 점에서, 허위의식의 요소가 여전히 남아 있으나마 재결합을 바라는 그녀의 소망은 수긍할 만하며 또 긍정적 전망을 지녔다 평가할 수 있는 것이다.

이들의 재결합을 긍정적으로 보는 데 또 한 가지 간과할 수 없는 점은 백스터가 지닌 건강성이다. 몰락하여 "삶의 극단"(the extremity of life)을 체험한 뒤 스스로 한계를 인정하며 현실로 복귀하는 백스터의 담담한 태도에는 화자가 "일종의 고귀함"(a certain nobility, 451)이라고 표현하는 바, 삶에 대한 기본적 성실성과 책임감이 엿보인다. 백스터의 건강성은 노동계급으로서 공유하는 바 많은 월터와 비교될 때 한층 분명해진다. 사실 "고귀함"이란 표현은 처음 거트루드의 시선에 "고귀하게 보인"(19) 월터를 상기시키기도 하는데, 그는 현실의 고통스러운 대목에 직면하기를 두려워하고 거기에서 도피함으로써 서서히 몰락했다. 반면 백스터는 그보다 훨씬 급격한 몰락을 겪는데, 이는 현실로부터 쉽게 도피하지 않는 그 나름의 성실성을 반증하는 것이라 볼 수 있다. 또 구차한 자기 모습에 연연해하지 않고 클라라와의 재결합을 원하는 태도 역시 "남자다운"(manly) 데가 있다고 하겠다.[44] 백스터의 이러한 건강성 때문에 "놓여남"장을 마감하는 두 사람의 재회 장면이 독자에게 알 수 없는 감동으로 다가오기도 하는 것이다.

이제까지 살펴본대로 폴의 성장을 직·간접적으로 증명하는 정황들이 충분하기에, 모든 관계로부터 떨어져나와 홀로 "버려진"(derelict) 듯한 마지막 대목에서 그가 죽음의 유혹을 뿌리치고 결연히 삶으로 돌아서는 결말 역시 작품의 당연한 귀결로 느껴진다. 여기서 미소하나마 결코 "소멸될 수 없는" 자기 존재에 대한 폴의 자각은 미리엄과 어머니로부터 가해진 육체적 억압으로부터의 해방, 클라라와의 관계 속에서 얻은 육체성에 대한 강렬한 경험과 인식의 확장이라든가 그러한 성과를 가능케 한, 육체적 온기를 간직한 노동계급에 대한 유대감, 그리고 이 유대감을 바탕으로 형성되었던 백스터와의 소중한 관계 속에서 꾸준히 확충되어온 그의 '생명력'에 근거하는 것이다.

그러나 육체성에 대한 인식의 확장을 축으로 하는 폴의 성장은 무의식 내지 잠재의식의 층위에서 더 본격적으로 진행되며, 완전히 의식과 통합된 상태로 발전하지는 못한 한계는 있다. 가령 미리엄과의 관계에 대한 분명한 의식적 성찰이 이뤄지는 순간들과 달리 어머니나 백스터에 대한 폴의 태도는 다분히 잠재의식적 층위에서 결정되고 있는 듯이 보인다. 이처럼 결말부에 가까운 대목에서 폴이 보여주는 일련의 행동은 명료한 의식적 각성에서 비롯되었다고 말하기 어려운 데가 있으며, 바로 그런 이유 때문에 마지막 부분에서 그의 심각한 의식적 혼돈과 위기도 발생한 것이다. 마치 그가 수동적인 존재로서 상황에 이끌려가는 듯한 인상을 주는 이 대목으로 인해 최종적으로 작품 자체를 주인공의 실패와 좌절로 파악하는 예가 흔하게 생겨난 것이기도 하다.

폴이 이뤄낸 본질적 성장이 분명함에도 불구하고 이처럼 각성된 그의 의식이 무의식적 자아와 충분히 통합되지 못했다는 일정한 한계는 존재한다. 그의 육체적 자아에서 발원한, 삶으로의 전환 자체는 확고하다 하더라도, 또 적어도 그가 탄광촌 삶에 안주하거나 근대세계에 맹목적으로 편입되지는 않을 것임은 분명히 예견되면서도, 장차 사회 속에서 그가 어떤 삶을 살아갈 것인지는 아직 모호한 상태로 남는다. 어쩌면 폴에게서 보이는 의식과 무의식 사이의 이러한 간극은 이 작품을 쓸 무렵의 작가로서도 아직 충분히 메우지 못한 것일지 모른다. 이 작품의 주제에 관한 로렌스 자신의 발언들[45]을 보면 그의 의식적인 차원의 의도와 실제 작품을 통해 드러난 예술가적 무의식 사이에는 상당한 차이가 있는 것으로 보이기 때문이다. 이 차이는 작가의 예술가적 무의식이 의식적 의도를 능가하여 작품의 성취를 끌어올리는 결과를 내긴 했으나 그의 예술적 역량이 아직 충분히 성숙하지는 못했음을 의미한다. 그리고 이러한 문제점은 실제 작품에 일정한 결함으로 나타나기도 했다. 예를 들어 작품 후반부에 미리엄과 폴의 관계가 다소 반복적이고 느슨하게 다루어진 한편 클라라와 백스터 관련 부분이 소홀하게 처리된 점 등은 전기적 경험에 밀착된 소재를 충분히 절제되고 균형잡힌 형식으로 소화해낼 만한 작가적 역량이 무르익지 않은 증거인 것이다. 타자성의 문제의식과 관련해 보더라도 이후의 두 대작들과 비교하면 사유의 폭과 깊이에 있어서 『아들과 연인』이 떨어지는 것이 분명하다. 그러나 이 작품을 통해 작가는 자신의 고통스런 전기적 체험을 매개로 억압된 육체성을 근대세계의 본질적 문제로 인식할 수 있었으며, 온전한 자아를 모색하는 데 따르는 제반 어려움들을 진지하게 검토함으로써 이후 작품에서 한층 성숙한 의식으로 인간의 온전성과 타자성에 관한 사유를 펼칠 토대를 마련했다고 하겠다.

NOTES

1) Michael Black, *D. H. Lawrence: Sons and Lovers* (Cambridge: Cambridge UP, 1992) 1.

2) F. R. Leavis, *D. H. Lawrence: Novelist* (1955; Harmonsworth: Penguin, 1976) 19-20. (이후 *DHLN*으로 표기함).

3) Mark Schorer, "Technique as Discovery," *Hudson Review* 1 (spring 1948): 67-87, rpt. in *Perspectives on Fiction*, ed. James L. Calderwood and Harold E. Toliver (London: Oxford UP, 1968) 200-16. Schorer는 소설 형식 자체의 창조적 기능을 강조하면서도 막상 『아들과 연인』을 해석함에 있어서는 작가의 서한이나 전기적 요소에 크게 의존하는 모순된 태도를 보인다. 그가 언급하는 "죽음으로의 표류"(the drift towards death)는 로렌스가 작품의 형식적 결함을 지적한 Edward Garnett에게 이 작품이 분명한 주제와 형식을 갖추고 있음을 항변하면서 작품의 주제를 요약한 한 편지(1912년 11월 19일자 편지, *L1* 476-77)에서 끌어온 것이다. 그러나 이 편지에서 드러난 작가의 의도가 작품 자체에 대한 충분한 설명이 되지 않음은 많은 평자들이 지적한 바 있다. 한편 이 작품의 자기치료적 의도에 대한 Schorer의 주장 역시 로렌스의 다른 서한에서의 발언에 기초한다 ("But one sheds ones sickness in books—repeats and presents again ones emotions, to be master of them." Arthur McLeod에게 보낸 1913년 10월 26일자 편지, *L2* 90). 그러나 먼저 언급한 편지에서도 로렌스가 이 작품이 어느 한 개인의 문제가 아니라 "수천명의 영국 젊은이들의 비극"이라고 하여 그 시대적 전형성을 강조하였음을 감안한다면 Schorer가 서한조차도 매우 편향적으로 선택하였음을 알 수 있다.

4) 예를 들면 Alfred Booth Kuttner, "A Freudian Appreciation," *D. H. Lawrence and Sons and Lovers: Sources and Criticism*, ed. E. W. Tedlock (London: U of London P, 1966) 76-100 및 Louis Fraiberg, "The Unattainable Self," Tedlock 217-37.

5) Graham Hough, *The Dark Sun: A Study of D. H. Lawrence* (London: Gerald Duckworth, 1956) 35-53 및

Daniel A. Weiss, *Oedipus in Nottingham: D. H. Lawrence* (Seattle: U of Washington P, 1962) 참조.

6) Mark Spilka, *The Love Ethic of D. H. Lawrence* (London: Dennis Dobson, 1955) 39-89. 한편 Julian Moynahan은 이 작품을 구성하는 내러티브의 세 층위로서 전기적 요소와 심리분석학적 관점, 그리고 '생명력'의 관점을 지적하면서 전기적 요소를 뺀 나머지 두 층위 사이의 갈등에서 작품의 형식적 균열과 더불어 폴의 갈등과 성장을 읽어낸다. 그러나 외디프스적 요소와 생명력의 관점을 절충한 이 논의 역시 폴의 성장을 깊이있게 다루지는 못한다. Julian Moynahan, *The Deed of Life: The Novels and Tales of D. H. Lawrence* (Princeton: Princeton UP, 1963) 13-31.

7) Raymond Williams, *The English Novel from Dickens to Lawrence* (London: Chatto & Windus, 1970) 169-77; Terry Eagleton, *Exiles and Émigrés: Studies in Modern Literature* (London: Chatto & Windus, 1970) 191-200; Graham Holderness, *D. H. Lawrence: History, Ideology and Fiction* (Dublin: Gill and Macmillan, 1982) 134-58; Peter Scheckner, *Class, Politics and the Individual: A Study of the Major Works of D. H. Lawrence* (London: Associated UP, 1985) 23-40 등 참조.

8) 외디프스적 주제에 지나치게 집착하여 폴의 성장을 도외시하는 비평경향의 문제점을 짚어내면서 폴의 성숙 과정을 진지하게 검토한 글인 Arindam Chatterji, "*Sons and Lovers*: Dynamic Sanity: A Post-Freudian Interpretation," *Panjab University Research Bulletin* 16.2 (October 1985): 3-21은 일독할 만하다. 이 외에도 폴의 '소외'로부터 '성숙과 자기인식'으로의 변화과정을 검토한 글로 Wayne Templeton, "The Drift Towards Life: Paul Morel's Search for a Place," *D. H. Lawrence Review* 15.1-2 (spring-summer 1982): 177-93이 있다.

9) 작품의 결말부에 대한 논란만을 특화시켜 다루는 Mortland는 폴이 일관되게 죽음으로의 표류를 계속하며, 죽음을 통해 더 큰 우주와 합일하려는 그의 행동은 '생명력' 원리의 승리이기도 하다면서 결말부에 아무런 모순이 없다는 주장을 편다. Donald E. Mortland, "The Conclusion of *Sons and Lovers*: A Reconsideration," *Studies in the Novel* 3.3 (fall 1971): 305-15. 한편 Schneider는 폴은 너무나 생명력 있는 인물로 재현되어 있어서 결말부에 드러난 그의 정신적 불안이 오히려 작품의 진행과 잘 들어맞지 않는다는 입장이다. Daniel J. Schneider, *D. H. Lawrence: The Artist as Psychologist* (Kansas: UP of Kansas, 1984) 140.

10) 로렌스와 니체의 관계에 주목하는 Colin Milton은 이 작품에서 줄곧 육체가 인간의 발달에 결정적 요인으로 제기된다고 하면서 표층적 의식보다 '육체적, 본능적 자아'의 중요성을 강조한다. 또 폴의 육체적 자아에서 발원한 죽음에의 저항은 대부분의 평자들이 생각하는 정도보다 훨씬 의미심장하며, 죽음에의 욕구가 큰 만큼이나 삶에의 욕망은 "한층 더 큰 힘"을 가진, "강력하며 지속적인" 것이라고 주장한다. 그의 주장은 적어도 결말부에 대한 해석으로는 가장 적절한 것이라 생각된다. Milton, 130-31 참조.

11) 관련 대목을 인용하면, "He moved about the room with a certain sureness of touch, swift, and relentless, and quiet . . . went quickly into the kitchen"(463). "But no, he would not give in. Turning sharply, he walked towards the city's gold phosphorescence. His fists were shut, his mouth set fast. He would not take that direction, to the darkness, to follow her. He walked towards the faintly humming, glowing town, quickly" (464).

12) Hough, 56. "Foreword"에 대한 상세한 분석을 하는 Michael Black의 경우도 기본적 입장은 크게 다르지 않다. Michael Black, *D. H. Lawrence: The Early Philosophical Works* (London: Macmillan, 1991) 123-44. "Foreword"를 단지 후기작과 연결시키려는 경향을 비판하면서 『아들과 연인』을 비롯한 초기작품과의 상관관계를 짚어내는 가운데 로렌스의 작품과 철학적 사유의 역동적 관계를 논한

최근의 글로 John R. Harrison, "The Flesh and the Word: The Evolution of a Metaphysic in the Early Work of D. H. Lawrence," *Studies in the Novel* 32.1 (spring 2000): 29-43 참조.

13) 그런 점에서 "Foreword"는 거의 같은 시기에 쓰여진 한 편지에서의 발언, 즉 "지성보다 더 잘 아는 무엇으로서의 피, 육신에 대한 믿음이 나의 큰 신조이다"(My great religion is a belief in the blood, the flesh, as being wiser than the intellect)라는, 육체의 중요성에 대한 강조가 일면 반지성주의로 오해될 소지를 남기는 경우와도 다르다 하겠다. Ernest Collings에게 보낸 1913년 1월 17일자 편지 (*L1* 502-04) 참조.

14) Holderness, 앞의 책 142.

15) Daleski는 이 장면에서 작가가 두 인물 모두를 공정하게 다루었다고 하고 "이 풍부한 포용력"(this rich comprehensiveness)을 이 작품의 탁월한 성취로 인정하면서 모렐이 따뜻하고 충일한 인물로 재현된 데 주목한다. 화자의 언술을 통해 드러나는 작가의 모렐에 대한 적대적 태도와는 달리 극화된 장면들에서는 모렐에 대한 무의식적 공감이 두드러진다는 것이 Daleski의 기본 입장이다. H. M. Daleski, *The Forked Flame: A Study of D. H. Lawrence* (London: Faber and Faber, 1965) 43-44. 모렐에 대한 작가의 편향적 의식과 재현을 통해 드러나는 무의식적 공감 사이의 차이를 언급하는 비평은 종종 발견된다. 예를 들어 Michael Black, *D. H. Lawrence: The Early Fiction* (London: Macmillan, 1986) 176-79; Thomas L. Jeffers, "'We children were the in-betweens': Character (De)Formation in *Sons and Lovers*," *Texas Studies in Literature and Language* 42.3 (fall 2000): 296.

16) Eagleton은 모렐 부부의 형상화가 작가의 균형잡힌 공감을 바탕으로 이루어짐을 언급하면서 모렐의 가정에 대한 이기적이며 무책임한 태도가 중대한 결함이기는 하지만, 이는 가정내에서의 휴식이 거의 불가능한 노동계급이 산업사회에서 생존하기 위해 취한 "장구한 방어적 전통의 반사적 습관"(the reflex habit of a long defensive tradition)과 통하는 것이며, 작가가 모렐에 대해 보이는 기본적 공감은 이러한 사실에 대한 내밀하면서도 깊은 이해에 토대하고 있다는 점을 지적한다. Eagleton, 앞의 책 195-96.

17) 촛불의 이미지에 주목하며 이 대목을 논하는 Black은 여기에서의 젊은 월터의 인상이 매우 강렬하여 작품을 구성하는 하나의 축이자, "이상"으로 기능한다고 한다. Michael Black, *D. H. Lawrence: Sons and Lovers* 67-69. 그러나 육체의 생명력이 삶의 핵심적 층위임은 분명하다 하더라도 이를 "이상"이라 칭하는 것은 온당치 않은데, 월터를 생명력의 담지자로 보는 비평적 입장도 흔하다는 점을 감안하면 더욱 그렇다. 이러한 견해의 일례로는 Van Ghent, "On *Sons and Lovers*," *The English Novel: Form and Function* (1953; New York: Harper Torchbooks, 1961) 252-56 참조.

18) 예를 들면 John Edward Hardy, "*Sons and Lovers*: The Artist as Savior," *Man in the Modern Novel* (Seattle: U of Washington P, 1964) 54 및 Scheckner, 34-35.

19) Eagleton은 모렐의 사내다움이 박탈되는 데는 폴의 의식적 모험이 점차 작품의 전면에 등장하는 형식적 요인이나 산업 자본주의의 가혹한 노동조건 이상으로 자신이 가장의 책무를 다하지 못한 데 대한 수치심이 주요한 요인으로 작용함을 지적한다. Eagleton, 앞의 책 196.

20) Scott Sanders, *D. H. Lawrence: The World of the Five Major Novels* (New York: Viking, 1974) 34-35.

21) 중산계급적 잔재를 분명히 지니고 있지만 그렇다고 중산계급 이데올로기의 한 전형쯤으로 쉽게 평가할 수는 없는 모렐부인은 매우 복합적인 층위를 지닌 인물이다. 그녀는 광부의 아내로서의 힘든 현실 속에서 환멸을 겪으며 중산계급적 가치관에 집착하는 면도 있지만, 다른 한편 중산계급적 한계에서 비롯된 낭만적 감수성이나 관념성이 조정된 결과 한층 견실한 현실인식을 드러내기도 한다. 예를 들어 히튼(Heaton)목사의 비현실성을 "현명하게 현실로 끌어내리는"(she brought

him judiciously to earth, 45) 장면, 그리고 아버지의 임금을 대신 수령하고 난 뒤 폴이 광부들에 대해 보이는 "터무니없는 과민성"(ridiculous hyper-sensitiveness, 97)을 진정시킬 때, 윌리엄에게 아무런 전망도 없는 릴리와의 혼약을 파기할 것을 종용할 때(162), 또는 딸 애니(Annie)에게 청혼하는 레너드(Leonard)의 건실성을 확인하며 이를 승낙할 때(283-84) 등이 그렇다. 두 계급의 삶을 직접 체험하고 자식들을 통해 더 창조적인 삶을 집요하게 추구하려는 그녀의 열망 또한 중산계급의 자기반성적 성격에서 출발하여 노동계급으로서의 삶을 통해 조정을 거친 것이라는 점에서 단순히 중산계급으로의 재진입을 노리는 속된 욕망만으로 해석될 수 없는 면이 있다. (Eagleton은 모렐부인을 전통문화의 가장 긍정적 일면의 상징이자, 동시에 그 문화의 내부로부터 발생하는 자기초월 욕구의 상징으로 해석한다. Eagleton, 앞의 책, 197 참조)

22) Scheckner는 『아들과 연인』이 산업사회 자체가 육체에 적대적이라는 작가의 인식을 잘 반영한다고 하며, 육체적 손상을 입는 여러 인물들 중에서도 빈번히 사고를 당하는 모렐을 대표적인 사례로 지목한다. Scheckner, 35.

23) Keith Sagar, *The Art of D. H. Lawrence* (Cambridge: Cambridge UP, 1966) 30; Spilka, 앞의 책 43-44; Stephen J. Miko, *Toward Women in Love: The Emergence of a Laurentian Aesthetic* (New Haven: Yale UP, 1971) 81-84 참조. 근년에 이 대목을 한층 섬세하게 분석한 Michael Bell은 이 장면을 모렐부인이 자연과의 교류를 통해 처음의 자기몰입적이며 의지적인 자아로부터 벗어나 진정한 자아를 회복하는 몰개성적 차원의 감성을 보여주는 것으로 이해한다. Bell, *LLB*, 41-46.

24) Hardy, Holderness, Stoll 등의 평자는 각각 남편에 대한 상징적인 부정(symbolic unfaithfulness)의 행위, 현실에서 소외된 상태에서 이루어진 자연과의 교섭, 모렐부인의 의식적이고 자족적인 존재로의 변신과 그로 인한 태아에의 치명적 영향 등의 관점에서 부정적인 해석을 내린다. Hardy, 56; Holderness, 앞의 책 148; John E. Stoll, *The Novels of D. H. Lawrence* (Columbia: U of Missouri P, 1971) 84-86 참조.

25) 현실에 대한 그녀의 두려움이 드러나는 이 대목은 작품이 시작된지 얼마 되지 않아 정원에 나와 "꽃의 향기에서 위안을 얻으려"(trying to soothe herself with the scent of flowers, 14) 하던 그녀가 술취한 젊은 광부가 가파른 언덕아래로 미끄러져 울타리에 부딪치는 일이 벌어지자 몸서리치면서 집 안으로 들어가는 장면을 연상시키기도 한다. 현실로부터의 소외를 대가로 하는 그녀의 자연과의 교섭은 모렐이나 폴이 자연과 관계하는 태도와 확연히 대비된다. 열살부터 탄광에서 일해온 모렐에게 있어서 탄광은 전혀 이물감이 느껴지지 않는 삶의 일부이다. 그가 아침에 들판을 가로질러 일하러 가는 장면의 묘사에서 나타나듯이, 이른 아침의 신선한 들판을 즐기고 버섯을 따거나 나무줄기를 씹으면서 "들에 있을 때와 꼭같이 행복을 느끼며"(feeling quite as happy as when he was in the field, 39) 막장으로 내려가는 모습에는 자연과 산업현장 사이의 어떠한 단절도 끼어들지 않는다. 따라서 자연에 대한 자연스러운 수준 이상의 밀착성을 찾아보기가 어려운 것이다. 어머니의 지배적인 영향 아래 자란 폴의 경우 자연이나 정원의 꽃을 함께 즐기는 장면들을 통해 볼 때 어머니의 자연에 대한 감수성을 상당 정도 공유함은 분명하다. 그러나 폴은 자연과 산업적 현실을 어떤 대극적 관계로 느끼지 않는다는 점에서는 그녀와 확연히 다르다.

26) Chatterji, 10-12 참조.

27) "Usually he looked as if he saw things, was full of life, and warm. . . . He was the sort of boy that becomes a clown and a lout as soon as he is not understood, or feels held cheap; and again is adorable at the first touch of warmth" (113).

28) 폴의 관찰자적 태도는 처음 취직했을 때 백스터를 만나 그를 응시하는 시선─"몰개성적이며 사

색적인 예술가의 응시"(impersonal, deliberate gaze of an artist), "그의 차갑고 비판적인 시선"(his cool, critical gaze), "마찬가지로 호기심에 찬, 비판적 시선"(the same curious criticism, 224)－에서도 드러난다.

29) 이는 후일 노팅엄 성채에 올라간 한 장면에서 클라라가 자연의 아름다움을 낭만적으로 동경하고 근대화된 도시나 문명 자체에 대해 적대감을 보이는 것과는 달리, 폴이 도시의 현재적 실상에 대해 비판적이면서도 근대문명에 실린 인간의 노력 자체를 긍정하고 그 열린 가능성에 주목하는 부분에서도 확인된다(313-14참조).

30) 미리엄에 대한 화자의 편향된 서술을 문제삼으면서도 그 평가에 있어서는 상반된 결론을 내리는 초기의 대표적인 글로서는 Louis L. Martz, "Portrait of Miriam: A Study in the Design of *Sons and Lovers*," *Imagined Worlds: Essays on Some English Novels and Novelists in Honour of John Butt*, ed. Maynard Mack & Ian Gregor (London: Methuen, 1968) 343-69 및 J. C. F. Littlewood, "Son and Lover," *The Cambridge Quarterly* 4.4 (autumn/winter 1969-70): 323-61, rpt. in *D. H. Lawrence: Critical Assessments* 4 vols., ed. David Ellis and Ornella de Zordo (East Essex: Helm Information, 1992) 2: 113-43가 있다. 이 후의 논의를 잘 보여주는 몇 편을 소개하면 Daniel R. Schwarz, "Speaking of Paul Morel: Voice, Unity, and Meaning in *Sons and Lovers*," *Studies in the Novel* 8.3 (fall 1976): 255-77; Diane S. Bonds, "Miriam, the Narrator, and the Reader of *Sons and Lovers*," *D. H. Lawrence Review* 14.2 (summer 1981): 143-55; Adrienne E. Gavin, "Miriam's Mirror: Reflections on the Labelling of Miriam Leivers," *D. H. Lawrence Review* 24.1 (spring 1992): 27-41 등이 있다. 이러한 일련의 최근 논의들은 세부적인 입장의 차이에도 불구하고 화자의 편향성을 의심하고 미리엄의 위상을 끌어올린다는 점에서 대체로 일치한다. 이들은 미리엄을 지나치게 단순화시켜 부정적인 인물로 다룬 초기비평의 문제점을 교정하고 작품 서술상의 복잡한 층위를 상기시켜 준다는 점에서는 긍정적이기도 하나, 화자 서술의 객관적 지위를 부정함으로써 실제 작품에 그려진 것과는 전혀 다른 새로운 미리엄을 만들어내는 듯한 인상을 준다.

31) 필자의 이런 입장은 앞에 언급한 논자들, 가령 이곳에서의 화자의 서술이 미리엄의 성격을 미리 규정하고 요약하는 것이 아니라 그녀를 소개하는 잠정적 차원의 것이라고 보는 Gavin이나 화자의 언술과 사건의 구성 자체가 이미 그녀에 대해 편파적이라고 주장하는 Bonds의 시각에서 보면 논박을 받을만한 것이기도 하다. Gavin, 28, 38 및 Bonds, 앞의 글 146, 148 등 참조. 그러나 과연 어떤 것이 작품에 더 충실한 입장인지는 결국 작품을 읽어나가는 구체적 실감에 따를 수밖에 없는 문제이다.

32) 이미 고대 그리스에서 '평형'(equilibrium)의 추구가 인간중심주의에 의해 왜곡되었음을 의인주의의 이름을 빌어 비판하는 또다른 사례로는 "Him with his Tail in his Mouth," *RDP* 315 참조.

33) David Ellis는 워즈워스의 *Peter Bell*이 시인의 의인주의적 욕망 내지 "유아론"(solipsism)의 증거라기보다는 이에 대한 시인의 예민한 자의식적 경계심을 드러낸다고 하며, 여기에서 오히려 로렌스와 워즈워스 사이의 유사성을 발견한다. David Ellis, "Lawrence, Wordsworth and 'Anthropomorphic Lust'," *Cambridge Quarterly* 23.3 (1994): 230-42.

34) 미리엄의 은폐된 성격은 폴뿐만 아니라 독자에게도 일종의 시험이 된다고 할 수 있는데, 그녀를 지나치게 긍정적으로 평가하는 Martz, Bonds, Gavin 등의 평가자들은 의도적이든 아니든 이에 희생된 감이 있다.

35) Daleski는 어머니의 부정적 영향으로 인한 폴의 결함이 그와 미리엄 관계가 실패한 주요한 원인이라고 하면서, 폴이 자기 결함을 서서히 인식하게되는 대목들이 그 자신의 발언이나 화자 서술

등의 형태로 풍부하게 제시되고 있음을 적절히 지적한다. H. M. Daleski, 56, 65 참조. 두 인물의 관계가 실패하는 데 미리엄 못지않게 폴의 결함이 문제가 되고 있음을 보여주는 일례로서 다음 대목 참조. "He did not know himself what was the matter. He was naturally so young, and their intimacy was so abstract, he did not know he wanted to crush her onto his breast to ease the ache there. He was afraid of her. The fact that he might want her as a man wants a woman had in him been suppressed into a shame. When she shrank in her convulsed, coiled torture from the thought of such a thing, he had winced to the depths of his soul. And now this 'purity' prevented even their first love kiss. It was as if she could scarcely stand the shock of physical love, even a passionate kiss, and then he was too shrinking and sensitive to give it" (216).

36) 모렐부인의 다음 독백은 미리엄에 대한 그녀의 평가에 있어서 아들에 대한 우려와 자기이해가 얼마나 긴밀히 얽혀 있는지를 잘 보여준다. "She exults—she exults as she carries him off from me," Mrs Morel cried in her heart, when Paul had gone. "She's not like an ordinary woman, who can leave me my share in him. She wants to absorb him. She wants to draw him out and absorb him till there is nothing left of him, even for himself. He will never be a man on his own feet—she will suck him up" (230).

37) 아들의 육체적 억압을 초래하는 어머니와 아들의 이 미묘한 관계는 로렌스 자신이 한 편지에서 언급한 바도 있듯이 일종의 외디프스적 상황이라 할 수 있다. 다만 이 경우에도 이들의 관계가 시대나 문명의 차이에 무관하게 보편적으로 발생하는 현상이 아니라, 근대산업사회의 특수한 역사적 상황하에서 발생한 전형적 사례로 그려지고 있다는 점에서 프로이트적인 의미에서의 외디프스 콤플렉스와는 구별된다. 또한 아들의 성적 억압이 모자간의 근친상간이라는 성적 요인과는 무관하며, 정당한 대우를 받지 못한 어머니에 대한 아들의 보상심리에서 비롯된다는 것에서도 분명한 차이가 있다. 더구나 아들의 어머니에 대한 애착 관계가 한편으로 다른 여성들과의 정상적인 관계를 어렵게 하는 요인이 되면서도, 본문의 인용문의 앞에 진행되는 폴의 심리를 통해서도 드러나듯(But he would not marry unless he could feel strong in the joy of it—never. He could not have faced his mother. It seemed to him that to sacrifice himself in a marriage he did not want would be degrading, and would undo all his life, make it a nullity, 322) 다른 한편으로는 진정한 남녀관계에 대한 더욱 절실한 추구의 동인이기도 함을 고려하면, 어머니와 아들 사이에 형성된 애착관계라는 사실을 빼고는 고유한 의미의 외디프스적 상황과 『아들과 연인』이 통하는 점을 찾기란 쉽지 않다.

38) 이 대목에서의 타자성의 주제를 강조한 글로는 Sagar, 32-33 및 Van Ghent, 257-59 참조.

39) 굳이 이 대목이 아니더라도 클라라와 폴의 관계 자체가 작품의 결함으로 종종 지적되곤 한다. Hough, 52-53; Kate Millett, *Sexual Politics* (New York: Doubleday, 1970) 254-56; Raymond Williams, *The English Novel from Dickens to Laurence* 175 참조.

40) 폴이 어머니를 안락사시킨다는 사실은 그의 "놓여남"에 매우 중요한 문제인데, 화자는 이를 "그나마 이만큼의 온전한 정신"(this little sanity, 437)이라고 함으로써 분명한 긍정의 태도를 보이고 있다. 이 점을 적절히 지적한 글로는 Daleski, 57-58 참조. 좀더 일찍 이 문제를 언급하기로는 Hough, 51-52.

41) Weiss, 26-37.

42) 일례로 Millett, 254-55. 한편 Hilary Simpson은 작가가 클라라의 여성운동가적인 면모를 사회적, 정치적 차원을 배제한 개인적 차원에 국한시켰음을 비판하면서도 클라라가 남편에게 되돌아가는

것은 타당하다는 입장을 보인다. Hilary Simpson, *D. H. Lawrence and Feminism* (London: Croom Helm, 1982) 36-37.

43) "She did not remember that she herself had had what she wanted, and really, at the bottom of her heart, wished to be given back" (451).

44) 월터와 백스터 사이의 유사성은 평자들에 의해 종종 언급되어 왔지만, 이들의 이러한 근본적 차이가 간과된 것은 아쉬운 점이다. 두 인물의 이러한 차이는 폴이 백스터에게 본능적인 공감을 느끼는 이유가 무엇인지, 그리고 결말부에 와서 아버지에 대한 이해의 폭이 넓어지면서도 폴이 여전히 그와 거리를 두는 것이 단지 아버지에 대한 감정적 앙금의 문제가 아님을 이해할 수 있게 한다. 아버지에 대한 폴의 이해가 넓어짐을 보여주는 한 대목으로 "His father looked so forlorn. Morel had been a man without fear—simply nothing frightened him. Paul realised with a start that he had been afraid to go to bed, alone in the house with his dead. He was sorry"(443) 참조.

45) 가령 앞의 각주3에 언급한, Garnett에게 보낸 1912년 11월 19일자 편지.

III. 『무지개』: 타자성과 역사

『아들과 연인』이 억압된 육체의 문제를 중심으로 타자성의 주제를 주요하게 다루고 있으면서도 그에 대한 작가 자신의 인식이 아직은 충분히 명료한 지점에 도달하지 못한 느낌을 주는 데 반해, 『무지개』에 이르면 이것은 한층 성숙한 관점을 통해 포괄적이고도 심층적인 차원에서 조명을 받는다. 그런데 타자성의 주제가 이전에 비해 확연히 부각되는 것이 단지 이 작품에만 국한되는 현상은 아니며, 『아들과 연인』이 마무리되고 『무지개』가 본격적으로 저술된 시기에 쓰인 다양한 글들-「토머스 하디 연구」("Study of Thomas Hardy"), 『이태리의 황혼』(*Twilight in Italy*), 단편인 「국화 냄새」("Odour of Chrysanthemums"), 『보라! 우린 해내었도다』(*Look! We Have Come Through*)의 「신천지」("New Heaven and Earth")나 「선언」("Manifesto")을 비롯한 시편들-에서도 이 주제는 광범위하게 표현된다.[1] 말하자면 로렌스로서는

『아들과 연인』을 쓰는 과정에서 얻어진 자기인식에다가 어머니의 죽음을 겪은 후의 성숙, 그리고 새롭게 시작된 프리다(Frieda)와의 관계라든가 유럽의 다양한 문화와 삶에 대한 직접 체험 등의 정황이 겹치면서 이 무렵 타자성에 관한 인식의 일대 도약을 성취한 것이라 볼 수 있다.

따라서 『무지개』 논의에서 타자성의 문제가 거의 빠짐없이 거론되어온 것은 지극히 당연하다고 할 수 있는데, 이 문제는 또한 이 소설에 관한 논의의 가장 기본적 쟁점, 즉 작품의 역사성에 대한 평가와 불가분의 관계에 있다. 『무지개』를 두고는 이것이 영국, 나아가 서구의 본질적 역사를 충실하게 담아내고 있다고 보는 입장[2]과 역사적 차원만으로는 설명이 되지 않는, 작가의 신화적 전망이 반영되었다는 관점[3]이 서로 팽팽히 맞서왔다. 이를 둘러싼 문제가 쉽게 해결될 수 없는 것임은 예를 들어 작품의 역사적 충실성을 꼼꼼히 입증하면서도 "원형적이며 초역사적" 심층구조가 병존함을 인정하고 둘 사이의 "변증법적" 결합을 시도하는 킨케드윅스(Mark Kinkead-Weekes)의 노력에서도 실감할 수 있다.[4]

그러나 처음부터 이원적 틀을 설정해놓고 그 사이의 변증법적 관계를 설정하려는 시도가 이 문제에 관한 근본적 해결이 될 수는 없다. 사실 이러한 결합을 유도해낸 애초의 그 두 입장 사이의 차이란 어쩌면 작품을 보는 가장 기본적 관점의 차이에서 비롯된 대립인 만큼 논의를 통해 쉽사리 판가름나기 어려운 사안이기도 하다. 다만 이 글은 기본적으로 『무지개』가 단순한 사실적 차원에서의 역사 서술을 넘어 서구의 본질적 역사를 다루고 있다는 입장을 공유하면서 또한 그 역사가 바로 타자성의 주제를 통해 집약적으로 드러난다는 점을 밝히고자 한다. 『무지개』에서는 타자성과 역사성이 긴밀히 묶여 있기에 역사적 차원을 배제한 어떤 논의도 이 작품에 구현된 타자성의 주제를 제대로 규명하기에는 근본적 한계를 가질 수밖에 없다고 보는 것이다.[5] 이러한 관점에서, 3대에 걸친 브랭원(Brangwen) 사람들의 삶을 통해 타자성의 문제가 제기되는 방식, 그리고 작품 자체가 서구의 본질적 역사를 반영하는 양상을 구체적으로 살펴보려 한다.

1. 타자성의 규범적 성취: 톰과 리디아

마쉬 농장(Marsh Farm)에 뿌리내린 채 대대로 살아온 브랭원 집안사람들의 삶을 강렬한 시적 언어로 전달하기 때문에 흔히 '서곡'(Prelude)이라고도 불리는 『무지개』의 도입부는 이미 많은 비평적 주목을 받아온 바 있는데, 타자성의 주제를 여러 층위에서 환기시킨다는 점에서 작품을 이해하는 데 매우 중요한 부분이다. '서곡'에 그려지는 브랭원 사람들은 자연과의 친밀한 교섭을 통해 본능적 충족감을 얻으면서도 미지의 세계로 초월하고픈 잠재적 욕구도 품고 있다. 이러한 초월의 욕망은 밭에서 일하다가 교회탑을 바라보며 "자기 위에, 그리고 자기 너머로 저 멀리 서 있는 무엇인가를 의식하는" (aware of something standing above him and beyond him in the distance, 9) 브랭원 사람들에 관한 첫 묘사를 통해서도 드러난다. 그러나 "미지의 무엇" (something unknown)을 찾아나서기보다 막연히 때를 기다리는 모습일 뿐, 정작 그 욕망을 적극적으로 표출하는 것은 브랭원 여자들이다. "하나의 뿌리로부터 나와 별개의 방식으로 살아가며"(living in their separate ways from one root, 15) 미지의 삶에 대한 한층 능동적 열망을 키워가는 여인들의 다음 모습에서 브랭원 집안 남녀의 차이가 부각된다.

> 여자들은 달랐다. 젖을 빠는 송아지들하며 떼지어 몰려 다니는 암탉들, 목구멍으로 모이를 밀어넣을 때 손에서 팔딱거리는 어린 거위 등 그들에

게도 피의 친교에서 오는 나른함이 있었다. 그러나 여자들은 농장생활의 뜨겁고 맹목적인 교섭으로부터 저 너머 발언의 세계를 내다보았다. 그들은 말하고 발언하는 세계의 입과 정신을 의식했고, 멀리서 나는 소리를 들으며 들어보려 귀기울였다.

남자들은 대지가 부풀어 그들에게 밭고랑을 열어주고 바람이 불어와서 젖은 밀을 말려주고 갓 연 밀이삭을 생기있게 흔들어주는 것으로 족했다…… 그토록 많은 온기와 생성, 고통과 죽음을 그들은 자신들의 피 속에서 알고 있었고, 대지와 하늘과 짐승과 초목들을 알고 이것들과 그토록 많이 주고받았기에 그들은 지나칠 만큼 충만하게 살았으며, 감관은 가득 채워지고 얼굴은 늘 피의 열기를 향한 채 태양을 응시하였고, 생성의 원천이 있는 쪽을 바라보느라 넋을 잃고 돌아설 줄 몰랐다.

그러나 여자는 이것과는 다른 형태의 삶, 피의 친교 아닌 무엇을 원했다…… 여자는 창조의 고동치는 열기에 등을 돌린 남자들이 주도적이며 창조적으로 활동하는 곳, 이 열기를 뒤로 한 채 남자들이 그 너머의 것을 발견하고 자신들의 활동범위와 자유를 확장하기 위해 여행길에 나선 바깥세계를 내다보았다……

The women were different. On them too was the drowse of blood-intimacy, calves sucking and hens running together in droves, and young geese palpitating in the hand whilst food was pushed down their throttle. But the women looked out from the heated, blind intercourse of farm-life, to the spoken world beyond. They were aware of the lips and the mind of the world speaking and giving utterance, they heard the sound in the distance, and they strained to listen.

It was enough for the men, that the earth heaved and opened its furrow to them, that the wind blew to dry the wet wheat, and set the young ears of corn wheeling freshly round about;... So much warmth and generating and pain and death did they know in their blood, earth and sky and beast and green plants, so much exchange and interchange they had with these, that they lived full and surcharged, their senses full fed, their faces always turned to the heat of the blood, staring into the sun, dazed with looking towards the source of generation, unable to turn round.

But the woman wanted another form of life than this, something that was
not blood-intimacy. . . . She faced outwards to where men moved dominant and
creative, having turned their back on the pulsing heat of creation, and with this
behind them, were set out to discover what was beyond, to enlarge their own
scope and range and freedom. . . . (10-11)

위 인용문에서 우선 지적할 점은 바깥세상에서 또 다른 창조적 활동에
몰두하는 남자들의 존재가 단적으로 드러내듯, "피의 친교"와 미지에 대한
열망으로 구분되는 브랭윈 남녀의 차이가 어떤 보편적인 특성으로 제시된
것은 아니라는 사실이다.[6] 더불어 주목할 사항은 마쉬 농장의 특수한 역사적
상황에서 남녀의 특성이 위와 같은 형태로 두드러져 나타나기는 했지만, 사
실 그 두 속성은 남녀에게 배타적으로 존재하는 무엇이라기보다 각각의 내
면에 어느 정도 병존하며 또 마땅히 그렇게 조화롭게 충족되어야 할 본원적
인 삶의 충동이라는 암시도 깔려 있다는 점이다.

위 인용문을 포함한 서곡 전체의 문맥에서 한층 많은 비중을 차지하고
공감을 받는 쪽은 감정적 충족감에만 머물지 않고 언어와 의식의 계발을 통
해 미지의 세계로 진출하려는 여인들의 욕망임이 분명하다. 브랭윈 남자들의
본능적으로 충만한 삶에는 긍정적인 면 못지않게 일종의 "폐쇄공포증"의 요
소도 함께 있어서 이를 넘어서려는 여인들의 간절한 열망이 정당화된다는
벨(Michael Bell)의 주장은 적절하다.[7] 그러나 여인들의 열망에 대한 화자의
아낌없는 공감 이면에는 넌지시 그에 따른 위험도 암시되고 있음을 눈여겨
볼 필요가 있다. 위 인용문에는 여인들이 주어진 현실을 초월하고자 하는 욕
망을 품고 온통 바깥세계의 "입과 의식"에 마음을 쏟음으로써 그들의 건강
한 열망의 원천인 "피의 친교" 자체가 망각될 수도 있는 위험이 내포되어 있

다. 또 바깥세계의 남자들이 "창조의 고동치는 열기에 등을 돌린" 것으로 묘사되는 모습 역시 진정한 창조적 지양과 초월의 행위뿐 아니라 본원적인 삶의 율동에 대한 배신을 함께 암시한다. 이후 작품이 진행되면서 드러나듯이 실제 근대 역사의 무대를 "주도"하는 남자들의 활동이 이미 대부분 그 창조성을 상실했음을 생각하면 "창조"(creation)와 "창조적"(creative) 행위의 관계는 미묘한 울림을 지닌다.

이와 같이 '서곡'에서는 미지로의 초월, 남녀의 차이를 비롯한 존재의 차이, 본능과 의식의 차이 등 타자성의 주제가 더욱 자유롭고 온전한 존재의 성취를 희구하는 여인들의 열망을 통해 강렬하게 환기되면서 이후 펼쳐질 역동적 삶의 모험을 예고한다. 이러한 모험에 나선 첫 세대인 톰이 이후 세대들에 대해 일종의 규범적 성격을 띠는 가장 성공적인 남녀관계를 성취하는 것은 그가 물려받은 마쉬 농장의 건강한 전통에 힘입은 결과이자 서서히 침투해오는 근대세계와의 관계 속에서 새로운 삶을 일궈낼 수 있었던 그의 남다른 역량에서 비롯되지만, 무엇보다 타자성에 관한 인식과 실천에 있어 이룩해낸 그의 꾸준한 성숙에 근거한다.

톰 세대는 일견 전통사회의 틀 속에 안정적으로 자리잡은 듯한 인상도 주지만, 근대세계와 어느 정도 격리되어 유기적인 삶을 누리던 '서곡'의 세계로부터는 상당한 변화를 겪은 후이다. 톰의 부모세대에 이르러 운하와 새로운 탄광, 철로가 개설되었고 이미 근대세계의 "침입은 완전했다"(13). 처음으로 근대적 교육에 접하는 톰 세대에게 그들이 속한 사회는 더 이상 이미 '주어진' 안정된 사회가 아니며 그들은 어떤 식으로든 근대세계와 관계하면서 새로운 삶을 성취해야만 하는 시대적 요청에 직면한다. 이것이 결코 만만치 않은 과제임은 톰의 형제인 알프레드(Alfred)와 프랭크(Frank)의 삶을 통해서도 드러나는데, 톰보다 더 성공적으로 바깥세계로 진출하면서도 그 과정에서 근대적 소외를 체험하고 "일종의 속물"(something of a snob, 15)이 된 알프레드는 근대세계로의 일방적 편입의 위험성을 예시한다. 다른 한편 푸주한으로 살아가는 프랭크의 경우는 전통적 사회에 맹목적으로 안주하려는 시도가 다만 퇴행에 불과함을 보여준다.

출발부터 이 두 가지 사례를 극복할 과제를 떠맡은 셈인 톰은 성장하면서 상당한 심리적 갈등을 겪는데, 사실은 이 자체가 마쉬 농장의 전통에 충실한 톰의 성실성에서 비롯되는 바 많다. 교육을 통해 스스로 외부세계로 진출하는 데는 실패하면서도 바깥세계로의 진출을 통해 더 높은 존재로의 초월을 이루려는 브랭윈 여인들의 열망을 이어받기 때문에 톰이 농장에서의 삶이 지닌 한계에 대해 느끼는 갈등도 그만큼 큰 것이다. 매틀록(Matlock)에서 한 외국인을 만난 뒤 농장생활이 주는 "일상의 비현실감"(the commonplace unreality, 27)에 몸부림치는 장면은 그가 겪는 내면적 갈등의 일단을 생생하게 전달한다. 게다가 "누굴 사랑한다는 것이야말로 그의 영혼의 밑바닥에서 무엇보다도 가장 심각하고 두려운 일로서"(the business of love was, at the bottom of his soul, the most serious and terrifying of all to him, 21) 창녀와의 불모적 관계에 소스라쳐 놀랄 만큼 톰은 여성이나 결혼에 대해 경건한 전통적 관점을 물려받고 있다. 그런 까닭에 그에게는 마땅한 여인을 찾아 새로운 삶을 열어야 하는 것 역시 힘겨운 과제로 가로놓여 그의 삶이 쉽게 안정될 수 없는 또 다른 주요한 요인으로 작용한다.

이처럼 톰을 짓누르는 이중의 과제를 동시에 해결해줄 가능성으로 다가온 인물이 리디아(Lydia)다. 톰은 이미 마음 깊이 각인된 열망 속에서 그러한 가능성을 본능적으로 직감하기에 처음부터 그녀에 대해 운명과도 같은 확신을 느끼며 그녀가 외국인이라는 사실에서 "심오한" 만족감을 얻는다(32). 톰에게 리디아의 타자성은 미지의 지평을 열어줄 그 무엇인 것이다. 그러나 그녀가 이방인이라는 점은 미지에 대한 그의 열망을 충족시켜주는 만큼이나 두려움도 일으키는데, 톰이 마침내 그것을 이겨내고 힘겹게 청혼을 결심하는 대목은 전통적 삶에 굳건히 뿌리내린 그의 건강성을 여실히 보여준다.

　　그러나 양들이 새끼를 낳는 긴긴 2월 밤 양우리 안에서 번쩍이는 별들을 쳐다볼 때면 그는 자신이 자기 것이 아님을 알았다. 그는 자신이 단지 파편적인 존재임을, 불완전하며 종속된 무엇임을 인정해야 했다. 어두운 하늘에서는 별들이 여행을 하고 있었다. 별무리 전체가 어떤 영원한 항해 길에 올라 지나가고 있었다. 그래서 그는 더 큰 질서에 순종하며 왜소하게 앉아 있었다.
　　그녀가 자신에게 오지 않는다면 그는 아무것도 아닌 존재로 남아 있어야만 했다. 그것은 혹독한 경험이었다. 그러나 그녀가 거듭 그를 잊은 듯한 태도를 보인 후에, 그녀에게 그는 존재하지 않는다는 것을 그토록 자주 확인한 후에, 울컥 화가 나서 벗어나려고도 해보고 그 혼자만으로도 충분하다, 그는 남자이고 혼자설 수 있다라고 말하고 난 후에도, 별들이 층층이 들어찬 밤 그는 자신을 낮추어야만 했고, 그녀가 없으면 자신은 아무 것도 아니라는 것을 알고 또 인정해야 했다.
　　그는 아무 것도 아닌 존재였다. 그러나 그녀와 함께라면 그는 진정한 존재가 될 것이었다. 지금 그녀가 어미양과 새끼들이 불안해하며 우는 소리를 뚫고 양우리 근처의 서리내린 풀밭을 가로질러 걸어오고 있다면, 그녀는 그에게 완전함과 완성을 가져다주리라. 그렇게만 된다면, 그녀가 그에게 오기만 한다면! 아니, 그래야만 했다. 그렇게 되도록 운명지어진 것이었다.

But during the long February nights with the ewes in labour, looking out from the shelter into the flashing stars, he knew he did not belong to himself. He must admit that he was only fragmentary, something incomplete and subject. There were the stars in the dark heaven travelling, the whole host passing by on some eternal voyage. So he sat small and submissive to the greater ordering.

Unless she would come to him, he must remain as a nothingness. It was a hard experience. But, after her repeated obliviousness to him, after he had seen so often that he did not exist for her, after he had raged and tried to escape, and said he was good enough by himself, he was a man, and could stand alone, he must, in the starry multiplicity of the night humble himself, and admit and know that without her he was nothing.

He was nothing. But with her, he would be real. If she were now walking across the frosty grass near the sheep-shelter, through the fretful bleating of the ewes and lambs, she would bring him completeness and perfection. And if it should be so, that she should come to him! It should be so—it was ordained so. (40)

위 대목에서 우주의 "더 큰 질서"에 순응해서 이뤄지는 톰의 온전한 결심, 그리고 이를 통해 전달되는 작가의 '종교적', '존재론적' 의식은 이미 주목받은 바 있다.[8] 자기중심적 의지에서 비롯된 것이 아니면서도 혼자서도 얼마든지 자립할 수 있음을 되뇌이는 톰의 모습에서 전달되듯이 그가 리디아를 원하는 것은 의존하기 위해서가 아니라, "완전함과 완성"을 추구하는 자신의 진정한 내면적 요구에 따른 결과이다. 따라서 그가 리디아에 대해 가지는 숙명의 느낌은 개인의 창조적 의지를 부정하는 '숙명주의적' 태도라든가, 주관성의 요구가 극단적으로 팽창되어 나타난 일종의 자기최면과는 구별된다. 톰의 이러한 태도는 한층 더 근대화된 세계를 살아가며 바로 그만큼 전통사회의 유산으로부터 단절되는 이후 세대에서 자기중심적 의지가 강화되면서도 진정한 의미의 주체의식은 소멸되고 의존적 태도가 심화되는 경향과 대조를 이룬다.

톰이 청혼하기 위해 목사관을 찾아가는 장면에서는 미지의 추구와 관련된 타자성의 주제가 시적 강도를 지닌 언어를 통해 인상적으로 전달되며, 그가 추구하는 사랑의 경건성, 그가 "힘들여 이루어낸 결심의 온전성", 미지에 뛰어드는 용기 등이 복합적으로 드러난다.[9] 그럼에도 불구하고 철저히 다른 언어와 문화, 삶의 체험을 가진 리디아의 타자성은 결혼 이후에도 톰이 풀어야 할 커다란 숙제로 남는다. 그는 미지의 존재인 그녀를 아내로 맞은 데 대해 만족감과 자부심을 가지면서도 다른 한편 그녀에 대해 두려워하고 그녀와 진정으로 결합했다는 확신을 가지지도 못한다. 리디아가 임신을 한 뒤 홀로 충만해서 남편과의 관계조차 필요로 하지 않는 듯이 보이자 톰은 고통스러워하며, 강제로라도 자기 존재를 인정받고 싶은 강한 충동을 느낀다. 그러나 "그렇게 하는 것은 불행을 초래하는 불경한"(It was disastrous, impious, 62) 일이라 느끼고 자신을 억제하는 모습에서 톰의 건강성은 다시 한 번 확인된다.

존재의 타자성에 관한 톰의 의식이 새로운 차원에 접어드는 것은 리디아의 출산을 맞이해서이다. 이 대목 역시 이미 많은 비평적 주목을 받아왔고, 특히 톰이 애나(Anna)를 진정시키는 헛간 장면은 작가의 예술적 역량이 최고로 발휘된 대목의 하나로 일찌감치 인정받은 바 있다.[10] 중요한 점은 이 헛간 장면을 포함해 톰과 애나의 관계가 다루어지는 부분도 리디아의 출산이라는 더 커다란 배후 상황, 그리고 이러한 일들을 겪는 가운데 타자성에 관한 새로운 인식에 도달하는 톰의 성숙 과정과의 긴밀한 연관 속에서 이해될 때 그 진정한 의미가 살아난다는 사실이다.

청혼하러 간 날 톰이 유리창을 통해 집안을 들여다보는 장면에서 드러나듯이 애나는 그에게 늘 리디아의 타자성을 강하게 일깨우는 존재였으며, 결혼 이후 톰과 리디아의 관계가 점차 나아질 때조차도 애나는 여전히 한 가족으로서 완전히 통합되지는 않은 채 남아 있었다. 리디아의 출산이 다가오면서 "불건강한 옛 불안"(the old, unhealthy uneasiness, 69)이 재발한 애나는 출산

당일 고집스레 엄마를 찾으며 집안의 긴장된 분위기를 고조시키는데, 역시 불안과 긴장 속에 있던 톰은 아이와 일종의 의지의 대결을 펼치기에 이른다. 그러나 어린 애나의 존재를 손쉽게 짓밟을 수도 있었을 이 순간에 톰의 내부 에서는 아이의 저항과 맞서는 자기 자신에 대한 반성이 일어난다. "산고에 비명지르는 아이 엄마"와 "저항하며 우는 아이"를 두고 "그들이 그러기를 고 집한다면 그냥 그대로 내버려두자"(74)고 결심하면서 그는 존재의 타자성을 거부하거나 혹은 마지못해 받아들이는 차원을 벗어나 이를 기꺼이 인정하는 중요한 전환점에 들어선다. 이러한 전환이 있기에 딸에 대한 노여움이 연민 으로 바뀌며, 하녀 틸리(Tilly)의 상식적 반응도 뿌리치고 직관적 본능에 따라 아이를 헛간의 "또 다른 세계"로 데리고가 "딸에게서 새로운 존재가 만들어 지게끔"(A new being was created in her, 75) 할 수 있는 것이다.[11]

또한 이 헛간 장면에서는 인물들의 감정과 의식의 변화가 시간과 공간의 이동을 통한 대비에 의해 인상적으로 전달된다. 탄생과 죽음의 두려움을 불 러일으키는 출산의 신음 소리로 한껏 긴장이 고조된 집안, 비바람 몰아치는 차갑고 캄캄한 바깥, 그리고 부드러운 등잔빛이 비치는 고요하고 따뜻한 헛 간이 교차하는 가운데 인물들의 감정적 흐름 또한 바뀌는 것이다. 벨이 지적 하듯이 외적인 시간의 진행과 대비되어 톰의 의식을 통해 회상되는 시간의 재현 역시 인물의 감정적 층위를 전달하는 데 중요한 기능을 한다.[12] 처음 아 내의 신음소리로부터 톰은 올빼미의 기이한 울음소리와 죽은 올빼미를 연상 시키는 어린 시절을 떠올리고, 헛간에서 애나를 감싼 숄을 보면서는 자신의 어머니와 "책임지지 않아도 되었고 안전했던 옛 시절"(the old irresponsibility and security, 76)을, 그리고 잠든 아이를 결혼 전 쓰던 자신의 방에 눕힐 때는 "아무런 경험 없던 젊은 자신이 어떠했는가를 기억한다"(77). 이러한 일련의 회상은 그의 심리가 처음의 두려움에서 안정되고 성숙한 상태로 옮아감을 효과적으로 드러낸다.

타자성에 관한 톰의 인식은 아이를 재우고 산실을 둘러보는 대목에서 한층 성숙한 형태로 발전한다.

> 그에겐 그녀가 아름답게 보였다. 그러나 그것은 인간적인 아름다움이 아니었다. 그는 거기 누워있는 그녀가 두렵기도 했다. 그녀가 자기와 무슨 관계가 있단 말인가? 그녀는 자신과는 다른 존재였다.
>
> 그는 자기도 모르게 다가가서 아직도 이불을 움켜쥐고 있는 그녀의 손가락을 만져보았다. 그녀는 회갈색 눈을 떠서 그를 바라보았다. 그녀는 그를 톰 그 자신으로 알아보는 것이 아니었다. 단지 자신의 남자로서 알아보는 것이었다. 해산중의 여자가 자신에게 아이를 잉태시킨 남자를 바라보는 바로 그런 식의 응시였다. 막다른 시간에 여성이 남성에게 던지는 비개성적 응시였다. 그녀의 눈이 다시 감겼다. 살을 태우는 듯한 커다란 평화가 찾아와서 그의 가슴과 내장을 불사르고는 영원으로 사라져갔다.
>
> 그녀의 몸을 찢는 듯한 산고가 다시 시작되자 그는 몸을 돌렸다. 차마 볼 수가 없었다. 그러나 고통스러운 그의 가슴엔 평화로움이 있었고 뱃속으로 스며드는 기쁨이 있었다. 그는 아래층으로 내려와서 문을 지나 바깥으로 나가 얼굴을 들어 비를 맞으며, 어둠이 보이지 않는 채로 계속 그를 내리치는 것을 느꼈다.
>
> 보이지 않게 잽싸게 내리치는 밤의 타작은 그를 침묵시켰고 그는 압도되었다. 그는 겸허하게 집안으로 몸을 돌렸다. 생의 세계만이 아니라 영원불변의 무한한 세계가 있는 것이었다.

She was beautiful to him – but it was not human. He had a dread of her as she lay there. What had she to do with him? She was other than himself.

Something made him go and touch her fingers that were still grasped on the sheet. Her brown-grey eyes opened and looked at him. She did not know him as himself. But she knew him as the man. She looked at him as a woman in childbirth looks at the man who begot the child in her; an impersonal look, in the extreme hour, female to male. Her eyes closed again. A great, scalding peace went over him, burning his heart and his entrails, passing off into the infinite.

When her pains began afresh, tearing her, he turned aside, and could not look. But his heart in torture was at peace, his bowels were glad. He went downstairs, and to the door, outside, lifted his face to the rain, and felt the darkness striking unseen and steadily upon him.

The swift, unseen threshing of the night upon him silenced him and he was overcome. He turned away indoors, humbly. There was the infinite world, eternal, unchanging, as well as the world of life. (77)

타자성에 관한 톰의 인식은 애나에게서 리디아로, 그리고 "생의 세계"로부터 "무한의 세계"로까지 확장된다. 그의 이러한 인식의 확장이 추상적으로 느껴지지 않는 이유는 앞서 애나를 달래는 과정에서 일어난 그의 감정과 의식의 변화가 실감나게 전달되었기 때문이다. 또 그 과정을 통해 진정한 타자성의 인식이란 살아있는 관계맺음이 실현되면서 거기에 따라오는 것이지 다만 상대의 존재를 무관심하게 인정하는 태도가 아니라는 점 역시 확인하게 된다.

그러나 타자성에 대한 톰의 인식에 의미심장한 진전이 있었다고 해서 이들이 곧 완전한 관계맺음에 이르는 것은 아니다. 그는 아직 "그녀와 자신을 맺어주는 영혼의 논리"(a logic of the soul, which connected her with him, 40)를 충분히 확신하지 못하는 것이다. 어느날 저녁, 너무나 자기충족적인 듯이 보이는 리디아의 모습을 견딜 수 없었던 톰이 바깥으로 나가려 할 때 그녀가 예기치 않은 질문을 던지면서 이들 관계는 새로운 전기를 맞는다. 그는 그녀의 거리낌 없는 질문과 자신의 속마음을 정확히 짚는 말을 듣고 연거푸 충격을 받는데, 그 과정에서 그녀가 겉으로 무관심한 것과는 달리 자신을 주의깊게 지켜봐 왔다는 사실을 새삼스럽게 깨닫는다.

섬광처럼 갑자기 그는 그녀가 고립되어 외롭고 불안한 것인지도 모른다는 생각이 들었다. 여태껏 그의 눈에는 그녀가 그를 배제한 채 철저히 확신에 차서 만족하며 사는 절대적 존재로 보였던 것이다. 그녀가 진정 무슨 부족을 느낄 수도 있을까?

"당신은 왜 내게 만족하지 못하죠? 하긴 나도 당신에게 만족하고 있진 않아요. 폴은 남자답게 내게 와서 나를 취하곤 했어요. 당신은 날 혼자 내버려두지요. 내게 올 때에도 내가 가축이나 되는 양 금새 잊어버리려는 듯이 빨리 다가오지요. 다시 나를 잊을 수 있기 위해서 말예요."

"당신에 대해 뭘 기억해야 하는 거요?" 브랭윈은 말했다.

"당신 자신 말고도 다른 누가 있다는 사실을 알아줬으면 해요."

"내가 그걸 모른단 말이요?"

"당신은 아무 일도 아닌 듯이, 마치 내가 거기 존재하지 않는 듯이 내게 다가와요. 폴이 내게 올 땐 난 그에게 어떤 존재였어요. 여자였단 말이에요. 당신에게 난 아무런 존재도 아니죠. 가축이나 마찬가지에요, 아무것도 아니거나."

"당신이야말로 내가 아무 것도 아닌 것처럼 느껴지게 하오," 그가 말했다.

두 사람은 말이 없었다. 그녀는 앉아서 그를 지켜보고 있었다. 영혼이 혼돈 속에 들끓어서 그는 움직일 수 없었다. 그녀는 다시 바느질을 하기 시작했다. 그러나 그의 앞에서 수그리고 있는 그녀의 모습은 그를 사로잡았고, 그를 그냥 내버려두지 않았다. 그녀는 낯설고 적대적이며 지배하는 존재였다. 그러나 꼭 적대적이라고는 할 수 없었다. 앉아 있으니 사지에 힘이 나고 굳건해짐을 그는 느낄 수 있었다. 그는 힘이 나서 앉아 있었다.

Suddenly, in a flash, he saw she might be lonely, isolated, unsure. She had seemed to him the utterly certain, satisfied, absolute, excluding him. Could she need anything?

"Why aren't you satisfied with me?—I'm not satisfied with you. Paul used to come to me and take me like a man does. You only leave me alone, or come to me like your cattle, quickly, to forget me again—so that you can forget me again."

"What am I to remember about you?" said Brangwen.

"I want you to know there is somebody there besides yourself."

"Well don't I know it?"

"You come to me as if it was for nothing, as if I was nothing there. When Paul came to me, I was something to him—a woman, I was. To you I am nothing—It is like cattle—or nothing—"

"You make me feel as if I was nothing," he said.

They were silent. She sat watching him. He could not move, his soul was seething and chaotic. She turned to her sewing again. But the sight of her bent before him held him and would not let him be. She was a strange, hostile, dominant thing. Yet not quite hostile. As he sat he felt his limbs were strong and hard, he sat in strength. (88-89)

인간 존재에 대한 근본적 탐구가 두드러지는 이 작품에서 비중있는 용어인 "something", "nothing"이 반복되는 데서도 그 중요성이 느껴지는 위 대목에서 톰은 리디아에 대한 일방적이고 상투적인 관점에서 벗어나 그녀의 실제 존재를 이해하기 시작한다. 말하자면 단지 상대가 나와 다르다는 사실을 인정하는 데서 더 나아가 상대의 존재 깊이 다가가 진정한 의미의 타자성의 인식에 접근했다고 할 수 있으며, 이로써 이들의 관계도 새로운 차원으로 접어들게 된다. 이 대목이나 이후 진행에서 눈길을 끄는 것은 전남편과 사별하고 낯선 타지에서 죽음같은 삶을 체험한 리디아의 성숙함이다. 톰의 부족한 면을 지적하면서도 단지 비판하는 것이 아니라 진지하게 각성을 촉구하는 그녀의 성숙한 태도를 감지하기에, 톰은 자신의 잘못을 암묵적으로 받아들이면서도 마지막 구절에서처럼 오히려 고무되기도 하는 것이다. 그녀의 성숙한 모습은 "남편의 복종이 아닌, 적극적 참여"(90)를 원하며 남편을 새로운 관계로 유도하는 데서도 드러나는데, 톰이 이에 응하여 마침내 두려움을 떨쳐버리고 그녀를 통해 미지로 뛰어듦으로써 이들은 이전과는 다른 새로운 차원의 관계에 도달한다. "그것은 다른 존재 영역으로의 진입, 다른 삶으로의 세례였다"(It was the entry into another circle of existence, it was the baptism to another life, 90).

이처럼 톰은 리디아와 함께 타자성의 온전한 발현에 기초한 충만한 남녀관계라는 값진 성취를 이룬다. 그러나 그의 성취는 근대세계와 관계하면서도 여전히 전통적 삶의 영역을 벗어나지는 못했다는 점에서, 말하자면 남녀관계를 통해 미지의 모험을 감행하는 데 성공했지만 원래 브랭윈 여인들이 희구했던 미지의 바깥세계로 진출하지는 못했다는 점에서 일정한 한계를 안고 있는 것이기도 하다. 애당초 그의 성취 자체가 그의 남다른 개인적 역량 못지않게 서서히 침투해오는 근대세계를 맞아 전통적 사회 속에 뿌리를 내린 채로 일정한 성취를 할 여지가 있었던 역사적 상황에 힘입은 것이기도 했다. 그러나 이제 그가 마련한 안정된 삶의 지반을 바탕으로 바깥세계로의 좀더 적극적인 모험을 떠날 역사적 요청을 받는 이후 세대에게는 삶의 지평이 넓어지는 만큼이나 그에 따르는 위험 또한 증가한다.

2. 이행기 세대의 새로운 증후들과 그 역사적 함의

3세대 중 이행기에 속하는 윌(Will)과 애나의 관계는 이 작품을 이해하는 데 매우 중요하면서도 난해한 부분이다. 이들이 정확히 어떤 성격을 지닌 인물들인지, 갈등하는 근본 원인이 무엇인지, 그리고 갈등의 책임을 어느 쪽에 더 물어야 하는지 등을 규명하기가 쉽지 않기 때문이다. 뿐만 아니라 내면적 층위에 초점이 맞춰져 있는 이들의 삶이 근대세계의 역사적 흐름과 어떤 관계에 있는지를 밝히는 것 역시 어려운 작업이다. 2세대의 삶을 다루기가 까다롭다는 점은 리비스(F. R. Leavis)의 비평을 통해서도 잘 드러난다. 그는 이들의 갈등이 작품의 가장 난해한 부분의 하나라고 하면서 애나의 '대모'(Magna Mater)적 성격 및 그녀의 "파괴적 합리주의"를 촉발하는 윌의 의존적 태도를 지적하며, 작품이 두 인물의 태도 모두를 비판한다고 보았지만,[13] 이후 논의에서는 윌보다 애나 편에 더 작가의 공감이 있는 것으로 입장을 수정한다.[14] 또 『무지개』가 "본질적인 영국사"를 반영함을 강조하면서도 2세대의 삶이 그러한 역사적 층위와 어떤 연관 속에 있는지에 대해서는 두 글을 통해 거의 언급을 하지 않고 있다는 사실 또한 중대한 누락이자 이 문제의 어려움을 증명하는 예다.

사실 2세대의 갈등을 바라보는 관점에서는 평자마다 상당한 편차를 보인다. 가령 달레스키(H. M. Daleski)는 미지에 저항하는 애나의 문제점을 지적하면서도 아내의 독립적 존재를 침해하는 윌의 의존적인 태도를 갈등의 근본적인 원인으로 보는가 하면,[15] 나이븐(Alastair Niven)은 자아에 갇혀 미지에 저항하는 애나의 태도를 더 문제삼으면서 이들의 갈등을 유한과 무한, 정신과 육체의 대립, 또는 신비에 대한 지성의 승리 등으로 파악한다.[16] 그러나 이러한 차이에도 불구하고 두 인물을 서로 상반되는 속성을 지닌 대립적 인물로 파악한다는 점에서는 대부분의 평자들이 일치해서, 두 인물의 특성으로서 흔히 애나의 의식적이고 자아중심적이며 미지에 저항하는 태도와 윌의 본능적이고 직관적 성향이라든가 자아결핍과 의존적 태도 등이 지적되곤 한다.[17]

그런데 문제는 두 인물을 이처럼 서로 상반되는 단일한 속성을 지닌 인물로 파악하는 것이 과연 적절한가 하는 점이다. 가령 미지에 저항하는 애나의 성향만 하더라도 임신한 그녀가 벌거벗고 춤추는 장면을 예로 들며 그녀야말로 미지를 추구하는 인물이며 오히려 윌이 미지에 저항하는 쪽이라고 보는 평자도 있다.[18] 이 주장 역시 애나의 새로운 층위를 드러내는 효과는 내지만 기본적으로 두 인물을 대립적으로 바라보는 관점에 있어서는 같은 셈이다. 마찬가지로 윌의 감각적 태도와 애나의 의식을 대비시키는 일반적인 시각에도 단순화의 위험이 따른다. 애나를 전적으로 의식지향적 인물로 파악한다면 달빛 아래 짚단을 나르는 장면에서 그녀가 느끼는 감각적 충만감이나 출산에서 여성적 충족감을 누리는 모습, 그리고 후일 윌의 관능적 추구에 거리낌없이 응하는 그녀의 태도 등은 설명되기 어렵다. 또 근대적 교육을 받고 건축에 관한 독학을 하기도 하는 윌이 다만 본능과 감각에 충실할 뿐 의식적 측면이 배제된 인물일지 의문이다.

평자들이 이처럼 애나와 윌을 전적으로 상반되는 인물로 파악하곤 하는 것은 이들의 삶이 서술되는 방식과도 밀접한 관련이 있어 보인다. 두 인물 사이에 진행되는 갈등을 전달하는 다음 대목을 통해 이를 살펴보자.

> 이런 생각을 하니 그녀는 무서웠다. 그녀에게 있어 남편은 항상 그녀를 인도받은 미지의 존재였다. 그녀는 유혹에 끌려 꽃을 피우고는 이제 물러날 데가 없는 한 송이 꽃이었다. 그는 그녀의 알몸뚱이를 장악하고 있었다. 그는 누구이며 어떤 존재인가? 앎이 배제된 맹목적 존재이자 어둠의 힘이었다. 그녀는 자기자신을 지키고 싶었다.
>
> 그리고 그녀는 다시 그를 자기 품에 거두었고 한동안 만족했다. 그러나 시간이 지남에 따라 그녀는 남편이 변하지 않는다는 것, 그는 자신과는 이질적인 어두운 어떤 존재라는 것을 점점 더 실감하기 시작했다. 그녀는 그를 자신의 밝은 반영으로만 생각했던 것이다. 몇 주일, 몇 개월이 지나가면서 그녀는 그가 자신과 반대되는 어두운 존재라는 것, 그들이 상보적 존재가 아니라 상반된 존재라는 것을 깨달았다.
>
> 그는 변하지 않고 여전히 별개의 그 자신으로 남아 있었으며, 그녀가

그의 일부, 즉 그의 의지의 확장이 되기를 기대하는 것 같았다. 그녀는 남편이 애나 자신을 알지는 않은 채 자기를 장악하려 한다고 느꼈다. 그는 무엇을 원하는 것일까? 자기 뜻대로 그녀를 괴롭히려는 것일까?

그녀 자신은 무엇을 원하고 있는가? 그녀는 자기가 햇빛처럼, 분주한 대낮처럼 행복하고 자연스럽기를 원한다고 대답했다. 그리고 영혼 심층으로부터 그녀는 남편이 그녀가 어둡고 부자연스럽게 되기를 원한다고 느꼈다. 가끔 그가 그녀를 뒤덮어 질식시키는 어둠으로 보일 때면 그녀는 거의 공포에 질려 반항을 했고 그를 내리쳤다.

This frightened her. Always, her husband was to her the unknown to which she was delivered up. She was a flower that has been tempted forth into blossom, and has no retreat. He had her nakedness in his power. And who was he, what was he? A blind thing, a dark force, without knowledge. She wanted to preserve herself.

Then she gathered him to herself again and was satisfied for a moment. But as time went on, she began to realise more and more that he did not alter, that he was something dark, alien to herself. She had thought him just the bright reflex of herself. As the weeks and months went by she realised that he was a dark opposite to her, that they were opposites, not complements.

He did not alter, he remained separately himself, and he seemed to expect her to be part of himself, the extension of his will. She felt him trying to gain power over her, without knowing her. What did he want? Was he going to bully her?

What did she want herself? She answered herself, that she wanted to be happy, to be natural, like the sunlight and the busy daytime. And, at the bottom of her soul, she felt he wanted her to be dark, unnatural. Sometimes, when he seemed like the darkness covering and smothering her, she revolted almost in horror, and struck at him. (157-58)

소설의 서술기법에 대한 연구에 남다른 열정을 쏟은 한 평자는 로렌스의 작품에서 "이중의 목소리를 가진 서술"의 탁월성에 주목하며 로렌스가 구사한 자유간접화법에서 화자의 목소리와 인물의 목소리를 구별하기가 힘들다고 토로한 바 있다.[19] 물론 인용한 부분은 그 평자가 지목하는 각별히 어려운 대목은 아니고 상대적으로 평이한 대목에 해당한다. 화자는 대체로 애나의 심리적 추이를 따라가면서 자유간접화법을 통해 그녀의 의식을 직접 드러내는가 하면 객관적 서술도 한다. 그러나 이 부분 역시 비록 구문상으로 화자와 애나의 경계가 비교적 잘 구분되는 쪽이라 하더라도, 전체적으로는 화자가 애나에 대해 거리를 두는 한편 그녀의 관점에 동조하는 면도 적지 않기 때문에 진상을 정확히 파악하기가 그렇게 용이하지만은 않다. 가령 "그들은 서로를 보완해주는 존재가 아니라 대립적인 존재였다"는 애나의 인식을 보자. 그녀의 관점에서 볼 때 윌은 적대적인 미지의 존재이며, 자신과 윌 두 사람은 앎과 무지, 빛과 어둠의 세계로서 대립하는데, 이 빛과 어둠의 이미지가 이들 관계를 다루는 곳 전반에 걸쳐 일관된다는 사실이 드러내듯 두 인물을 이렇게 서로 상반되는 존재로 보는 관점에는 화자도 일정하게 공감한다고 볼 수 있는 것이다. 애나와 윌의 갈등을 상반되는 두 속성의 대립으로 해석하는 일반적 경향도 이러한 근거에서 나온다.

그러나 면밀히 살펴보면 위 인용문에서 화자는 두 인물이 대조적 성격 못지않게 공유하는 특성도 지님을 드러내고 있다. 애나는 그녀를 "그의 일부, 즉 그의 의지의 확장"이 되기를 기대하는 윌의 의지적이며 자기중심적인 태도에 대해 저항하고 있는 만큼이나 그녀 자신도 이미 그러한 태도를 가진 것으로 그려지기 때문이다. "그녀는 그를 자신의 밝은 반영으로만 생각"했다는 화자의 발언이나 윌에 대해 반발하는 행위의 묘사(...and struck at him. She struck at him, and made him bleed, 158)는 애나의 자기중심적이며 파괴적 의지를 드러내는 부분이다. 결국 애나와 윌 모두에게서 발견되는 셈인 이러한 의지적이며 자기확장적인 태도는 타자성에 바탕을 둔 온전한 관계맺음에 도달했던 1세대와 대비되어, 그들이 중요한 '현대적' 특성을 공유한다는 사실을 상기시킨다. 따라서 이 두 인물의 뚜렷한 두 가지 속성만을 부각시키는 것으로 그들에 대한 이해를 마무리하는 태도는 작품이 전하는 바를 온전히 살려내지 못한 결과임도 알 수 있다.

사실 애나의 심리만 하더라도 미지에 대한 열망과 "자기 자신을 지키고 싶"은 욕구 사이의 균열에서 느껴지듯 어떤 단일한 속성으로 고정될 수 없는 복합적 층위로 구성되어 있다. 그녀는 윌의 존재를 억압적으로 느끼며 그로부터 자신을 보호하기 위해 앎의 영역에 집착하지만 동시에 이미 미지의 영역으로 "유혹받아" 나올 만큼 미지에 대한 열망을 지녔다. 그렇다면 미지에 대한 그녀의 거부감은 윌이 경도되는 미지의 특수한 성격에서 오는 것인가, 아니면 그녀는 처음부터 미지 자체에 대한 일정한 거부감을 가지고 있었던 것인가, 또는 둘 다인가? 지식과 빛의 세계에 대한 그녀의 애착은 어느 정도까지가 본래적인 것이고 어디까지가 윌에 대한 반발인가? 애나의 심리가 이처럼 단순치 않다면 윌을 앎을 부정하는 암흑의 존재로 보는 애나의 시각은 어느 정도까지 신뢰할 수 있을까? 이러한 질문들에 답하고 두 인물의 성격과 이들 사이의 갈등을 정확하게 파악하기 위해서는 결국 이 두 인물의 관점과 행위, 그리고 이들에게 때론 공감하고 때론 거리를 두는 화자의 관점, 이 모두가 한데 어우러져 생성해내는 총체적 효과를 따를 수밖에 없다. 그리고, 앞의 인용문에서도 감지되는 바이지만 그 총체적 효과에 근거할 때 작품은 두 인물의 한계를 동시에 지적하면서도 궁극적으로 윌에게 더 근본적인 문제가 있음을 시사한다. 따라서 2세대에 대한 본격적인 논의를 위해서는 일단 윌의 인물됨과 근본적 한계가 검토되어야 한다. 그러나 이를 위해서는 그를 바라보는 주요한 관점을 제공하는 애나에 대한 파악이 선결과제로 놓여 있으며 결국 이들에 관한 논의는 애나로부터 시작하지 않으면 안 되는 것이다.

애나는 어려서부터 주변 사람들이나 가축을 대하는 태도에서 드러나듯 매우 독립성이 강하고 고집센 인물이다. 그러므로 그녀의 자기중심적이며 의지적인 태도 자체만 놓고 이를 '현대적' 특성이라고 하는 것으로는 충분치 않으며, 그녀의 이러한 타고난 성격이 근대세계와의 관계 속에서 구체적으로 어떻게 현대적이라고 불릴 만한 양상으로 발전하는지가 규명되어야 한다. 애나의 근대적 체험은 학교 교육과 종교를 통해 이뤄진다. 그러나 그녀는 학교에서 아주 빠르고도 깊은 환멸을 맛보며 그로 인해 중대한 변화를 겪는다.

> 그녀에게 급격한 변화가 생겼다. 그녀는 자기자신을 불신했고 바깥세계를 불신했다. 그녀는 계속 나아가고 싶지 않았다. 나가서 그 세계로 들어가기를 원하지 않았다. 더 이상 나가고 싶지 않았다.

> A quick change came over her. She mistrusted herself, she mistrusted the outer world. She did not want to go on, she did not want to go out into it, she wanted to go no further. (94)

근대세계에서 온전한 존재의 실현을 위협하는 요소들이 점차 증대되는 현실이나 근대교육기관이 노정한 엄연한 한계를 생각할 때 바깥세계와 어느 정도 격리되어 "외부에서 발견할 수 있는 것보다 더 자유로운 존재의 기준" (a freer standard of being than she could find outside, 95)이 마련된 가정에서 자란 자긍심 강한 애나가 이처럼 빠른 불신을 느끼는 것은 당연하기도 하며, 일면 그녀의 건강성을 반영하기도 한다. 그러나 다른 한편으로 외부세계 전체를 이처럼 쉽사리 자아와는 적대적인 대립물로 상정하는 모습 역시 부자연스럽고 부정적인데, 중요한 것은 이러한 근대적 체험에서 잉태된 자기불신과 두려움으로 인해 애나는 오히려 더욱 자아에 집착할 뿐 아니라 미지에의 열망 자체를 두려워하고 회피하게 된다는 점이다. 예를 들어 애나는 친아버지의 유물인 묵주에 대해 신비한 열정을 품으면서도 주어진 종교적 언어에 의해 만족감을 얻지 못하자 더 이상의 의미를 캐물으려 하지 않고 묵주를 아예 치워버린다(98). 이처럼 미지에 대한 열정에도 불구하고 자아에 대한 위협으로 느끼는 순간 쉽게 이를 회피하는 "본능"은 그녀의 타고난 독특한 자기중심적 성격 못지않게 개인과 세계의 유기적 관계가 붕괴된 데 따른 전형적인 근대적 경험, 즉 세계 자체를 자아의 대립물로 간주하는 태도에서 비롯되었다 할 수 있다. 미지에 대한 그녀의 이중적 태도는 장차 윌과의 갈등을 거치며 더욱 심화되는데, 그녀가 끝내 현실에 "만족하여 미지에의 모험을 포기함"(With satisfaction she relinquished the adventure to the unknown, 182)으로써 제한적 성취에 머무는 데는 윌이 지닌 역량의 한계뿐 아니라 그녀의 이러한 태도가 한몫 하는 것이다.

묵주에 관한 에피소드에서도 드러나듯이, 미지에 대한 애나의 욕구는 주로 기존 종교와의 관계를 통해 나타난다. 그러나 그녀에게 있어서 교회는 이전 세대와는 달리 문제적 성격을 띤다. 톰에게 교회는 공동체의 삶과 그 전통의 중심에 너무나도 자연스럽고 당연하게 존재하는 무엇이었다. 카톨릭에서 개종한 리디아의 경우 영국교회가 낯설기는 했지만 그녀는 교리를 초월한 본능적인 강렬한 종교적 믿음을 가지고 있었다. 그러나 근대적 교육을 통한 언어와 의식의 계발이 시대적 요청이 되고, "매사를 의식으로 끌어오는 것을 원하지 않고"(did not want to have things dragged into consciousness, 99) 감각적 충일함 속에 머문 부모 세대의 풍요로운 삶이 한편으로 벗어나야 할 질곡으로 작용하는 애나에 이르면, 교회의 교리와 언어에 대한 본격적 질의를 허용하지 않는 믿음은 더 이상 가능하지 않다. 문제는 당대의 종교가 미지에 대한 그녀의 종교적 열정을 만족시킬 만큼 살아있는 것이 못되고, "기성 의무"와 "선", "인류의 복지" 등 전래된 가치관만을 되풀이하며 근대 국가의 이데올로기 교육에 일조하는 기관으로 전락해 있다는 점이다. 어슐러(Ursula)가 종교적 열망을 포기하지 않으면서 "일요일 세계"와 "평일 세계"의 괴리를 심각하게 체험하는가 하면 위니프레드(Winifred)를 통해 종교에 대한 "과학적"이며 "인간주의적"인 관점도 접하는 것과 달리, 애나의 경우 교회에서 느끼는 갈등의 정도도 상대적으로 약할 뿐 아니라 교회에 대한 명료한 각성이나 거부를 보이지도 않는다. 그런데도 애나는 교회에 대한 무의식적 실망감으로 인해 자신의 종교적 감정을 발전시키는 노력을 일찍부터 포기한다. 나아가 그녀는 자신의 내면적 열망을 오히려 억누르고 은폐하기조차 한다.

> 그럼에도 불구하고 교회에 앉아 있을 때 그녀의 얼굴에는 비애감과 예리한 아픔이 서려 있었다. 이것이나 듣자고 교회에 왔단 말인가? 이런 일을 하고 저런 일을 함으로써 자신의 영혼이 구원받을 수 있는 길이 이것인가? 그녀는 그것을 반박하진 않았다. 그러나 그녀의 얼굴에 나타난 비애감을 보면 그것이 거짓임을 알 수 있었다. 그녀가 듣고 싶은 다른 무엇이 있었다. 그녀가 교회로부터 요구하는 것은 다른 그 무엇이었다.
> 그러나 **자신**이 뭐길래 그것을 확언한단 말인가? 만족되지 않은 욕망을 가지고 **자신**이 뭘 어찌 하겠다는 것인가? 그녀는 창피했다. 그녀는 자신의 심층에 있는 열망을 무시했고 가능하면 심중에 두지 않으려고 했다. 그러한 열망이 있다는 것에 화가 났다. 그녀는 다른 사람들처럼 점잖게 만족하고 살기를 원했다.

> Nevertheless, as she sat in church her face had a pathos and poignancy. Was this what she had come to hear: how, by doing this thing and by doing that, she could save her soul? She did not contradict it. But the pathos of her face

gave the lie. There was something else she wanted to hear, it was something else she asked for from the Church.

But who was *she* to affirm it? And what was *she* doing with unsatisfied desires? She was ashamed. She ignored them and left them out of count as much as possible, her underneath yearnings. They angered her. She wanted to be like other people, decently satisfied. (147)

근대세계가 진행될수록 세계는 자아에 점점 더 적대적으로 다가오고, 자아의 욕망을 실현할 공간을 발견하기가 어려워질수록 미지의 존재를 실현하려는 내면적 열망에 정면으로 대응하기보다는 이를 은폐해서 자아에 안주하려는 경향이 생겨난다. 그런 맥락에서 위 인용문에 드러난 애나의 태도에는 본질적인 근대적 경험의 하나인 '허위의식'이 담겨 있다. 그녀의 허위의식은 다음 세대인 어슐러의 경우처럼 본격적인 차원에서 진행되는 것은 아니지만 일과성으로만 보아서는 안 될 측면이 있으며, 이는 애나가 윌의 종교적 태도에 반발하는 다음 대목을 통해서도 확인된다.

그녀는 거의 자기 속마음과는 달리 인간적 지식의 숭배에 매달렸다. 인간의 육체는 죽을 수밖에 없는 것이지만, 그의 지식은 영원한 것이었다. 꽤 모호하고 정리되지 않은 것이기는 했지만 어디엔가 이 비슷한 신념이 있었다. 그녀는 인간 지성의 전능함을 믿었다.

She, almost against herself, clung to the worship of the human knowledge. Man must die in the body, but in his knowledge he was immortal. Such, somewhere, was her belief, quite obscure and unformulated. She believed in the omnipotence of the human mind. (161)

"인간 지성의 전능함"에 대한 애나의 믿음은 직접적으로는 의식이 결핍된 남편의 행위에 대한 반발로 촉발되지만 근대교육의 영향 없이는 상상하기 어려운 것이기도 하다. 근대교육에 대해 이른 환멸을 경험한 바 있고 스스로 육체적 활력을 적잖게 지니고 있음에도 불구하고 애나에게서는 육체와 감성의 층위가 "거의 자기 속마음과는 달리" 타자화되어 억압되고 있는 것이다. 그리고 이처럼 근대세계를 경험하는 과정에서 형성된 애나의 자기중심적이며 미지를 두려워하는 태도라든가 허위의식은 윌과의 갈등을 일으키는 요인이기도 하고 그 과정에서 더욱 심화되기도 한다.

그러나 애나의 문제점을 인정하더라도 앞서 지적했듯 두 인물이 갈등하는 근본적 원인은 아무래도 윌의 결핍된 자아와 그 의존적 특성에 있다고 하겠는데, 이 역시 단순히 개인적 성격 차원에서가 아니라 근대세계와의 관계 속에서 비롯된 특수한 현상으로 주목하고 접근할 필요가 있다. 이 점을 잘 보여주는 부분은 윌과 애나의 신혼생활을 다루는 6장 「승리자 애나」("Anna Victrix")의 도입부다. 이 대목은 윌이 결혼을 통해 느끼는 충족감과 경이감을 실감나게 전달하는데, 이는 일단 남녀관계의 결실을 통해 삶의 새 장을 연 젊은이로서 맛볼 법한 자연스러운 감정적 경험으로 다가온다. 그러나 바깥세계의 삶을 일거에 "껍데기"로 퇴색시킬 만큼 강렬하고 풍요로운 감정에 휩싸이는 윌의 모습에는 다소 과장된 요소가 개입되어 있기도 하다. "껍데기"인 바깥세계와 대조적인 내적 삶의 "알맹이"가 부각되는 데는 애나의 경우와 마찬가지로 자아와 세계를 상호대립적으로 설정하는 근대적 체험이 일정 정도 작용하고 있다고 하겠다.

윌에게서 두드러지는 또 다른 특징은 자신이 사회적 책임을 방기했다고 느끼는 데 따른 죄의식이다.

하루하루가 지남에 따라 윌은 마치 하늘이 무너져내린 뒤 다른 모든 사람이 파묻혀버리고 마음대로 낭비할 수 있는 것들이 널려 있는 신세계에서 자기와 애나 두 사람만이 축복받은 생존자로 남아 폐허 더미 속에 함께 앉아 있는 것처럼 느꼈다. 처음에 그는 자기가 방종에 빠져 있다는 죄의식을 지울 수 없었다. 바깥세상에 어떤 의무가 있어 그를 부르고 있는데, 자신이 그 부름에 응하지 않고 있는 것 아닌가?

And to him, as the days went by, it was as if the heavens had fallen, and he were sitting with her among the ruins, in a new world, everybody else buried, themselves two blissful survivors, with everything to squander as they would. At first, he could not get rid of a culpable sense of licence on his part. Wasn't there some duty outside, calling him and he did not come? (134)

위와 같은 죄의식을 떨쳐버리지 못하는 윌의 불안은 신혼의 경이감 못지않게 거듭 강조된다.[20] 그런데 그가 느끼는 이 죄의식의 진정한 문제는 그것이 사회와의 창조적 관계맺음을 방기한 데 따른 것이 아닌, 사회인습을 어긴 데 대한 죄책감의 차원에 머물러 있다는 점이다. "버젓한 사회적 존재"(a decent social being)가 되기를 원하는 "그의 질서 순응적이며 인습적인 의식"(his orderly, conventional mind, 139)에서 생겨난 죄의식으로 인해 그는 신혼의 풍요로움을 만끽하지 못함은 물론, 일상적 삶의 무의미성을 의식하면서도 근대세계와 새롭게 창조적인 관계맺음을 모색하지도 못하는 곤경에 처한다. 또 창조적인 사회적 활동을 펼칠 만한 남자로서의 주체적 역량이 결여된 탓에 애나에 대한 윌의 집착과 의존은 강화될 수밖에 없다. 때문에 처음 순조로워 보이던 이들 관계는 신혼의 밀월을 마칠 무렵 이미 갈등으로 치닫는다. 인습의 틀에서 한층 자유로운 애나가 기꺼이 바깥일에 관심을 돌릴 수 있는 데 반해(140), 윌은 둘만의 풍요로운 세계가 상실되지나 않을까 하는 두려움과 애나에 의존하는 자신에 대한 수치심을 지닌 채 그녀 곁을 배회하다가 그녀로부터 면박을 당하면서 다툼이 시작된다.

주지하다시피 이들 사이의 갈등은 상당 부분 종교적 차원에서 진행된다. 진정한 주체의식의 결핍에서 생겨나는 월의 복합적인 문제는 종교적 태도로 전이되어 나타나곤 하며 애나가 이를 민감하게 알아채고 반발하는 것이다. 이들의 종교적 갈등이 본격적으로 표면에 떠오르는 다음 대목은 그 갈등의 진정한 원인이 무엇인지를 보여준다.

> 그는 교회에 있을 때는 일상생활에 대해 더 이상 개의치 않았다. 그것은 평일의 문제였다. 인류의 복지에 관해 보더라도 그가 아주 호인이 되는 평일이 아닐 때는 그런 것이 있는지조차 몰랐다. 교회에서 그는 모든 위대한 열정적 신비감이라 할 이름모를 어두운 감정을 원했다.
>
> 그는 자신이나 아내에 관한 **생각**에는 관심이 없었다. 아, 그것이 얼마나 그녀를 화나게 했던지! 그는 설교를 무시하고 인류의 위대성을 무시하며 인류의 직접적인 중요성을 인정하지 않는 것이었다. 그는 인간으로서 자기자신에 대해 관심이 없었다. 도안 사무실에서의 삶이건, 사람들 사이에서의 삶이건 거기에 어떠한 중대한 의미도 부여하지 않았다. 그것은 단지 원문의 여백에 불과한 것이었다. 애나와의 관계, 그리고 교회와의 관계만이 진짜였으며 그의 진정한 존재는 무한, 절대에 관한 그의 어두운 감정적 경험에 있었다. 그리고 원문중의 위대하고 신비하며 빛나는 대문자는 교회에 대한 그의 감정이었다.
>
> 그것으로 인해 그녀는 참을 수 없을 만큼 속상했다. 그녀는 교회로부터 그가 얻는 만족을 얻을 수 없었다. 그녀의 영혼에 대한 생각은 그녀 자신의 자아에 대한 생각과 밀접하게 뒤섞여 있었다. 정말로 그녀에게 있어서 그녀의 영혼과 그녀의 자아는 하나요 동일한 것이었다. 반면에 윌은 자신의 자아라는 명백한 사실을 간단히 무시해버릴 뿐 아니라 거의 거부하기까지 하는 듯했다. 그가 가진 영혼은 인간을 전혀 개의치 않는 어둡고 비인간적인 어떤 것이었다. 적어도 애나는 그렇게 생각했다. 그리고 교회

의 어둠과 신비 속에서 그의 영혼은 무슨 이상하고 추상적인 지하 생물처럼 활개치고 살았다.

When he was in church, he took no more notice of his daily life. It was week-day stuff. As for the welfare of mankind, —he merely did not realise that there was any such thing: except on week-days, when he was good natured enough. In church, he wanted a dark, nameless emotion, the emotion of all the great mysteries of passion.

He was not interested in the *thought* of himself or of her: oh, and how that irritated her! He ignored the sermon, he ignored the greatness of mankind, he did not admit the immediated importance of mankind. He did not care about himself as a human being. He did not attach any vital importance to his life in the drafting office, or his life among men. That was just merely the margin to the text. The verity was his connection with Anna and his connection with the Church, his real being lay in his dark emotional experience of the Infinite, of the Absolute. And the great, mysterious, illuminated capitals to the text, were his feelings with the Church.

It exasperated her beyond measure. She could not get out of the Church the satisfaction he got. The thought of her soul was intimately mixed up with the thought of her own self. Indeed, her soul and her own self were one and the same in her. Whereas he seemed simply to ignore the fact of his own self, almost to refute it. He had a soul—a dark, inhuman thing caring nothing for humanity. So she conceived it. And in the gloom and the mystery of the Church his soul lived and ran free, like some strange, underground thing, abstract. (147-48)

월에 반발하는 애나의 태도에는 자아에의 지나친 집착이 없지 않고, "인류의 위대성"을 무시한다는 그녀의 비판 또한 '인류복지'라든가 사회적 의무를 강조하는, 그녀 스스로도 못마땅하게 여기는 교회식 설교를 부당하게 빌어와 윌을 비판하는 데 이용하는 듯한 느낌을 주기도 한다. 그럼에도 불구하고 이 대목에서 애나의 비판적 시선은 윌의 종교적 태도에 내재된 복합적인 문제를 확연히 드러내는 역할을 한다. 윌의 종교적 열정은 의식과 사유가 배제된 맹목적인 감정적 몰입으로서 현실과의 관계맺음을 대체하는 퇴행적 성격을 띤다. 의식의 개입 없는 감정적 만족을 느낀다는 점에서 그의 태도는 언뜻 톰과 리디아의 세대가 가졌던 종교적 체험과 유사한 데가 있는 듯도 보인다. 그러나 윌이 근대적 교육을 받은 정황이 분명하고 나름으로 독학을 해왔음을 생각하면 그의 종교적 태도에 나타나는 반지성적인 감정적 성향은 처음부터 계몽된 의식이 개입될 여지가 없었던 이전 세대의 종교적 태도와는 전혀 다른 종류의 것이다. 비록 윌이 의식적으로 반지성적인 입장을 취한 것은 아니라 하더라도 감정적 차원으로 전일화된 그의 종교적 태도는 근대 세계의 무의미한 일상사와 근대적 합리성에 대한 무의식적 반발이자 저항이라고 볼 수 있으며, 그렇기에 한층 과도한 형태의 감정적 도취감으로 드러난다.

월의 종교적 태도가 '현대적인' 것임은 그의 감정적 몰입이 전적으로 개인주의적 특성을 띤다는 데서 단적으로 확인된다. 아이러니컬하게도 그의 종교적 태도는 자아에 대한 의식이 배제된 것이면서도 철저히 자기 안에 국한된 자기탐닉적인 성격의 것이다. 위에서 애나가 분개하는 것은 윌의 맹목적인 감정적 태도 못지않게 그가 개인주의적인 만족만을 추구한다는 데 있다. 가나(Cana)의 결혼식에 대한 해석의 차이로 갈등하고 난 직후 그녀가 남편의 종교적 태도에 "진정한 무엇"인가가 있음을 알면서도 이를 용인하지 못하는 것도 같은 이유에서다―"참으로 그의 태도에는 비판이 빠져있었다. 그것은 순전히 개인적인 것이었다"(Indeed, his attitude was without criticism. It was purely individual, 160).

이처럼 윌의 종교적 태도는 근대세계를 살아가면서 생겨난 그의 복합적인 문제들을 고스란히 담고 있는 부분으로서 단지 종교적 차원만이 아닌 그의 예술적 비전이나 삶에 대한 태도를 총체적으로 포함하는 탓에, 그와 애나 사이의 갈등도 바로 이 종교적 갈등을 핵심 층위로 하여 전개되는 것이다. 이러한 이유로 작가는 6장의 종료시점을 약간 거슬러 올라가 별도의 한 장(章)을 할애해서 이들의 종교적 갈등을 특화시켜 다루면서 이를 통해 애나와 윌이 갈등하는 근본적인 원인인 타자성의 문제를 본격적으로 검토한다. 성당 장면에서 이들의 갈등은 중대한 국면을 맞는데, 이를 정확히 이해하기 위해서는 성당에 들르기 전 스크리벤스키(Skrebensky) 남작의 집을 방문했을 때 진행된 애나의 심리적 추이에 주목해야 한다. 그녀는 각자가 "별개의" 독립성을 유지하는 스크리벤스키 가족의 "더 자유로운, 다른 분위기"(another, freer element)에 친연성을 느끼며, 차이와 거리가 유지되는 그들의 '고전적' 부자관계에 매료된다(185). 그에 비해 남편의 "모든 것을 감싸는 그 야릇한 브랭윈 가문의 친밀성"(the curious enveloping Brangwen intimacy)이 구속으로 다가오는 애나에게는 그녀의 독립된 존재를 부정하며 하나가 되기를 원하는 남편에 대한 저항의 욕구가 한층 강화된다.

   그녀는 젊은 남편과의 이 밀접한 관계를 부정했다. 자신과 그는 하나가 아니었다. 그의 열기가 항상 그녀의 정신과 개별성조차 뒤덮어서 그녀가 그와 하나의 열기에 휩싸이고 그래서 그녀가 자신의 독립된 자아를 갖지 못해서는 안되는 것이었다. 그녀는 자기 자신의 삶을 원했다. 그는 그녀를 그의 존재, 즉 그의 뜨거운 삶으로 감싸고 뒤덮어서 마침내 그녀는 그녀 자신을 덮고 자신을 모든 서늘한 외부로부터 절연시키는 밀접한 피의 친교의 세계 속에 그와 하나로 묶임으로써, 그녀가 정말 그녀 자신인지, 아니면 다른 존재인지조차 모를 지경에 이르렀다.

그녀는 자신의 또렷한 옛 자아, 즉 홀로 외따로 떨어져서, 활동적이면서도 흡수되지 않는, 그녀 나름대로 활동적이고 주고받으면서도 결코 흡수되지 않는 자신의 자아를 원했다. 반면 그는 그녀와의 이 이상한 흡수를 원했고 그녀는 여전히 거기에 저항하고 있었다. 그러나 그녀는 그것에 대항하는 데 있어 부분적으로는 무력했다. 그녀는 전부터 너무 오랫동안 톰 브랭윈의 사랑을 받고 살아왔던 것이다.

She denied it, this close relationship with her young husband. He and she were not one. His heat was not always to suffuse her, suffuse her, through her mind and her individuality, till she was of one heat with him, till she had not her own self apart. She wanted her own life. He seemed to lap her and suffuse her with his being, his hot life, till she did not know whether she were herself, or whether she were another creature, united with him in a world of close blood-intimacy that closed over her and excluded her from all the cool outside.

She wanted her own, old, sharp self, detached, detached, active but not absorbed, active for her own part, taking and giving, but never absorbed. Whereas he wanted this strange absorption with her, which still she resisted. But she was partly helpless against it. She had lived so long in Tom Brangwen's love, beforehand. (185-86)

"자신의 또렷한 옛 자아"를 원하는 애나의 태도에도 지나친 자기주장의 요소가 있음이 느껴지나 위 인용문은 아내의 타자성을 침해하는 윌의 태도가 더 근본적인 문제임을 확연히 드러낸다. 농밀한 감각적 합일을 추구하는 그의 태도는 합일된 존재의 경험에 뿌리박은 브랭윈 조상의 전통을 일면 계승한 것이면서도 근대적 상황 속에서 억압적인 형태로 변형된 것이다. 브랭윈 조상들이 자연이나 가축, 남녀관계에서 이룬 존재의 합일은 동일한 세계에 함께 깃들어 있는 존재들의 타자성에 대한 본능적 직관에 바탕한 것이었다. "피의 친교"의 전통을 건강하게 물려받은 톰의 경우에도 타자성에 대한 남다른 인식과 실천이 있었다. 그러나 타자성에 대한 인식이 결여된 채 근대의 개인주의적 성향을 노정하는 윌에게 '하나됨'의 의미는 타자를 억압하여 자기동일성의 틀 안으로 포섭하려는 시도로 변한다. 이는 평소 애나와의 관계에서 명시적이든 암묵적이든 남성우월주의적 관점을 끌어들이려는 그의 태도에서도 드러난다. 성경에서 가나(Cana)의 결혼식 대목의 예수 말씀에 집착하는 모습이라든가, 가장으로서의 전통적 권위를 "사칭하는" 것, 자신이 조각하는 이브 상을 점차 "인형"같은 유순한 인물로 변형시키는 것 등은 가부장적인 인습에 대한 그의 애착을 보여주는 대목들로서, 단일성에 대한 그의 추구가 "모종의 지배 형태"(some form of mastery, 161)를 확보하려는 욕망과 불가분의 관계에 있음을 말해준다.

성당 장면은 이처럼 타자성을 침해하며 동일성을 추구하려는 윌의 태도가 종교적, 예술적 형태로 드러나고 이에 대한 애나의 저항이 펼쳐지는 상황이다. 성당에 들어서며 윌은 고도로 감각적인 극치감을 경험한다.

여기 교회 안에는 '이전'과 '이후'가 함께 겹쳐져 있었고 모든 것이 하나가 되어 담겨 있었다. 브랭윈은 극치감을 맛보았다. 그는 자궁의 날개를 밀어젖치고 자궁의 문 밖으로 나와 빛 속으로 들어섰던 것이다. 대낮의 빛과 하루하루를 지나 모든 지식과 모든 경험들을 거치며, 자궁의 어둠을 기억하고 죽음 뒤의 어둠에 대한 예지를 지닌 채 왔던 것이다. 그리고는 그 틈새에 성당의 문을 밀어젖히고는 새벽이 일몰이요 시작과 끝이 하나인 곳, 두 어둠으로 된 박명, 이중의 침묵에서 오는 정적의 세계로 들어섰던 것이다.

여기에서는 돌이 지상의 평지로부터 뛰어올라, 매번 여러 겹의 무리지은 욕망으로 뛰어올라 평평한 지상으로부터 밀어져 황혼과 어스름과 온갖 가지의 욕망을 지나고, 비껴남과 경사를 거쳐 아, 황홀, 접촉, 만남과 절정으로, 만남, 결합, 깊은 포옹, 중립, 완벽하고 아뜩한 절정, 시간을 초월한 황홀경으로 뛰어올랐다. 거기서 그의 영혼은 시간을 초월한 황홀경에 꼭 껴안긴 채 절정에 달해 아치의 정점에 머물렀다.

Here in the church, "before" and "after" were folded together, all was contained in oneness. Brangwen came to his consummation. Out of the doors of the womb he had come, putting aside the wings of the womb and proceeding into the light. Through daylight and day-after-day he had come, knowledge after knowledge and experience after experience, remembering the darkness of the womb, having prescience of the darkness after death. Then betweenwhiles he had pushed open the doors of the cathedral, and entered the twilight of both darknesses, the hush of the two-fold silence, where dawn was sunset, and the beginning and the end were one.

Here the stone leapt up from the plain of earth, leapt up in a manifold, clustered desire each time, up, away from the horizontal earth, through twilight and dusk and the whole range of desire, through the swerving, the declination, ah, to the ecstasy, the touch, to the meeting and the consummation, the meeting, the clasp, the close embrace, the neutrality, the perfect, swooning consummation, the timeless ecstasy. There his soul remained, at the apex of the arch, clinched in the timeless ecstasy, consummated. (187-88)

이 대목을 그리는 화자의 언어나 여기서 드러난 윌의 종교적 태도에 대해, 러스킨(John Ruskin)의 영향과 관련해서 윌을 논하는 올드릿(Keith Alldritt)은 반복적이며 과밀한 언어를 통해 윌의 감정이 온당한 종교적 태도가 아니라 감정적 탐닉임이 전달된다고 말한다. 올드릿은 영적인 것과 성적인 것의 결합이 두드러지는 데서 윌의 퇴폐적 감수성을 읽어내며 이를 19세기 후반의 퇴폐적 감성과 예술경향에 대한 반영으로 파악하기도 한다.[21] 마찬가지로 이 대목의 강박적이며 반복적인 언어에 주목하는 벨(Michael Bell)은 윌의 종교적 태도를 "신화적 일원성"(mythic monism)으로부터 자아와 세계가 분리된

"종교적 이원주의", 또는 "종교적, 미학적 관념주의"로의 이행으로 본다.[22]

　이러한 논의들이 윌의 주요한 특성을 부각시켜 주는 것은 사실이지만, 작품의 문맥상 이 대목에서 가장 강조되어야 할 것은 윌이 경험하는 극치감이 성당에 구현된 절대적 일원성에 대한 감응에서 나온다는 점이다. 중세 건축은 존재의 단일성을 추구하는 일원론적 열정이 집단적인, 거대한 감정적 몸짓으로 발현된 것이라는 로렌스의 발언을 고려하더라도[23] 윌의 감정적 도취감은 단지 자신의 주관적 감정을 일방적으로 성당에 투사한 데서 비롯된 것만은 아니다. 어떤 면에서 윌은 중세식 성당에 내포된 종교적, 예술적 의미에 충실하게 반응한 셈이다. 그렇다고 윌이 성당에서 느끼는 종교적, 예술적 비전이 중세의 그것과 동일한 것이라는 뜻은 아니다. 성당에서 그가 느끼는 고도로 성적인 합치감은 중세의 "집단적이며, 거대한 감정적 몸짓"과는 구별되는 현대적 감수성을 연상시키기 때문이다. 더욱 문제적인 것은 똑같이 단일성의 원리를 추구한다 하더라도 개인주의적 성향을 깊이 내화한 윌의 경우 단일성의 실제 의미는 과거와는 전혀 다른 양상을 띠며 타자성에 대한 한층 심각한 억압을 수반할 위험이 크다는 점이다. 성당이 괴물상을 통해 부분적으로나마 일원성에 대한 견제를 받고 있음을 간과하고 윌이 오직 절대적 일원성에만 감응하는 것에서도 그러한 위험이 감지된다.

　애나가 윌이 성당에서 경험하는 열정적 느낌에 자신도 일부 끌리면서도 이를 격렬하게 거부하는 것 역시 성당의 일원성과 이에 감응하는 그의 태도가 타자성에 대한 중대한 위협임을 본능적으로 직감하기 때문이다. 그녀는 성당의 총체적 흐름에 저항하며 "별개의 의지, 별개의 움직임, 별개의 지식"(189)을 암시하는 듯한 괴물상에 주목함으로써 반발하고, 그 결과 윌은 자신의 종교적 비전에 대한 심각한 환멸을 경험한다. 애나의 저항이 상당부분 정당하며 화자의 공감을 받고 있음은 환멸을 겪은 윌이 성당의 폐쇄적 일원성과 대비되는 자연의 신선한 자유와 다채로움을 인식하는 장면(191)을 통해서도 우회적으로 전달된다. 그러나 "그가 가진 열정조차 파괴해버렸던"(190) 그녀의 신랄한 조소로 인해, 그리고 자신이 경험한 환멸을 새로운 전환의 계기로 만들 능력의 결핍으로 인해 윌은 종교적, 예술적 잠재력을 상실한다.

종교적, 예술적 차원에서 일원성을 추구하다가 좌절을 겪듯이 윌은 실제 삶에서도 애나와 하나되기를 원하는 의존적 태도를 고집하다 패배를 경험한다. 애나가 임신을 하자 윌은 홀로 있지 못하고 임신중인 아내에게 그의 존재를 강요함으로써 두 사람의 갈등은 한층 본격적인 국면을 맞는다. 동일한 상황에서 유사한 충동을 느끼면서도 이를 "불경한" 일로 간주하여 억제하고 홀로 견뎌냈던 톰에 비해 윌은 타자성에 대한 인식이나 진정한 의미에서의 주체 의식이 크게 결핍되어 있는 것이다. 그의 의존적 태도로 인한 심리적 중압감이 가중되는 상황에서 애나는 벌거벗은 몸으로 "남편의 존재를 지워 없애고자 하는"(to annul him, 170) 춤을 추며, 이를 계기로 이들의 갈등은 점차 애나의 '승리'로 귀결된다. 이러한 결말은 여러 면에서 윌의 한계와 실패를 분명하게 노정한 것이지만, '승리자' 애나 또한 더 이상 미지에의 모험을 포기함으로써 온전한 관계맺음의 성취에서 멀어지기는 마찬가지다.

그러나 이들이 어느 정도의 안정된 삶의 터전을 마련했음은 부인할 수 없는데, 이처럼 이들 관계가 총체적인 실패로 끝나지 않은 것은 애나의 저항에 부딪치는 가운데 윌이 자신의 의존적인 태도로부터 부분적으로 탈피하는 변화를 이루어낼 수 있었기 때문이다.

> 그는 그녀와 함께 자면서도 그녀를 내버려둘 수 있었다. 그는 이제 홀로 있을 수 있었다. 홀로 있을 수 있다는 것이 무엇인지를 막 배웠던 것이다. 그것은 옳았으며 평화로웠다. 그녀가 그에게 새롭고 더 깊은 자유를

주었던 것이다. 세상이 불확실성의 소용돌이가 된다 해도 그는 이제 자기 자신이었다. 그는 자신의 존재로 태어났던 것이다. 그는 제2의 탄생을 하였다. 거대한 인류의 몸체로부터 마침내 자기자신으로 태어난 것이다. 이제 마침내 그는 분리된 주체를 가졌으며 완전히 혼자는 아닐지라도 홀로 존재했다. 전에는 다른 존재와의 관계를 가질 때만 비로소 존재했다. 이제 그는 상대적인 자아 뿐 아니라 절대적 자아를 가졌다.

그러나 그것은 말못하는 매우 약하고 무기력한 자아였으며 기어다니는 젖먹이에 불과했다. 그는 아주 조용하게 일면 순종하듯이 돌아다녔다. 그는 마침내 자유로우며 분리되고 독립된 불변의 자아를 가지게 된 것이다.

He could sleep with her, and let her be. He could be alone now. He had just learned what it was to be able to be alone. It was right and peaceful. She had given him a new, deeper freedom. The world might be a welter of uncertainty, but he was himself now. He had come into his own existence. He was born for a second time, born at last unto himself, out of the vast body of humanity. Now at last he had a separate identity, he existed alone, even if he were not quite alone. Before, he had only existed in so far as he had relations with another being. Now he had an absolute self, as well as a relative self.

But it was a very dumb, weak, helpless self, a crawling nursling. He went about very quiet and in a way, submissive. He had an unalterable self at last, free, separate, independent. (176-77)

월의 의존적 태도에 대한 애나의 격렬한 저항이 파괴적이기도 했지만 창조적인 역할도 했음을 확인시켜주는 위 대목은 월의 변화를 "절대적 자아"로의 새로운 탄생으로 언급하며 그 의미를 높이 사고 있다. 이러한 거창한 표현이 화자의 자의적인 과장으로 느껴지지 않는 이유는 타자성을 침해하는 월의 의존적인 태도가 얼마나 두 인물이 갈등하는 핵심 요인이 되어왔는지,

그리고 그가 독립적 존재로서의 자기정체성을 회복하는 것이 얼마나 힘겨우면서도 의미있는 일인지를 독자가 충분히 실감하기 때문일 터이다. 물론 윌의 새로운 자아는 "말못하는 매우 약하고 무기력한 자아, 기어 다니는 젖먹이"로서 그 한계도 분명하다. 따라서 그의 변화를 계기로 이들 관계가 어느 정도 안정된 국면에 접어들어서도 윌은 한동안 애나가 주도하는 "여가장제"(matriarchy, 193) 하에 복종하는 불균형한 상태에 머무는 것이다.

그런데 윌의 새로운 자아의 탄생을 알리는 위 대목은 8장 말미에 노팅엄(Nottingham)에서 한 처녀를 만난 뒤 발생하는 그의 돌연한 변화와 관련이 있다. 그 에피소드를 계기로, 이제 막 싹튼 그의 독립적 자아가 수년간의 잠복 후에 "진정한 자아로 개화한"(blossoming out into his real self, 217) 것이다. 분명한 한계를 가진 것이지만 그의 '혁명적' 변화는 일단 긍정적인 발전으로 볼 여지가 많다. 성당에서 종교적 환멸을 겪고도 여전히 "거짓"인 교회에 집착하던 데서 벗어나 더 이상 "선", "수치", "도덕" 등의 기독교 이념들에 얽매이지 않게 되고 애나와의 관계에서도 종속적인 위치에서 벗어나 대등한 관계를 회복하는가 하면, 관능적 충족감을 바탕으로 "진정한 목적적 자아"(a real, purposive self, 221)가 형성되어 처음으로 사회활동에 진지한 관심을 가진다. 이러한 일련의 변화는 윌이 가진 일정한 잠재력을 확인시켜 주는 것이기도 하다. 그러나 그의 변화는 여전히 그의 본질적 한계 안에서 일어난 것이기 때문에 여러가지 부정적 측면 또한 내포한다. 그의 사회적인 관심은 진정한 '창조적' 사회참여와는 거리가 있고, 종교적 비전이 탈락한 관능적 "절대미"(Absolute Beauty, 219)의 전일적 추구는 근대예술의 불건강성을 상기시킨다.[24] 또 "아무런 의식적 친밀성도 사랑의 다정함도 없이"(They had no conscious intimacy, no tenderness of love, 220) 일종의 "결투"를 벌이며 육체적 관능성에 탐닉하는 이들 애나와 윌의 관계는 타자성의 인식에 기초한, 영혼과 육체의 온전한 교섭에 못 미치는 것이 분명하다. 그리하여 미지의 창조적 모험은 또다시 다음 세대가 떠맡아야 할 과업으로 미뤄진다.

3. '막간극'의 의미: 타자성과 죽음

2세대의 삶이 어느 정도 일단락된 뒤 어슐러의 이야기가 본격적으로 펼쳐질 것을 기대하는 독자의 예상은 일종의 막간극처럼 끼어든 8장 「마쉬와 홍수」("The Marsh and the Flood")에 의해 깨진다. 톰의 죽음을 주로 다루는 이 부분은 일견 작품의 자연스런 진행을 거스르는 문제적인 장으로 비치기도 한다. 그러나 톰의 죽음을 통해 1세대 역사가 마무리되는가 하면 리디아와의 새로운 관계를 형성해가는 어슐러가 장차 스스로 펼쳐나갈 삶의 모험을 준비하는 과정이 진행되는 이 장은 작품 전체의 흐름 속에서 중요한 기능을 담당한다. 이 장에서 특히 주목되는 것은 톰의 죽음과 관련된 타자성의 문제인데, 그런 관점에서 본다면 8장은, 앞서 다룬 「대성당」("Cathedral")장과 마찬가지로 타자성의 주제를 심도있게 다루기 위해 마련된 또 하나의 별도 장에 해당한다 할 수 있다.

대략 작품의 중심부에 위치한 이 장은 첫 두 세대의 삶으로부터 이어지는 어슐러의 삶이 본격적으로 시작되는 전환점이다. 이 장은 브랭윈 집안의 3대(代)가 한 자리에 모두 등장하는 유일한 부분으로서 톰의 죽음을 계기로 모인 이들이 흩어지는 순간은 브랭윈 집안의 창조적 전통을 계승할 어슐러와 그 전통으로부터 완전히 결별하는 삼촌 톰이 갈라져 나가는 역사적 분기(分岐)점이기도 하다. 이러한 역사적 분기의 중요성은 이 장의 제목 "The Marsh and the Flood"에도 반영되어 있다. 일차적으로는 마쉬 농장에 일어난 홍수를 뜻하지만 이 제목은 한층 깊은 의미로서, 톰의 술취한 발언에서 암시되는 노아의 대홍수와 신세계의 창조, 그리고 이와 대비되어 삶의 해체와 부패를 암시하는 '늪'을 동시에 함축한다. 그런데 여기서 일어나는 역사적 분기는 톰의 죽음이 나머지 사람들 각자에게 미치는 영향이나 그에 대한 각각의 반응을 통해 구체적으로 드러나는 만큼 무엇보다 먼저 톰의 죽음에 담긴 의미를 살펴볼 필요가 있다.

톰의 돌발적인 죽음은 그 갑작스러움만큼이나 화자에 의해 우발적으로 도입되지만(226) 실제로 작품은 그 정황을 매우 상세하게 다루고 있다. 또한 죽기 직전 톰의 삶이 간략히 기술될 때에는 그의 성취뿐만 아니라 한계도 언급되며, 술취한 톰의 긴 중얼거림과 가벼운 욕설이 있는 익사 장면 역시 영웅적인 죽음에 동반되곤 하는 어떠한 과장된 표현도 배제된 사실적 차원의 묘사로 이루어진다. 그러나 그의 죽음에는 성경에 등장하는 한 족장의 죽음에 비견될만한 엄숙함과 장엄함이 수반되어 있는데, 이는 그의 죽음을 대하는 리디아와 애나의 시선을 통해 분명하게 드러난다.

> 거기 침대에 놓인 그의 시신은 조용하며 장엄하게 보였다. 죽은 그의 모습은 완벽하게 평온하였다. 이제 반듯하게 누인 그의 시신은 범접할 수 없었다. 애나에게 그는 접근할 수 없는 남성적 장엄함, 죽음의 장엄함이었다. 그를 보며 그녀는 조용해졌고 경외감에 사로잡혔으며 거의 기쁘기조차 했다.
>
> 어머니 리디아도 와서 죽은 사람의 인상적이고 범할 수 없는 시신을 보았다. 주검을 보고 그녀는 창백해졌다. 그는 어떤 변화도 지식도 초월해서 무한과 나란히 놓인 절대적인 존재였다. 그녀가 그와 무슨 관계가 있단 말인가? 그는 지금 잠시 동안 눈에 보일 뿐, 절대적이며 범할 수 없는 장엄한 추상이었다. 삶으로부터 죽음으로 옮겨가는 벌거벗은 순간에 드러난 그, 그에 대해 누가 권리를 주장할 수 있을 것이며, 누가 그에 관해 말할 수 있을 것인가? 산 자도 죽은 자도 그를 제 것이라 주장할 수 없었다. 그

는 산 자이기도 하고 죽은 자이기도 한, 범접할 수 없는 자기자신이었다.

"난 당신과 삶을 함께 했지만, 영원에 드는 내 길은 따로 있군요," 홀로일 수밖에 없음을 알고서 차가운 가슴을 안고 리디아는 말했다.

There, it looked still and grand. He was perfectly calm in death, and, now he was laid in line, inviolable, unapproachable. To Anna, he was the majesty of the inaccessible male, the majesty of death. It made her still and awe-stricken, almost glad.

Lydia Brangwen, the mother, also came and saw the impressive, inviolable body of the dead man. She went pale, seeing death. He was beyond change or knowledge, absolute, laid in line with the infinite. What had she to do with him? He was a majestic Abstraction, made visible now for a moment, inviolate, absolute. And who could lay claim to him, who could speak of him, of the him who was revealed in the stripped moment of transit from life into death? Neither the living nor the dead could claim him, he was both the one and the other, inviolable, inaccessibly himself.

"I shared life with you, I belong in my own way to eternity," said Lydia Brangwen, her heart cold, knowing her own singleness. (233)

위 대목은 『무지개』가 저술되던 시기에 최종 교정을 거친 단편 「국화 냄새」에서 주인공 엘리자베스(Elizabeth Bates)가 광부인 남편의 시신을 통해 "죽음의 순진한 존엄성"(the naive dignity of death)[25]에 직면하고 이를 계기로 자기 삶을 반성하며 타자성의 의미를 깨닫는 장면을 상기시킨다. 물론 톰과 더불어 타자성이 존중되는 원숙한 삶을 성취한 리디아와, 부부 사이의 깊은 이해가 결여된 채 남편에게 자신의 관점만을 관철시키려 했던 엘리자베스는 이들이 처한 구체적 상황이 다른 만큼 남편의 죽음에 대한 반응에서 차이를 보이는 게 당연하다. 그러나 리디아와 엘리자베스 모두 "죽음의 순수한 비인간적 타자성"(the pure inhuman otherness of death, WL 194)이란 표현이 의미하는 바, 즉 죽음 자체에 내포된 절대적 타자성의 경험에서 타자성에 관한 성숙한 인식을 얻는다는 점에서는 일치한다. 주목할 점은 「국화 냄새」의 경우 남편의 시신에서 아내가 느끼는 "존엄성"은 다분히 절대적인 타자성을 그 속성으로 하는 죽음 자체의 어떤 보편적 차원에서 비롯된다고 여겨지는 반면, 위 대목에서의 "죽음의 장엄함"은 그러한 보편적 차원이 배제되지 않으면서도 톰이라는 개인이 이룩한 특유한 삶의 성취와 불가분의 관계에 있는 것으로 그려진다는 것이다. 이러한 차이는 장편소설의 장르적 미덕과도 무관하지 않을 터인데, 어쨌든 죽음 자체가 항상 존엄성을 보장하는 것이 아님은 질긴 의지적 저항 끝에 소모적인 죽음을 맞이하는 토마스 크리치(Thomas Crich)라든가 죽음을 거부하며 버티다 아들에 의해 안락사를 당하는 모렐 부인 등을 떠올려보면 쉽게 확인된다. 돌발적인 죽음을 맞음에도 톰의 죽음에 일종의 자연스러운 장엄함이 깃드는 것은 애나의 결혼식에서 나오는 다음 대목에서 여실히 드러나듯이, 톰이 이미 자신의 존재 실현에 대한 깊은 충족감과 죽음에 대한 성숙한 인식에 도달한 사실과 무관할 수 없다.

> 그는 자신이 결혼하던 때와 마찬가지로 여전히 불안하며 안정되지 않았다. 아내와 자신! 그는 두 사람 모두가 아직도 얼마나 불확실한가를 생각하고는 찌르는 아픔을 느꼈다. 그는 이제 장년 마흔 다섯이었다. 마흔 다섯이라! 오년 후면 쉰이다. 그 다음엔 예순, 그리곤 일흔, 그리곤 끝장난다. 맙소사, 아직도 이렇게 자리를 못잡다니!
> 　사람이란 어떻게 늙어가는 걸까? 어떻게 확신을 가지게 되는 걸까? 그는 자신이 좀더 노숙하게 느낄 수 있기를 바랬다. 성숙이나 완성에 대한 느낌에 관한 한 결혼할 당시의 자신이나 지금의 자신 사이에 대체 무슨 차이가 있단 말인가? 자신과 아내, 다시 한 번 결혼할 수도 있겠다 싶었다. 그는 자신이 왜소하게 느껴졌다. 천둥치는 거대한 하늘에 빙둘러싸인 평

원 위에 곧추 선 한 작은 존재로 느껴졌다. 자신과 아내는 주변 하늘에서 천둥이 치고 번개가 번쩍이는 가운데 곧추 서서 이 평원을 가로질러 걸어가는 작은 두 존재였다. 사람은 언제 끝에 이르는 걸까? 어느 방향에서 끝나는 걸까? 우르르 소리내는 이 광대한 공간만이 있을 뿐 끝도 종점도 없었다. 사람은 영영 늙지도 죽지도 않는 걸까? 그것이 실마리였다. 그는 야릇하게 고통어린 기쁨을 맛보았다. 아내와 함께 가리라. 평원에서 야영하는 두 어린아이처럼 자신과 아내, 함께 가리라. 끝없는 하늘 외에 확실한 게 무엇인가? 그렇지만 하늘만큼은 참으로 확실하고 참으로 끝이 없었다.

아직도 그 장엄한 푸른 빛깔은 지칠줄도 모르는 듯 풍요롭고 장엄하게 그의 앞에 있는 어둠의 거미줄 안에서 불타오르고 빛을 발하며 너울거리고 있었다. 자기 육체의 어두운 그물 속에서 붉게 타오르며 빛을 발하고 너울대는 자신의 삶 또한 얼마나 풍요롭고 눈부신가. 아내 역시 그녀 육신의 그물망 안에서 얼마나 번쩍이며 검게 불타고 있는가. 그것은 항상 그처럼 완성되지 않고 형체 없는 것이었다.

He was still as unsure and unfixed as when he had married himself. His wife and he! With a pang of anguish he realised what uncertainties they both were. He was a man of forty five. Forty five! In five more years, fifty. Then, sixty—then seventy—then it was finished. My God—and one still was so unestablished!

How did one grow old—how could one become confident? He wished he felt older. Why, what difference was there, as far as he felt matured or completed, between him now and him at his own wedding? He might be getting married again—he and his wife. He felt himself tiny, a little, upright figure on a plain circled round with the immense, roaring sky: he and his wife, two little, upright figures walking across this plain, whilst the heavens shimmered and roared about them. When did one come to an end? In which direction was it finished? There was no end, no finish, only this roaring vast space. Did one never get old, never die? That was the clue. He exulted strangely, with torture. He would go on with his wife, he and she like two children camping in the plains. What was sure but the endless sky? But that was so sure, so boundless.

Still the royal blue colour burned and blazed and sported itself in the web of darkness before him, unwearyingly rich and splendid. How rich and splendid his own life was, red and burning and blazing and sporting itself in the dark meshes of his body: and his wife, how she glowed and burned dark within her meshes! Always it was so unfinished and unformed! (125-26)

톰의 언어와 의식 수준에 걸맞는 소박한 차원에서 진행되면서도 인간의 존재와 삶, 죽음에 대한 진지하고도 원숙한 통찰을 담고 있는 위 대목은 애나와 윌이 헛간에서 사랑하는 장면을 목격하면서부터 시작되었던, 나이듦에 대한 톰의 고통스럽고도 꾸준한 성찰이 일단락되는 모습이다. 나이가 들어서도 여전히 불안정하고 성숙되지 못했음에 대한 그의 고통스러운 인식은 삶을 에워싼 거대한 우주질서와 인생 그 자체의 불확실성과 유한성에 대한 통찰로 발전한다. 그의 통찰에는 무궁무진하며 영원한 우주 질서 안에서 펼쳐지는 인생역정의 왜소함을 인정해야하는 아픔이 있으면서도, 자신의 삶, 그리고 자기와는 독립된 존재이면서도 한 운명으로 묶인 아내와 함께 한 삶을 마음 깊이 긍정하는 데서 비롯되는 깊은 희열이 수반되어 있기에 안이한 체념과는 구별되는 심오함이 있다. 성숙의 마감이 불가능한 삶의 불완전성을 기꺼이 받아들임으로써 톰은 그동안의 고뇌로부터 벗어나 나이듦과 죽음을 자연스럽게 수용하는 진정한 성숙에 도달한 것이다. 그러나 톰의 "장엄한" 죽음은 그가 이뤄낸 타자성의 값진 성취를 환기시키는 한편으로, 그의 성취가 근대세계의 전개과정에서 톰 세대가 처했던 특수한 역사적 상황에 힘입은 바가 적지 않은 만큼 이제는 역사적으로 종결될 수밖에 없음을 뜻하기도 한다.

근대가 진행될수록 점차 "죽음의 순수한 비인간적 타자성"마저 거부하려는 의지가 강화되고 따라서 죽음에 대한 사유로부터 가능할, 어떠한 진정한 존재의 사유나 성숙도 힘겨워지는데 이러한 역사적 추이는 톰의 죽음에 반응하는 리디아와 두 아들, 특히 톰 사이의 대조적인 태도에서도 엿볼 수 있다. 톰이 익사할 때 그를 찾으며 절규하는 리디아의 모습은 매우 상세하게 묘사되어 있고, 이 장면을 한 인물의 감정적 심층이 그가 발하는 단순한 언어를 통해 완벽하게 재현된 사례의 하나로 꼽는 잉그럼(Allan Ingram)은 남편의 이름을 부르짖는 리디아의 목소리가 프레드(Fred)와 틸리의 일상적 언어, 그리고 이 장면을 압도하는 물소리 등과 대조되어 효과적으로 강조됨을 지적한다.[26] 도처에 범람하는 물과 더불어 톰을 부르는 그녀의 거듭된 외침은 자연스럽게, 노아의 이미지와 겹치는 톰의 존재를 독자의 의식 깊이 각인시키는 효과를 내는데, 비일상성을 부각시키는 일련의 형용사—"unnatural," "unearthly," "inhuman"—를 통해서도 전달되듯이 리디아의 낯선 외침에 담긴 강렬한 감정은 이를 이해하지 못하여 그 "미치도록 하는" 섬뜩함을 언짢아하는 아들 프레드의 일상적인 의식과 대비를 이룬다. 그러나 톰의 죽음을 확인하면서 두 사람의 태도는 역전된다. 리디아가 "야릇한 실망"(curious dismay) 속에 남편의 죽음을 인정하고 마음의 평정을 되찾는 가운데 타자성에 대한 한층 성숙한 인식에 다가서는 것과 달리, 프레드는 "미지의 무엇이 자기 아버지를 이처럼 살해한 것을 용서하지 못한다"(He could never forgive the Unknown this murder of his father, 234).

그러나 프레드보다는 형 톰의 태도가 정작 문제적인데, 그를 통해 죽음의 타자성을 수용하지 못하는 것이 단지 젊음과 미성숙의 문제가 아니라 근대 특유의 문제적 현상임이 드러난다. 톰은 표면적으로는 근대세계로의 가장 성공적인 진출을 이룩했으면서도 그 과정에서 근대적 불모성을 심각하게 내면화한 인물로서 이 점은 이미 8장의 도입부에서부터 화자의 각별한 언급을 받은 바 있다.[27] 톰의 불모성은 아버지의 죽음에 대한 그의 반응을 지켜보는 어슐러와 리디아의 시선을 통해 확연히 전달된다. 그가 겉으로는 평정을 유지하면서도 남몰래 격심한 고통으로 몸부림치는 광경을 우연히 목격한 어슐러는 "짐승같으며, 거의 타락에 가까운" 그의 숨겨진 이면을 처음으로, 그러나 생생하게 확인하며, 리디아 역시 그에게서 "노령의 평화와 순수"를 위협하는 "해체의 검은 심연"(the black depths of disintegration, 235)을 느끼는 것이다.

이처럼 1세대 톰의 죽음을 계기로 독자에게는 "삶과 부패가 하나인 늪지와도 같은 찝찔하며 역겨운 효과"(the same brackish, nauseating effect of a marsh, where life and decaying are one, 325)를 지닌 아들 톰의 숨겨진 실체가 드러남으로써 근대세계로의 진입에 따르는 중대한 위험이 전달된다. 그런가 하면 이와 대조적으로, 어슐러와 리디아 사이에 자연스레 형성되는 새롭고도 풍요로운 관계는 창조적 전통의 계승과 새로운 삶의 도약을 예견케 한다. 여전히 "죽은 할아버지의 정신을 보존한" 하녀 틸리가 있는 농장에서, 리디아와의 교류를 통해 어슐러는 온전한 타자성의 성취를 일궈낸 1세대의 정신적 유산을 고스란히 물려받는다. 리디아가 자신의 두 남편에 대해 회상하는 가운데 온전한 타자성의 성취를 통해 "자신으로 하여금 여기 삶 속에, 그리고 불멸 속에 자리를 잡도록"(So she had her place here, in life, and in immortality, 240) 해준 톰에 대해 깊은 고마움을 느끼는 대목은 톰의 성취를 최종적으로 확인시켜 줄 뿐 아니라, 그의 성취가 보이지 않는 흐름 속에서 어슐러에게 전달되는 순간이기도 하다. 8장이 마무리되는 다음 대목은 리디아와의 관계 속에서 얻어진 모든 것들이 장차 어슐러의 삶에 가져다줄 풍요로운 영향을 짐작케 한다.

거의 매일 어슐러는 그녀의 할머니를 찾아갔고, 그럴 때마다 그들은 함께 이야기를 나누었다. 그래서 마침내 완전히 고요한 마쉬농장 침실에서 들은 할머니의 말과 이야기가 신비스러운 의미를 띠고 축적되어 아이에게는 일종의 성경이 되었다.

어슐러는 어린아이로서는 가장 깊은 의미가 담긴 질문들을 할머니에게 하였다.

"할머니, 누군가가 날 사랑할까요?"

"애야, 많은 사람들이 널 사랑하고 있단다. 우리 모두가 널 사랑하지."

"하지만 이 다음에 내가 어른이 돼도 누가 날 사랑할까요?"

"그래, 누군가가 널 사랑하게 될 거란다. 넌 그렇게 타고 났으니까. 난 그 사람이 네게 무엇을 원해서가 아니라 있는 그대로의 너를 사랑하는 사람이길 바란다. 그러나 우리는 우리가 원하는 것을 가질 권리도 있지."

어슐러는 이러한 이야기들을 듣고 두려웠다. 그녀의 가슴이 철렁 내려앉았고 자기가 허공에 떠 있는 것처럼 느껴졌다. 그녀는 할머니에게 매달렸다. 여기에는 평화와 안정이 있었다. 여기 할머니의 방으로부터 더욱 거대한 공간, 즉 과거로 문이 열렸다. 과거의 공간은 너무나 커서 그것이 포함하고 있는 모든 것들이 아주 작아 보였다. 사랑과 탄생과 죽음들, 이 모든 것이 광대한 지평선 속의 작은 단위들이나 특징들에 불과했다. 거대한 과거 속에서 개인의 자그마한 소중함을 안다는 것은 커다란 위안이었다.

Almost every day, Ursula saw her grandmother, and every time, they talked together. Till the grandmother's sayings and stories, told in the complete hush of the Marsh bedroom, accumulated with mystic significance, and became a sort of Bible to the child.

And Ursula asked her deepest childish questions of her grandmother.

"Will somebody love me, grandmother?"

"Many people love you, child. We all love you."

"But when I am grown up, will somebody love me?"

"Yes, some man will love you, child, because it's your nature. And I hope it will be somebody who will love you for what you are, and not for what he wants of you. But we have a right to what we want."

Ursula was frightened, hearing these things. He heart sank, she felt she had
no ground under her feet. She clung to her grandmother. Here was peace and
security. Here, from her grandmother's peaceful room, the door opened on to
the greater space, the past, which was so big, that all it contained seemed tiny,
loves and births and deaths, tiny units and features within a vast horizon. That
was a great relief, to know the tiny importance of the individual, within the
great past. (241-42)

리디아의 이야기를 들으면서 어슐러는 자신이 알지 못했던 과거의 "더
거대한 공간"을 접하며 할머니를 통해 얻는 "평화와 안정"을 지반으로 미래
의 역사적 공간으로 진입해간다. 역사 속에 펼쳐지는 사랑과 죽음의 왜소한
인간사를 전해들으며 어슐러가 "거대한 과거 속에서 개인의 자그마한 소중
함"을 알게된 대목은 의미심장하다. 이는 타자성의 온전한 실현을 이루지 못
한 전남편과의 삶을 어슐러에게 들려주면서 "삶은 멈출 수 없는 거야..... 사
람은 그토록 많은 것을 혼자 떠맡을 수는 없는 것이지"(Life must go on. . . .
We cannot take so much upon ourselves, 241)라고 한 리디아의 말에 담긴 깊은
의미를 떠올리게 하는 한편, 앞서 나이듦과 죽음에 대한 톰의 사색에 담긴
깨달음과도 직결됨으로써 1세대가 이뤄낸 타자성의 성취와 그 정신을 어슐
러가 충실하게 물려받음을 보여준다. 그녀가 장차 존재의 위기가 가속화된
근대세계에 직면해서도 자신의 존재 실현에 대한 투지를 잃지 않는 것은 이
러한 건강한 전통에 힘입은 바 크다. 그러나 다른 한편으로, 어슐러가 상대
를 진정한 타자로 인정하고 사랑할 수 있는 남자를 만나기 바라는 리디아의
마지막 대사는 리디아 자신의 타자성에 대한 성숙한 인식을 드러냄은 물론,
어슐러가 살아갈 세계에서는 타자성이 존중되는 온전한 관계맺음을 성취하

는 일이 훨씬 힘겨워지리라는 암시로서 자기실현을 향한 어슐러의 험난한 모험을 예고하는 것이기도 하다.

4. 균질화된 세계와 존재의 위기

리디아의 암시적인 예고대로 근대세계에 본격적으로 뛰어든 어슐러의 모험은 그 열린 가능성만큼이나 만만치 않은 위험에 직면한다. 어슐러에 이르러서는 애나를 통해 이미 그 증후가 보이기 시작한 근대적 특성들, 즉 의지적 태도와 자기주장, 허위의식, 세계에 대한 불신 등이 한층 강화된 형태로 개입함으로써 온전한 존재의 성취는 그만큼 힘겨워진다. 이러한 불건강한 요소들은 어슐러가 교육을 받으며 근대적 세계를 본격적으로 체험하기 훨씬 전, 우선 부모의 영향을 통해 형성되는데 특히 타자성의 인식이 결핍된 윌은 "딸의 민감한 어린아이의 세계를 파괴적으로 깨부수며 침입하곤 했다"(He would smash into her sensitive child's world destructively, 207). 윌로부터 텃밭을 망친 것에 대한 심한 나무람을 들은 뒤 어슐러의 내면에 심리적 손상이 가해지는 대목(208)도 그 한 예다. 아버지의 부적절한 행동으로 인해 어슐러에게는 어린아이로서는 범상치 않은 "격렬한 의지"(violent will)가 형성될 뿐 아니라 자신이 받은 모욕과 고통을 '의지'로써 잊고자 하는, 근대적 허위의식의 단초가 마련된다. 또한 바깥세계에 대한 아버지의 무기력한 처신에서 비롯된 그녀의 "몰개성적 세계에 대한 차가운 의식"(the cold sense of the impersonal world, 203)은 그러한 악의적 세계의 일부처럼 느껴지는 아버지를 통해 더욱 강화되며, 그녀에게 방어적인 경직성과 자기주장의 성향을 형성시켜 놓는다.

이러한 불건강한 증후들은 어슐러가 근대적 교육을 받고 성장하는 과정에서 한층 강화된다. "어린애같은 불신의 적대감이 줄곧 그녀의 가슴 밑바닥에 깊숙이 남아있어서"(Yet all the while, deep at the bottom of her, was a childish antagonism of mistrust, 268) 다른 사람과 공감하며 사랑하고 싶은 자연스런 열망을 왜곡시키는가 하면 "평일 세계"에서 마주치는 외부의 모든 권위에 대한 불신과 두려움 속에서, "예외적 존재인 자신을 못마땅해 하며 매복하고 기다리는 군중의 적대적인 힘에 대한 이러한 느낌은 그녀의 생애에 가장 깊은 영향을 끼친 것의 하나가 된다"(this feeling of the grudging power of the mob lying in wait for her, who was the exception, formed one of the deepest influences of her life, 252). 어슐러의 반응은 삶의 균질화와 "평균적 자아"를 강요하는 근대세계와 그 권력주체에 대한 정당한 저항인 면도 있지만, 자아와 세계의 관계를 애초부터 적대적 대결 구조로 수용한 어린 시절의 불건강한 성향이 확장된 결과이기도 한 것이다.

그러나 이러한 불건강한 요소의 개입이 그녀의 자아형성을 주도하지는 않는다. 어슐러의 부모만 하더라도 전체적으로 볼 때 부정적 영향보다는 그녀가 안정되게 성장할 수 있는 일정한 지반을 마련해준 역할이 크고, 조부모의 삶을 건강하게 이어받은 바도 있기에 그녀의 성장과정은 대체적으로 건강한 양상을 띤다. 이는 11장의 첫머리에 "소녀로부터 여성으로" 성장을 하며 자기 존재에 대한 책임을 통감하는 어슐러의 다음 모습에서 잘 드러난다.

> 그렇다면 행동과 행위로 된 평일의 세계를 살 일이었다. 따라서 자신의 행동과 행위를 선택할 필요가 있었다. 사람은 자신의 행위에 대해 세상에 책임을 져야 한다.
> 아니, 세상에 대한 책임만이 아니었다. 자기 자신에게 책임을 져야 했다. 그녀 안에는 어떤 당혹스럽고 고통스러운, 일요일 세계의 잔재, 즉 어떤 끈질긴 일요일의 자아가 남아서 이젠 벗어던진 환상의 세계와의 관계를 고집하였다. 사람이 어떻게 자기가 부정한 것과의 관계를 지속할 수 있

단 말인가? 이제 그녀의 과제는 평일의 삶을 배우는 것이었다.

어떻게 행동할 것인가, 바로 그것이 문제란 말인가? 어디로 가야 할 것인가, 어떻게 자기 자신이 될 것인가? 사람은 자기 자신이 아니고, 단지 절반쯤 말하다 만 질문에 불과했다. 사람이란 정의되지도 언술되지도 않은, 하늘에서 이리저리 불어대는 바람처럼 고정되어 있지도 않은, 무엇인 듯하기도 하고 아무것도 아닌 듯도 한 존재에 불과한데 어떻게 자기 자신이 될 것인가, 어떻게 자기 자신이라는 질문과 해답을 알 것인가.

Well then, there was a week-day life to live, of action and deeds. And so there was a necessity to choose one's action and one's deeds. One was responsible to the world for what one did.

Nay, one was more than responsible to the world. One was responsible to oneself. There was some puzzling, tormenting residue of the Sunday world within her, some persistent Sunday self, which insisted upon a relationship with the now shed-away vision world. How could one keep up a relationship with that which one denied? Her task was now to learn the week-day life.

How to act, that was the question? Whither to go, how to become oneself? One was not oneself, one was merely a half-stated question. How to become oneself, how to know the question and the answer of oneself, when one was merely an unfixed something-nothing, blowing about like the winds of heaven, undefined, unstated. (264)

존재의 망각이 보편화되는 시기에 위에서 어슐러가 보여주는 자기 존재에의 성찰과 책임의식, 결단 등은 흔치않은 덕목으로 다가온다. 물론 이제 막 성장하여 어엿한 여성으로서 근대세계에 뛰어들고자하는 어슐러가 느끼는 자의식과 자기책임에는 상당한 두려움과 혼돈, 고통이 수반된 것이 사실이다. "제 자신의 삶의 책임을 물려받는다는 것은 실로 고통인"(This was torment indeed, to inherit the responsibility of one's own life, 263) 것이다. 그러나 위의 인용문에서 그녀가 인간을 "정의되지도 언술되지도 않은, 하늘에서 이리저리 불어대는 바람처럼 고정되어 있지도 않은, 무엇인 듯하기도 하고 아무것도 아닌 듯도 한 존재"로 느끼는 것은 근대적 소외와 두려움의 반영이기도 하고 또 비록 미성숙에서 오는 혼돈과 두려움이 수반되고도 있으나, 부단한 변화에 개방되어 있는 인간 존재 자체의 불확실성에 대한 보편적 인식과 통하는 것으로서 인생의 불확실성과 유한성에 대한 톰의 성숙한 통찰을 상기시키기도 한다. 인간이 불확실하며 부단히 미래에 개방된 존재라는 어슐러의 인식에 자기 존재에 대한 진중하면서도 고통어린 책임감이 따르고 있다는 점에서도 톰과 그녀 사이의 연속성이 느껴진다.

어슐러의 자기존재에 대한 책임의식이 건강한 것임은 "평일의 삶을 배우는 데" 진력함으로써 자신을 괴롭혀온 "삶의 오래된 이원성"(the old duality of life)을 극복하겠다는 결심에서도 드러난다. 윌이 이러한 삶의 이원성을 그대로 받아들인 채 "이젠 벗어던진 환상의 세계"에 장기간 맹목적으로 집착하였음을 생각해보거나, 10장 말미에서 성장기의 어슐러가 겪는 종교적 체험을 전달하던 화자가 직접 개입해서 기독교가 예전처럼 삶을 하나로 합일시켜주는 중심으로서 살아있는 전통이 못되고 삶의 이원성과 혼돈을 초래하는 "하나의 기계적 행위"로 전락해버렸음을 한층 폭넓은 역사적 지평에서 언술했음을 고려할 때, 어슐러의 결심은 일단 의미있는 일이라 하겠다. 하지만 "일요일 세계"가 그 역사적 한계가 분명해진 제도화된 기독교를 뜻하는 게 아니라, 기독교의 형식을 빌어 공동체적 삶 속으로 풍성하게 녹아난 종교적 열정, 말하자면 성장기의 어슐러에게 혼돈뿐 아니라 삶에 대한 경이감과 환희를 느끼도록 해주고 또한 채워지지 않는 열망으로 이를 기대하게끔 한, "절대적 진리와 살아있는 신비의 일요일 세계"(a Sunday world of absolute truth and living mystery, 263)를 의미하는 것이라면, "오직 평일의 세계만이 문제된다"는 자세로 이에 매진함으로써 일요일 세계를 극복하겠다는 결심에는 위험도 내포되어 있다. 그런 맥락에서 보면 "일요일 세계의 잔재"가 *끈끈하게* 남아서 그녀를 혼란스럽게 한다는 것은 전통적 삶의 건강성을 충실하게 물려받은 그녀의 남다른 저력을 반증하는 셈이기도 하다. 벨은 현대에 이르러 개별화된 자기의식이 강화될수록 일종의 심리적 원천 역할을 하는, 축적된 과거로부터 전해지는 잠재의식의 층위를 상실하게 되지만 브랭원 집안의 중심인물들은 여전히 "더 오래되고 한층 집단적인 존재 구조"(an older, more collective structure of being)를 수용할 능력을 보유하고 있다고 지적하는데[28], 어슐러에게 남은 "일요일 세계의 잔재"가 바로 거기에 해당한다고 하겠다.

그러나 전통적 삶의 유산으로서 집단적 잠재의식의 층위가 존재한다 하더라도 톰의 경우 삶의 결정적인 순간에 이 몰개성적 잠재의식이 개체화된 의식에 자연스레 선행하여 올바른 선택을 이끌어내었음과 비교한다면, 어슐러에게 있어서 일요세계의 유산은 그녀의 의식과 갈등하는 "당혹스럽고 고통스러운" 잔재의 형태로 남을 수밖에 없다는 문제를 지닌다. 사실 작품에서 어슐러를 다루는 부분에 이르면 위와 같은 일요세계의 자아와 평일세계의 자아의 대립을 포함해서 자아의 여러 층위 사이에 분열과 대립이 두드러진 현상으로 나타난다. 이전 세대와는 확연히 다르게 어슐러의 내면에 상호갈등하며 병존하는 여러 겹의 자아는 인간의 소외를 거쳐 자기 분열과 파편화로 진행되는 현대적 증후로서의 성격을 띠며, 따라서 이러한 내적 분열을 극복하는 것이 핵심적 문제로 떠오른다.

어쨌든 여러 위험을 안으면서도 어슐러는 남다른 자기의식과 책임감 속에 본격적인 삶의 모험을 시작하는데, 이전 세대가 그랬던 것처럼 미지에 대한 그녀의 열망을 실현할 가장 직접적 계기는 남녀관계를 통해 마련된다. 그러나 이전 세대와는 달리 어슐러와 스크리벤스키의 관계는 처음부터 불건강한 현대적 특성을 보인다. 그리고 그러한 면모들은 여러 층위에서 타자성의 문제로 드러난다.

헛간에서 그들은 입맞춤의 유희를 즐겼다. 정말로 입맞춤의 유희를 즐겼다. 그것은 달콤하고 짜릿한 유희였다…… 그는 그녀에게 자기 의지를 주장하며 입맞추었고 그녀는 그를 의식적으로 즐긴다는 점을 내세우듯 입맞춤에 답했다. 그들은 서로 사랑이 아닌 불장난을 하고 있는 이 놀이가 대담하고 분별없고 위험한 짓이라는 것을 알고 있었다. 그녀는 세상 전체에 대한 일종의 도전의식에 사로잡혀 있었다. 그냥 입맞춤하고 싶으니까 입맞춤을 할 것이었다. 그리고 그는 자기가 섬기는 척하는 모든 것에 일격을 가하고자 하는 냉소주의와도 같은 물불 안가리는 태도로 맞받았다……

그렇게 동요된 채 두려워하며 그들은 부엌에 있는 그녀의 부모에게 돌아와서 시치미를 뗐다. 그러나 두 사람에게는 그들이 가라앉힐 수 없는 무엇인가가 일깨워졌다. 그것이 그들의 감각을 강화하고 고양시켰으며, 그들의 존재는 더욱 강렬하고 생생해졌다. 그러나 그 모든 것 아래에는 통렬한 무상감이 있었다. 그것은 두 사람 모두의 장대한 자기주장이었다. 그는 그녀 앞에 자기를 주장하며 자신이 한없이 남자답고 한없이 매력적인 존재임을 느꼈고, 그녀 또한 그 앞에서 자기를 주장하며 자신이 한없이 사랑스럽고, 따라서 한없이 강하다는 것을 알았다. 결국 그러한 열정으로부터 이들이 얻어내는 것이란 나머지 세상 전체와 대립되는 그의, 혹은 그녀의 최대 자아에 대한 의식 이외에 무엇이 있겠는가? 거기에는 유한하고 서글픈 그 무엇인가가 있었다. 왜냐하면 인간 영혼이란 그 최대한의 상태에서는 무한에 대한 의식을 원하기 때문이다.

그럼에도 불구하고 이 열정, 그를 대상으로 해서 한계가 지어지고 규정되는 그녀 자신의 최대 자아를 알고자 하는 어슐러의 이 열정은 이제 시작되었으며 또한 계속되어야만 했다.

In the shed they played at kisses, really played at kisses. It was a delicious,

exciting game. . . . And he kissed her, asserting his will over her, and she kissed
him back, asserting her deliberate enjoyment of him. Daring and reckless and
dangerous they knew it was, their game, each playing with fire, not with love.
A sort of defiance of all the world possessed her in it — she would kiss him just
because she wanted to. And a dare-devilry in him, like a cynicism, a cut at
everything he pretended to serve, retaliated in him. . . .

So, shaken, afraid, they went back to her parents in the kitchen, and
dissimulated. But something was roused in both of them that they could not
now allay. It intensified and heightened their senses, they were more vivid and
powerful in their being. But under it all, was a poignant sense of transience. It
was a magnificent self-assertion on the part of both of them, he asserted himself
infinitely male and infinitely irresistible, she asserted herself before him, she knew
herself infinitely desirable and hence infinitely strong. And after all, what could
either of them get from such a passion but a sense of his or of her own
maximum self, in contradistinction to all the rest of life? Wherein was something
finite and sad, for the human soul at its maximum wants a sense of the infinite.

Nevertheless, it was begun, now, this passion, and must go on, the passion
of Ursula to know her own maximum self, limited and so defined against him.
(280-81)

사랑보다는 "놀이"가 되고 또 일종의 자기주장의 방식으로 펼쳐진다는
점에서 이들의 관계는 앞 세대와 현저한 차이를 보인다. 남녀관계에 "놀이"
의 요소가 끼어드는 것 자체가 새삼스럽거나 불건강한 일일 수는 없겠지만,
1세대의 경우 이는 어디까지나 사랑의 진중한 모색을 풍성하고 윤택하게 해
주는 보조적 역할을 했을 뿐이다. 또한 놀이와 의지적 자기주장의 요소가 한
층 강해진 2세대에 있어서도 놀이가 서로간의 사랑을 근본적으로 대체하거
나 자기주장에 의해 사랑의 기본적 토대가 송두리째 파괴될 만큼 위태로운
상황은 아니었던 데 반해, 이 새로운 세대에 이르러서는 사랑과 놀이의 본말

이 전도되어 있을 뿐 아니라 서로를 대하는 기본적 방식도 전적으로 "장대한 자기주장"의 성격을 띠는 것이다.

위 인용문에서 주목할 것은 이러한 현대적 특성으로 인해 각자의 타자성이 존중되는 온전한 관계맺음의 가능성이 차단된다는 사실뿐 아니라, 남녀관계에서 미지와 무한을 체험함으로써 비로소 열리는 자기초월과 궁극적인 자기실현의 전망이 크게 제약된다는 점이다. 그들의 존재가 "강렬하고 생생해졌다"는 표현에서도 전달되듯이 화자는 서로를 통해 "최대 자아"를 확인하려는 이들의 열망 자체를 긍정하고 또 이 열망이 "장대한 자기주장"의 방식으로 표출되는 것 역시 성장기의 의미있는 한 과정임을 인정하지만, 더불어 그 명백한 한계를 지적하며 안타까움을 표한다. 상대방을 대상으로 해서 규정되는 자아, "나머지 세상 전체와 대립되는" 최대 자아란 무한한 자기확장에서 오는 고양감을 수반한다 하더라도 이미 결정된 유한한 자아일 뿐, 무한으로의 자기초월에 개방된 진정한 의미에서의 최대 자아일 수 없기 때문이다. 화자는 두 인물이 경험하는 "무한한" 감정적 고양감의 과장성을 부각시키면서 무한성의 본래적 의미를 묻고 있으며, 나아가 궁극적인 자아실현과 무한성 사이의 본질적 연관성을 지적한다. 이는 후일 어슐러가 생명체에조차 기계론적인 관점을 적용하는 프랭크스톤 박사(Dr. Frankstone)의 입장을 회의하면서 일종의 에피퍼니의 순간을 통해 삶의 본질을 통찰하는 대목과도 통한다.

> 그것은 그 자체가 되려고 했다. 그런데 그 자체는 무엇인가? 갑자기 그녀의 의식에서 세상이 현미경 아래 있는 생물의 세포핵처럼 강렬한 빛을 내며 이상하게 번득였다. 갑자기 그녀는 지식의 강렬하게 빛나는 빛 속으로 들어갔던 것이다. 그 모든 것이 과연 무엇인지 그녀는 이해할 수 없었다. 단지 그녀는 그것이 제한된 기계적 힘도 아니요 단순히 자기보존과 자기

주장을 목적으로 하는 것도 아니라는 점을 알뿐이었다. 그것은 완성이자 무한한 존재였다. 자아란 무한과 하나가 되는 것이었다. 자기 자신이 된다는 것은 무한의 빛나는 최고의 승리였다.

It intended to be itself. But what self? Suddenly in her mind the world gleamed strangely, with an intense light, like the nucleus of the creature under the microscope. Suddenly she had passed away into an intensely-gleaming light of knowledge. She could not understand what it all was. She only knew that it was not limited mechanical energy, nor mere purpose of self-preservation and self-assertion. It was a consummation, a being infinite. Self was a oneness with the infinite. To be oneself was a supreme, gleaming triumph of infinity. (408-09)

자아란 "자기보존"도 "자기주장"도 아닌, "무한과 하나가 되는 것"이라는 어슐러의 깨달음이야말로 미지와 무한으로의 초월이 없이는 어떠한 궁극적인 자기실현도 가능하지 않다는 작가의 인식을 대변하는 것이자, 계몽을 통한 자기계발의 근대적 이상을 넘어서는 지점이다.[29] 그러나 어슐러가 본격적인 자기의식으로 깨어나는 과정에서 미래에 부단히 개방되어 있을 수밖에 없는 존재의 불확실성을 느꼈음에도 자기주장의 무한한 관철을 통해 "최대 자아"를 확인하려 한다는 점이나, 위에서처럼 자기실현에 있어 자기주장의 한계와 무한성의 절실함을 통찰할 때조차도 실제로는 자신의 그러한 문제점을 쉽게 극복하지 못하며 심지어 작품의 결말에 이르러서도 완전히 흡족할 만하게 극복하지 못한다는 사실들은 모든 삶의 신비와 미지를 앎의 영역으로 봉쇄하는 근대적 삶의 굴레를 벗어나기가 그만큼 힘겨움을 말해주는 것이다.

그런데 어슐러와 스크리벤스키의 관계에서 무한성의 경험이 배제되는 데는 두 인물이 공유하는 자기주장의 현대적 습성 탓도 있지만, 미지와 무한의 충만한 느낌을 줄 만한 심층을 지니지 못한 스크리벤스키의 인물됨이 또 하나의 주요한 원인으로 작용한다. 그는 비록 "저속하며, 보수적인 물질주의"(the vulgar, conservative materialism, 305)에 동의하지는 않는다 하더라도 신공리주의적 이데올로기를 무비판적으로 신봉함으로써 사회 속의 "벽돌"같은 한 부속품으로서 "제 자신의 본질적 삶에는 이미 죽어 있는"(To his own intrinsic life, he was dead, 304) 상태이다.

그의 이러한 한계로 인해 이들의 관계는 만난지 얼마 되지 않아 심각한 장벽에 부딪친다. 프레드의 결혼식날 운하를 함께 걸으며 대화하는 과정에서, 그리고 너벅선에 있던 부부와의 의미심장한 만남을 통하여 어슐러는 비록 의식적으로 분명히 규정하지는 못하지만 그의 공허한 실체를 직감한다.[30] 그녀의 이러한 축적된 무의식과 이들의 "장대한 자기주장"이 맞물려서 발생하는 이날 밤의 달빛 장면은 스크리벤스키가 "아무것도 아닌 존재"임을 확인하는 어슐러의 일방적 '승리'로 귀결된다. 그러나 이들 관계의 본질적 양상과 그 한계를 독자에게 전달하는 이 중요한 대목은 철저히 인물들의 무의식적 차원에서 벌어지는 사건을 다루며 화자 또한 이에 부합하여 이전과는 상당히 다른 언어를 동원하고 있기 때문에 다소 난해한 곳이기도 하다.[31]

여기에서 타자성의 문제와 관련하여 주목할 점은 허위의식의 형태로 나타나는 어슐러의 자기분열 또는 자기억압이다. 스크리벤스키의 존재를 무화시키는, 일상적 의식으로는 인지하지 못했던 어슐러 내부의 "저 태우며, 부식시키는 다른 자아"(that other burning, corrosive self), 그리고 이를 두려워하며 진실을 은폐하려는 "그녀의 일상적인 따뜻한 자아"(her ordinary, warm self, 299) 그 어느 쪽도 그녀의 온전한 자아는 아니다. 전자가 "장대한 자기주장"을 적극적으로 펼치는 무의식적 자아라면, 후자는 부정적인 형태로 자기주장을 하는 의식적 자아로서 둘 사이엔 본질적인 상관관계가 있는 것이다. 그녀로서는 이 두 겹의 자아 모두를 극복하는 것이야말로 미지와 무한에 개방된 '다른' 자아, 곧 진정한 의미의 "최대자아"를 실현함에 있어서나 타자성이 발현되는 온전한 남녀관계를 성취하는 데 있어 선행되어야 할 중대한 과제가 된다.

어슐러와 스크리벤스키의 관계맺음에 이처럼 밀접하게 얽혀있는 자아 내적, 외적인 타자성의 문제는 두 인물의 재회 과정에서 다시 본격적으로 다루어진다. 그러나 작품은 그 사이에 위기스튼(Wiggiston) 탄광을 방문하거나 교사로서 일하는 등 근대세계를 직접 체험하며 의식의 지평을 넓혀가는 어슐러를 통하여 근대세계의 균질화된 모습과 이로 말미암아 존재의 고유성 또는 타자성이 위협받는 상황을 한층 폭넓은 시각에서 제공함으로써 그녀가 봉착한 문제가 다만 그녀 특유의 성품이라든가 남녀관계에서 비롯된 것만이 아닌, 현대적 삶의 핵심적 사안임을 확인케한다.

12장 「수치」("Shame")의 도입부에서 어슐러가 여성으로서의 "완전한 사회적 독립"을 추구하며 학업에 매달리는 과정에서 자신의 여성성을 '몸값'으로 여긴다든지, "남자의 세계"를 '정복'할 때까지 이를 보류한다든지 하는 데서 이미 균질화된 "남자의 세계"에서 여성으로서의 차이를 보전하는 일 자체가 쉽지 않을 것임이 예고된다. 이러한 위험은 여성으로서 완전한 사회적 독립을 획득하여 그녀로부터 선망의 대상이 되며 그녀의 지적 성장에 중요한 계기가 되기도 하는 위니프레드 잉거(Winifred Inger)를 통해서도 드러난다. 여성운동에 참여하는 위니프레드는 관념적인 남성주의적 이데올로기를 신랄하게 비판하지만 "과학적 교육"의 수혜자로, 종교와 철학에 대한 인간주의적 관점을 가지고 있는 데서 드러나듯이 서구의 관념주의적 사유로부터 자유롭지 못하며 진정한 여성성을 구현하지도 못하는 것이다.

어슐러가 위니프레드와 결정적으로 결별하게 되는 위기스튼 탄광촌의 방문 장면은 근대산업사회에 대한 어슐러의 인식이 급진전되는 계기로서 이를 통해 근대세계가 강제하는 삶의 균질화가 여성에 국한되지 않는 사회 전반의 문제임이 드러난다. "똑같은" 붉은 벽돌의 집들로 이뤄진 이 탄광촌은 "모든 것이 분명한 형체도 없으면서 모든 것이 끝없이 반복되며", "전체의 뚜렷한 형체도 없는 균질적인 불모성이 삶보다는 죽음을 암시하는"(the homogeneous amorphous sterility of the whole suggested death rather than life, 320) 곳이다. 삼촌 톰의 집을 방문하고 대화를 나누는 과정에서 이곳의 참담한 삶의 실상은 한층 구체적이며 생생하게 드러난다.

> "모든 남자는 각자의 작은 여흥, 즉 가정을 갖지만 탄광은 모든 남자를 소유하지. 여자들은 그 나머지를 갖는 거야. 이 남자에게 남겨진 것이든 저 남자에게 남겨진 것이든. 그것은 전혀 문제가 되지 않아. 진짜 중요한 것은 탄광이 다 차지해."
>
> "어디나 똑같아요," 위니프레드가 분통을 터뜨렸다. "사무실이건 상점이건 사업이건 이런 것들이 남자를 다 차지하고 여자는 상점이 소화시키지 못하는 남자 쪼가리나 갖지요. 가정에서 남자라는 건 뭔가요? 의미없는 덩어리, 돌아가지 않는 기계, 작동하지 않는 기계에 불과하죠."
>
> "남자들은 자신이 팔린 몸이라는 걸 알지요," 톰 브랭윈이 말했다. "실상이 그래요. 그들은 자신들이 직장에 팔린 몸이라는 걸 알아요. 여자가 목이 터져라 말해봐야 무슨 소용이 있겠습니까? 남자는 직장에 팔렸는걸요. 그래서 여자들은 더 이상 상관하지 않아요. 취할 수 있는 것을 취하곤, '될대로 돼라'예요."
>
> "이곳은 도덕적으로 아주 엄격한 곳 아닌가요?" 미스 잉거가 물었다.
>
> "아니, 그렇지 않습니다. 스미스 부인의 두 자매도 남편을 바꿔치기했죠. 별로 까다롭지 않아요, 별로 관심도 없구요. 탄광에서 남겨진 걸로 그럭저럭 살지요. 사람들은 아주 부도덕할 만큼도 관심이 없어요. 도덕적이든 부도덕하든 결국은 다 똑같아요. 탄광 임금만이 문제인 거죠......"

"Every man his own little side-show, his home, but the pit owns every man. The women have what is left. What's left of this man, or what is left of that — it doesn't matter altogether. The pit takes all that really matters."

"It is the same everywhere," burst out Winifred. "It is the office, or the shop or the business that gets the man, the woman gets the bit the shop can't digest. What is he, at home, a man? He is a meaningless lump — a standing machine, a machine out of work."

"They know they are sold," said Tom Brangwen. "That's where it is. They know they are sold to their job. If a woman talks her throat out, what difference can it make? The man is sold to his job. So the women don't bother. They take what they can catch — and *vogue la galere.*"

"Aren't they very strict here?" asked Miss Inger.

"Oh no. Mrs Smith has two sisters who have changed husbands. They're not very particular — neither are they very interested. They go dragging along what is left from the pits. They're not interested enough to be very immoral — it all amounts to the same thing, moral or immoral — just a question of pit-wages. . . ." (323-24)

어슐러는 사람들의 삶이 탄광에 철저히 예속된 채 균질화된 비참한 현실이 기계와 산업 체계 자체의 절대적 마력에 의해서가 아니라, 삶의 희생을 댓가로 얻는 물질적 보상에 안주하며 변화 의지를 상실한 사람들의 체념적 태도에 의해 불변의 상황으로 고착화된다는 사실을 확인한다. 또한 광산의 관리자로서 노동자들과 거리를 두면서 참혹한 현실을 냉소적으로 바라보는 삼촌 톰이나, "졸라류의 비극에는 초연하기라도 하듯"(superior to the Zolaesque tragedy, 322) 광산촌의 비참함을 확인하고 이를 남성의 무기력과 이로 인한 여성의 부당한 처지의 문제로 일반화시키는 위니프레드 역시 현실을 비판하면서도 그 속에서 "악귀같은 만족"을 느끼며 은밀히 그 기계적 삶을 숭배하고 있을 뿐임을 간파함으로써 이들과 단호히 결별한다. 그리고 작가는 이를 통해 어슐러가 의미있는 "성장을 했다"고 평가한다. "탄광을 보고서도 그것이 무의미하다는 깨달음을 지속하기 위해서 그녀로선 대단하고 열정적인 의지의 행사가 필요했다"(it needed a great, passionate effort of will on her part, seeing the colliery, still to maintain her knowledge that it was meaningless, 324)는 데서도 드러나듯 사람들을 기계적이며 균질적인 불모의 삶 속에 봉쇄하는 현대산업사회의 거대한 위력에 맞서 진정한 비판과 저항의 의지를 간직한다는 것 자체가 어슐러의 드문 미덕으로서 자기존재에 대한 진정한 책임의식의 발로이기 때문이다.

어슐러의 교사 체험을 그리는 13장 「남자의 세계」("The Man's World")는 다소 길게 다루어진 것이 결함이기는 하지만 현대의 균질화된 삶이 사회 전반에 걸친 본질적 문제이며 이에 저항해 자기 존재의 고유성을 지켜내기가 참으로 어려운 과제임을 어슐러의 구체적 경험을 통해 실감나게 전달한다. 탄광촌의 열악한 교육 실상을 대변하는 이 학교는 근대교육기관이 인간 개인의 고유성을 기계적인 균질성으로 대체하는, 즉 "일정한 계산가능한 결과"를 산출하기 위해 학생들을 "단일한 의식, 또는 존재의 상태"(one state of mind, or being, 355)로 몰아가는 "자동화" 체계로 전락해 있음을 보여준다. 그리고 이 균질화 과정은 학생들 뿐 아니라 "자신의 인격적 자아의 부정"(an abnegation of his personal self, 356)이 선행되어야만 비로소 기능할 수 있는 교사들에게도 예외없이 해당된다. 무엇보다도 이 체제의 "굴레를 부수기 위해 복무하리라"(she would serve them, that she might destroy them, 378)는 굳은 결의를 다지며 버텨내는 데 성공한 어슐러조차도 일정 정도 체제의 요구에 타협할 수밖에 없었다는 점에서 그 막강한 위협을 느낄 수 있다.

이러한 균질화된 세계를 극복하고 진정한 존재를 성취할 가능성이 스크리벤스키와의 재회 이후에 본격적으로 타진되는 것인데, 물론 현실의 구체적 경험 속에서 이뤄낸 의식적 성장 자체가 어슐러의 강건한 잠재력을 보여준 것이기는 하지만 그렇다고 이 과정에서 그녀에게 깊이 내화된 불건강한 현대적 요소들이 실제로 극복된 것은 아니며 힘겨운 현실과의 싸움 속에서 오히려 더 심화된 측면도 있는 만큼, 그녀로서는 여전히 중대한 과제를 남겨둔 상태이기 때문이다. 11장에서 이미 그 본질적 한계가 명백해진 스크리벤스키와의 관계가 다시 시작되는 것은 바로 이러한 맥락에서 이해될 수 있다. 재회의 순간 "선악이 종식된다 해도 그는 그녀의 연인이었다. 그녀의 마음과 영혼이 갇혀 침묵해야 할지라도 그녀의 의지는 결코 늦추어지지 않았다"(He was her lover, though good and evil should cease. Her will never relaxed, though her heart and soul must be imprisoned and silenced, 411)는 데서 드러나듯이 그녀의 '사랑'에는 허위의식과 의지가 깊숙이 개입하고 있는 것이다.

그렇다고 해서 이들의 재회가 전적으로 허위의식의 소산에 불과하거나 과거의 무의미한 재연에 그치는 것은 아니다. 재회가 있기까지 수년 동안 어슐러의 경험과 의식이 확장되었고 스크리벤스키 또한 그 나름대로 참전을 통해 경험의 지평을 넓혔기에 이들의 만남은 어느 정도 새로운 가능성을 내포하고 있기도 했다. 특히 그와의 육체적 관계를 통해 어슐러가 자신의 육체적 존재에 눈뜬 것은 그녀의 성장에 있어 매우 뜻깊은 성과로 제시된다. 그녀는 육체적 욕구에 대한 수치심과 그로 인한 정신적 혼란을 초래한 기독교의 정신주의적 잔재에서 벗어날 수 있었을 뿐 아니라, 근대 이성의 "눈멀게 하는 빛"(405) 너머에 있는 더 근원적인 존재의 영역을 확인하게 된 것이다. 작가는 "밤의 도도한 어둠 속에 존재하는 이 야릇한 독립적 힘은 결코 그녀를 버리지 않았다"(This curious separate strength, that existed in darkness and pride of night, never forsook her, 418)라고 함으로써 "어둠을 아는 더 강한 다른 자아"(another stronger self that knew the darkness)의 탄생에 깊은 의미를 부여한다.

그러나 작가는 스크리벤스키와의 관계를 통해 "풍요로운 어둠"(fecund darkness, 413)을 만끽하는 어슐러의 고양된 감정에 과장된 요소가 개입되어 있음을, 즉 남녀관계의 성취에서 오는 온당한 만족감이라기보다는 "장대한 자기주장"의 형태로서 창조적 개인 대 적대적 세계의 대립 의식이 강화된 결과라는 점에서 일정한 한계 또한 내포되어 있음을 지적한다.[32] 스크리벤스키가 남성으로서 창조적인 역량을 결핍하고 있음이 더욱 분명해짐에 따라 어슐러 스스로도 점차 자신이 경험한 "풍요로운 어둠"이 진정한 충족감을 주지 못함을 느낀다. 그러나 스크리벤스키가 '미지'에 대한 그녀의 열망을 만족시켜줄 수 없는 남성이라는 인식[33]이 깊어지는 만큼이나 이를 은폐하려는 그녀의 허위의식 또한 한층 깊어지기 때문에 그녀는 심각한 내적 분열을 겪는다. 그녀의 이와 같은 허위의식이 심화되고 극복되는 과정 역시 섬세한 분석을 받은 바 있으므로[34] 여기서는 스크리벤스키와 파혼을 하고 집으로 돌아온 어슐러가 자신의 허위의식과 최종적 대결을 펼치는 말 장면에 주목해보겠다.

익히 알려진 이 장면의 의미를 정확하게 이해하기 위해서는 이것을 상징적인 차원에서 임의로 해석하는 태도[35]에서 벗어나 실제 정황을 꼼꼼히 살필 필요가 있다. 이 장면을 '상징적'이라 한다면 제시된 감정적 층위와 이를 상징하는 외부 대상이 작가에 의해 인위적으로 묶였다는 의미에서가 아니라, 인물의 심리와 바깥 대상 사이의 관계 자체에 의해 상징적 의미가 "구성되는"(constitutive) 것이라는 관점에서 보아야 한다는 벨의 지적은 적절하다고 하겠다. 이어서 벨은 어슐러가 말에게서 느끼는 위협적인 힘이 인정하고 싶지 않은 그녀 내면의 원초적 힘이 투사된 것이라고 하며 내면의 투사라는 데 초점을 두는데,[36] 이것은 동의하기 어려운 부분이다. 그녀의 반응이 내면의 투사인지 아니면 원래 말에 내재하고 있는 힘에 충실하게 감응한 것인지도 논란의 여지가 있지만, 그보다도 이 장면에서의 관건은 투사인지 아닌지의 분별보다 그녀가 말을 통해 겪는 의식적 위기의 본질이 무엇이고 그것이 어떤 결과로 귀결되는지의 문제이기 때문이다.

말 장면은 스크리벤스키에게 자신을 다시 받아줄 것을 간청하는 편지를 쓰며 허위의식이 최고조에 달한 임신중의 어슐러가 거짓 평화를 느끼면서도 끓어오르는 알 수 없는 충동을 억누를 수 없어 비가 오는 중에 산보를 나오는 데서 시작한다. 그녀가 말들을 처음 인지하는 대목에서는 말에게서 받는 강한 심리적 중압감, 그리고 말의 존재를 알면서도 이를 의식적으로 회피하려고 하는 그녀의 태도가 두드러지는데, "know", "knew"의 반복에서도 드러나듯이 심층적인 층위의 앎과 이에 저항하는 의식적 앎 사이의 대결이 핵심적 문제이다.[37] 그러나 말의 존재를 회피하려는 어슐러의 의식적인 노력에도 불구하고 그녀와 말이 접근했다가 멀어지는 과정이 반복되면서 말의 존재에 대한 그녀의 인식은 오히려 점점 깊어진다. "모종의 섬광같은 앎 속에 말들의 움직임이 그녀를 뚫고 지나갔다"(In a sort of lightning of knowledge their movement travelled through her, 452)는 표현에서도 전달되듯이 그들이 처음 근접했을 때부터 이미 말의 존재는 그녀에게 깊은 울림을 남겼다.

> 그녀는 말들이 가버리지 않았다는 것을 알았다. 그들이 여전히 자기를 기다리고 있다는 것을 알았다…… 그녀는 움켜잡힌 채 꽉 조여져 결코 풀어지지 않는 말들의 가슴을 의식했다. 그녀는 오랜 인내로 숨을 뿜어내는 말들의 붉은 콧구멍을 의식했다. 그리고 그토록 둥글고 커다란 말의 엉덩이가 조여진 가슴을 터뜨리고자 압박하고, 압박하고, 압박하며, 시간의 벽에 부딪치면서도 자유롭게 터뜨리고 나오지 못해 미칠 지경이 될 때까지 영

원히 압박하고 있음을 알았다. 말의 커다란 엉덩이는 빗물에 부드러워지고 거뭇거뭇해져 있었다. 그러나 검고 촉촉한 빗물도 이 옆구리에 갇힌 거세게 밀어붙이는 거대한 불길을 결코, 결코 끌 순 없었다.

She knew they had not gone, she knew they awaited her still. . . . She was aware of their breasts gripped, clenched narrow in a hold that never relaxed, she was aware of their red nostrils flaming with long endurance, and of their haunches, so rounded, so massive, pressing, pressing, pressing to burst the grip upon their breasts, pressing forever till they went mad, running against the walls of time, and never bursting free. Their great haunches were smoothed and darkened with rain. But the darkness and wetness of rain could not put out the hard, urgent, massive fire that was locked within these flanks, never, never. (452)

위 대목의 언어, 특히 "결코, 결코"하는 부분은 그녀가 말의 생명력에 자신도 모르게 깊이 공명하고 있음을 보여준다. 그녀는 말을 통해 자기 내면에 억눌린 채 요동하고 있는 본원적 삶의 충동을 감지하며, 그렇기 때문에 의식적 층위에서는 이를 두려워하고 저항하는 것이다. 어슐러의 의식적 저항은 계속되고, "의지만이 그녀를 지탱해주어"(Her will alone carried her, 454) 그녀는 마침내 말로부터 도망친다. 그러나 그것은 "밀집되어 엉켜있는 말떼의 한쪽 자락이 정복을 한"(That concentrated, knitted flank of the horse-group had conquered, 453) 이후의 일이다. 이러한 정황을 고려할 때 사실적이고 심리적인 차원에서 보자면 그녀가 말을 피해 달아난 것이 충분히 납득할 만하지만 "심층적인 차원"에서는 "타자와 만나 미지로 진입하는" 데 실패한 것이라는 주장[38]은 받아들이기 어렵다. 의식적인 차원에서는 그녀가 자신의 타자화된 심층적 자아를 받아들이는 데 실패하지만 오히려 '심층적인 차원'에서는 이미 전환의 중요한 계기가 마련된 것이기 때문이다.

말로부터 도망친 직후 "그녀는 마치 의식하지 않고 변하지도 변할수도 없는 돌멩이처럼 강물 바닥에 의식이 없는 듯이 누워 있었다"(she lay as if unconscious upon the bed of the stream, like a stone, unconscious, unchanging, unchangeable, 454)는 표현에서 그녀가 자신의 가장 깊은 무의식적 심층에 도달했다는 점이 분명해진다. 이것이 그녀에게 긍정적인 변화임은 "영원히 계속 나아가야만 한다 해도, 이것이 가장 밑바닥이고 더 이상 깊은 곳은 없음을 알기에 그녀는 상당히 안전했다"(quite safe, if she had to go on and on for ever, seeing this was the very bottom, and there was nothing deeper, 454)라는 대목에서도 확인된다. 자신의 가장 심층을 직면한 데서 비롯되는 그녀의 "안전한" 느낌은 허위의식에서 오는 평화와는 근본적으로 다른 것이다. 그리고 이 과정에서 얻은 "불변의 깊은 앎"(a deep, inalterable knowledge, 455)에 의해 마침내 어슐러는 허위의식을 깨고 "그녀의 새로운 실재에 대한 확신"(the confidence of her new reality, 456)에 도달한다.

이와 같이 자신의 허위의식에 의해 억압되어 왔던 심층적 자아가 복원됨으로써 "장대한 자기주장"에서 벗어나 '미지'의 자아가 실현될 가능성도, 타자와의 진정한 만남이 이뤄질 가능성도 마련된다. 이는 '미지'의 열망을 충족시킬 수 없는 스크리벤스키의 한계, 그리고 그와 함께 한 과거를 차분하게 돌아보며 자신의 삶을 반성하는 어슐러의 모습에 삶의 신비에 대한 경건함이 담겨 있다는 데서 확인된다.

> 그녀가 누구길래 자기 욕망에 따라 남자를 취하려고 하는가? 그녀가 창조할 일이 아니라 신에 의해 창조된 남자를 알아보면 되는 것이었다. 무한으로부터 남자가 오고 그녀는 그를 맞이하면 되는 것이다. 그녀는 자신이 자기 남자를 창조할 수 없다는 것이 기뻤다. 자기가 그의 창조와는 무관하다는 것이 기뻤다. 그것이 그녀가 최후의 안식을 얻을 저 거대한 힘의 영역

안에 놓여 있다는 사실이 기뻤다. 남자는 그녀 자신도 속해 있는 영원의
세계로부터 올 것이었다.

Who was she to have a man according to her own desire? It was not for her
to create, but to recognize a man created by God. The man should come from
the Infinite and she should hail him. She was glad she could not create her man.
She was glad she had nothing to do with his creation. She was glad that this
lay within the scope of that vaster power in which she rested at last. The man
would come out of Eternity to which she herself belonged. (457)

　‘미지’조차 의지로 어찌 해보려는 자기주장의 태도에서 벗어나 창조의
신비를 기쁜 마음으로 받아들이는 데에 어슐러의 근본적 전환이 있다. 그녀
가 바라보는 희망의 ‘무지개’는 고통스러운 경험에서 우러나오는 이러한 지
혜를 바탕으로 한다. 충만한 남녀관계가 실제 성취되지도 못했고, 존재의 위
기가 본격화된 근대세계 자체의 문제들을 해결할 전망은 더더욱 아득하다는
점에서 그녀의 무지개는 이전 세대에 비해 현저히 위태로운 것이다. 그러나
모든 존재와 삶을 균일화하고 ‘미지’와 ‘무한’의 영역을 지식과 이성의 차원
으로 끌어내리는 근대적 삶에 직접 부딪쳐서도 그녀는 자기의 고유한 존재
의 차이를 지켜내고 미지에 대한 열망을 포기하지 않았다. 뿐만 아니라 이러
한 세계를 살아가는 과정에서 어쩔 수 없이 자기 내면으로 파고든 근대적 불
건강성, 특히 허위의식으로 인한 자기분열을 극복하는 중대한 전환을 이루어
냈다. 그녀의 이러한 성취를 염두에 둘 때 그녀에게 약속된 희망의 무지개는
결코 허상이 아니다. 그렇지만 갈수록 타자성이 억압되고 존재의 위기가 심
화되는 현실 속에서 이러한 희망이 어떻게 실현 가능하며 거기에는 또 어떤
어려움이 뒤따를 것인가? 다음 작품인『사랑하는 여인들』은 바로 이 질문에
대한 본격적인 탐색이다.

NOTES

1) McCabe는 1914년에 최종적으로 교정을 본 「국화 냄새」를 초기 장편소설에 이미 잠재하고 있던 타자성에 관한 문제의식이 최초로 명백하게 표현된 사례로 본다. T. H. McCabe, "The Otherness of D. H. Lawrence's 'Odour of Chrysanthemums'," *D. H. Lawrence Review* 19.2 (summer 1987): 149-56. 한편 『보라! 우린 해내었도다』 및 『이태리의 황혼』에서의 타자성의 주제를 각각 논한 예로는 Sandra M. Gilbert, *Acts of Attention: The Poems of D. H. Lawrence* (Ithaca: Cornell UP, 1972) 100-15 및 Stefania Michelucci, introduction, *Twilight in Italy and Other Essays*, by D. H. Lawrence (London: Penguin, 1997) xviii-xix, xxviii 참조.

2) 『무지개』가 "본질적인 영국사"(the essential English history)를 반영한다는 Leavis의 입장이 대표적이며, 영국사회 전체에 대한 "총체적" 재현이 이뤄졌다고 보는 Eagleton도 이에 속한다. Leavis, *DHLN* 113-73; Eagleton, *Exiles and Émigrés* 200-08. 이 작품이 영국사는 물론이고 서구에서 펼쳐진 '존재'의 역사를 드러내며, 엄격한 극적, 서사적 구조를 갖추고 있음을 밝힌 글로는 Paik Nack-chung, *SRW* 77-179이 있다. 한편 '신비주의'의 요소가 개입되어 있음을 지적하면서도 전체적으로는 사회상을 충실하게 반영하고 있다고 보는 입장으로는 Scheckner, 40-56; Arnold Kettle, *An Introduction to the English Novel*, 2vols. (London: Hutchinson, 1953) 2: 111-34 참조.

3) Kermode는 「토머스 하디 연구」에서 개진된 작가의 묵시록적 세계사관이 이 작품에 반영된 것으로 파악한다. Frank Kermode, *Lawrence* (London: Fontana, 1973) 41-53. 한편 Holderness는 이 작품이 사회적 총체성을 담고 있다는 시각을 전면적으로 부정하면서 "신화들의 합성"(a montage of myths)에 불과하다고 평가한다. Holderness, 앞의 책 174-89. 좀더 근년의 예로서 Hyde는 작품의 초반부를 성서에 기초한 신화라고 파악한 뒤 후반부에 가서 이러한 기독교 이데올로기가 질의되고 해체된다고 하여 그 "대화적 원리"(dialogic principle)를 평가해준다. G. M. Hyde, *D. H. Lawrence* (London: Macmillan, 1990) 37-57.

4) Mark Kinkead-Weekes, "The Sense of History in *The Rainbow*," *D. H. Lawrence in the Modern World*, ed. Peter Preston & Peter Hoare (London: Macmillan, 1989) 121-38. 이 글은 작품의 원형적이며 초역사적 층위에 더 무게를 둔 그의 "The Marriage of Opposites in *The Rainbow*," *D. H. Lawrence: Centenary Essays*, ed. Mara Kalnins (Bristol: Bristol Classical P, 1986) 21-39의 속편으로 나온 것이다.

5) 예를 들어 『무지개』에서 타자성의 주제를 특화시켜 자아와 타자의 관계를 논하는 Adamowski의 경우 "자아 내부의 타자성의 형태들"(forms of otherness within the self)을 언급하며 내적 타자성의 문제로까지 영역을 넓히기도 하나, 역사적 차원에 대한 고려가 배제됨으로 인해 작품에서 성취된 타자성의 문제를 충분히 규명하기에는 명백한 한계를 지닌다. T. H. Adamowski, "The Rainbow and 'Otherness'", *D. H. Lawrence Review* 7.1 (1974): 58-77. 이와는 약간 다른 관점에서 자아실현과 미지, 초월 등을 중심으로 타자성의 문제를 다루는 Balbert의 논의 역시 유사한 한계를 드러낸다. Peter Balbert, "'Logic of the Soul': Marriage and Maximum Self in *The Rainbow*", *D. H. Lawrence and the Phallic Imagination* (London: Macmillan, 1989) 56-84.

6) 이러한 사실은 '서곡'에서 드러난 남녀의 속성이 예컨대 「토머스 하디 연구」에 개진된 양성원리의 전도된 양상이라는 점에서도 확인할 수 있다.

7) Bell, *LLB*, 77-78.

8) Leavis, *DHLN* 131-32; Miko, 121-22 참조.

9) 이 장면에 대한 상세한 논의는 Leavis, *DHLN* 133-42 참조.

10) Sagar 49-50 참조. Leavis는 이 장면이 조지 엘리엇(George Eliot)과 통하는 도덕적, 종교적 전통을 보여주면서도 그에게서는 찾아보기 힘든 시적 강렬함과 생생함을 갖추고 있다고 평가한다. Leavis, *DHLN* 126-29. 한편 Bell은 자아의 상실과 회복 과정을 통한 몰개성적 자아의 층위를 잘 구현한 것으로 이 대목을 꼽는다. Bell, *LLB* 71-72.

11) 출산 장면에서 톰이 처음의 의지적 대립 상태에서 벗어나 애나의 진정한 아버지가 되는 과정에 대한 상세하고도 적절한 논의로는 Carol Sklenicka, *D. H. Lawrence and the Child* (Columbia: U of Missouri P, 1991) 106-14 참조.

12) Bell, *LLB* 71-72.

13) Leavis, *DHLN* 146-51.

14) Leavis, *Thought, Words and Creativity: Art and Thought in Lawrence* (London: Chatto & Windus, 1976) 131-34.

15) Daleski, 90-106.

16) Alastair Niven, *D. H. Lawrence* (Cambridge: Cambridge UP, 1978) 74-85. 이와 유사하게 종교적 감수성을 억누르는 애나의 자기중심적 태도를 주로 문제삼는 글로는 Miko, 134-44 참조.

17) 앞에 언급한 평자 외에도 Yudhishtar는 이들의 갈등을 의식과 감정적 성향의 대립으로, Pritchard는 애나의 자기의식과 자기중심적 의지와 윌의 남성적 직관과 무의식 사이의 대립으로 파악한다. Yudhishtar, *Conflicts in the Novels of D. H. Lawrence* (New York: Barnes & Noble, 1969) 130-40; R. E. Pritchard, *D. H. Lawrence: Body of Darkness* (London: Hutchinson, 1971) 71.

18) Balbert, 71-72.

19) Wayne C. Booth, "Confessions of a Lukewarm Lawrentian," *The Challenge of D. H. Lawrence*, ed. Michael Squires and Keith Cushman (Madison: U of Wisconsin P, 1990) 15-21.

20) 몇몇 관련 대목을 인용해보면, "he could not help feeling guilty, as if he were committing a breach of the law"(134); "he felt furtive and guilty"(136); "He was accused"; "One bright transit of daylight gone by unacknowledged! There was something unmanly, recusant in it"(137); "He still was not quite sure it was not criminal"(140).

21) Keith Alldritt, *The Visual Imagination of D. H. Lawrence* (London: Edward Arnold, 1971) 86-91.

22) Bell, *LLB* 80-83.

23) "The worship of Europe, predominantly female, all through the mediaeval period was to the male, to the incorporeal Christ, as a bridegroom, whilst the art produced was the collective, stupendous emotional gesture of the Cathedrals, where a blind, collective impulse rose into concrete form. It was the profound, sensuous desire and gratitude which produced an art of architecture, whose essence is in utter stability, of movement resolved and centralized, of absolute movement, that has no relationship with any other form, that admits the existence of no other form, but is conclusive, propounding in its sum, the One Being of All. There was, however, in the Cathedrals, already the denial of the Monism which the Whole uttered. All the little figures, the gargoyles, the imps, the human faces, whilst subordinated within the Great Conclusion of the Whole, still, from their obscurity, jeered their mockery of the Absolute, and declared for multiplicity, polygeny. But all medieval art has the static, architectural, absolute quality, in the main, even whilst in detail it is differentiated and distinct. . . . " (*STH* 65-66).

24) Paik Nack-chung, *SRW* 112-13 참조.

25) D. H. Lawrence, "The Odour of Chrysanthemums", *The Prussian Officer and Other Stories*, ed. John Worthen (London: Penguin, 1995) 196.

26) Allan Ingram, *The Language of D.H. Lawrence* (London: Macmillan, 1990) 131-34.

27) 톰에 관한 화자의 첫 묘사는 그의 현대적 '독립성'과 냉철한 비판적 지성이 온전한 주체성의 결핍이자 타자와의 참된 관계맺음의 실패를 의미함을 여실히 보여준다. 그에게서 성적인 차이가 소멸되고 있음에 대한 언급도 가볍게 볼 수만은 없는 대목이다. "He had an instinct for attracting people of character and energy. He gave place entirely to the other person, and at the same time kept himself independent. He scarcely existed except through other people. When he was alone he was unresolved. When he was with another man, he seemed to add himself to the other, make the other bigger almost than life size. So that a few people loved him and attained a sort of fulfilment in him. He carefully chose these few. He had a subtle, quick, critical intelligence, a mind that was like a scale or balance. There was something of a woman in all this. . . . Quiet and perceptive and impersonal as he was, he kept his place and learned how to value others in just degree. He was there like a judgment" (223).

28) Bell, *LLB* 67-71.

29) '교양'(*bildung*)의 개념과 관련해서 이 문제를 논한 글로 최선령, 『20세기 초반 교양소설(*Bildungsroman*) 연구: D. H. Lawrece와 James Joyce, Thomas Mann의 작품을 중심으로』, (서울대 박사학위논문, 2002) 134-36참조.

30) 이 대목에 대한 적절한 분석으로는 Leavis, *DHLN* 163-67 참조.

31) 이 장면에서의 언어와 인물들의 행위가 작품의 극적 논리에 얼마나 잘 부합하는 것인지, 그리고 스크리벤스키의 공허한 존재를 무의식적으로 확인하면서도 이를 곧 은폐하는 어슐러의 허위의 식이 근대 특유의 전형적 문제로서 어떻게 제기되고 있는지 등에 대한 상세한 분석으로는 Paik Nack-chung, *SRW* 143-51 참조.

32) "Her whole soul was implicated with Skrebensky—not the young man of the world, but the undifferentiated man he was. She was perfectly sure of herself, perfectly strong, stronger than all the world. The world was not strong—she was strong. The world existed only in a secondary sense:—she existed supremely" (418-19).

33) 어슐러의 이러한 인식이 잘 드러나는 한 대목을 인용해보면, "He roused no fruitful fecundity in her. He seemed added up, finished. She knew him all round, not on any side did he lead into the unknown. Poignant, almost passionate appreciation she felt for him, but none of the dreadful wonder, none of the rich fear, the connection with the unknown, or the reverence of love" (438-39).

34) Paik Nack-chung, *SRW* 166-76 참조.

35) 일례로 Daleski는 이 장면을 어슐러의 영혼의 여행에 있어서의 주요 단계들이 압축적으로 담겨 있다고 해석한다. Daleski, 122-24.

36) Bell, *LLB* 85-87 참조.

37) 참고로 이 대목을 인용하면, "Suddenly she knew there was something else. Some horses were looming in the rain, not near yet. But they were going to be near. . . . She did not want to lift her face to them. She did not want to know they were there. She went on in the wild track. She knew the heaviness on her heart. It was the weight of the horses. But she would circumvent them. She would bear the weight

steadily, and so escape. She would go straight on, and on, and be gone by. Suddenly the weight deepened and her heart grew tense to bear it. Her breathing was laboured. But this weight also she could bear. She knew without looking that the horses were moving nearer. What were they? She felt the thud of their heavy hoofs on the ground. What was it that was drawing near her, what weight oppressing her heart? She did not know, she did not look" (451).

38) Kinkead-Weekes, "The Marriage of Opposites in *The Rainbow*," 36-38.

IV. 『사랑하는 여인들』: '묵시록적' 상상력을 통해 본 동일성의 세계

　　『사랑하는 여인들』은 평자들에 의해 흔히 로렌스의 '묵시록적' (apocalyptic) 세계관이 반영된 작품으로 읽힌다. 실제로 이 소설에는 서구문명의 해체 내지 멸망을 언급하는 버킨(Birkin)의 빈번한 발언을 통해서도 드러나듯 종말적 분위기가 짙게 배어 있다. 이것은 1차대전중의 불운한 전기적 상황 속에서 이 작품이 집필된 정황과 작가 서한에 나타나는 세상의 종말에 관한 발언들, 그리고 작품 제목으로 "진노의 날"(*Dies Irae*), "최후의 날들"(*The Latter Days*) 등이 고려되기도 한 사실과 같은 작품외적 증거를 통해서도 뒷받침된다.[1] 물론 이 작품이 조만간 세계가 실제로 멸망하리라고 예견한다든가 그런 징후들을 구체적으로 드러내 보이는 것은 아니며, 요컨대 종말을 떠올리고 거론하게 만들 만큼 심각한 지경에 이른 서구문명의 위기를 문화적, 정신적 혹은 존재론적 차원에서 제기하고 있는 것이라 하겠다. 따라서『사랑하는 여인들』에 서구문명의 위기에 대한 종말론적 관점의 성찰이 있다는 사실 이상으로 그러한 위기의 본질이 무엇인지를 정확히 파악하는 것이야말로 작품의 문제제기에 걸맞는 중요한 사안이라 하겠는데, 종말론적 관점을 취하는 평자들에게서는 정작 이 점을 깊이 있게 규명하려는 흡족할 만한 노력을 찾기 힘들다.

『사랑하는 여인들』이 묵시론적 차원에서 제기하는 서구문명의 근본 위기의 핵심에 접근할 수 있는 하나의 중요한 단서는 이 작품의 형식과 내용을 특징짓는 '반복'이라는 문제이다. 이 소설은 언어와 에피소드, 혹은 인물들의 행위 등에서 반복이 두드러지는 작품이며, 독자들이 이 작품을 이해하는 데 겪는 각별한 어려움의 상당 부분도 여기에서 비롯된다. 이 작품에 대한 출판 당시의 반응을 보더라도 등장인물들 사이의 유사성과 반복적 문체 등이 작품의 주요한 결함으로 지적되곤 했음을 알 수 있다. 일례로 머리(John Middleton Murry)는 "작가에게는 그들[등장인물들]이 전적으로 심오하게 다르지만 우리에게는 모두가 똑같아서"(To him they are utterly and profoundly different; to us they are all the same) 심지어 남녀 인물간의 구별도 되지 않으며, 구드런(Gudrun)과 제럴드(Gerald Crich)의 관계와 버킨과 어슐러의 관계 사이의 차이조차 분별할 수 없다는 불만을 털어놓는다.[2] 물론 머리의 이러한 주장은 "인간의 개체성을 살아서 존재하도록 만드는 (작가의) 힘"(the power of making human individuality livingly present)을 입증한 리비스(F. R. Leavis)에 의해 단호한 논박을 받은 바 있다.[3] 그러나 머리의 반응은 전혀 근거없는 오독이라기보다는 작품에서 의도적으로 부각된 동일성과 반복으로 인해 충분히 생길 법한 당혹감과 몰이해를 숨김없이 표현한 결과라 하겠다.

이후 비평에서도 이 소설에서의 반복의 문제는 종종 언급되는데, 이 문제를 좀 더 본격적으로 제기한 버싸니(Leo Bersani)는 로렌스가 개성을 지닌 인물들에 대한 전통적 재현 대신 인물들을 통해 삶의 충동과 죽음의 충동이라고 하는 근본적 동인을 드러내는 데 중점을 둠으로써 인물의 차별화에 어려움을 겪는다고 말한다. 그리고는 작가가 유사성과 반복을 "가장 섬세하게 구별하는 행위"(the most finely differentiating activity)를 독자로서 감당할 수 없을 정도로 요구하고 있다면서 이를 부정적으로 평가한다.[4] 그러나 작가의 그러한 요구에 충실히 부응하는 듯이 보이는 라구씨스(Michael Ragussis), 본즈(Diane S. Bonds)와 같은 평자들은 이 작품에서 두드러지는 언어와 에피소드 등의 반복이 구체적인 맥락의 변화에 따라 어떻게 차이를 만들어내는지 세밀한 분석을 통해 보여주기도 했다.[5]

그런데 이처럼 『사랑하는 여인들』에 나타난 반복의 문제를 비교적 설득력있게 논의하는 경우라 해도 그 대부분은 이를 언어적, 또는 심리적 차원의 보편적 문제로 다룰 뿐 가장 근본적인 질문, 즉 왜 유독 이 작품에서 반복이 각별한 문제가 되는지에 대한 물음을 제기하지는 못한다. 가령 『무지개』 역시 세대간에 되풀이되는 기본적인 삶의 형식이나 문체상의 반복이 종종 거론되지만, 『무지개』의 이러한 측면은 『사랑하는 여인들』처럼 반복의 문제가 작가의 의도를 통해 총체적으로 부각되는 것과는 성격이 전혀 다르다. 『사랑하는 여인들』에서는 반복 자체가 주제화되어 있다고 말할 수 있으며 이는 바로 작품이 다루는 세계의 본질적 성격에서 비롯된다. 그 세계는 버킨의 관점을 통해 전달되는 다음 대목처럼 모든 존재의 차이가 소멸된 동일성의 세계이다.

> 사람들은 모두가 다르지만 오늘날에는 모두 정해진 한계 안에 갇혀 있다고 그는 말했다...... 사람들마다 반응들은 모두 제각각이지만, 그들은 몇 개의 거대한 법칙에 따르고 있을 뿐 본질적으로는 아무런 차이가 없었다.

사람들은 자신들도 모르게 몇 개의 거대한 법칙에 따라 행동하고 반응하였다. 일단 법칙들, 즉 그 거대한 원리들이 알려지고 나면 사람들이란 더 이상 신비로운 흥미를 불러일으키지 못했다. 그들은 모두가 본질적으로 똑같고, 차이는 단지 동일한 주제의 변형들에 불과한 것이었다. 그 누구도 주어진 조건을 초월하지 못했다.

> people were all different, but they were all enclosed nowadays in a definite limitation he said. . . . The reactions were all varied in various people, but they followed a few great laws, and intrinsically there was no difference. They acted and re-acted involuntarily according to a few great laws, and once the laws, the great principles, were known, people were no longer mystically interesting. They were all essentially alike, the difference were only variations on a theme. None of them transcended the given terms. (305)

사람들이 "모두가 다르지만" "본질적으로 똑같은", 즉 표피적인 차이만이 있을 뿐 완전히 동일화된 세계, 이것이 『사랑하는 여인들』이 주목하는 '종말론적' 세계의 본모습이다. 그것은 『무지개』에서 어슐러가 목격했던 현실의 균질화 양상이 사회 모든 영역으로 악몽처럼 확장된 형태이기도 하다. 자욱한 담배 연기 속에 사람들의 모습이 "벽에 걸린 커다란 거울들 속에 더 희미하게 반영되고 무한히 반복되는"(reflected more dimly, and repeated ad infinitum in the great mirrors on the walls, 62) 카페 풍경은 이 세계 전체의 실상을 암시한다. 따라서 이 세계에는 "반복들의 반복인 삶"(a life that is a repetition of repetitions, 192)만이 있다. 동일화된 세계의 중심을 이루는 인물들, 즉 제럴드와 허마이어니(Hermione)는 물론이고 이로부터 벗어나려고 하면서도 실패하는 인물들이라든가 심지어 이를 벗어나는 데 힘겹게 성공하는 버킨이나 어슐러조차도 '동일성'의 측면들을 공유하고 있으며 "반복들의 반복"에서 완전히 자유롭지 못한 것이다.

　이 작품에서 반복이 특별한 비중을 차지하는 데는 이처럼 동일화된 세계의 본질적 특성으로서 동일성의 반복이 두드러지는 것과 더불어, 의미심장한 차이를 발생시키는 데 있어서도 반복이 중요한 역할을 하기 때문이다. 반복이 단지 동일성의 반복일 뿐 아니라 차이를 가져오는 형식이기도 하다는 사실은 이 소설의 「머리말」("Foreword to *Women in Love*")에서 자신의 반복적 문체에 대한 비판에 답하는 로렌스의 다음 발언에서도 드러난다.

> 문체에 대해 말하자면, 그 조금씩 변경되는 계속적인 반복이 종종 흠잡히곤 한다. 그 점에 대해선 이렇게 답할 수밖에 없다. 즉 그것이 작가에게는 자연스럽다는 점, 그리고 감정이나 열정, 혹은 이해에 있어서 모든 자연스러운 위기는 마찰하며 왔다갔다 하다가 절정의 순간에 도달하는 이 고동치는 움직임에서 비롯된다는 점이다.
>
> In point of style, fault is often found with the continual, slightly modified repetition. The only answer is that it is natural to the author: and that every natural crisis in emotion or passion or understanding comes from this pulsing, frictional to-and-fro, which works up to culmination. (486)

　위 대목이 말해주듯 "절정"의 순간을 가능케 할 진정한 차이를 가져오는 반복은 동일성의 반복과는 구별되는 또 다른 형태의 반복이다. 반복이 차이를 생성한다는 인식을 보이는 로렌스의 위 태도는 일면 반복에 대한 들뢰즈(Gilles Deleuze)의 견해와 통하는 데가 있다고도 하겠다. 그러나 반복을 생명의 율동과 결부시키며 이를 통해 도달하는 "절정"의 결정적 차이에 주목한다는 점에서 로렌스의 입장은 차이를 생성하는 "존재론적 반복"(ontological repetition)[6]을 특화시키는 들뢰즈와는 근본적으로 구별된다.

물론 여기서 중요한 문제는 반복 자체에 대한 일반론이 아니라 『사랑하는 여인들』에서 반복이 특별히 부각되는 이유가 무엇이냐 하는 점인데, 이 작품에서 동일성의 반복이 두드러지는 동시에 차이를 생성하는 반복 또한 일정한 비중을 차지하는 것은 삶의 자연적인 율동에서 비롯되는 측면이 있기도 하지만 더 근본적으로는 동일성 세계의 특수성으로부터 비롯된다. 즉 단일한 계기를 통해 절대적 단절이나 차이가 실현되기가 불가능할 만큼 모든 차이를 동일성으로 재전유하는 세계의 위력이 막강하기 때문에 버킨이나 어슐러처럼 진정한 차이를 성취하려는 경우에도 반복의 과정을 거치지 않을 수 없는 것이다. 중요한 것은 이 모든 반복들이 결국은 동일성의 세계를 지시하고 있으며 그것을 떠나서는 제대로 이해될 수 없다는 점일 터이다.

이처럼 『사랑하는 여인들』에서는 동일성 세계의 진상이 집중 조명되고 이와 관련해서 반복의 문제가 작품의 핵심적 사안으로 자리잡고 있는데, 이 글에서는 우선 작품의 가장 중요한 부분을 구성하는 「달빛」("Moony")장을 상세히 분석하며 이러한 문제를 검토해보려 한다. 그 다음 주요 인물들의 삶의 모습을 통해 동일성 세계의 구체적 실상이 무엇인지, 이를 극복하고 진정한 타자성이 발현되는 온전한 삶을 성취할 가능성은 어떻게 그려지고 있는지를 살펴보겠다.

1. 동일성과 반복, 그리고 차이: 「달빛」장의 의미

「달빛」장은 버킨과 어슐러 관계의 중요한 전기(轉機)일 뿐 아니라 여러 면에서 작품을 이해하는 데 결정적인 단서들을 제공하며 특히 자기동일성과 반복의 문제가 심층적이면서도 집약적으로 제시되는 곳이다. 이 장은 한동안 버킨을 만나지 못했던 어슐러가 물방앗간 연못을 찾아가는 과정의 심리묘사에 뒤이어 버킨이 연못에 돌을 던지는 것을 그녀가 지켜보는 장면, 이어지는 두 사람 사이의 대화, 버킨이 서구문명에 대한 새로운 통찰을 얻은 후 청혼을 결심하는 대목, 청혼이 참담한 실패로 돌아가는 장면, 그리고 마지막 부분에서 어슐러의 심리묘사 등으로 구성된다. 이러한 여러 대목들은 매우 유기적인 연관 속에 놓여 있는데, 우선 이 작품에서 가장 비평적 주목을 받은 대목의 하나로 꼽을 수 있는 장면, 즉 버킨이 연못에 비친 달그림자를 부수려고 거듭 돌을 던지는 장면부터 살펴보자.

그러자 다시 터지는 듯한 물소리와 함께 빛나는 달빛이 쏟아졌다. 물 위의 달이 폭발해서는 위험한 하얀 불의 파편으로 산산이 부서져 날아가고 있었다. 온통 부서진 불 조각들은 하얀 새처럼 빠르게 연못을 가로질러 솟아올라 아우성치는 혼돈 속에 달아나면서 안으로 밀고 들어오는 검은 파도떼와 싸움을 벌였다. 가장자리를 향해 제일 멀리 달아난 빛의 물결들은 도망가려고 연못 기슭에 대고 아우성치는 듯이 보였고, 어둠의 물결들은 중심을 향해 수면 아래로 육중하게 달려 들어왔다. 그러나 그 모든 것의 심부, 중심에는 아직도 완전히 파괴되지 않은 하얀 달이 몸을 떨고 빛을 발하며 생생하게 남아 있었다. 하얀 불의 몸체는 아직까지도 깨지지도 침범당하지도 않은 채 몸부림치며 투쟁하고 있었다. 그것은 이상하고 격렬한 고통 속에서 자신을 추스리려는 맹목적인 노력을 하고 있는 듯이 보였다. 범할 수 없는 달은 점점 강해져서 다시금 자기를 내세우고 있었다. 빛들은 승리하여 물 위에 다시 자리를 잡은 채 떨고 있는 그 강화된 달로 귀환하고자 가느다란 빛줄기를 이루어 서둘러 들어오고 있었다.

Then again there was a burst of sound, and a burst of brilliant light, the moon had exploded on the water, and was flying asunder in flakes of white and dangerous fire. Rapidly, like white birds, the fires all broken rose across the pond, fleeing in clamorous confusion, battling with the flock of dark waves that were forcing their way in. The furthest waves of light, fleeing out, seemed to be clamouring against the shore for escape, the waves of darkness came in heavily, running under towards the center. But at the centre, the heart of all, was still a vivid, incandescent quivering of a white moon not quite destroyed, a white body of fire writhing and striving and not even now broken open, not yet violated. It seemed to be drawing itself together with strange, violent pangs, in blind effort. It was getting stronger, it was re-asserting itself, the inviolable moon. And the rays were hastening in in thin lines of light, to return to the strengthened moon, that shook upon the water in triumphant reassumption. (246-47)

전투적 은유가 지배적인 위 장면에서 강렬하게 전달되는 것은 부단히 원래의 모습으로 회귀하는 달그림자의 "범할 수 없는" 복원력이다. 처음에는 달그림자의 존재를 지워없애려는 버킨의 집요한 의지와, "아우성치는 혼돈 속에 달아나는" 백색 빛의 물결을 거슬러 "(달의) 중심을 향해 수면 아래로 육중하게 달려들어" 오는 어둠의 물결이 상황을 압도하는 듯이 그려지나, 결국에는 이에 저항하여 제 모습을 회복하는 달의 승리로 반전된다. 자신을 교란하여 파괴하려는 힘과 의지가 거셀수록 더 강화된 형태로 자기동일성을 되찾는 달의 가공할 복원력은 불길하고 섬뜩한 느낌마저 자아낸다. 이는 맨 처음 버킨이 던진 돌에 의해 "온통 일그러져서 튀어오르며 요동하는 밝은 달"이 이를 바라보는 어슐러의 시선을 통해 "문어처럼, 빛나는 폴립처럼 불의 팔을 쏘듯 내뻗치는"(to shoot out arms of fire like a cuttle-fish, like a luminous polyp, 246) 모습으로 전달된 데서도 분명하다. 또 달의 자기복원성은 현상을 유지하는 데 그치지 않고 나아가 그 바깥의 것들을 공격적으로 흡수하고 동화하여 더 강화된 형태로 발전하려는 어떤 의지와도 결부되어 있음이 암시된다.

그런데 달그림자에 이처럼 자기동일성의 무한한 반복과 확장의 이미지가 강렬하게 투영되어 있다고 할 때 그것이 구체적으로 함의하는 바는 무엇인가? 이에 대해서는 버킨이 두려워하는 "근원적 여성상"(the primal woman image, das ewig weibliche)이든[7], "내재하는 여족장적 충동"(the inherent matriarchal drive)에 의해 조장된 "서구의 이상화된 사랑"(Western idealized love)이든[8], 달그림자의 상징적 의미를 어슐러에게 잠재된 파괴적 여성성과 결부시켜 해석하는 것이 종래의 대체적인 관점이었다. 그리고 이러한 해석은 돌을 던지기 직전 버킨이 달과 관련된 풍요의 여신인 "퀴벨레"(Cybele)와 "씨리아 여신"(Syria Dea)에 대한 저주를 내뱉는다는 점, 이 장면에 앞서 그가 현대여성의 사랑관이 타자성을 억압한 채 지배하려고 드는 "대모"(Magna Mater)의 욕망이 반영된 것이라고 생각하며 허마이어니와 그 "이면"으로서의 어슐러 사이에 공통점을 발견하였다는 점(199-200)이나, 달 장면 직후 어슐러와의 대화에서 버킨이 "여성적 에고"(female ego)를 직접 언급한다는 점 등을 염두에 두면 일정한 타당성을 가진 게 분명하다. 그러나 이는 달의 의미를 지나치게 좁은 의미로 단순화시킨 것이기도 하고, 또 달이 어떤 "정적인 상징"이 아닌, 작중의 구체적 의미가 드러나는 "과정"이자, "실행"(enactment)으로서[9] 실제 맥락에서 그 이미지의 변화가 발생한다는 점을 소홀히 한 해석이다.

벨(Michael Bell)은 달에 대한 버킨의 두려움과 적대감에 관해, 그것은 여성의 힘과 의식의 힘에 대한 별개의 두려움이 버킨에게서 단일하게 결합된 형태라고 말한다. 이러한 관점에서 그는 이 작품이 "의식적 에고의 제국주의"(the imperialism of the conscious ego)를 사랑이나 그것에 결부된 성의 문제보다 더 근본적인 철학적 문제로 제기하며, 이 존재론적 문제의 우위는 물에 투영된 달의 상징적 구조 자체에 포착되어 있음을 적절하게 지적한다.[10] 벨도 언급하듯이 이 장면에서의 달이 가령 『무지개』의 달빛 장면들에서의 달과는 다르게 연못에 투영된 것이라는 점은 주목할 만하다. 『사랑하는 여인들』이 감성과 단절된 의식의 과도한 발달을 서구문명의 본질적 문제로 제기하는 동시에 의식 내지 자기의식의 문제와 관련해 번번이 거울의 모티프를 제시함을 고려하면, 달이 연못이라는 '거울'에 의해 형성된다는 사실은 달에 강렬하게 투사된 자기동일성의 복원성이 서구인의 (자기)의식 및 그에 토대한 에고의 문제와 직결된 것임을 뜻한다고 볼 수 있다. 또한 이렇게 볼 때 위 인용문에서 지나치다 싶게 반복되는 달빛의 "백색"은 의식과 백인이라는 두 층위를 동시에 효과적으로 환기시킬 뿐 아니라, 백색 달그림자와 이를 파괴하려고 "수면 아래로" 밀고 들어오는 검은 물결과의 투쟁에 대한 묘사 역시 공연한 수사적 기교가 아니라 다루는 주제 자체와 긴밀한 관련 속에 있음을 확인하게 된다.

그런데 버킨이 파괴하려고 하는 달그림자가, 여성에게서 그 파괴적 특성을 더욱 현저히 발현하는 것이기는 하지만, 이처럼 서구인의 의식과 에고에 내재한 견고한 자기동일성을 뜻하는 것으로 더 넓게 해석된다면 이러한 관점이 해당 장면을 이해하는 데 어떤 결정적 변화를 가져오는가? 분명한 점은 그럴 경우 달그림자를 파괴하려는 버킨의 시도는 단지 자기 바깥의 어떤 대상만이 아닌 그 자신의 내면을 향한 것이기도 한 까닭에 한층 복잡한 양상을 띤다는 사실이다. 연못에 돌을 던지기 직전 그가 하는 다음 독백은 작품 자체가 그러한 해석을 요구하고 있음을 보여준다.

> 그는 지나가면서 말라죽은 꽃 꼬투리를 무의식적으로 만지며, 두서없이 중얼거렸다.
> "빠져나갈 수 없어," 그는 말했다. "빠져나간다는 건 **있지도** 않아. 자신에게로 물러나는 것일 뿐이지."
> 그는 죽은 꽃 꼬투리를 물에 던졌다.

"교창(交唱)이야. 그들이 거짓을 말하고, 넌 그들에게 되받아 노래하는
거지. 아무런 거짓이 없다면 진실이 있을 필요도 없어. 그러면 뭘 주장할
필요도 없을 테지."

　　그는 조용히 서서 호수를 바라보고는 그 위로 꽃 꼬투리들을 던졌다.

He was touching unconsciously the dead husks of flowers as he passed by,
and talking disconnectedly to himself.

　　"You can't go away," he was saying. "There *is* no away. You only withdraw
upon yourself."

　　He threw a dead flower-husk on to the water.

　　"An antiphony—they lie, and you sing back at them.—There wouldn't have
to be any truth, if there weren't any lies—then one needn't assert anything—."

　　He stood still, looking at the water, and throwing upon it the husks of the
flowers. (246)

　　"두서없이" "무의식적으로" 진행되는 버킨의 위 독백은 의식과 무의식의
접경지대에 있는 그의 심리를 통해 동일성의 상태와 이를 벗어나려는 시도
에 수반된 반복의 문제를 드러낸다. 그가 꽃을 따서 물에 던지는 별 의미 없
어 보이는 반복적 행위부터가 「섬」("An Island")장에서 어슐러와 함께 하던
행위의 반복이자 그때와는 현저한 차이를 보이는 반복으로서 독자의 주의를
끈다. "빠져나갈 수 없어... 자신에게로 물러나는 것일 뿐이지"하는 처음 독
백은 돌에 맞아 파편화된 빛이 '탈출'을 시도하는 듯 하다가 다시 중심부로
되돌아오는 것으로 묘사된 달의 모습과 미묘하게 겹침으로써[11] 달그림자를
통해 상징적으로 전달된 바, 의식과 에고의 자기동일성이 견고하게 지속되는
문제가 버킨 자신과 무관하지 않음을 암시한다. "교창"을 말하는 그의 다음
독백은 진정한 차이를 이뤄내려는 시도가 반복의 형식이라든가, 동일성으로
의 회귀에 빠질 위험을 필연적으로 수반할 수밖에 없다는 인식을 드러낸다.

"거짓"에 "진실"을 "되받아 노래하는" 것은 버킨이 다른 곳에서 늘 지적해온 작용-반작용의 증상, 그 동일성의 폐쇄회로에 다시 빠져들 위험에 너무 가까이 있다. 그가 부수려고 하는 달그림자의 파괴적 특성이 "자기주장"에 있다면 거짓을 되받는 "진실"의 노래 역시 "주장하는" 형식 속에서 거짓으로 바뀔 수 있다. 달그림자를 부수려는 그의 의지와 "보이지 않는 고집"은 돌을 집어던지는 일련의 반복 행위를 통해 "광기"(a madness, 247)가 된다. 차이를 부단히 동일성으로 복원하는 의식적 에고의 힘이 극대화되어 진정한 차이를 열망하는 경우조차도 이미 내적으로 동일성의 힘에 침윤되어 있을 뿐더러, 차이를 실행하는 과정 역시 동일성의 반복으로 포섭될 위험에서 쉽사리 놓여나지 못한다는 것이 버킨의 딜레마이다.

그러나 달 장면은 의식적 에고의 견고한 자기동일성과 동일한 상태의 반복을 강렬하게 환기하면서도 그렇다고 동일성으로의 회귀가 필연적이라는 의미로 귀결되는 것은 아니다.[12] 버킨이 "미친 듯이" 돌던지기를 반복하다 이를 멈추고 "만족하는" 지점은 달그림자에서 새로운 가능성이 열리는 순간과 겹쳐 있기 때문이다.

> 그것[빛의 조각]들은 다시 모여 중심을 이루고 다시 한번 태어나고 있었다. 파편들이 점차 다시 모여 재결합해서, 넘실거리며 요동하고 춤추고 겁에 질려 물러나면서도 집요하게 다시 중심을 향해 나아갔다. 전진해놓고서도 달아나는 듯 가장하지만 항상 표적에 가깝게, 좀더 가깝게 번득이며 다가갔고, 작은 빛들이 하나씩 하나씩 전체와 합쳐짐에 따라 빛덩어리는 신비롭게 더 크고 더 밝아졌다. 그리하여 마침내 누더기가 된 장미, 일그러지고 닳아헤진 달이 다시 자기 존재를 주장하며 새로워진 모습으로 물 위에서 떨고 있었다. 격렬한 요동에서 회복해, 흉해진 모습과 동요를 극복하여 온전하고 침착하며 평화로워지려 애쓰고 있었다.

They were gathering a heart again, they were coming once more into being. Gradually the fragments caught together, re-united, heaving, rocking, dancing, falling back as in panic, but working their way home again persistently, making semblance of fleeing away when they had advanced, but always flickering nearer, a little closer to the mark, the cluster growing mysteriously larger and brighter, as gleam after gleam fell in with the whole, until a ragged rose, a distorted, frayed moon was shaking upon the waters again, re-asserted, renewed, trying to recover from its convulsion, to get over the disfigurement and the agitation, to be whole and composed, at peace. (248)

위에서 "온전하고 침착하며 평화로운" 모습으로 되돌아오는 달의 묘사는 분명 끊임없이 원래의 자기 모습을 복원하려는 동일성의 반복이 이루어진 결과이지만, 이 새로운 달은 이전의 파괴적이며 불길한 양상과는 구별되는 차이도 보인다. 이 점에 주목하여 일부 평자들이 달빛 장면에서 더욱 핵심적인 것은 달이 상징하는 처음의 파괴적 측면보다 이의 해체를 통한 온전한 자아의 재탄생 과정이라고 한 것은 적절한 주장이라고 하겠다.[13] 그러나 의미있는 차이가 생겨난 것도 분명하지만 새로운 달의 이미지가 단일한 의미로만 구성되어 있지 않다는 점 역시 중요하다. 인용문에 주목하면 "일그러지고" "다시 자기 존재를 주장하며" 등의 표현에서 암시되듯 달의 온전한 모습에는 부정적인 면모 또한 여전히 잔존하며, 심지어 새로 열린 온전성이 옛 동일성으로 회귀할 가능성마저 읽어낼 수 있다. 이러한 달의 이미지는 동일성을 극복하려는 반복의 행위를 통해 진정한 차이가 열리는 한편 동일성으로의 회귀 위험성 또한 상존함을 보여주는 것이라 하겠다.

위 달의 묘사는 실제 어슐러의 시선을 통해 전달되고 있기 때문에, 만약 여기서 새로운 자아의 탄생 가능성이 암시되는 것이라면 이는 무엇보다도 그녀의 심리상태에 해당한다. 앞에서는 주로 달그림자를 깨려고 하는 버킨의 문제에 초점을 두었지만, 어슐러의 새로운 가능성은 버킨의 집요한 시도 못지않게 이를 몰래 지켜보는 그녀의 깊숙한 감정적 투여가 있었기에 가능한 것이었다. 버킨이 자신이 파괴하려고 하는 달의 속성에 복잡하게 얽혀 있었던 것과 마찬가지로, 어슐러 역시 단지 깨뜨려져야 할 부정성을 지닌 대상이 아니라—말하자면 한편으로 타당한 면도 있지만 다소 안이한 일반화를 통해 버킨이 설정한, 허마이어니와 그 "이면"으로서의 어슐러가 공유한 파괴적인 여성적 에고라는 동질성의 틀에서 벗어나서—이미 자기 스스로 그 부정성에서 벗어나려는 충동을 지니고 있음을 간과해서는 안 된다.

달 장면 직전에 묘사된 어슐러의 심리상태를 지나칠 수 없는 것도 이러한 이유에서다. 버킨과 헤어지고 나서 한동안 그녀는 모든 관계로부터 물러나서 "단단하고 무관심하며 자기자신 안에 고립되어 있었다"(hard and indifferent, isolated in herself). 그녀는 버킨이 겪었던 것과 유사하게 "인간에 대한 깊은 원한"(a profound grudge against the human being)을 품는데, 이는 "혐오스러운 사회적 원리"에 대한 단호한 거부이기도 하지만 모든 관계 자체를 거부한 폐쇄적인 자기고립이기도 했다. "오직 거부뿐인 거부, 최고의 거부에서 오는 빛남"(a luminousness of supreme repudiation, repudiation, nothing but repudiation, 244)으로 묘사되는 그녀의 심리는 곧이어 나타나는 달의 차갑고 견고하며 밝은 이미지와 겹친다. 그녀가 연못을 찾아가는 시점은 자신의 심리에 대한 이러한 자기 반발과 새로운 관계에 대한 열망이 싹트는 때이다. 어슐러가 연못에 가는 도중 "하얗고 치명적인 웃음"을 띤, "의기양양하고 빛나며" "초연한 듯한"(transcendent) 달에게 거부감을 느끼고 피하려 한다든지, 달그림자가 떠있는 연못이 "왠지 싫고" "순수한 어둠"에 끌리는 모습은 달의 속성과 부합하는 자기 내면에 대한 저항을 반영한다. 따라서 버킨이 돌을 던지는 장면에서 어슐러는 달그림자처럼 깨어져야 될 대상인 동시에 그러한 파괴행위를 실행하는 버킨의 입장을 공유하기도 하는 것이다. 앞 인용문은 "어슐라는 멍했고, 의식은 오간데 없었다. 땅에 엎질러진 물처럼 자신이 땅에 넘어져 엎질러진 것같은 느낌이었다. 그녀는 힘이 빠져 꼼짝 못하고 어둠 속에 있었다"(Ursula was dazed, her mind was all gone. She felt she had fallen to the ground and was spilled out, like water on the earth. Motionless and spent, she remained in the gloom)라는 묘사로 시작되는데, 이는 그녀 자신의 일부가 깨지는 아픔에 고통스러워하면서도 다른 한편으로는 그것을 갈구하기도 하는 이중의 감정 속에서 버킨의 거듭된 돌던지기에 감정적으로 깊이 이끌려 들어갈 수밖에 없었던 어슐러의 무의식적 심리를 전달한다. 달의 최종적 복원 과정에서 암시되는 새로운 자아의 가능성은 이처럼 버킨의 행위에 대한 어슐러의 깊은 감정적 연루와 참여를 통해 열린다.

달빛장면에서 의식적 에고의 자기동일성이 강렬한 상징적 묘사를 통해 환기되고 동일성의 반복을 격파하려는 버킨의 반복적 행위에 의해 차이가 생성되는 과정이 그려졌다면, 이어지는 어슐러와 버킨의 대화 장면은 이 주제가 다시 반복되면서 그 의미가 구체화하는 부분이다. 또한 이 장면은 남녀 관계에 대한 이상의 차이 때문에 서로 갈등하고, 그러면서도 모종의 의미있는 화해를 이뤄내곤 하며 진행되어온 이들의 만남이 되풀이되는 한 국면이기도 하다. 전에도 그랬던 것처럼 이들이 다투는 이유는 어슐러가 '사랑'의 이상을 고집하는 데 반해 버킨 역시 아집에서 벗어나 "당당한 태평함 속에 함께 하는"(company in proud indifference, 250) 어떤 이상을 포기하지 않기 때문이다. 버킨이 어슐러의 "여성적 에고"와 "자기주장적 **의지**"(assertive *wil*)를 비판하는 데 대해 그녀는 역으로 버킨이야말로 "자기중심적"이며 "자신을 놓아버리지"(let yourself go) 못한다고 응수한다. "그건 다람쥐 쳇바퀴 도는 것과 마찬가지요"(251)라는 버킨의 발언은 의식적 에고의 동일성에서 벗어나 새로운 관계를 성취하려는 열망에 이끌리면서도 오히려 거기에 더 깊이 얽혀들어가 유사한 언쟁을 반복하는 이들의 딜레마를 단적으로 말해준다.

그러나 달 장면에서 상징적으로 전달되었듯이 진정한 관계에 대한 절실한 열망과 의지에서 비롯되는 이들의 반복된 언쟁은 공허한 되풀이로 전락하지 않고 의식적 에고의 동일성에서 벗어나 새로운 관계맺음의 가능성을 엿보는 것으로 일단락된다—"그저 그녀를 감싸고 부드럽게 입맞춤하며 어떠한 생각도 욕망도 의지도 갖지 않는다는 것, 그저 그녀와 고요히 함께 있는 것, 잠이 아니라 축복 속의 만족인 평화 속에서 완벽히 고요하게 함께 하는 것, 그것은 비할 데 없는 평화요 천국의 자유였다"(It was such peace and heavenly freedom, just to fold her and kiss her gently, and not to have any thoughts or any desires or any will, just to be still with her, to be perfectly still and together, in a peace that was not sleep, but content in bliss, 252). 이러한 새로운 관계맺음은 「나들이」("Excurse") 장에서 이들이 마침내 이뤄내는 성취에 근접하지만 여전히 "생각"과 "욕망", "의지"로부터 완전히 벗어나지는 못한 상태이다. 일시적인 성취의 순간이 흐른 뒤 어슐러는 다시 "파괴적인 옛 불길"의 욕망에 사로잡히고, "버킨 역시 그 나름의 생각과 의지를 가지고 있는"(252) 까닭에 그들은 만족하지 못한 채 헤어지는 것이다.

이어지는 대목에서 버킨은 서구문명의 역사적 위기와 그 기원에 대한 중대한 통찰을 얻으며 한 단계 나아간 인식의 지평을 여는데, 이는 달빛장면에서 제기된 의식적 에고의 자기동일성 문제가 역사적 차원으로 끌어올려지는 것으로서 두 대목 사이에는 본질적인 상관관계가 있다. 그의 새로운 통찰은 분명 허마이어니와의 관계의 실패라든가 어슐러와의 관계에서 되풀이되는 갈등에 대한 진지한 반성에서 비롯된다. 그는 어슐러와 만난 직후 그 과정에서 제기되었던 자신의 의식과 의지의 문제를 되돌아보는 가운데, 자신이 그녀와의 관계에서 원하는 것이 "진정 하나의 관념에 불과한 것인지, 아니면 심오한 열망이 해석된 결과인지"(Was it really only an idea, or was it the interpretation of a profound yearning?)를 자문하며 둘 사이의 괴리를 절감한다. 그리고 이러한 자기성찰은 핼리데이(Halliday)의 집에서 본 서아프리카 여인 조각상에 대한 기억과 맞물리면서 의미심장한 역사적 통찰로 발전한다. 그는 수천 년 전 아프리카의 한 종족에서 "감각과 양명한 의식 사이의 관계가 깨어져서 모든 경험이 신비적으로 관능적인 한 종류로 남겨진"(the relation between the senses and the outspoken mind had broken, leaving the experience all in one sort, mystically sensual, 253) 사태를 떠올리며, 이러한 존재의 위기가 "자신 안에 임박한" 것임을 깨닫는다. 그는 아프리카문명이든 서구문명이든 감각과 의식의 분리와 함께 발생한 "창조적 정신의 죽음" 이후, 모든 삶의 경험이 "한 종류의 지식을 좇는 단일한 충동"(the single impulse for knowledge in one sort)에 종속되는 부패와 해체의 장구한 과정에 빠져들었다고 생각한다. 그러나 그 해체의 양상은 전혀 달라서 아프리카 문명에서는 의식이 배제된 감각적 앎만을 추구하는 "태양광선의 부패하는 신비"(the putrescent mystery of sun-rays)가 펼쳐진 데 반해, 북극을 배경으로 한 서구문명은 "얼음처럼 파괴적인 지식, 눈처럼 추상적인 절멸의 신비"(a mystery of ice-destructive knowledge, snow-abstract annihilation, 254)를 완수하게 되리라는 것이다.

버킨이 서구문명의 본질적 위기에 대해 "운명적으로 단순한" 통찰을 얻으며 인식 상의 중대한 도약을 이루어내는 위 대목은 작품 전체의 전개에 있어서 명백히 결정적 국면의 하나로 의도되고 있으며, 또 그 내용이나 언어적 표현에서 작가 자신의 사유를 짙게 반영한다. 출판 당시부터 이 작품을 한 편의 소설로서가 아니라 작가의 철학이 여과없이 드러난 예로 보는 관점이 만만치 않았음[14]을 생각할 때, 이 대목은 이와 관련된 문제를 점검하기에도 좋은 시금석이 될 만하다. 이 대목에서 진행된 버킨의 철학적 사유가 작품의 예술성을 조금도 손상시키지 않을 뿐 아니라 오히려 이를 한 차원 높은 경지로까지 끌어올리는 것임이 입증되려면 다음 두 가지 조건이 충족되어야 할 것이다. 우선 이 대목이 그 전후 맥락에 얼마나 자연스럽고 유기적으로 녹아 들어 있는가, 그리고 이처럼 작품의 극적 논리에 충실하면서도 이 대목의 철학적 사유에 부여된 중대한 의미가 작품 전체에 얼마나 설득력있게 관철되는가 하는 점이 규명되어야 한다. 후자의 문제는 다음 절에서 본격적으로 다루어질 것이며 일단 여기서는 지금까지 논의해온 반복의 주제와 연관시켜서 전자를 논해보고자 한다.

서구문명의 위기에 대한 버킨의 사유가 그 대목 이전의 작품 전개와 긴밀한 관계에 있다는 것은 앞의 논의를 통해서 이미 확인된 사항이다. 오히려 문제가 되는 것은 그의 사유가 있은 이후 작품 진행과의 연관성이다. 다음 대목에서 깊은 생각에 빠져 있던 버킨이 갑자기 이를 중단하고 새로운 결심을 하는 모습은 언뜻 작품의 맥락이 끊어지는 느낌도 주는 것이다.

> 버킨은 덜컥 겁이 났다. 연이은 사색이 여기까지 이르자 그는 피곤하기도 했다. 갑자기 그의 긴장된 기묘한 집중력이 허물어져 더 이상 이러한 신비들에 정신을 쏟을 수가 없었다. 다른 길, 자유의 길이 있었다. 순수하고 단일한 존재라는 낙원으로 들어가는 길이다. 그것은 개인의 영혼이 사랑이나 결합에의 욕망에 우선하고 어떠한 감정적 고통보다도 강한 상태, 즉 다른 사람들과의 영원한 관계의 의무를 받아들이고 다른 사람과 함께 사랑의 멍에와 사슬을 감수하지만 사랑하고 복종하는 때라도 결코 자신의 자랑스러운 개인적 단일성을 상실하지는 않는, 자유롭고 자랑스러운 단일성의 멋진 상태였다.
> 이것이 그 다른 길, 남아 있는 길이었다. 그리고 그는 그것을 따르기

위해 달려야만 했다.

Birkin was frightened. He was tired too, when he had reached this length of speculation. Suddenly his strange, strained attention gave way, he could not attend to these mysteries any more. — There was another way, the way of freedom. There was the Paradisal entry into pure, single being, the individual soul taking precedence over love and desire for union, stronger than any pangs of emotion, a lovely state of free proud singleness, which accepts the obligation of the permanent connection with others, and with the other, submits to the yoke and leash of love, but never forfeits its own proud individual singleness, even while it loves and yields.

This was the other way, the remaining way. And he must run to follow it. (254)

"겁"도 나고 "피곤하기도 해서" 버킨이 더 이상의 생각을 접고 돌연 "자유의 길"을 찾아내는 것은 일견 진정한 사유의 책임을 회피하는 것으로 보이기도 한다. 앞에 진행된 서구문명의 위기에 대한 사유가 진정한 통찰에 값하는 것이라면 이를 벗어날 방도를 더 철저히 사유해내려는 노력이야말로 마땅한 태도일 듯도 싶다. 그러나 이곳의 숨겨진 논리에 주목하면 버킨의 돌연한 결심이 그 직전에 펼친 그의 사유와 모순된다거나 혹은 책임회피라고 말할 수 없음을 알게 된다. 서구문명의 위기가 근본적으로 감성과 의식의 분리 속에서 추상적인 지식만을 추구한 데 있는 것이라면, 논리와 의식을 극단적으로 밀어붙인다고 해서 그 극복이 보장되지 않을 뿐 아니라 오히려 분리 상태에 더욱 깊숙이 빠져드는 결과를 낳을 위험도 있다. 어느 정도 의식적 사유가 진행되고 난 후에는 그것을 넘어서는 무엇이 있어야만 의식의 동일성에서 벗어나 통합된 감수성에 이를 가능성이 생기는 것일 터이기 때문이다.

그런 관점에서 본다면 버킨의 돌연한 결심과 이를 주저없이 행동에 옮기려는 태도야말로 그러한 넘어섬, 즉 초과의 순간에 해당하며 그는 바로 그렇게 자신에게 절박하게 드리워진 위기인, 내면적 열망과 의식 사이의 괴리를 실질적으로 극복해내고 있는 것이다. 따라서 이 대목은 서구문명의 위기에 대한 통찰 이상으로 버킨의 인식에 중대한 도약이 있음을 암시하는 부분이다. 그리고 버킨의 이러한 갑작스러운 전환에 수반된 진정성은 그가 이 순간에 이르기까지 보여준 사유의 경지, 그 무수하게 반복된 고뇌의 과정을 통해 확보되는 것이다.

흥미롭게도 버킨의 인식과 실천에 일대 전기가 마련되었음을 독자가 목격한 직후 이어지는 것은 어슐러에게 청혼하러 간 버킨이 참담한 실패를 맛보는 희극적 장면이다. 분량상 「달빛」장의 거의 절반에 육박하는 이 장면은 그에 앞서 전개된 의미심장한 대목들에 비춰볼 때 다소 느슨하게 느껴질 수도 있지만, 그 나름의 분명한 구조적 기능을 지닌다.[15] 무엇보다도 이 희극적 장면은 버킨의 사색과 그 결과로 생겨난 새로운 결단의 고양된 분위기를 일거에 냉엄한 현실의 위치로 끌어내리는데, 이는 버킨의 사색을 통해 나오는 작가 자신의 철학이 작품 자체의 극적 논리에 의해 검증과 비판을 거치는 과정이기도 하다. 앞에서 살펴본대로 버킨의 사유는 서구문명의 본질적 위기를 "운명적으로 단순하게" 꿰뚫어본 결과이기는 하지만, 하나의 "사변"(speculation)으로서의 엄연한 한계 역시 가지고 있는 것이다. 또 그가 사변을 넘어서는 새로운 차원의 인식에 도달함으로써 자신의 심층적 열망과 괴리된 의식의 독단에서 벗어날 중요한 전기를 마련했고 그러한 인식과 그에 바탕한 결단이 참다운 것이라고 해도, 사람 사이의 진정한 관계맺음이란 일방적인 것일 수 없기도 하다.

청혼을 하러온 버킨의 의도는 집에 없는 어슐러 대신 윌과 무의미한 대화를 하게 되면서 처음부터 빗나간다. 달과 기후에 관한 공허한 잡담으로 시작되는 이들의 첫 대화부터가 달빛장면에서 버킨이 달에 투영한 의미심장한 상징적 의미를 격하시키는 성격의 것으로서 이후 버킨이 겪을 수난의 예고편에 해당한다. 이 장면을 구체적으로 다룰 계제는 아니지만, 다만 버킨의 좌절과 환멸을 코믹하게 그려낸 이 장면이 로렌스가 작가의 '의도' 내지 '철학'과 소설의 관계를 논하면서 '살아있는' 관계맺음을 구현하는 소설에는 "조심하지 않으면 말의 흰 비둘기를 덮치는 검은 수코양이"(a black tom-cat that pounces on the white dove of the Word, if the dove doesn't watch it), 또는 "밟으면 미끄러질 바나나 껍질"(a banana-skin to trip on)[16]이 있다고 한 발언을 실감나게 하는 부분임은 분명하다. 삶이란 한 인물의 깊은 사유와 결단만으로 결정되는 "운명적으로 단순한" 것일 수 없다는 사실을 여실히 보여주는 이 장면은 작가의 '철학'이 작품의 극적 논리에 따라 자리매김되는 과정을 거치는 대목인 셈이다.

이처럼 버킨이 새로운 도약의 전기를 마련하는 한편으로 곧 좌절을 경험하는 모습은 이 장을 특징짓는 반복의 패턴을 다시금 확인케 한다. 버킨의 의도는 달 장면에서 그와 헤어지고 난 뒤 심리적 반동을 겪은 어슐러의 차가운 반응에 의해 결정적으로 좌절되는데, 예기치 못한 갑작스러운 청혼을 거절한 직후의 그녀 내면을 그려내는 심리묘사 역시 독자에게 반복의 패턴을 실감시키며 이 장의 마지막을 장식한다. 버킨, 그리고 월을 일거에 물리친 어슐러는 모든 관계로부터 물러나 자신의 견고한 자아 속으로 되돌아온다. 그녀는 "저항 속에 완벽하게 안정된"(perfectly stable in resistance) 채로 "밝고 빛난다". 이 즈음에 그녀는 구드런과 가장 완벽한 교감을 이루며 "편안하며 여성적인 초연함"(easy female transcendency, 262)의 상태를 지속하는데, 이 대목에서의 어슐러에 대한 묘사는 이 장의 앞부분에서 이루어진 달의 묘사와 정확히 일치하며 또한 버킨이 달에 투영해 부수려 했던 여성적 에고에 가장 가까운 모습이다. 그러나 마치 그전까지 진행되었던 모든 과정들을 수포로 돌리고 다시 이 장의 맨처음의 상태로 되돌아가는 듯한 상황은 또다른 전환을 맞는다. 어슐러에게는 서서히 구드런에 대한, 그리고 구드런과 교감하는 자신의 심리에 대한 반발이 생겨나서 "그녀는 구드런과 구드런이 대표하는 것으로부터 빠져나와 마음속으로는 다시 버킨을 향해 돌아"(she withdrew away from Gudrun and from that which she stood for, she turned in spirit towards Birkin again, 264)선다. 이러한 어슐러의 심리는 어쩌면 작용, 반작용의 동일한 상태가 끊임없이 반복되는 형국으로 보일 수도 있다. 그러나 동일성의 반복에 지나지 않는 듯한 이 반복의 순환 속에서 새로운 차이가 생겨난 것이다. 구드런과 그녀가 대표하는 것에 대한 단호한 거부는 어슐러의 인식이 종전과는 구별되는 새로운 단계로 접어듦을 보여주기 때문이다.

그렇지만 이 대목에서의 화자의 묘사는 어슐러의 심리적 변화가 진정 새롭고 의미심장한 것임을 전함과 동시에 반복을 생략한 절대적, 질적 차이의 성취에 대한 안이한 기대 또한 경계한다. 어슐러가 구드런과 함께 한 행위에 대해 "그러나 구드런의 영향으로 한 것이므로 자신의 잘못을 눈감아 주었다" (But under Gudrun's influence: so she exonerated herself, 264)는 대목이나, 이 장의 마지막 문단에서 드러나듯 버킨 쪽으로 돌아서면서도 여전히 자신의 에고 중심적 사랑관을 고집하는 모습 등은 어슐러 자신의 내면에서건, 나아가 버킨과의 관계맺음에서건 진정한 성취에 도달하기까지 부단히 계속될 반복의 과정을 예고하는 것이기 때문이다.

지금까지 살펴본 대로 「달빛」장은 동일성의 문제를 강렬하게 환기하는 가운데 동일성의 반복뿐 아니라 차이가 생성되는 반복 과정을 보여준다는 점에서 "모든 반복에 대한 격렬한 거부, 그리고 반복을 권위의 승리로밖에는 생각하지 못하는 무능력, 이 양자 모두에 대한 대안으로서의 암시적 반복 양식"(an allusive mode of repetition as an alternative to both the violent denial of all repetition and the inability to conceive of it except as a triumph of . . . authority)[17]을 제시한다고도 하겠다. 그러면 이제 작품에서 더욱 집중적인 조명을 받는 또 다른 형태의 반복, 즉 동일성의 상태가 무한히 되풀이되는 반복에 주목하면서 동일화된 세계의 실상이 구체적으로 어떻게 드러나는지를 살펴보기로 한다.

2. 동일성 세계의 주축들: 제럴드와 허마이어니

이 작품이 그려내는 동일성의 세계를 검토하기 위해서는 우선, 앞의 논의 도중 해결하지 않고 남겨놓았던 문제, 즉 의식과 감성의 분리와 더불어 추상적 지식의 전일적 발달에서 서구문명의 본질적 위기를 발견한 버킨의 명상이 이 작품에서 복잡다단하게 재현된 서구사회와 그 속을 살아가는 인물들의 삶을 조망하는 데 얼마나 주요한 역할을 하는가 하는 문제로 되돌아가야 한다. 사실 의식과 감성의 분리에 대한 문제의식은 『사랑하는 여인들』에 국한된 것이 아니고, 앞에 다룬 작품들에서도 이미 주요하게 제기된 바 있다. 의식에 의해 억압된 육체성의 복원이 『아들과 연인』에서 폴의 성장의 핵심을 구성했는가 하면, 『무지개』역시 '서곡'에서부터 언어와 의식의 계발을 갈구하는 브랭윈 여인들의 건강한 열망 이면에는 감성과 의식의 분리 위험이 있음이 강하게 암시되었으며, 이러한 분리는 세대가 진행될수록 강화되는 허위의식을 통해 여실히 드러나기도 했다. 이렇게 볼 때 버킨의 사유에서 부각되는 주제는 세 작품 사이의 본질적 연속성을 확인시켜줄 뿐 아니라, 다른 작품에 비해 각 에피소드들 간의 독립성이 두드러지는 『사랑하는 여인들』의 여러 요소들을 하나로 묶어주는 구심점 역할도 하는 것이다. 감각과 의식의 분리 상태를 극복하느냐 못 하느냐 하는 것은 이 소설에 등장하는 모든 인물들의 삶에 드리워진 핵심적 과제이며, 그것은 곧 동일성의 세계를 극복하는 문제와 직결된다.

그런데 버킨이 "만물이 순백과 눈으로 해체됨을 알리는 전령 내지 조짐" (a messenger, an omen of the universal dissolution into whiteness and snow, 254)으로서의 제럴드를 떠올리듯이, 그는 감각과 의식이 분리된 채 추상적 지식을 전일적으로 추구함으로써 생겨난 동일성의 세계를 대표하는 인물이다. 제럴드의 삶은 이미 와해되어가고 있던 아버지 토머스 크리치(Thomas Crich)가 지닌 관념과 그가 세워놓은 질서에 대한 철저한 부정으로 시작되는데, "그는 모든 권위에 반역하고" 추한 탄광촌을 의식적으로 외면하며 "일종의 야만적 자유"를 좇아 "경이로운 오딧세이"의 세계를 탐험하고자 한다. 성장하면서 그는 자연히 영국 바깥의 삶에 대한 호기심으로 가득 차지만 그것은 이미 삶의 경이를 향해 진정으로 열린 호기심이 아니다. "그는 일종의 오락거리인양 호기심에 찬 객관적인 태도로 보고 또 알기를 원"(He wanted to see and to know, in a curious objective fashion, as if it were an amusement to him)한다. 그는 유럽을 경험한 뒤 자신을 가장 매료시켰던 미개지를 탐사하지만 "그 결과 인간성이란 어느 곳이나 거의 다 똑같다는 사실을 발견했다. 그와 같이 호기심 강하고 차가운 의식의 소유자에게 미개인은 유럽인보다도 훨씬 따분하고 덜 흥미로울 뿐이었다"(The result was, he found humanity very much alike everywhere, and to a mind like his, curious and cold, the savage was duller, less exciting than the Europeans, 222). 미개지를 직접 체험하는 제럴드는 예를 들어 현대문명에 대한 일종의 저항으로서 미개인의 삶을 낭만적으로 이상화시켜 동경하는 핼리데이류의 보헤미안적 태도 정도는 이미 졸업한 상태이다

(78). 그러나 제럴드의 냉철한 의식은 낭만적 이상화를 통해 타자를 동일성의 틀로 전유해들이는 위험을 피하고는 있다지만, 미개인을 자신의 추상적 관념 속에서 타자화시키고 이를 객관적 관찰 대상으로 간주함으로써 그들의 진정한 타자성에 눈감고 있다는 점에서는 핼리데이의 경우와 동일한 것이다.

온전한 의식으로부터 벗어난 제럴드의 추상화된 객관적 지식의 추구에는 이처럼 타자성을 동일성의 틀 속에 봉쇄하는 위험이 도사리고 있는데, 이 위험은 그가 아버지의 탄광으로 되돌아와서 아이러니컬하게도 "탄광 속에서 마침내 진짜 모험을 발견할"(He discovered at last a real adventure in the coal-mines, 222) 때 본격화된다. 그는 기독교적 사랑이나 평등의 이상과 사업가로서의 현실적 권위 사이에서 갈등하는 아버지, 그리고 모든 경제적, 직위상의 불평등과 권위를 거부하며 "지상에 남겨진 최후의 종교적 열정"(225)으로서의 "신비적 평등"(mystic equality) 의식에 사로잡힌 노동자들, 이 둘 사이의 갈등 속에서 탄광 사업이 좌초해 있음을 발견한다. 그는 아버지의 기독교적 인본주의를 청산함과 더불어 조직의 기능이라든가 과정에서의 차이와 권위마저 부정하려는 노동자들의 기계적이며 추상적 평등 이념 또한 부정한다. 제럴드는 직위와 권위가 "기능적으로 필수적"임을 직시하면서도 이를 궁극적인 것이 아니라 어디까지나 거대한 생산기제의 일부에 불과한 것으로 받아들이는 한편, "민주주의적 평등의 문제 전체"(the whole democratic-equality problem)를 부질없는 것으로 일축함으로써 와해되어가던 탄광의 산업체계를 일거에 혁신한다.

> 지하의 무생물에 맞부딪쳐 그것을 그의 의지로 환원시키는 일, 이것이 유일한 이념이었다. 그리고 물질과의 이러한 싸움을 위해서는 완벽하게 조직된 완벽한 도구들, 즉 그 작동이 너무나 정교하고 조화로워서 단 한 사

람의 정신을 대표하며 주어진 동작의 가차없는 반복을 통해 하나의 목적을 불가항력적으로, 비인간적으로 달성할 그러한 기제가 있어야 했다. 제랄드에게 거의 종교적 고양감을 불러일으킨 것은 그가 구축하고자 하는 기제의 이러한 비인간적 원리였다. 인간인 그가 그 자신과 그가 제압해야 하는 물질 사이에 완전하고 변함없으며 신과도 같은 매개물을 놓을 수 있는 것이었다. 그의 의지와 이에 저항하는 대지의 물질이라는 양극이 있었다. 그리고 이 둘 사이에 그는 그의 의지의 표현 그 자체를 세울 수 있는 것이었다. 그것은 그의 힘의 화신이요 거대하고 완벽한 기계, 하나의 체제, 순수한 질서의 활동, 순수한 기계적 반복, 무한대의 반복, 따라서 영원하며 무한한 것이었다. 그는 수레바퀴의 회전처럼 하나의 순수하고 복잡하며 무한히 반복되는 운동과의 완벽한 합치라는 순수한 기계 원리에서 자신의 영원과 무한을 발견했다. 그러나 우주의 주기적 회전을 생산적인 회전이라 부를 수 있듯이, 수레바퀴의 회전은 생산적인 회전이고 영원을 통한 무한대로의 생산적 반복이었다. 그리고 이 무한대로의 생산적 반복, 이것은 신의 운동이었다. 그리고 제랄드는 기계의 신, '기계로부터 나온 신'이었다. 그리고 인간의 생산의지 전체가 곧 신성이었다.

This was the sole idea, to turn upon the inanimate matter of the underground, and reduce it to his will. And for this fight with matter, one must have perfect instruments in perfect organisation, a mechanism so subtle and harmonious in its workings that it represents the single mind of man, and by its relentless repetition of given movement, will accomplish a purpose irresistibly, inhumanly. It was this inhuman principle in the mechanism he wanted to construct that inspired Gerald with an almost religious exaltation. He, the man, could interpose a perfect, changeless, godlike medium between himself and the Matter he had to subjugate. They were two opposites, his will and the resistant Matter of the earth. And between these he could establish the very expression of his will, the incarnation of his power, a great and perfect machine, a system, an activity of pure order, pure mechanical repetition, repetition ad infinitum, hence eternal and infinite. He found his eternal and his infinite in the pure machine-principle of perfect co-ordination into one pure, complex, infinitely repeated motion, like the spinning of a wheel; but a productive spinning, as the revolving of the universe may be called a productive spinning, a productive repetition through eternity, to infinity. And this is the God-motion, this productive repetition ad infinitum. And Gerald was the God of the Machine, Deus ex Machina. And the whole productive will of man was the Godhead. (227-28)

제럴드가 완벽한 산업체계를 성취해내는 모습을 묘사한 위 인용문은 분명 한 개인의 심리나 회사의 내력을 넘어서는 기술의 본질에 대한 통찰을 암시하는 대목이다. "제랄드의 '무한대로의 생산적 반복'은 가장 단순한 동력기에서 최신식 컴퓨터에 이르는 모든 기계의 기본 원칙이자 자연과학과 현대기술에 의거한 모든 생산활동의 본질적 속성임이 사실"이며, 물질과의 투쟁을 완벽하게 수행하려는 제럴드의 야심찬 의지 또한 "한 개인의 야망이나 사업욕이라는 심리적 차원을 넘어서서 하나의 존재론적 원리로서의 '의지'(will)를 예시하고 있는 것이다."[18] 그런데 여기서 드러나는 기술의 본질이 타자성의 주제와 관련해서 의미하는 바는 무엇인가? 이를 위해서는 토머스 크리치와 노동자들이 비록 다른 방식으로이긴 하지만 공유했던 "민주주의적 평등" 이념을 일거에 뛰어넘은 제럴드의 산업적 성취가 과연 진정으로 얼마만큼이나 그 이념을 극복한 결과인지를 따져보아야만 한다.

제럴드의 성공은 그가 기존의 인본주의 전통과 그것에 기초한 평등 이념에서 탈피하여 "인간의 순수한 도구성"을 상정할 수 있었기 때문이다—"개인의 고통과 감정은 조금도 중요하지 않았다. 그것은 날씨처럼 단순한 조건에 불과한 것이었다. 중요한 것은 개인의 순수한 도구성이었다. 칼에 관해서건 사람에 관해서건 매한가지이다. 날이 잘 드는가? 그 외엔 어떤 것도 중요하지 않았다"(The sufferings and feelings of the individuals did not matter in the least. They were mere conditions, like the weather. What mattered was the pure instrumentality of the individual. As a man as of a knife: does it cut well? Nothing else mattered, 223). 인간이 이처럼 순수한 도구성에 의해 규정될 때 개인의 고유성이나 차이는 완전히 소멸된다. 인간성의 모든 영역을 도구성으로 완벽히 치환함은 중요한 의미에서 평등의 절대적 실현이라고 할 수 있다. 따라서 제럴드가 생산체제의 현실적 기능 조건으로서 인정한 지위나 '권위'의 차이라는 것은 이 절대적 평등 속에서 어떠한 질적 차이도 의미하지 않는다. 다른 한편으로 인간이 이처럼 인간성이 박탈된 채 생산의 도구로만 기능하게 된다면, 사물의 사물다움이 박탈되어 오직 생산의 대상으로서 상정되는 추상화된 '물질'(Matter)과 인간 사이의 본질적 차이도 모두 소멸한다. 무한반복을 하는 생산기제의 존속을 위해 인간, 동식물, 광물 가릴 것 없이 모든 존재자들이 그 고유성과 차이를 잃고 도구성의 절대적 평등 아래 동원되는 것이다. 이는 "무수한 도구, 이를테면 인간적, 동물적, 금속적, 운동적, 역학적 도구들의 경이로운 조정, 다시 말해 무수히 많은 작은 전체들이 하나의 거대하고 완벽한 전체 속에 경이롭게 배치됨"(a marvellous adjustment of myriad instruments, human, animal, metallic, kinetic, dynamic, a marvellous casting of myriad tiny wholes in to one great perfect entirety, 228)을 뜻한다. 기술시대의 본질이 이러할 때 이 경이로운 조정을 실행하는 "절대적인" 인간의 의지(223), 또는 이 인간의 의지를 대표하는 제럴드의 의지는 조금도 '인간적인' 것이 될 수 없다. 존재론적 차원의 '비인간적'이며 '절대적인' 의지의 요구에 인간의 의지가 복무하고 있을 따름이다.

결국 제럴드의 탁월한 성공은 그가 노동자들의 훨씬 깊은 열망, 즉 평등의 이상이라든가 물질과의 투쟁에서 인간의 의지를 관철시키려는 무의식적 욕망을 거스르지 않고 오히려 그들의 욕망을 "앞질렀기"(overreached)에 가능했다. 그는 "더 높은 의미에서" 그리고 "아주 본질적으로 그들을 대표"(228)한 것이다. 순수한 도구성의 척도 아래 만물이 절대적 균질성을 부여받고 동원되는 생산체계, "삶을 순수한 수리적 원리에 종속시키는 거대하고 완벽한 체계"(a great and perfect system that subjected life to pure mathematical principles, 231)에 참여함으로써 광부들은 "모종의 치명적 만족"(230)을 얻는다. 이러한 만족에는 완벽하게 작동하는 "가장 경이롭고 초인간적인" 생산체계에의 참여가 가져온 대리만족적 측면, 즉 근대산업사회의 진전에 따라 희박해진 공동체적 경험에 대한 갈구를 대신 해소해주는 효과가 있다. 더불어 그것은 위 인용문에서도 잘 드러나듯 근대사회에서 결핍된 진정한 종교적 체험마저도 대리충족시켜주는 측면을 지닌다. 무한대의 반복을 행하는 생산기제야말로 부단한 변화와 소멸에 종속된 실제 삶을 넘어서서 가장 완벽하게 "영원하고 무한한" 무엇일 수가 있기 때문이다. 광부들이건 "그들의 지고한 사제"인 제럴드이건 "우주의 회전"에 비견될 "더없이 정교하고 조화로운" 생산기제의 무한 반복에서 신성을 느끼고 초월적 신비감을 얻는 것이다.

그러나 화자는 제럴드의 산업적 성취를 기술한 뒤, 존재하는 모든 것들을 "순수한 도구성"으로 동질화시켜 동원하며 무한대의 생산적 반복을 실행하는 기제의 확립이야말로 "순수한 유기적 해체이자 순수한 기계적 조직화"(pure organic disintegration and pure mechanical organization, 231)이며 거대한 해체와 혼돈의 첫 단계임을 지적한다. 그리고 "순수한 수리적 원리"에 의거한 만물의 균질화를 토대로 확립된 현대기술시대가 초래하는 인간 존재의 위기는 제럴드 자신의 비극적 운명에 의해 입증된다. 그의 산업개혁이 완전한 성공을 거둘 때, 즉 생산체계가 너무나 완벽하게 작동함으로써 자신조차도 "더 이상 거의 필요하지 않게 된" 시점에 이르렀을 때 제럴드는 은폐할 수 없는 자신의 공허한 존재에 직면한다. 그가 맞이하는 비극적 죽음은 구드런의 파괴적 영향 때문이기도 하지만 본질적으로 추상화된 의식과 그것이 낳은 기술주의적 태도에 경도됨으로써 존재의 온전성을 상실한 결과이다. 또 그러한 위기에 직면해서 삶의 새로운 전기를 마련하려는 용기와 결단을 발휘하는 대신 두려움과 긴장을 견디지 못한 채 '위안'을 줄 여자를 찾아 도피한 데서 비롯된다. 그러나 자신의 존재에 대한 진정한 책임을 외면한 채 남녀관계를 통해 자기 결핍을 메우고자 하는 것은 상대방의 타자성을 인정하지 않는 일방적이며 이기적인 태도일 뿐 아니라, 비록 '사랑'이라는 모습으로 포장될지언정 생산활동에서 관철된 동일화의 논리가 생산활동 이후의 '자유로운' 사적 삶의 영역에까지 그대로 이어진 형태인 것이다. 제럴드의 죽음은 추상적 의식과 의지에 의해 조장되는 동일성의 논리가 삶에 가하는 파괴적 결과를 웅변적으로 말해준다.

제럴드를 통하여 동일성의 무한반복을 실행하는 현대 산업계의 본질이 밝혀진다면, 문화 또는 이데올로기 영역 역시 동일성의 원리가 지배하고 있음은 정신적 평등주의를 주장하는 허마이어니를 통해 드러난다고 할 수 있다. 두 인물은 표면적으로는 늘 대립하는 듯 보이지만 동일한 문명의 상·하부구조를 분점하여 지배하고 있을 뿐 본질적 특징을 공유한다. 산업개혁을 성공시킨 제럴드의 힘의 원천이 추상화된 객관적 의식과 의지에 있었듯이 허마이어니 역시 심각한 내적 분열이 진행된 결과 의식과 의지의 독단적 지배하에 놓인 인물이다. 그녀가 의식적 에고와 의지에 사로잡히게 된 것은 "지성으로 가득 찬 신식 여성"(a woman of the new school, full of intellectuality)으로서 지배계층의 일원으로 자리를 확립하는 과정과 무관하지 않다. 그녀가 "문화의 담지자"(Kulturtrager)로서 "사교계에서든 사상이나 공공활동 영역에서든, 심지어 예술에서까지 모든 최고의 것과 하나가 되는"(With all that was highest, whether in society or in thought or in public action, or even in art, she was at one, 16) 과정에는 철저한 자기분열과 자기소외가 수반된 것이다.

제럴드가 의식과 감성의 분리를 겪고서도 여전히 남성으로서의 강렬한 관능적 힘을 지니고 있는 것과는 달리, 허마이어니는 "자신을 사로잡은 남자의 세계"(it was the manly world that held her)를 정복하는 과정에서 자신의 여성적 정체성을 상실하고 "남자의 여자"(a man's woman, 16)가 된다. "당신은 어떠한 진정한 육체, 어떠한 어둡고 관능적인 삶의 육체도 가지고 있지 않아"(you haven't got any real body, any dark sensual body of life, 42)라는 버킨의 비판이나 "그녀는 자기자신 속의 여성을 배신했다"(She betrayed the woman in herself, 295)는 어슐러의 판단 모두 허마이어니가 안고 있는 이러한 본질적 문제를 짚은 것이다. 자신의 여성성을 상실한 댓가로 허마이어니는 그녀가 지닌 다른 모든 것에도 불구하고 끊임없는 내적 결핍에 시달린다─"그것은 강건한 자아의 결핍이었다. 그녀는 어떠한 자연스러운 충만함도 갖지 못했다. 그녀 안에는 끔찍스러운 공허, 결핍, 말하자면 존재의 결핍이 있었다"(It was a lack of robust self, she had no natural sufficiency, there was a terrible void, a lack, a deficiency of being within her, 16). 이러한 내적 결핍을 메우기 위해 그녀는 더 완벽한 외적 조건을 갖추려고 하고 그럴수록 내면적 결핍은 더욱 심화된다. 다른 한편으로 제럴드가 그랬던 것처럼 그녀는 자신의 결핍을 보완하고자 버킨의 사랑에 매달리지만 결핍의 정도가 큰 만큼이나 그녀의 집착 역시 훨씬 집요하고 파괴적인 성격을 띤다.

'남자의 세계' 속에서 자신의 여성적 육체성과 감수성을 희생한 허마이어니의 존재는 내면의 다층성에서 나오는 충일함이나 자발성을 잃고 의식의 단일한 층위로 평면화된다. "그녀의 자아는 온통 머리 속에 있는 것이다" (Her self was all in the head, 292). 하지만 그녀가 아무리 파괴적 의식과 의지로 일관한다 하더라도 그것 바깥의 감정적 층위의 침입으로부터 완전히 자유로울 수는 없다. 오히려 의식의 억압이 강할수록 무의식적 저항의 수위는 더 강해지기 마련이다. 물론 이미 감수성의 분열과 의식의 전일화가 진행된 허마이어니의 감정은 "혼돈스러운 검은 감정과 반응의 소용돌이"(a maelstrom of chaotic black emotions and reactions, 140)이다. 따라서 이 주체하기 힘든 혼돈스러운 감정 덩어리와 이를 통제하려는 의식 사이에는 현저한 균열이 존재한다. "그녀가 느끼고 경험하는 듯한 무엇과 실제 그녀가 말하고 생각하는 것 사이에는 항상 어떤 간격, 야릇한 분열이 있는 듯"(There always seemed an interval, a strange split between what she seemed to feel and experience, and what she actually said and thought, 140)한 느낌을 벗어날 수 없는 것이다. 그 결과 무의식으로부터 엄습하는 혼돈과 균열로부터 자신을 보호하기 위해 그녀의 의식과 의지는 가일층 강화될 것을 요구받으며 또 그에 따라 무의식의 저항은 한층 더 거세지는 악순환이 거듭된다.

그럼에도 불구하고 허마이어니의 견고한 의식과 의지는 해체되지 않는다. 오히려 그녀는 의식의 한계에 대한 자의식을 보여주는 동시에 그 너머의 것들, 말하자면 감성과 열정, 자발성, 미지, 무한, 신성 등을 빈번히 주제화함으로써 의식에 가장 위협적인 요소들을 의식의 틀 속으로 전유해들인다. 「교실」("Class-room")장에서 수업에 끼어든 허마이어니가 아이들의 교육에 있어 (자)의식과 지식의 폐해를 환기하며 자발성과 본능의 중요성을 강조하는 대목이 그 대표적인 사례의 하나이다. 이 대목은 그녀의 말과 실제 행위가 얼마나 불일치하는가를 드러내는 한편, 김성호의 적절한 지적처럼 자신의 관념을 상대방에게 전시하고 이를 내면적으로 '응시'함으로써 자기만족을 얻는 허마이어니의 "자위행위적 의식"(masturbating consciousness)의 심리기제가 언행의 불일치 이상으로 더 본질적 문제가 되는 장면이다.[19] 그와 더불어 중요한 사실은 허마이어니의 자기만족적 내면적 응시의 대상으로 동원된 주제가 임의로 선택된 것은 아니라는 점이다. 처음부터 응시의 주체가 흔들릴 위험이 아예 배제된 탓에, 선택되는 대상은 오히려 의식에 가장 위협이 될 만한 요소들이다. 「교실」장의 경우 그녀는 의식적 한계라는 문제와 의식 밖에 존재하는 감성과 자발성이라는 것을 주제로 택하여 이를 집요한 자기의식의 응시 안으로 끌어들임으로써 더욱 견고한 의식의 자기동일성을 확립한다. 그리고 이러한 주제가 의식에 제기하는 '가상적' 위협이 큰 만큼이나 이를 의식의 틀 속으로 동일화시키는 데 따르는 자기만족감은 배가되는 것이다.

「카펫을 깔며」("Carpeting")장에서 의지에 관한 논의가 진행되던 중 허마이어니가 어슐러와 따로 나누는 다음 대화에서도 허마이어니의 유사한 심리 기제를 엿볼 수 있다.

> 허마이어니와 어슐러는 갑자기 깊은 애정과 친밀감으로 맺어져서 함께 발길 닿는대로 돌아다녔다.
> "나는 정말로 삶에 대한 이 모든 비판과 분석에 끌려들어가고 싶지 않아요. 정말이지 나는 사물들을 완전한 모습 그대로 보고 싶어요. 그 아름다움과 온전함, 자연스러운 신성함이 그대로 남겨진 채로 말이에요. 그렇게 느끼지 않아요? 더 이상 고통받으며 지식을 얻을 수는 없는 거라고 느끼지 않나요?" 허마이어니는 어슐러 앞에 멈춰 서서 불끈 쥔 주먹을 아래로 내리뻗은 채 그녀에게 돌아서며 말했다.
> "그럼요," 어슐러가 말했다. "나도 그래요. 들쑤시고 꼬치꼬치 캐보는 이 모든 것이 지긋지긋해요."
> "그렇다니 정말 기뻐요. 가끔은," 허마이어니가 걸어가다 말고 다시 멈춰서 어슐러에게 몸을 돌리며 말했다. "가끔은 내가 이 모든 인식에 따라야만 하는지, 내가 너무 나약해서 그것을 거부하지 못하는 것은 아닌지 하는 생각이 들어요. 하지만 난 그것에 따를 수는 없을 것 같아요. 그럴 순 없어요. 그러면 모든 것이 파괴될 것만 같아요. 모든 아름다움과 또, 또 진정한 신성함이 파괴되죠. 그리고 난 그것들 없이는 살 수 없을 것 같아요."

"그런 것들 없이 산다면 정말이지 잘못된 일이죠," 어슐러가 소리쳤다. "그럼요, 모든 것을 머리로 인식해야 한다고 생각하는 것은 더 없이 **불경한** 일이에요. 정말이지 어떤 것은 하느님에게 맡겨야만 해요. 그런 것은 늘 있고, 앞으로도 늘 있을 거예요."

"그래요," 어린아이처럼 마음이 놓인 허마이어니가 말했다. "그래야만 하고 말고요……"

Hermione and Ursula strayed on together, united in a sudden bond of deep affection and closeness.

"I really do *not* want to be forced into all this criticism and analysis of life. I really *do* want to see things in their entirety, with their beauty left to them, and their wholeness, their natural holiness. — Don't you feel it, don't you feel you *can't* be tortured into any more knowledge?" said Hermione, stopping in front of Ursula, and turning to her with clenched fists thrust downwards.

"Yes," said Ursula. "I do. I am sick of all this poking and prying."

"I'm so glad you are. Sometimes," said Hermione, again stopping arrested in her progress and turning to Ursula, "sometimes I wonder if I *ought* to submit to all this realization, if I am not being weak in rejecting it. — But I feel I *can't*. — I *can't*. It seems to destroy *everything*. All the beauty and the, — and the true holiness is destroyed, — and I feel I can't live without them."

"And it would be simply wrong to live without them," cried Ursula. "No, it is so *irreverent* to think that everything must be realized in the head. Really, something must be left to the Lord, there always is and always will be."

"Yes," said Hermione, reassured like a child, "it should, shouldn't it. . . .?"
(141-42)

허마이어니의 말 자체만 보면 그녀가 심각한 고뇌와 갈등을 겪고 있는 듯하지만 이 대목에서 그녀가 실제로 하고 있는 것은 자기 전시(展示)이자 연기이다. 그녀는 자신의 의식적 에고가 붕괴되지 않고는 접근할 수 없는 사물의 "온전함"이나 "자연스러운 신성함"을 동원하여, 또 단어 "feel"의 반복적 사용을 통하여 자기 감정의 진정성을 호소한다. 그러나 "내가 너무 나약해서 그것을 거부하지 못하는 것은 아닌지 하는 생각이 들어요. 하지만 난 그것에 따를 수는 없을 것 같아요"라는 그녀의 대사에서 드러나듯이 자신의 심층적 감정의 흐름과 나약한 의지를 대비시키는 것만 하더라도 전시적으로 동원된 말의 허구성을 단적으로 보여준다. 위 장면의 앞에서 그녀는 "의지로써 무엇이든 치료할 수 있다"(The will can cure anything)는 확고한 믿음을 표한 바 있기 때문이다. 또한 그녀의 연기는 상대인 어슐러의 긍정적 반응을 예견하고 또 기대하며 진행되는 것이기도 한데, 허마이어니는 두 사람의 대화가 끝난 뒤 "확증을 받기라도 하는 듯 어슐러를 오래 천천히 바라보는"(Hermione looked long and slow at Ursula, seeming to accept confirmation from her) 것이다.

버킨과는 달리 허마이어니의 심리기제를 제대로 읽지 못하는 어슐러는 허마이어니의 기대에 부응해서 공감을 표한다. 흥미로운 대목은 어슐러가 허마이어니에 공감하면서 하는 "모든 것을 머리로 인식해야 한다고 생각하는 것은 더 없이 불경한 일이에요"라는 발언이다. 사실 이는 허마이어니가 안고 있는 문제의 정곡을 찌른 것으로 독자는 이 말이 가지는 상황적 아이러니를 느끼지 않을 수 없다. 그러나 두 인물 모두에게 이 발언에 잠재된 진실의 힘은 허마이어니가 펼치는 감정적 자기전시의 상황에 묻혀 무력화된다. 결국 허마이어니는 철저히 자신이 주도하는 전시적 언행으로 이루어진, '가상'의 의식적 위기를 통해 그녀의 의식 바깥이자 중대한 위협인 "온전함"과 "자연스러운 신성함"을 자기 의식의 틀 속으로 전유하는 데 성공하고 있다. 그러나 그녀의 허위가 완전히 은폐되지는 못하는 것도 사실인데, 위 대화가 종료되는 시점에 이르면 처음 허마이어니의 예상대로 반응했던 어슐러에게서 허마이어니의 자기전시적 언행에 대한 무의식적 반발이 강한 불신과 혐오감의 형태로 나타나기 때문이다.

　의식 '바깥'을 부단히 의식의 틀로 동질화시켜 흡수하면서 그 외연을 확장하고 강화하려는 허마이어니의 태도는 위의 경우와는 정반대로 의식이나 지식을 절대적으로 신봉하는 그녀의 본심을 드러내는 대목에서도 잘 드러난다. 그녀의 저택인 브레들비(Breadalby)에서 진행되는 일상적인 토론의 한 장면에서 그녀는 교육의 실용적 목적에 반대하고 "지식 그 자체의 즐거움과 아름다움"(the joy and beauty of knowledge in itself)을 주장한다. 뒤이어 "아는 즐거움이 더 없이 크고 더 없이 **경이로운**"(To me the pleasure of knowing is *so great, so wonderful*) 것이라는 소신을 피력하면서 그 일례로 별에 대해 무엇인가를 이해했을 때의 고양감과 무한한 느낌(One feels so *uplifted*, so *unbounded*, 85)을 이야기한다. 그러나 이에 대한 버킨의 냉소적인 반응에서도 알 수 있듯이 그녀의 이러한 발언과 태도는 진정한 삶의 경이와 무한성에 대한 느낌에서 비롯된 것이 아니다. 제럴드가 완성해낸 생산기제가 동일성의 무한반복을 너무도 완벽히 실행함으로써 영원하고 무한한 신성을 내포하는 듯이 여겨지는 것과 유사하게, 허마이어니 역시 자신의 추상적 지식으론 도저히 근접할 수 없으나 결코 외면할 수도 없는 삶의 무한성과 경이를 일종의 가상적 체험을 통해 자기의식의 견고한 틀로 끌어들이는 것이다.

　허마이어니와 그녀가 주도하는 브레들비의 파괴적 지적 풍토는 모든 것을 추상화된 지식의 "도가니"(melting pot) 속에 녹여 동질화시킨다. 허마이어니, 사회학자 조슈아(Joshua), 그리고 심지어 버킨으로부터도 발산되는 "이 강력하고 소모적이며 파괴적인 지성"(this powerful, consuming, destructive mentality)은 어슐러와 같은 "신참자들에겐 잔인하도록 지치게 만드는"(90) 것이다. 그러나 삶의 진정한 변화와 신비를 추상적 지식의 틀 속에 봉쇄하는 브레들비의 파괴성은, 이미 그 안에 깊숙이 연루되어 있는 동시에 "이제 이

모든 것에 대한 완전한 반감을 가진" 버킨의 시선을 통해 명료하게 전달된
다.

거기에 똑바로 앉아 조용히 약간은 생각에 잠겨 있는 허마이어니, 그럼에
도 불구하고 몹시도 유력하고 몹시도 강력한 그녀를 그는 얼마나 잘 알고
있는지! 그는 그녀를 정적(靜的)으로, 지극히 최종적으로 알았기 때문에 그
것은 거의 미친 짓 같았다. 자기가 미치지 않았다고, 자신이 죽은 자들 모
두가 태고로부터 거대하게 앉아 있는 어떤 이집트 분묘 속 왕들의 방에
들어앉은 사람의 하나가 아니라고 믿기가 어려웠다. 쉰 목소리에 다소 점
잔 빼며 끊임없이, 끊임없이 이야기하는 조슈아 맬러슨을 그는 얼마나 철
저하게 알고 있단 말인가. 항상 강한 지성이 작동하는 그의 이야기는 항상
재미있었지만 항상 알려진 것이었다. 아무리 신기하고 영리한 것이라 해
도 그가 말하는 모든 것은 이미 알려진 것이었다…… 그 모든 게 얼마나
잘 알려진 것들인가. 그것은 체스의 인물들, 즉 여왕, 기사, 병졸 등 똑같
은 인물들이 수백 년 전이나 지금이나 똑같이 차려지고, 똑같은 인물들이
게임을 구성하는 무수한 변이들 중 하나 속을 돌아다니고 있는 체스 놀이
같았다. 그러나 그것은 이미 알려진 것이고 돌아가는 꼴은 미친 짓 같았
다. 더 없이 소진된 것이었다.

How well he knew Hermione, as she sat there, erect and silent and somewhat
bemused, and yet so potent, so powerful! He knew her statically, so finally, that
it was almost like a madness. It was difficult to believe one was not mad, that
one was not a figure in the hall of kings in some Egyptian tomb, where the
dead all sat immemorial and tremendous. How utterly he knew Joshua Malleson,
who was talking in his harsh, yet rather mincing voice, endlessly, endlessly,
always with a strong mentality working, always interesting, and yet always
known, everything he said known beforehand, however novel it was, and clever.
. . . how known it all was, like a game with the figures set out, the same
figures, the Queen of chess, the knights, the pawns, the same now as they were

hundreds of years ago, the same figures moving round in one of the innumerable permutations that make up the game. But the game is known, its going on is like a madness, it is so exhausted. (98-99)

앞서, 존재하는 모든 영역을 "이미 알려진" 것으로 파악하는 근대과학의 수리적 방법에 대해 언급한 바가 있는데, 위에 제시된 브레들비의 지적 풍토는 그것과 정확히 합치한다. 비록 끊임없이 '새로움'이 생산되지만 삶과 유리된 추상적 지식의 차원에서 벌어지는 한 그것은 "이미 알려진" 것에 불과하다. '게임'을 지배하는 동일화의 논리는 오히려 "무수한 변이들"의 생성을 그 필요조건으로 한다. 그러나 그것이 게임의 동일한 틀에 머무는 한 이는 삶의 진정한 차이나 변화무쌍함과는 근본적으로 다르며 결국 무한반복적인 제럴드의 생산체계와 상통하는 것이다.

3. 구드런의 전복적 시도와 동일성 세계로의 재편입

동일화된 세계의 실상은 그 주축을 형성하는 제럴드와 허마이어니를 통해서뿐 아니라 그 세계로부터 벗어나려고 몸부림치면서도 오히려 그 속에 더 깊숙이 함몰되는 구드런의 사례를 통해서 분명히 확인된다. 구드런은 위의 두 인물에 비해 훨씬 미묘하고 복잡한 심층을 지닌 인물로서 대부분의 작중 인물들이 그녀의 탁월함을 인정하며, 버킨이나 심지어 화자에 의해서도 일정한 존중을 받는다.[20] 그녀는 또한 작품 내에서 버킨의 관점과 가장 강력하게 대적하는 인물이라고도 할 수 있고,[21] 그에 대한 가장 냉철한 비판 역시 그녀로부터 나온다. 가령 그녀는 균질화된 세계를 절절히 경험한 인물로서 그러한 현실에 저항하고 존재의 차이를 열망함에 있어서는 버킨 못지않으며

(51, 457), 오히려 그가 차이를 제대로 실현하지 못함을 비판한다. 즉 버킨이 상대를 적절히 가려서 행동하지 못한다거나 그의 주장을 상대에게 강요하는 측면이 있다고 하여 그의 "진정한 비판력"의 결핍을 지적하기도 하는 것이다(21, 263).

구드런의 이러한 심층성이나 작품에서의 실제 비중을 생각할 때 그녀는 제럴드를 비롯한 다른 주요 인물들에 비해 상대적으로 가볍게 다루어져 온 감이 있다. 때문에 이러한 비평적 경향의 문제점을 지적하고 구드런이 심층성을 지닌 중요한 인물임을 환기한 뒤, 그녀의 궁극적 실패를 그녀의 언어관과 예술관을 통해 설명한 옛먼(Michael Yetman)의 시도는 충분한 타당성을 가진다.[22] 그러나 구드런의 문제가 심도 있게 이해되기 위해서는 제럴드나 허마이어니가 동일화된 세계를 대표하는 전형성 있는 인물들인 것과 마찬가지로 구드런 역시 그와 같은 세계 내부에서 진행되는 것이되 또한 그보다 한발 더 나아간 새로운 경향을 예시하는 전형성을 지니고 있음이 규명되어야 한다. 그녀의 언어관이나 예술관 문제도 결국 그러한 맥락에서만 흡족하게 해결될 수 있을 것이다. 구드런이 동일화된 세계로부터 탈출하고자 하면서도 그 속으로 재전유될 수밖에 없는 것은 그녀가 제럴드 및 허마이어니와 구별되는 그녀 특유의 면모를 지니고 있음에도 불구하고 여전히 그 세계의 근본적인 속성들을 공유하는 까닭인데, 이제 이들과의 유사성과 차이를 검토함으로써 구드런의 성격을 구체적으로 조명하고 그녀를 통해 드러나는 동일화된 세계의 특성을 확인하도록 하자.

구드런, 허마이어니, 제럴드 등 세 인물은 의식적 에고와 알고자 하는 의지, 지배하려는 의지를 공유하는데, 이는 본질적으로 타자성의 발현을 묵살하고 동일화시키려는 성향으로서 의지적 에고에 저항하는 모든 존재에 대한 증오와 살해의 충동을 수반한다. 제럴드의 경우 어릴 적 총기사고로 동생을 죽인 원죄가 있는데, "단순한 사고라는 것은 없으며 모든 것은 가장 심층적 의미에서 한 데 엮어져 있다고 믿는"(He did not believe that there was any such thing as accident. It all hung together, in the deepest sense, 26) 버킨의 생각에 따르자면 이는 제럴드의 무의식적 살인 충동이 드러난 사건이다. 제럴드의 이러한 면모는 인간의 본성을 적대적인 것으로 상정하는 토론중의 발언을 통해서(33) 또는 작품의 결말부에서 구드런을 살해하려고 하거나 자기자신을 죽이는 실제 행동으로 드러나기도 하지만, 산업체제를 재편하는 과정에서 인간을 순수한 도구성의 척도로 치환한 것이야말로 살인의 충동이 본질적인 차원에서 반영된 예라 할 수 있다. 늘 이데올로기적인 선진성을 과시하는 허마이어니에게서도 농담 가운데 곧잘 살해의 충동이 튀어나올 뿐 아니라(30), 「브레들비」("Breadalby")장에서 자신의 에고가 붕괴될지도 모를 위협이 무의식적으로 축적된 결과 버킨을 서진으로 내리치는 장면[23]은 그녀의 의식 심층에 도사린 증오와 살해의 충동을 보여주기에 충분하다. 여성다운 섬세한 감수성을 보이는 구드런도 언제라도 폭발할 증오와 살해의 무의식적 충동을 가지고 있기는 마찬가지이다. 첫 장에서 자매가 함께 결혼식을 보러갔을 때 자신의 스타킹을 비웃는 여인의 목소리를 듣자 그녀는 "격렬하고 살인적인" 분노를 느끼며, "그들 모두가 절멸되고 싹 청소되어 세상이 자신 앞에 탁 트인 채로 남겨지면 좋을 성 싶었다"(She would have liked them all to be annihilated, cleared away, so that the world was left clear for her, 13)는 감정을 드러내기도 하는 것이다.

　　세 인물에 공통된 지배의지, 그리고 이에 수반된 증오와 살해의 무의식적 충동은 동물과의 관계에서 한층 분명하게 드러난다. 인간의 내밀한 심리 상태는 특히 그것이 부정적인 성격의 것일 때에는 이러저러한 저항과 규제가 따르는 인간관계에서보다는 동식물을 대할 때 적나라하게 드러나기 쉽다.

『아들과 연인』에서 꽃을 대하는 많은 장면들이 그러하듯이 『사랑하는 여인들』에서 동물이 등장하는 많은 장면은 관련된 인물들의 존재 상태를 드러내는 일종의 지표이다. 존재하는 모든 것을 생산을 위한 도구성으로 환원시키는 제럴드의 의지는 건널목에서 난폭하게 말을 다루는 장면을 통해 단적으로 전달되는가 하면, 남성을 지배하고픈 허마이어니의 뒤틀린 의지는 자신의 저택에서 수사슴을 어루만지며 "모종의 힘을 행사하려는"(88) 데서, 또는 수코양이 미노(Mino)를 지분거리는 데서 드러난다. 그런데 평소 무의식적 지배의지나 증오가 상대적으로 더욱 은폐되어 있는 구드런의 경우에는 동물들과의 관계에서 그녀의 심층적 의식을 읽어내야 할 필요가 더욱 크다고 할 수 있으며, 실제 그녀는 이 작품에서 동물과의 관계가 가장 빈번하고 주요하게 다루어진 인물이기도 하다. 허마이어니와 어슐러의 대화에서 드러나듯 예술가로서 그녀가 '항상' 다루는 것이 "양손 안에 넣을 수 있는 작은 것들, 즉 새들과 작은 짐승들"(small things, that one can put between one's hands, birds, and tiny animals, 39)이라는 사실부터가 적잖이 그녀의 성격을 암시한다. 허마이어니와는 달리 어슐러가 이를 불만족스럽게 여기는 것은 예술에 반영된 구드런의 지배의지를 어렴풋이나마 감지하기 때문이라고 할 수 있는데, 두 인물에 대한 이해가 깊어진 후반부에서 그녀가 고양이 미노를 지분거리는 허마이어니의 손길에서 구드런을 연상하게 되는 것(301)도 이와 관련해서 눈여겨볼 대목이다.

특히 건널목에서의 말 장면, 소떼 장면, 토끼 장면 등 일련의 동물 장면은 구드런과 제럴드의 관계가 점차 깊이 발전하는 과정을 단계적으로 보여주는 동시에 구드런의 무의식적 층위를 효과적으로 드러내준다. 일례로 두 인물의 관계에 중요한 전기가 되는 토끼 장면은 이들의 심층에 있는 지배의지나 잔인성을 여실히 전달한다. 이 장면은 토끼 비스마르크(Bismarck)가 "하나의 신비"임이 다국어로 거듭 반복되고, 구드런의 "붙잡는" 행위 자체가 특별히 강조됨으로써("Shall we take him now?", "Shall we get him now?", "seized", "grasped", "keep her grasp", "her grip", 240) 토끼를 붙잡으려는 그녀의 행위가 삶의 신비 그 자체를 파악하고 지배하려는 의지임이 암시된다. 토끼의 저항으로 자신의 의지가 좌절되자 그녀는 격한 분노와 잔인성에 사로잡히며, 제럴드 역시 토끼의 저항에 대해 "하얗게 날이 선 갑작스러운 분노"(a sudden, white-edged wrath)를 느끼며 거의 죽일 듯이 힘을 행사함으로써 이를 제압한다. 그리고 토끼를 붙잡는 과정에서 드러난 증오와 분노의 감정을 통해 이들은 "지옥같이 끔찍한 상호인식"(the mutual hellish recognition, 242)에 도달한다. 이 과정에서 주목되는 점은 구드런이 토끼에게 감정이입을 함으로써 토끼에게 가해진 제럴드의 잔인한 폭력에서 묘한 감정적 도취감을 느낀다는 것이다.[24] 이는 그녀가 철도건널목 장면에서 말의 고통에 공감하며 반응하는 어슐러와는 달리 난폭한 제럴드의 몸짓과 이를 받아들이는 말의 모습에서 가학적인 동시에 자학적인 성적 도취감을 맛보는 것과 거의 동일하다. 고통받는 동물과의 동일시를 통해 자기만족적인 감정적 극치감을 경험하는 것은 동물을 대하는 그녀의 특징적 태도이다. 물론 동물에 대한 구드런의 태도는 그녀의 존재 전체가 드러나는 방식이며, 동물에 국한되지 않고 그녀의 모든 관계맺음을 규정한다. 그녀와 제럴드의 관계 역시 절대적인 자기만족을 추구하는 의지와 그 대상 사이의 관계라는 기본구도를 벗어나지 않는다. 그것은 "그의 손에 달려 있는" 희생물 아니면 "그의 최종적 승자"가 되는 양자택일의 관계일 뿐이다. 결국 이들 사이에 형성되는 일종의 "동맹"(league)은 절대의지의 행사와 이에 저항하는 대상에 대한 분노와 증오, 잔인성, 살해에 육박하는 폭력 등에 의해 매개되기 때문에 자신들에게도 "혐오스러운" 것이다. 철저히 무의식적이고 심층적인 층위에서 벌어진 이러한 혐오스러운 상호인식은 일상적 의식에 의해 은폐되지만 이들의 이후 관계에 결정적으로 작용한다.

이처럼 삶에 대한 증오와 폭력, 살해의 잔인성을 수반한 채 인간의지의 무조건적 관철을 추구하는 것은 제럴드와 허마이어니, 구드런 등 일군의 중심인물들을 묶는, 서구근대문명의 어떤 본질적 특성에서 비롯한다. 그리고 이러한 파괴적인 경향은, 버킨의 명상을 통해 전달되었듯이, 인간의 온전성이 깨지고 의식과 감각이 분열되면서 추상적인 지식의 전일적 추구가 진행되어온 서구문명의 역사적 추이와 깊은 연관관계에 있음을 제럴드와 허마이어니의 경우에 비추어 검토한 바 있다. 이는 구드런에게 있어서도 정확히 해당되는 사항이지만, 그럼에도 불구하고 그녀는 앞의 두 사람과는 확연히 구별되는 특성 또한 가지고 있다. 우선 같은 여성으로서 그녀를 허마이어니와 비교해볼 필요가 있다.

허마이어니와 구드런의 가장 현격한 차이는 허마이어니가 여성적 육체성이라든가 감성을 완전히 희생하면서 '남자의 세계'에서 성공한 여성인 데 반해, 구드런은 그런 류의 희생을 전혀 겪지 않았을 뿐 아니라 오히려 예술가로서 탁월한 감수성을 지녔다는 사실이다. 이러한 차이를 확인하기 위해 다음 두 대목을 비교해보자.

어느 날 아침 자매는 윌리 워터 호수의 멀리 떨어진 끝 쪽 기슭에 앉아 사생을 하고 있었다. 구드런은 자갈이 깔린 모래톱으로 건너가서 수도승처럼 자리잡고 앉아 얕은 기슭의 진흙으로부터 촉촉하게 솟아난 수초를 뚫어지게 쳐다보고 있었다. 그녀가 볼 수 있는 것은 진흙, 부드럽고 물이 질척하게 스며나오는 진흙이었다. 부패하는 싸늘한 진흙으로부터 굵고 차가우며 살진 수초들이 매우 곧고 부푼 모습으로 솟아올라 직각으로 잎사귀를 내밀고, 검은 자줏빛과 청동빛 얼룩들을 지닌 채 검붉고 짙푸른 색깔을 내고 있었다. 그러나 그녀는 수초들의 부풀어오른 살진 조직을 마치 감각적 비전을 통하듯이 느낄 수 있었다. 그녀는 어떻게 그것들이 진흙으로부터 솟아나는지를 **알았고**, 어떻게 잎사귀들을 내미는지, 그것들이 어떻게 공중에 뻣뻣하고 촉촉하게 서 있는지를 **알았다.**

One morning the sisters were sketching by the side of Willey Water, at the remote end of the lake. Gudrun had waded out to a gravelly shoal, and was seated like a Buddhist, staring fixedly at the water-plants that rose succulent from the mud of the low shores. What she could see was mud, soft, oozy, watery mud, and from its festering chill, water-plants rose up, thick and cool and fleshy, very straight and turgid, thrusting out their leaves at right angles, and having dark lurid colours, dark green and blotches of black-purple and bronze. But she could feel their turgid fleshy structure as in a sensuous vision, she *knew* how they rose out of the mud, she *knew* how they thrust out from themselfves, how they stood stiff and succulent against the air. (119)

"나는 그들이 어떤 중심으로부터 살아가는지, 그들이 무엇을 지각하고 느끼는지를 알고 있소. 진흙벌과 차가운 물의 흐름 속에 있는 거위의 뜨겁고 쏘는 듯한 중심성 말이오. 거위 피의 야릇하고 쓰라리며 쏘는 듯한 열기가, 부패의 불길이 주입되듯 그들의 피 속으로 들어가는 거요. 차갑게 불타는 진흙벌의 불길, 연꽃의 신비가 말이오.

"I know what centres they live from—what they perceive and feel—the hot, stinging centrality of a goose in the flux of cold water and mud—the curious bitter stinging heat of a goose's blood, entering their own blood like an inoculation of corruptive fire—fire of the cold-burning mud—the lotus mystery." (89)

두번째 인용문은 허마이어니의 저택에서 중국화 한 점을 모사하던 버킨이 그녀의 질문에 답하는 대목이다. 이를 첫번째 인용문과 비교해보면, 거의 유사한 대상을 두고 이루어지는 구드런과 버킨의 감각적 이해가 공히 탁월한 예술가적 감수성에 기반하고 있음을 확인할 수 있다. 그런데 먼저 주목할 것은 버킨의 그림과 발언에 대한 허마이어니의 반응이다. 애초에 버킨의 위 발언은 "그가 아는 모든 것을 알고자 하는 강박증"(an obsession in her, to know all he knew)에 사로잡힌 그녀의 압력에 못이겨 마지못해 나온 것이기도 하다. 그러나 그의 답변은 "자아가 온통 머리 속에 있는" 허마이러니로서는 도저히 감당할 수 없는 감각적 경험과 앎의 방식에 기초하기에 그녀는 앎에 대한 자신의 강박증과 이 불가해한 영역 사이에서 자기정체성이 와해되는 심각한 위기를 겪는다. 그녀는 "자신의 몸 안에서 해체가 시작됨을 느끼며" (feel dissolution setting-in in her body), 아무리 의식을 되찾으려고 몸부림쳐도 "중심이 해체된"(decentralized) 상태에서 벗어나지 못하다 "시체"처럼 되어 방을 빠져나간다. 이 대목은 진정한 육체성과 관능성을 완전히 상실하고 의식의 차원으로 전일화된 허마이어니의 한계를 가장 확연하게 보여주는 장면이며, 그녀의 이러한 반응을 첫번째 인용문의 구드런 경우와 비교하면 두 사람 사이의 차이가 극명하게 드러나는 것이다.

그러나 두 인용문을 좀더 자세히 살펴보면 이러한 현저한 차이에도 불구하고 이들 사이의 근본적 유사성 역시 암시되고 있음을 알 수 있는데, 이 점을 파악하기 위해서는 먼저 구드런과 버킨의 차이에 눈을 돌릴 필요가 있다. 이미 지적한 대로 허마이어니와는 대조적으로 이 두 인물은 섬세한 감각적, 지각 능력을 공유하지만 다른 한편으로 이들 사이에는 중대한 차이가 존재한다. 우선 눈에 띄는 것은 이들이 감각적으로 지각하는 대상에 대해 느끼는 거리감의 차이이다. 구드런이 모종의 해체적 충동을 상징하는 진흙뻘에 아무런 거부감 없이 본능적으로 끌리는 데 반해 버킨은 자신이 모사하는 중국화가 "놀라운" 예술적 성취임을 인정하면서도 그것의 내용이나 그것을 그린 사람들의 감수성이 "차갑게 불타는 진흙뻘"의 "부패의 불길"과 관련되어 있음을 충분히 인식한다. 그는 중국화를 모사함으로써 브레들디가 대표하는 추상적 지식과는 다른 존재방식과 앎의 방식을 이해하려고 하지만, 그것은 어디까지나 더 온전한 삶을 모색하는 과정의 일환일 뿐 맹목적인 끌림과는 다른 것이다. 실제 문맥에서 구드런이 진흙과 수초에 끌리는 대목이 어슐러가 경묘하고 다채로운 나비에 무의식적으로 이끌리는 것과 대조를 이루도록 구성되어 있다는 점 또한 버킨이나 어슐러의 경우와 달리 구드런의 감각적 도취가 불건강한 성격의 것임을 한층 선명하게 해준다.

이와 무관하지 않으면서 버킨과 구드런 사이의 또 하나의 근본적 차이가 드러나는 것은 구드런의 감각적 경험이 "sensuous vision"으로 기술된다는 사실에서이다. 「교실」장에서 모든 열정과 본능조차도 의식으로 전유한 허마이어니를 비판하는 버킨이 진정한 관능성(sensuality)에 관해 묻는 어슐러에게 "관능적인"(sensual) 것과 "감각적인"(sensuous) 것을 구별하였음을 상기해볼 필요가 있다.

> "바로 그것이 사람들이 관능적이지 않은 이유요. 사람들은 단지 감각적일 뿐인데, 그것은 전혀 별개의 문제지요. 그들은 항상 자기 자신을 의식하고 있어요. 그리고 그들은 너무나 자만에 빠진 나머지 자기 자신으로부터 놓여나서 다른 중심으로부터 다른 세계에서 살려고 하기보다는─"

> "That's why they aren't sensual─only sensuous─which is another matter. They're always aware of themselves─and they're so conceited, that rather than release themselves, and live in another world, from another center, they'd─."
> (45)

버킨에 따르면 '감각적인' 것은 에고의 의식 차원에서 진행되는 것이요, 진정한 '관능성'이란 "머리 속에서는 얻을 수 없는 거대한 캄캄한 앎, 캄캄한 비의지적 존재이며, 한 자아가 죽고 또 다른 자아가 탄생하는 것이다"(the great dark knowledge you can't have in your head—the dark involuntary being. It is death to one self—but it is the coming into being of another, 43). 따라서 진정한 관능적 존재와 대부분의 서양인들이 빠져든 "사악한 의식적-의도적 방탕함"(the vicious mental-deliberate profligacy, 44) 사이에는 천양지차가 있다는 것이 버킨의 생각이다.

그의 이러한 관점을 고려할 때, 구드런의 감각적 경험이 "sensuous vision"으로 표현된다는 것은 의미심장하다. 이는 버킨이 중국화를 통해 경험하는 감각적 체험이 에고에 의해 억압된 인간의 육체성 또는 감성을 회복함으로써 감수성의 분열을 극복하고 온전한 자아를 성취하려는 시도에서 나온 것이라고 한다면, 구드런의 감각적 체험은 분열된 감수성과 의식적 에고의 견고한 틀을 조금도 못 벗어난 상태임을 의미하기 때문이다. 따라서 감각적 경험을 감당할 수 있는 능력의 현저한 차이에도 불구하고 허마이어니와 구드런 모두 의식적 에고에 갇혀 있다는 점에서는 동일한 셈이다. 이러한 유사성은 앞서 구드런과 버킨에 관한 두 인용문에서 드러난 바, 인물들 사이의 앎에 대한 태도의 비교를 통해서도 확인된다. 표면적으로는 버킨, 허마이어니, 구드런 이 세 인물 모두 앎에 대한 강한 욕구를 가지고 있지만 그 앎의 구체적 내용이나 형식은 서로 상당히 다르다. 한편으론 허마이어니의 추상적인 앎의 방식과 다른 두 인물의 감각적 앎의 방식이 대비되지만, 다른 한편으로는 버킨의 앎이 앎 그 자체나 에고의 알려는 의지를 극복하려는 노력의 일환인 데 반해 허마이어니와 구드런의 앎은 알고자 하는 에고의 의지에 철저히 종속되어 있다는 점에서 상통하는 것이다.

이처럼 구드런의 감각적 앎의 방식은 버킨과 유사한 데가 있으면서도 근본적으로 다르며, 허마이어니와 현저한 차이가 있음에도 불구하고 본질적 유사성을 지녔다. 나아가 구드런의 감각적 앎은 또다른 종류의 감각적 앎, 즉 버킨의 명상을 통해 전달된, 아프리카 조각상에 담긴 감각적 체험과도 구별될 필요가 있다. 종종 이 양자 사이의 유사성이 언급되곤 하기 때문이다. 작품내의 표면적으로 유사해 보이는 부분들을 분별할 필요성을 제기하고 실제로 이를 섬세히 구분해내기도 하는 평자 포드(George Ford)도 그 둘 사이의 유사성만큼은 당연하게 받아들인다. 그리고 포드는 이러한 유사성을 명시적으로 드러내주는 대표적 사례의 하나로서 다음 대목을 든다.[25]

> 그녀에게 세계는 이제 끝장나버린 것이었다. 단지 개인적인 내적 암흑, 에고 안의 감각, 궁극적인 환원의 음란한 종교적 신비, 생기 있는 생명의 유기체를 해체시키는 악마적 환원의 신비한 마찰 운동들만이 남아 있을 뿐이었다.

> The world was finished now, for her. There was only the inner, individual darkness, sensation within the ego, the obscene religious mystery of ultimate reduction, the mystic frictional activities of diabolic reducing down, disintegrating the vital organic body of life. (452)

구드런의 심리에 대한 위 묘사는 한 구절만 빼면 아프리카여인의 조각상에 대한 버킨의 명상과 거의 일치한다. 유감스럽게도 포드의 인용문에 생략된 그 구절은 "sensation within the ego"이다. 의식과 감각이 분열된 이후의 해체 과정에 속하는 극단적 감각적 체험이라는 점에서는 유사하지만, 아프리카 문명에서 추구된 바가 의식이 완전히 배제된 관능적 앎이라고 한다면 구드런의 경우는 어디까지나 에고의 틀 내에서 진행되는 앎이라는 점에서 근본적으로 다른 성격의 것이다. 위 대목에 앞선 그녀의 심리묘사를 통해 그 점은 한층 분명해진다. 감각적 극치감에 대한 그녀의 갈망은 "생생하고 정교하며 비판적인 의식"과 맞물려 있을 뿐 아니라, 그녀가 원하는 것은 "환원과정에서의 무수한 미묘한 전율, 즉 그녀의 어두운 내면에서 벌어지는 분석과 와해의 최종적인 미묘한 활동들 속에서 그녀의 깨어지지 않은 의지에 대항하여 또 하나의 깨어지지 않은 의지가 작용하는"(It was an unbroken will reacting against her unbroken will in a myriad subtle thrills of reduction, the last subtle activities of analysis and breaking-down carried out in the darkness of her, 451) 상태이다. 구드런의 감각적 경험 이면에는 절대적 의지와 분석적 비판의식이 작용하는 만큼 그것이 아프리카의 순수한 관능성과 같을 수 없다. 둘 사이의 차이를 놓치는 것은 버킨이 아프리카 조각상을 통해 명상한 바가 단지 미학적이거나 은유적인 차원의 것이 아니고, 해체 과정에 속한다는 점에서는 동일하나 그 해체 양상은 전혀 상이한 두 문명에 대한 역사적 통찰이라는 명백한 사실을 간과하는 것과 다름없다. 구드런의 감각적 경험은 추상적 지식의 전일적 추구가 진행된 서구문명의 지배적 경향을 거부하고 원시성을 동경하는 핼리데이류의 보헤미안적 태도와 통하는 데가 있지만, 그것은 어디까지나 서구문명의 내부적 변형의 한 형태일 뿐이다. 분열된 감수성의 상태에 머문다는 점에서 서구문명 자체의 극복을 지향하는 버킨의 시도와도 다르고, 에고의 의식과 의지에 의해 추동되는 만큼 아프리카의 순수한 관능성과도 다르다. 결국 구드런의 지향은 추상적 앎을 추구하는 허마이어니류의 지배문화에 대한 거부의 성격을 띠면서도 근본적으로는 그 틀 속에 여전히 남아 있는 것이다.

구드런의 감각적 경험이 의식적 에고의 틀 안에 있음을 좀더 구체적으로 확인시켜주는 것은 그녀와 제럴드의 관계인데, 이들 관계에 주목하는 과정에서 구드런과 허마이어니 사이의 차이 및 유사성도 한층 분명히 드러날 것이다. 이와 관련해 종종 거론되는 부분은 철도건널목에서의 말 장면이지만,[26] 여기서는 구드런과 제럴드의 관계가 본격적으로 진행되는 과정을 다룬 「죽음과 사랑」("Death and Love")장에서 두 사람이 철도교각 밑에서 처음으로 포옹하는 장면을 간략히 살펴보고자 한다. 이 대목에서 구드런이 맛보는 감정적 도취감은 의식을 벗어나는 것을 곧 죽음으로 느끼는 허마이어니와 그녀를 뚜렷이 구분해줄 뿐 아니라, 「나들이」장에서 버킨과 어슐러가 도달한 육체적 교감과도 비견될 만한 일면이 있다. 그러나 이 대목은 구드런의 감정적 극치감이 오히려 에고의 강력한 장악력의 증거로서 온전한 관계맺음의 성취와는 거리가 먼 파괴적인 것임을 보여주는 사례다. 주목할 것은 처음부터 구드런의 고조된 감정은 굴다리 밑에서 자신들과 마찬가지로 사랑을 나누었을 다른 광부들과 그 연인들을 의식적으로 비교하는 데[27]서 얻어진다는 점이다. 구드런의 이러한 의식은 제럴드에게서 그녀가 느끼는 절정의 감정이 아무리 강렬하다 해도 결국 진정으로 새롭고 순수한 차원의 것은 아님을 보여주는 동시에, 복잡미묘하며 강렬한 그녀의 감정적 경험 뒤에 어떤 기계적 측면이 있음을 새삼 상기시킨다. 섬세한 예술적 감수성의 이면에 놓인 구드런의 기계적인 것에 대한 본능적 끌림은 「석탄 먼지」("Coal-Dust")장에서도 나타난다. 그녀는 벨도버(Beldover) 탄광촌의 삶을 혐오하고 탈출하려 하면서도 다른 한편으로는 런던이나 남부와는 "완전히 다른" 그곳 분위기에 어찌할 수 없이 매료된다. 구드런은 광부들에게서 풍기는 육체적 힘에 끌리지만 이는 어떤 건강한 활력이라기보다는 기계적 속성과 밀접히 결부된 것이다[28]. 말을 다루는 제럴드를 보고 그녀가 받은 감정적 흥분감도 이와 동일하게 기본적으로 기계적이다. 다만 광부들을 능가하는 제럴드의 관능적 힘으로 인해 그를 처음 목격했을 때 그랬듯이 그녀의 반응은 늘 "발작적인 격렬한 감흥"(a paroxysm of violent sensation 15)의 형태를 취할 뿐이다. 그러나 이렇게 기계적인 것에 대한 혐오감과 끌림이 팽팽한 긴장을 이루며 함께 얽혀 있는 것이 바로 구드런의 심리적 특성이다.

기계적인 것에 대한 혐오와 끌림의 이중적 요소를 지닌 구드런의 감성적 심리기제는 그 자체가 매우 기계적인데, 이러한 사실은 의식을 벗어난 극치의 감정조차 의식적 작용에 의해서 촉발되고 조장된 결과임을 생각하면 지극히 당연한 것이다. 감각적 극치감에 도달한 순간 이후의 진행에서 화자는 감각적 경험을 의식적 에고의 틀로 재전유하는 구드런의 심리기제를 한층 생생하게 전한다. 그녀는 "지식의 나무에 열린 사과에 손을 뻗치는 이브처럼" "만져서 그를 거둬들이고자 하며"(to gather him in by touch), "그녀의 영혼은 완벽한 지식으로 전율했다." 구드런이 "그녀의 큼지막하면서도 완벽하게 섬세하고 명민한 손으로 방사능을 발하는 그의 살아 있는 육체의 벌판에서 수확할 많은 날들"(many days harvesting for her large, yet perfectly subtle and intelligent hands, upon the field of his living, radio-active body, 332)을 기대하는 대목에 이르면 첨예한 감각적 예민함 이면에 도사린 기계적 욕망과 앎에의 의지는 더없이 확연히 드러난다.

그녀의 감각적 경험이 에고의 의지에 의해 주도되고 있음은 감각적인 충족이 일정 수준에서 의도적으로 "억제된다"는 사실에 의해서도 재확인된다. 여기에는 일시에 너무 과다한 감각적 충격을 수용할 때 따르는 위험을 피하려는 본능과 더불어 자기 욕망의 궁극적 결말이 드러남을 경계하는 심리가 동시에 작용한다. 구드런과 제럴드의 관계가 액체와 이를 담을 용기에 비유되는 데서도 알 수 있듯이[29] 상대를 대상화하여 감각적 쾌감을 채우는 데 이들 관계의 본질이 있는 한 그것은 결국 아무리 절묘하더라도 수량화된 감각적 "충격"(shock) 이상이 되기 어려우며, "결말의 최종성에 대한 바람만큼이나 그에 대한 두려움도 깊은 것이다"(the finality of the end was dreaded as deeply as it was desired, 332).

같은 맥락에서 구드런의 특징이 주요하게 부각되는 또 하나의 대목으로 알프스의 호텔에서 함께 춤을 추고 난 뒤 방으로 돌아온 두 사람 사이에 거울을 두고 벌어지는 미묘한 에피소드를 들 수 있다. 이 장면은 그 직전에 버킨과 어슐러 사이에 진행되는 내용과 대조적이기도 한데, 거기서 어슐러는 춤을 추는 동안 버킨이 평소의 그에게선 발견할 수 없던 조소하는 듯하며 방종한 관능성을 발산하는 것을 느낀 바 있다. "마법"(black-magic, spell)처럼 느껴지는 그의 거리낌없는 "짐승같은" 관능성에 혐오감과 매력을 동시에 느낀 어슐러는 갈등 끝에 결국 자신의 수치심을 극복하고 이에 기꺼이 동참하며, 이 대목에서 어슐러의 의식을 그려내는 화자의 어조 역시 그녀의 선택에 대체로 동조한다. 이 대목은 『무지개』에서 돌연 절대적 관능미를 추구하는 윌에게 애나가 기꺼이 응함으로써 두 사람의 관계가 새로운 국면으로 접어드는 장면과도 흡사하지만, 윌이 다분히 맹목적이고 전일적으로 관능미를 추구한 데 반해 버킨의 관능성에는 "자기책임"(self-responsible)이 수반된다는 점에서 다르다. 버킨은 "자기가 무엇을 하고 있는지를 줄곧 알았고, 그녀는 그의 미소띤 집중하는 눈에서 그것을 알 수 있었다. 그것은 그의 책임이기에 그녀는 그에게 맡겨두고자 했다"(He knew all the time what he was doing, she could see it in his smiling eyes. It was his responsibility, she would leave it to him, 412). 어슐러가 버킨의 관능성에 동참할 수 있는 것이나 화자가 이들의 관능적 행위에 훨씬 공감적인 것도 바로 이러한 이유에서일 터이다.

물론 관능성의 발현으로 치면 제럴드가 당연 우위에 있을 것이다. 그러나 그의 관능성은 버킨처럼 '자기책임'을 지는 쪽과는 거리가 멀다. 제럴드가 춤추는 모습을 지켜보던 구드런은 마치 영감이라도 얻은 듯 "그가 타고나기를 성적으로 문란한"(he is naturally promiscuous) 사람임을 직감하는 가운데 "그와 싸우겠다는 깊은 결의가 생겨나고"(The deep resolve formed in her, to combat him, 413) 둘 중 어느 하나가 승자가 되어야만 함을 안다. 춤을 추는 동안 제럴드의 무의식적인 관능이 범상치 않게 일깨워진 상태였으며 구드런 역시 이 점에 민감하게 반응했다는 사실은 객실로 돌아왔을 때 "그녀에게 그는 인간이 아닌 하나의 현상, 일종의 탐욕스러운 동물이었다"(He was a phenomenon to her, not a human being: a sort of creature, greedy, 414)는 구절에서 잘 드러난다. 평범한 대화의 표층 아래 숨은 이들 사이의 미묘한 갈등은 그녀가 거울 앞에 앉아 머리손질을 할 때 "그녀의 일상적 의식과 그의 섬뜩한 마법적 의식 사이의 야릇한 싸움"(a strange battle between her ordinary consciousness and his uncanny, black-art consciousness)으로 진행된다.

그리고 그녀는 모든 것이 어린애 장난인 듯 혼자 미소를 지었다. 그러는 동안 그녀의 가슴은 철렁 내려앉았고, 그녀는 거의 기절할 지경이었다. 그녀는 거울을 통해 제럴드가 큰 키로 굽어보듯 몸을 수그린 채, 금발에다 몹시도 무서운 모습으로 그녀 뒤에 서 있는 것을 볼 수 있었다. 그녀는 거울에 비친 그의 모습을 은밀하게 바라보았다. 어떤 댓가를 치르더라도 그녀가 그를 볼 수 있다는 사실을 그가 모르도록 하고 싶었다. 그는 그녀가 거울에 비친 그의 모습을 볼 수 있다는 것을 몰랐다. 그는 빛을 번득이며 무의식적으로 그녀의 머리를 내려다보고 있었...... 죽는 한이 있더라도 고개를 돌려 그를 정면으로 바라볼 순 없었다. 죽는 한이 있더라도 **그럴 수는 없었다**. 그러한 사실을 알아차렸을 때 그녀는 무력하게 힘이 빠져서 거의 기절해 땅에 쓰러질 것 같았다. 그녀는 자기 뒤에 바짝 선 그의 무섭고도 절박하게 드리워진 모습을 의식했다. 그녀는 그의 단단하고 강한 단호한 가슴이 그녀의 등 뒤에 바짝 다가와 있는 것을 알았다. 그리고 그녀는 자기가 더 이상 견뎌낼 수 없음을 느꼈다. 몇 분 후면 그녀는 그의 발에 쓰러져 엎드린 채 그가 그녀를 파괴하도록 내버려둘 것이었다.

And she smiled to herself as if it were all child's play. Meanwhile her heart was plunging, she was almost fainting. She could see him, in the mirror, as he stood there behind her, tall and over-arching—blond and terribly frightening. She glanced at his reflection with furtive eyes, willing to give anything to save him from knowing she could see him. He did not know she could see his reflection. He was looking unconsciously, glisteningly down at her head. . . . For her life, she could not turn round and face him. For her life, she *could not*. And the knowledge made her almost sink to the ground in a faint, helpless, spent. She was aware of his frightening, impending figure standing close behind her, she was aware of his hard, strong, unyielding chest, close upon her back. And she felt she could not bear it any more, in a few minutes she would fall down at his feet, grovelling at his feet, and letting him destroy her. (415)

위에서 구드런의 의식이 대면하고 있는 것이 일차적으로 제럴드의 관능적 무의식임은 틀림없다. 그러나 그녀의 의식은 또한 제럴드의 두려운 관능성에 의해 촉발된 자신의 제어하기 어려운 감각적 동요 상태에 직면해 있다. 구드런이 거울을 통해 제어하려고 하는 것은 제럴드의 무의식이자 자신의 감각적 영역이다. 주목할 것은 이들의 대결이 거울을 매개로 일어난다는 점이다. 이 거울의 모티프는 특히 구드런 관련 대목에서 매우 빈번히 등장한다. 위 인용문에 앞서 화자는 구드런이 거울을 보는 것을 "그녀의 삶에 있어 불가피한 의식(儀式)의 일부"(part of the inevitable ritual of her life)라고 함으로써 이를 강조하고 있기도 하다. 이미 「달빛」장에 관한 논의에서 버킨이 부수려고 하는 달이 연못이라는 '거울'에 비친 달임이 중요하며 이 작품에서 거울은 곧잘 의식적 에고를 상징한다는 점을 밝힌 바 있다. 거울의 이러한 상징적 의미는 허마이어니의 의식적 에고를 신랄히 비판하는 버킨의 다음 발언을 통해 선명하게 드러난다.

"당신은 거울을 가지고 있소, 당신의 경직된 의지, 당신의 불멸의 이해력, 당신의 빈틈없는 의식 세계란 그 거울 말이오. 그 이상은 아무 것도 없소. 당신은 모든 것을 거기 거울 속에서 다 가져야만 하지. 그러나 당신의 모든 결말에 도달해버린 지금 당신은 되돌아가서 지식이라곤 없는 미개인처럼 되고 싶은 거요. 당신은 순수한 감각과 '열정'의 삶을 원하는 거지."

* * * *

"실제 당신이 원하는 것은 외설이요. 거울 속에 있는 당신 자신을 보는 것, 거울 속에서 당신의 벌거벗은 동물적 행동들을 지켜보는 것, 그래서 당신의 의식 속에 그걸 모조리 담아서 그 모든 것을 정신화시키는 것이란 말이오."

"You've got that mirror, your own fixed will, your immortal understanding, your own tight conscious world, and there is nothing beyond it. There, in the mirror, you must have everything. But now you have come to all your conclusions, you want to go back and be like a savage, without knowledge. You want a life of pure sensation and 'passion.'"

* * * *

"As it is, what you want is pornography — looking at yourself in mirrors, watching your naked animal actions in mirrors, so that you can have it all in your consciousness, make it all mental." (42)

"그 너머의 어떤 것"도 용인하지 않는 동일성의 원리에 따라 작동하는 에고의 (자)의식이 거울의 비유를 통해 전달된다는 점에서, 그리고 감각적 영역을 의식의 거울 속으로 전유하고자 한다는 점에서는 허마이어니와 구드런 모두 일치한다. 그러나 허마이어니의 "순수한 감각과 열정"이 일종의 전략적 '가상' 체험으로서 의식 자체에 아무런 위기가 되지 않는 데 비해, 구드런의 감각적 동요는 그녀의 의식에 있어서 한층 실제에 가까운 가상의 위기이다. 처음 제럴드와 싸울 결심이 들었을 때 "그에 대한 어떤 예리하면서도 반쯤은 경멸적인 연민과 다정함"(a certain keen, half contemptuous pity, tenderness for him, 413)마저 품을 여지가 있던 "그녀의 확신"이 흔들리는 것이다. 물론 이 위기 상황에도 "모든 게 어린애 장난인 듯" 미소를 띠고 응시할 수 있는 그녀의 냉철한 의식적 통제력은 유지된다. "자신의 모든 예리한 지성과 침착한 의식"을 총동원한 구드런은 아이러니하게도 자신이 평소 가장 은밀하게 간직한 손가방을 제럴드로 하여금 들여다보도록 요구함으로써, 자기 내면의 동요된 감정을 들키지 않고 그를 '정복하는' 데 성공한다. 그것은 또한 "바보" 같이 "그러한 상태에 빠진" 자신의 감정을 의식이 완전히 장악하는 순간이기도 하다. 의식의 장악이 종료되자 "지금 그녀는 그를 거의 좋아하는 듯, 거의 사랑하는 듯 느끼며"(She felt almost fond of him, almost in love with him, 416), 그의 관능적 힘을 조롱하듯 가벼운 농담거리로 만들어버린다. 버킨의 관능적 행위에 거부감을 느끼면서도 진지하게 동참한 어슐러와 현저한 대비를 이루는 가운데 구드런의 의식적 에고의 파괴적 역량이 여실히 전달되는 대목이다.

감각과 의식이 분리되어 의식의 전일적 발달이 진행된 것이 서구문명의 역사적 운명이라 할 때 의식의 지배가 확고히 확립되는 일정시점에 이르면 감성적 영역을 단순히 적대적으로 억누르기보다는 오히려 감성을 용인해주면서 이를 의식으로 재전유하려는 더욱 교묘하고 적극적인 봉쇄전략이 생겨날 법하다. 의식의 궁극적 결말과 한계까지도 들여다본 강화된 자의식 속에서 원시적 감정으로 '되돌아가려는' 허마이어니의 태도는 분명 이 새로운 국면에 속한다고 하겠으나, 의식바깥의 영역에 대한 그녀의 동경은 어디까지나 추상적 앎과 언어의 차원에서 이뤄진 것에 불과했다. 이와는 달리 전율에 가까운 감각적 극치감을 맛보면서도 이를 의식으로 전유하여 에고의 절대적 동일성을 확장한다는 점에서 구드런은 허마이어니보다도 한 단계 더 나간 양상에 해당하며, 그만큼 삶에 대한 위협 역시 더욱 치명적이다.

구드런이 동일성의 원리에 지배되어온 서구문명의 가장 현대적 특징을 대표하는 전형성 있는 인물이라는 것은 제럴드와의 관계를 통해 한층 분명해진다. 특히 알프스를 배경으로 두 인물의 성격이 적나라하게 드러나면서 이들의 관계맺음의 본질과 그 한계가 명확해지는 「눈」("Snow")장과 「눈에 묻혀」("Snowed Up")장은 제럴드로부터 점차 떨어져나와 뢰르케(Loerke)와 친밀해지는 구드런의 행로를 통해 제럴드의 역사적 단계와 연속선상에 있으면서도 일정한 질적 단절을 보이는 새로운 시대적 증후를 예감케 한다. 그런데 현대예술과 관련하여 구드런과 뢰르케의 전형성은 상세하면서도 포괄적인 분석을 받은 바 있으므로[30] 여기서는 구드런의 전형성 문제를 동일성이라는 주제에 국한시켜 간략히 다루고자 한다.

알프스에서 구드런은 제럴드의 한계를 점차 명료하게 인식한다. 처음부터 "그녀에게 제럴드는 한 남자같지 않고 하나의 화신, 삶의 거대한 한 국면이었기에"(He was not like a man to her, he was an incarnation, a great phase of life, 181) 그에 대한 환멸은 현존하는 세계 전체에 대한 환멸과 직결된다. 일련의 강렬한 내적 독백의 장면들을 통해 전달되듯 그녀는 제럴드의 공허한 존재를 꿰뚫어보며 그의 산업적, 사회적 성취가 도구적이며 기계적인 것에 불과하다는 냉소적 인식을 얻는 한편, 그로부터 얻는 관능적 경험 역시 일정한 한계에 도달했음을 확인한다. 제럴드의 삶 전체가 동질적인 기계적 반복에 종속되어 있음을 최종적으로 인식하는 그녀의 마지막 독백 장면은 무의미하고 단조로운 현실에 대한 환멸감을 첨예한 시간의식을 통해 드러낸다. 동일하게 되풀이되는 삶을 "증오하며" "완전한 권태"(utter ennui)에 몸서리치는 구드런의 모습은 그녀가 동일성의 지배가 확고해진 서구의 현실과 그 궁극적 한계를 그 내부로부터 가장 처절히 경험하는 인물임을 말해주기에 충분하다. 그러나 동일성에 대한 이러한 최종적 인식을 거쳐 제럴드류의 삶과는 구별되는 새로운 단계에 들어서면서도 동일성의 틀 자체로부터 빠져 나올 수 없는 것이 그녀의 딜레마이다. 이 점은 구드런의 독백 사이에 끼어 든 화자의 다음 묘사를 통해 전달된다.

그리고나서 스쳐지나가는 자의식적 몸짓으로, 그녀는 아침에 일어나 자기 머리카락이 하얗게 **세어버린** 것을 발견한다면 상당히 놀랄 것인가 하는 생각을 했다. 아주 종종 그녀는 생각과 감정의 견딜 수 없는 중압감 에 눌려 자신의 머리카락이 하얗게 센 것처럼 **느끼곤** 했다. 그러나 머리 카락은 여전히 갈색으로 남아 있었고, 건강의 화신 같은 자기 자신은 그대 로였다.

아마 그녀는 건강한 것인지도 몰랐다. 아마 그녀가 그토록 진실에 노 출될 수밖에 없는 것도 순전히 그녀의 감퇴되지 않는 건강 때문인지 몰랐 다. 만약 그녀가 허약하다면 환상이나 상상을 가질 것이었다. 그러나 실제 로는 도망칠 수가 없었다. 그녀는 항상 보고 알아야 했고 결코 도망칠 수 없었다. 그녀는 결코 도망칠 수 없는 것이다. 그녀는 거기 삶의 시계 문자 판 앞에 놓여 있었다. 그리고 마치 기차역에서 그러하듯이, 몸을 돌려 서 점을 보려 하면 그녀는 여전히 시계를 볼 수 있었다. 바로 그녀의 뼈 속으 로부터 늘 시계를, 그 커다란 하얀 시계 문자판을 볼 수 있었다. 책장을 뒤적거리거나 점토로 조상을 만들어보아도 소용없었다. 그녀는 자신이 **정 말로** 책을 읽는 것도 **정말로** 작업을 하는 것도 아님을 알고 있었다. 그녀 는 시간이라는 영원하고 기계적이며 단조로운 시계 문자판 위로 바늘이 씰룩대며 움직이고 있는 것을 바라보고 있었다. 그녀는 결코 진정으로 사 는 것이 아니었고, 바라보기만 할 뿐이었다. 정말로 그녀는 영원이라는 거 대한 시계와 마주보고 있는 조그마한 열두 시간 짜리 시계와 같았다. '품 위와 무례', 혹은 '무례와 품위'처럼 그녀는 거기 있는 것이었다.

그녀는 그 그림이 맘에 들었다. 약간 둥그스레하고 가끔은 창백하며 표정없는 그녀의 얼굴은 정말로 시계 문자판처럼 보이지 않는가. 일어나 서 거울을 보려고도 했지만, 열두 시간 짜리 시계 문자판 같은 자기 얼굴을 볼 생각을 하니 너무도 깊은 공포가 엄습해서 그녀는 서둘러 다른 것을 생각하기 시작했다.

Then, with a fleeting self-conscious motion, she wondered if she would be very much surprised, on rising in the morning, to realise that her hair *had* turned white. She had *felt* it turning white so often, under the intolerable burden of her thoughts and her sensations. Yet there it remained, brown as ever, and there was herself, looking a picture of health.

Perhaps she was healthy. Perhaps it was only her unabatable health that left her so exposed to the truth. If she were sickly she would have illusions, imaginations. As it was, there was no escape. She must always see and know and never escape. She could never escape. There she was, placed before the clock-face of life. And if she turned round, as in a railway station, to look at the book-stall, still she could see, with her very spine she could see the clock, always the great white clock-face. In vain she fluttered the leaves of books, or made statuettes in clay. She knew she was not *really* reading, she was not *really* working. She was watching the fingers twitch across the eternal, mechanical, monotonous clock-face of time. She never lived, she only watched. Indeed, she was like a little, twelve-hour clock, vis-a-vis with the enormous clock of eternity—there she was, like Dignity and Impudence, or Impudence and Dignity.

The picture pleased her. Didn't her face really look like a clock-dial—rather roundish, and often pale, and impassive. She would have got up to look, in the mirror, but the thought of the sight of her own face, that was like a twelve-hour clock-dial, filled her with such deep terror, that she hastened to think of something else. (465)

삶의 기계적 동일성에서 벗어나려고 몸부림치면서도 그것에 가장 철저히 종속될 수밖에 없는 구드런의 딜레마는 그녀가 "영원이라는 거대한 시계"와 마주보고 있는 "조그마한 열두 시간짜리 시계"에 비유되는 데서 단적으로 드러난다. 제럴드를 매료시킨 "비단같은" 부드러움을 지닌 그녀가 시계에 비유된다는 것은 대단한 아이러니이다. 그러나 앞에서 살펴본대로 그녀가 의식적 에고의 동일성이 강화된 가장 현대적 사례로서, 심리기제 자체가 기계적이며 삶에 참여하기보다는 냉철하게 관찰하고 비판하는 의식이 두드러진다는 점을 생각하면 시계의 비유는 매우 적절한 것이다. 자신의 속마음을 드러내기를 무엇보다 두려워하며, 더불어 공감적 교류를 나누기를 가장 기대할 수 없는 인물이라는 것이 구드런의 일관된 특성이다.[31] 이는 작품의 맨 첫 장에서 결혼식을 지켜보며 깊은 감정적 투여를 하는 어슐러와 대조적으로 "객관적 호기심"(objective curiosity, 14)에서 거리를 두고 사람들을 관찰하면서 일거에 "완료된'(finished) 상태로 파악하는 구드런의 모습에서도 인상적으로 전달된 바이지만, 그녀의 이러한 태도는 제럴드와의 관계가 진행되면서도 조금도 변하지 않는다. 그녀에 대한 제럴드의 최종적 인식에서 드러나듯 그녀는 "상자에 든 물건같이"(445) 다른 존재들로부터 동떨어진 완벽히 "자기완결적" 존재로 남는다. 그녀가 동질화된 삶의 틀에서 벗어날 수 없는 것은 이처럼 견고한 의식적 에고로 인해 타자와의 진정한 관계맺음의 가능성이 줄곧 봉쇄된 결과이다.

구드런이 동일성의 세계에서 벗어날 수 없는 또 다른 이유는 현실세계에 대한 그녀의 인식 자체, 그리고 그녀를 "그토록 진실에 노출될 수밖에 없"도록 하는 "그녀의 감퇴되지 않는 건강"에 있다. 물론 그녀의 '건강성'이야말로 깊이 따져봐야 할 문제이다. 구드런이 제럴드를 통해 마침내 확인한 세계의 '진실'이란 현실이 기계적 동일성의 무한반복 그 자체일 뿐이라는 끔찍한 사실이다. 따라서 이 '진실'에는 처음부터 '탈출'의 문제가 개입할 수밖에 없는데, 이 냉혹한 진실을 인정하고 어떠한 "환상", "상상" 속으로도 숨어들지 않는 데 구드런이 가진 건강성의 본질이 있다. 선진적 이상으로 무장하는 것이 필수적인 허마이어니는 물론이고, 순수한 도구성의 원리를 관철시킴으로써 산업계를 혁신한 제럴드 역시 "의복처럼 일정한 환상, 일정한 관념을 유지하기를 원하였다"(He wanted to keep certain illusions, certain ideas like clothing, 79). 그들에 비해, 기계적 동질성에 종속된 현실을 냉철하게 직시하고 모든 이상주의적 환상의 잔재를 청산한 점에서 분명 구드런은 이들의 한계를 극복한 일면을 가지고 있다.

그러나 그녀의 최종인식이 현실에 대한 정확한 통찰로서 그 나름의 '진실'을 담고 있다 해도 이 현실에서 배제된 더 큰 세계, 버킨과 어슐러가 추구하는 바 삶의 신비가 펼쳐지는 미지의 세계를 철저히 외면한 반쪽 진실로서의 한계 또한 엄연하다. 모든 환상을 청산하고 고통을 감수하며 이 반쪽 진실에 충실한 구드런의 '건강성'은 창조적 상상력에 의해 가능한 진정한 변화에의 희망과 믿음을 포기한 것이라는 점에서 제럴드보다 근본적으로 더 건강한 것이라고 말하기 어렵다. 오히려 "종국에 가면 선함, 의로움, 그리고 궁극적 목적과 하나됨에 대한 필요성에 종속되는"(subject to his necessity, in the last issue, for goodness, for righteousness, for oneness with the ultimate purpose, 452) 제럴드의 '한계', 곧 이상의 잔재로 남은 그나마의 미덕마저 구드런에게서는 소멸되었다는 점에서 더 불건강한 여지가 있는 것이다.

일단 삶의 신비가 살아 있는 더 넓은 세계가 망각되고 나면 구드런식의 태도야말로 현실세계에 남겨진 최종적이며 유일한 대안이라고 할 수 있다. 그녀의 관점이 버킨의 관점과 겨루는 가장 강력하고 위험한 것으로 대두하는 이유도 여기에 있다. 구드런이 동일성으로 귀착되는 서구문명의 최종국면에 해당함을 인식할 때, 위의 인용문에서 그녀가 "자신의 머리카락이 하얗게 센" 것은 아닌지 하는 자의식을 가지는 대목이 예사롭지 않은 의미로 다가온다. 그것은 단순히 그녀의 개인적 변덕이 아니다. "생각과 감정의 견딜 수 없는 중압감"은 마치 역사의 귀착점에서 세상의 모든 것을 보고 확인한 최후의 노쇠한 의식이 짊어질 법한 것으로 느껴진다. 주요 인물들 가운데 실제 나이가 가장 적으면서도 구드런은 "그녀 눈에 그토록 어린애처럼 보이는" 버킨과 어슐러의 "어린아이같은 충족감"(a childish sufficiency, 403)을 부러워하거나 제럴드에 비해 그녀 자신이 "늙은, 늙은 것처럼 느끼는"(She felt old, old, 348) 모습을 "아주 종종" 보인다. 뿐만 아니라 "구드런에게 있어서 자기가 마치 어린애처럼 달라붙는 여자인 양 가장하는 것은 진정한 기쁨이었다"(And to Gudrun it was a real delight, in make-belief, to be the child-like, clinging woman, 164)는 대목은 그녀의 노쇠한 의식에 수반된 극도의 자의식을 짐작케 하는 구절이기도 하다.

구드런이 동일성 세계의 첨단 국면을 보여주는 인물임은 다른 증후들을 통해서도 입증된다. 예를 들어, 그녀가 뢰르케와 공유하는 것이기도 한 냉소적 아이러니, 또는 삶에 대한 '유희'적 태도를 들 수 있다(448, 453, 468). "지나치게 진지한"(448) 제럴드, 혹은 허마이어니와 비교할 때도 이들의 경박성은 두드러진다. 이것은 아무런 "환상이나 상상" 없이 동일성 세계의 궁극적 실상을 확인한 데 따르는 불가피한 역사적 증후이다. 또한 세계가 동일성의 무한반복 속에 있음을 확인할 때 가장 먼저 부정되는 것은 역사성이다. 구드런은 첨예한 시간의식에 시달리는 한편, 과거를 유희적 '향수' 속에서 떠올리며 현재에 있어서도 찰나적인 "완벽한 순간들"(perfect moments, 419)만을 추구한다. 역사적 지속성에 대한 믿음이라든가 현재나 미래에 있어서의 어떠한 역사적 결단도 모두 '환상'에 불과하다. 알프스를 떠난 뒤 런던행 기차표를 끊어놓고 도중에 아무데로나 가겠다고 뢰르케에게 말하는 대목에서 여실히 드러나듯이 "마치 피카레스크 소설처럼 일련의 사건들을 따라 표류하는" (drift on in a series of accidents—like a picaresque novel, 302) 것, 말하자면 "진지하게 살려는 구식 노력을 하도록 운명지어진"(doomed to the old effort at serious living) 버킨이 뿌리친 유혹은 바로 구드런에게 남은 유일한 대안이다. 이는 무한반복되는 세계의 권태에서 벗어나려는 최후의 몸부림으로서 그녀가 그러한 세계에 가장 철저히 종속되었음을 의미하는 것이다. 결국, 동일성의 세계를 극복하는 진정한 대안은 삶의 신비 자체를 받아들이는 길, 바로 버킨과 어슐러에 의해 모색되는 무엇일 터이다.

4. '다른' 세계로의 "나들이"

앞에서 살펴본대로 『사랑하는 여인들』에서는 삶의 모든 영역에서 동일성의 논리가 관철되는 것이 서구사회의 지배적 현실로 제시되는 한편 버킨이 어슐러, 그리고 제럴드와의 관계를 모색하는 과정을 통해 이러한 현실의 극복 가능성이 타진된다. 버킨은 서구식 민주주의의 초석인 '평등'이라든가 '사랑'의 이념이 존재의 차이를 억압하는 굴레로 변하였음을 깊이 자각하고 그러한 이념의 한계를 벗어난 새로운 인간관계를 열망하는 인물이다. 버킨의 이와 같은 열망은 모든 것을 추상적인 앎의 영역으로 환원하여 동질화시키는 브레들비의 지적 분위기에 대한 그의 염증이 전달되는 가운데 그와 허마이어니의 관계가 결정적으로 깨지는 「브레들비」("Breadalby")장의 전개를 통해 뚜렷이 부각된다. 특히 "정신에 있어서는 우리 모두가 하나요, 정신에 있어서 모두가 평등하다"(in the spirit we are all one, all equal in spirit)라고 주장하는 허마이어니의 정신적 평등주의를 격렬하게 논박하는 버킨의 다음 발언은 존재의 차이 또는 타자성에 대한 인식이 그의 사유의 핵심에 있음을 보여준다.

"그건 정반대, 완전히 거꾸로요, 허마이어니. 우리는 정신에 있어 모두 다르며, 평등하지 않소. 그건 우연한 물질적 조건들에 기초한 **사회적** 차이들일 뿐이오. 우리가 추상적으로 또는 수리적으로 평등하다고 할 수는 있을 것이오. 어느 누구나 굶주림과 목마름을 느끼고, 두 개의 눈과 하나의 코, 그리고 두 개의 다리를 갖고 있소. 수의 관점에서는 우리 모두가 똑같소. 그러나 정신적으로는 순수한 차이만이 있을 뿐, 평등이니 불평등이니 하는 것은 문제되지 않소. 이 두 가지 지식에 입각해서 국가를 세워야 하는 거요. 당신의 민주주의는 새빨간 거짓말이요. 당신이 말하는 인간의 형제애란, 만약 그것을 수리적 추상 이상으로 적용하려 한다면 순전한 허위인 거요."

"It is just the opposite, just the contrary, Hermione. We are all different and unequal in spirit—it is only the *social* differences that are based on accidental material conditions. We are all abstractly or mathematically equal, if you like. Every man has hunger and thirst, two eyes, one nose and two legs. We're all the same in point of number. But spiritually, there is pure difference and neither equality nor inequality counts. It is upon these two bits of knowledge that you must found a state. Your democracy is an absolute lie—your brotherhood of man is a pure falsity, if you apply it further than the mathematical abstraction." (103)

평등 이념의 한계를 정통으로 찌르며 "사람들은 내재적으로 **다른** 존재여서 비교할 어떤 요건도 없다"(they are intrinsically *other*, that there is no term of comparison, 103-04)는 점을 역설하는 버킨의 발언은 로렌스 자신의 사상을 십분 반영하기도 하지만, 동일성의 문제를 화두로 삼는 이 작품에서 각별한 비중을 지닌다. 그러나 문제는 이러한 존재론적 차이에 대한 인식이 진정한 실천으로 이어질 수 있느냐 하는 점인데, 스스로도 깊숙이 연루되어 있던 동일성의 세계로부터 이제 막 벗어난 버킨의 입장에서는 개개인의 타자성에 토대한 공동체 건설이라는 거대한 목표의 실현에 앞서 우선 자기 삶에서 단하나의 참된 관계맺음이라도 이룰 수 있는가가 당면한 과제이다. 어슐러와의 관계에서 새로운 관계맺음의 가능성을 모색하려는 그의 필사적인 시도도 어떤 구체적인 실천의 실마리를 마련하지 못하는 한 동일성의 세계 속에 영구히 유폐될 수밖에 없다는 이 절박한 위기감에서 비롯되는 것이다.

어슐러와의 관계가 진행되면서 버킨이 좀더 명료한 형태로 인식하게 되듯이 그가 성취하고자 하는 남녀관계는 "더 이상 어떤 사랑의 끔찍스러운 합병이나 혼합, 자기부정도 없고"(no longer any of the horrible merging, mingling, self-abnegation of love) "각자가 별개의 존재로서 차이 속에 완성되는"(where we are being each of us, fulfilled in difference, 201) 관계이다. "그는 남자, 여자가 각기 존재를 갖는 순수한 두 존재로서 각자가 다른 사람의 자유를 구성하고, 하나의 힘의 두 극, 두 천사 또는 두 정령처럼 서로 균형을 잡아주는, 뭔가 더 나아간 어떤 결합을 원한"(he wanted a further conjunction, where man had being and woman had being, two pure beings, each constituting the freedom of the other, balancing each other like two poles of one force, like two angels, or two demons, 199) 것이다. 그러나 그것은 '사랑'이라는 서구적 남녀관계의 이상을 넘어서는 전혀 새로운 차원의 관계맺음을 개척하는 버거운 과제인 데다가 버킨과 어슐러 모두 자신들이 벗어나고자 하는 세계의 부정적 특성들을 어느 정도 내화하고 있기도 한 까닭에 무수한 어려움을 수반할 수밖에 없다.

그런 어려움에도 불구하고 「나들이」장에서 이들의 관계맺음은, 물론 그 앞까지 진행된 의미있는 과정들의 연속선상이지만 동시에 그것으로부터 일대도약을 이루기도 하는 새로운 단계에 접어든다. 화자 역시 매우 진지하고 고양된 언어로 이들의 성취에 담긴 의미를 전하는데, 이 대목에 대한 적절한 이해를 위해서는 이들의 관계가 진행되어온 저간의 과정을 좀더 상세히 들여다볼 필요가 있다. 그러나 그 전부를 포괄적으로 다룰 수는 없으며 또 「달빛」장에 관한 앞의 논의에서 그러한 과정의 일단을 살핀 바 있다. 따라서 여기서는 전체과정을 염두에 두는 가운데, 버킨과 어슐러가 서로의 생각과 애정을 본격적으로 탐색하는 「미노」("Mino")장을 중심으로 이들의 관계에 걸린 핵심적 문제들과 그것이 해결되는 방식을 검토해보고자 한다.

「미노」장에서 두 사람의 만남은 '사랑'의 이상에 집착하는 어슐러와 사랑을 넘어서는 새로운 관계를 추구하는 버킨 사이의 입장 차이로 인해 처음부터 언쟁과 갈등으로 시작된다. 버킨이 자신이 원하는 남녀관계, 즉 "감정적이고 사랑하는 차원이 아닌", 의식적 에고를 벗어난 '미지'의 차원에서의 관계맺음에 대한 생각을 피력하는 다음 대목은 그러한 관계맺음에 얼마나 타자성의 여러 층위가 긴밀하게 얽혀 있는지, 그리고 그것을 실현하는 데 수반되는 어려움이 무엇인지를 확인하기에 좋은 곳이다.

> "거기엔," 그는 순수한 추상의 목소리로 말했다. "비개성적이며 책임을 초월한, 순전하고 최종적인 내가 있소. 마찬가지로 거기엔 최종적인 당신이 있는 거요. 바로 거기에서 난 당신을 만나고 싶소. 감정적이고 사랑하는 차원이 아닌, 저기 저 너머, 즉 아무런 말도 동의의 조건도 없는 바로 그곳에서 말이오. 우리가 순전한 미지의 두 존재, 완전히 낯선 두 생물이 되는 바로 거기에서 내가 당신에게 그리고 당신이 내게 서로 다가가기를 원하오...... 그것은 아주 비인간적인 것이고 따라서 어떤 형태의 책임 추궁도 있을 수 없소. 왜냐하면 거긴 일반적으로 인정되는 그 모든 것의 울타리 밖이고 알려진 어떤 것도 적용되지 않기 때문이오. 단지 충동에 따라 앞에 놓인 것을 취할 수 있을 뿐이오. 그 무엇에 대해서도 책임지지 않으며 어떤 것을 요구받지도 주지도 않고 각자 근원적 욕망에 따라 취할 뿐이오."
>
> 그의 이러한 말에 귀기울이는 어슐러의 의식은 멍하고 거의 무감각한 상태가 되었다. 그의 이야기는 너무나 예기치 못했던 것이었고 너무나 불

길하였다.

"그건 정말 순수하게 이기적인 것이군요," 그녀가 말했다.

"순수하다면 그렇소. 그러나 결코 이기적인 것은 아니오. 왜냐하면 내가 당신에게 무얼 원하고 있는지를 **알지** 못하기 때문이오. 당신에게 올 때 난 **나 자신**을 미지에 내맡기는 것이오. 아무런 숨김도 방어도 없이 완전히 벌거벗은 채 미지로 들어가는 것이오. 모든 것, 심지어 우리 자신조차도 내던져서 현재의 우리로서 존재하기를 멈춤으로써 완벽하게 우리 자신인 바로 그것이 우리에게 일어날 수 있도록 하겠다는, 우리 둘 사이의 서약만이 필요한 거요."

"There is," he said, in a voice of pure abstraction, "a final me which is stark and impersonal and beyond responsibility. So there is a final you. And it is there I would want to meet you—not in the emotional, loving plane—but there beyond, where there is no speech and no terms of agreement. There we are two stark, unknown beings, two utterly strange creatures, I would want to approach you, and you me. . . . It is quite inhuman,—so there can be no calling to book, in any form whatsoever—because one is outside the pale of all that is accepted, and nothing known applies. One can only follow the impulse, taking that which lies in front, and responsible for nothing, asked for nothing, giving nothing, only each taking according to the primal desire."

Ursula listened to this speech, her mind dumb and almost senseless, that he said was so unexpected and so untoward.

"It is just purely selfish," she said.

"If it is pure, yes. But it isn't selfish at all. Because I don't *know* what I want of you. I deliver *myself* over to the unknown, in coming to you, I am without reserves or defences, stripped entirely into the unknown. Only there needs the pledge between us, that we will both cast off everything, cast off ourselves even, and cease to be, so that that which is perfectly ourselves can take place in us." (146-47)

버킨이 희망하는 바는 결국 자아의 내적, 외적 타자성이 발현되는 관계 맺음으로서, 관계하는 각자가 "완전히 낯선" "미지의" 존재, 즉 고유한 개체성 또는 타자성을 지닌 존재로 만나는 것이다. 이를 위해서는 의식적 자아에 봉쇄되어 있는 "근원적 욕망"이 놓여나야만 하고, 그리하여 현재의 자아를 초월한 "다른" 자아, 즉 "완벽하게 우리 자신인" 미지의 더 큰 자아로 개방되어야만 한다. 그런데 앞에서 살펴본대로 동일성의 논리에 갇힌 서구문명의 역사적 위기 자체가 의식과 감성의 분리 이후 진행된 추상적 의식의 전일적 발달에서 기인한다고 할 때, 버킨의 추구는 세계사적 의미를 지니며 또 그만큼 그것을 성취하는 데 따르는 장애와 어려움도 클 수밖에 없는 것이다.

버킨이 직면한 어려움은 완전히 새로운 이념을 상대에게 설득해야 하는 문제 이상으로 그가 추구하는 것의 성격 자체가 그 실천에 있어서 근본적인 딜레마를 수반한다는 데 기인한다. 위에서 그는 "아무런 말도 동의의 조건도 없는" "저기 저 너머", 앎을 넘어선 경지를 열망하면서도 실제로는 장황한 말을 동원해 동의의 조건을 설명하고 자기 생각을 납득시키고자 하는 모순적인 행동을 한다. 그러나 이것은 버킨의 개인적 한계나 결함이라기보다 언어와 의식 자체의 근본적 한계에서 비롯되는 역설적 상황이며 진정한 삶의 성취를 위해서는 반드시 거쳐야할 창조적 과정의 일부이기도 하다. "근원적 욕망"에 충실한 미지의 존재 상태가 원시상태로의 회귀를 뜻하는 것이 아닌 이상, 의식과 언어의 부단한 계발을 거치지 않고는 이뤄질 수 없는 것이기 때문이다. 이는 버킨 자신의 의식을 통해서 드러날 뿐 아니라,[32] 인간의 "창조적, 자발적 영혼"과 "관능적 열정과 신비들"(sensual passions and mysteries)의 중요성을 강조하면서도 "언어적 의식을 향한 분투"(struggle for verbal consciousness)와 "의식적 존재로의 열정적 분투"(the passionate struggle into conscious being)를 강조한 이 소설의 「머리말」("Foreword to *Women in Love*")에서 작가 자신의 발언을 통해서도 뚜렷이 부각되는, 이 작품의 가장 핵심적 문제의 하나이다.

그러나 이처럼 언어와 의식 자체의 속성상 필연적으로 수반되는 한계 이외에 버킨의 개인적 결함으로 생겨나는 문제도 없지 않은데, 어슐러의 반발도 그녀의 '사랑'에 대한 집착이나 버킨이 말하는 새로운 관계에 대한 몰이해 못지않게 상당정도 여기서 비롯된다. 말하자면 버킨의 앎은 실천과는 거리가 있는 추상적이며 일반화된 성격을 띤다는 것이다. 그의 앎이 추상적 차원에 머물러 있음은 그의 발언하는 태도에 대한 화자의 묘사—"in its abstract earnestness"(145), "a voice of pure abstraction"(146), "he would take no notice of her. He was talking to himself."(147)—에서도 전달된다. 이는 「섬」장에서 어슐러가 곧잘 사안을 일반화시키곤 하는 버킨의 말투에서 "구세자연하는 기미"(the Salvator Mundi touch)를 발견하고 거부감을 가졌던 것과도 비슷한 성격의 문제이다. "그는 마주치는 누구에게나, 자신에게 호소하고 싶어하는 그 누구, 그 어떤 사람에게나 똑같이 행동하고 똑같은 것을 말하고 똑같이 완전하게 자신을 내어줄 것이다. 그것은 경멸스러웠으며, 아주 음험한 매춘의 한 형태였다"(He would behave in the same way, say the same things, give himself as completely to anybody who came along, anybody and everybody who liked to appeal to him. It was despicable, a very insidious form of prostitution, 128-29)라고 어슐러는 느낀다. 배타적인 독점욕도 없지 않고 다소 과장된 측면도 엿보이지만 어슐러의 이러한 반응은 존재의 차이와 이에 입각한 관계맺음을 주장하면서도 아이러니컬하게 무차별적인 일반화의 경향을 보이는 버킨의 문제점을 정확히 짚어낸 것이기도 하다.

두 사람의 대화가 처음 시작되자마자 다짜고짜 자신의 입장을 확고히 못박으려고 하는 "그의 음성에는 불신, 거의 노여움이라 할 어떤 울림이 있었다"(There was a clang of mistrust and almost anger in his voice, 145)는 구절 또한 버킨의 추상적 태도를 반영한다. 그의 불신과 분노는, 설혹 이전의 만남에서 어슐러가 보인 태도에 대한 그럴 법한 반응이라고 인정해준다 하더라도, 만남을 먼저 자청해서 새로운 관계를 모색하는 상황에 별로 어울리지 않는 것이다. 버킨의 추상적이고 일반화된 언행의 이면에는 여성 일반에 대한 불신과 두려움이 있을 뿐 아니라, 뒤에 어슐러가 지적하듯 완전한 자기신뢰의 결핍, 다시 말해 자신의 말을 실천하려는 의지의 결핍, 또는 말과 "근원적 욕망"간의 괴리가 자리잡고 있다(153). 그의 추상적인 언사라든가 자기신뢰의 결핍은 그가 자신의 말처럼 "아무런 숨김도 방어도 없이 완전히 벌거벗고 미지로 들어간" 것이 아닐 뿐 아니라, 내면적으로 그러한 시도에 대해 상당한 저항을 하고 있다는 사실을 보여준다. 애초에 어슐러만이 아닌, 두 자매를 동시에 초대한 데에도 "자기자신을 보호하려는"(144) 동기가 숨겨져 있었던 것이다.

의식적 자아로부터 벗어나기를 열망하면서도 여전히 그 안에 갇혀 있음이 드러나는 버킨의 위와 같은 결함은 결국 그가 브레들비의 추상적인 지적 풍토를 충분히 청산하지 못했음을 의미한다. 비록 허마이어니와의 결정적 단절을 실행했다지만 「카펫을 깔며」장에서 잘 드러나듯 그녀의 교묘한 영향력은 여전히 그에게 남아 있다. 그러나 외부적으로 행사되는 그녀의 영향력보다 더욱 심각한 것은 과거 그녀와의 관계 속에서 그의 내면 깊이 형성되고 뿌리내린 지적 잔재이며, 이의 극복이야말로 버킨이 열망하는 관계의 실천을 위해 반드시 선행되어야 할 과제이다.

이 작품에서 버킨의 생각을 검증하고 교정하는 데 있어서 어슐러의 역할이 중요하다는 점은 종종 언급되어온 바인데,[33] 경직되고 진지한 태도로 일종의 사랑의 "계약조건을 읽는"(to read the terms of contract) 버킨과 이에 대해 진지함을 잃지 않으면서도 조롱하듯 대응하는 어슐러 사이에 사랑의 논쟁이 펼쳐지는 장면(147-48)이 그 좋은 예라 하겠다. 이 장면은 심각한 주제를 다루면서도 희극적 유머를 놓치지 않는 작가의 역량이 유감없이 발휘되는 대목으로서 진지한 관계맺음을 모색하는 두 인물의 극적 상황 자체에서 자연스럽게 우러나오는 유머는 독자에게 즐거움을 준다. 그러나 여기서 더욱 중요한 사실은 웃음과 유머를 회복하는 일이 인물들 자신에게도 에고를 벗어나는 당면문제와 관련하여 매우 긴요한 사안이 된다는 것이다. 이 장면에서 경직된 버킨의 발언들에 내포된 문제점을 정확히 감지하고 이를 꼬집는 어슐러의 모습에는 다른 많은 대목들에서와 마찬가지로 그녀의 기본적 활력과 건강성이 담겨있는데, 특히 눈길을 끄는 것은 공감과 웃음에 열린 그녀의 조롱하는 태도이다. 그녀의 조롱이 경박하고 냉소적인 종류의 것이 아님은 자신의 사랑관이 송두리째 부정되는 사태에 실망하면서도 버킨의 생각을 청해듣는 진지함에서도 이미 드러난다. 그러나 그녀의 조롱에 대해 화를 내는 버킨의 말에서 그녀가 순간적으로 "사랑의 깊은 고백"(148)을 읽어내는 것은 언어의 표층 아래 숨겨진 감정을 공감적으로 읽어낼 수 있는 그녀 특유의 감수성을 보여준다. "그녀는 말 자체가 의미를 전달하는 것은 아님을, 말이란 단지 우리가 만드는 하나의 몸짓, 다른 어떤 것이나 마찬가지로 하나의 무언극일 뿐임을 알며"(she knew . . . that words themselves do not convey meaning, that they are but a gesture we make, a dumb show like any other, 186), "우스꽝스러운" 그의 말을 조롱하면서 그 말 속에 숨겨진 감정을 찾아낸다. 그녀의 이러한 직관적 통찰이나 활력은 어슐러가 오히려 버킨 이상으로 그가 희망하는 '미지'의 상태에 접근한 일면이 있음을 말해준다. 버킨은 그녀의 웃음과 조롱을 거치면서 "그의 집중된 의식이 깨어져서 그녀를 단순하고 자연스럽게 보기 시작하며"(His concentration broke, he began to look at her simply and naturally, 148) 마침내 '웃을' 수 있게 된다. 자신의 추상적 의식에서 벗어나 '미지'의 다른 자아로 변화할 수 있는 가능성이 생겨나는 것이다.

결국 이들이 미지의 차원에서 성취되는 진정한 관계맺음에 도달하기 위해서는 두 사람 모두가 자신들의 의식과 의지를 초과하는 영역에 열려 있어야만 하며, 버킨 못지않게 어슐러 역시 자신의 사랑관이나 에고이즘을 극복하는 일이 필수적이다. 이 장의 표제어이기도 한 수코양이 미노와 야생 암코양이 사이의 돌발적인 상황과 이에 대한 관점의 차이에서 비롯된 두 사람의 논쟁은 이와 관련해서 중요한 의미를 가진다. 이 장면에서 우선 눈길을 끄는 것은 대화하는 두 사람의 태도가 그전과 서로 뒤바뀌면서 이번에는 어슐러의 결점이 두드러진다는 점이다. 버킨이 "아이러니컬하게 미소를 짓"거나 "좌절과 즐거움, 그리고 속태움과 찬탄과 사랑의 감정 속에 미소를 띤 채 서서"(He stood smiling in frustration and amusement and irritation and admiration and love, 151) 어슐러를 지켜보는 데 반해 그녀는 감정이 크게 동요되어 유머를 잃고 계속 소리를 지른다. 미노를 향해 "남성들이 다 그렇듯이 너도 약한 자를 괴롭혀"(149)라고 비난하고 "남성우위적 가정"(assumption of male superiority, 150)에 분개하는 그녀의 태도는 그녀 또한 일반화의 오류에서 자유롭지 못함을 보여준다.

더욱 주목되는 점은 미노의 행동을 나무랄 때 그녀가 자신의 관념과 감정을 일방적으로 투사한다는 사실이다. 그녀의 이러한 문제점은 앞의 「카펫을 깔며」 장에서 그녀가 철도건널목에서 말을 잔인하게 다룬 제럴드의 행위를 따지고 들 때 여기에 끼어든 허마이어니의 발언을 통해 제기된 바도 있다.

어슐러가 막 대꾸의 말을 내뱉으려는 순간 허마이어니가 얼굴을 쳐들더니 생각에 잠겨 노래하는 듯한 목소리로 말하기 시작했다.

"내 생각엔, 나는 정말이지 우리가 우리의 필요에 따라 하등동물을 사용할 수 있는 **용기**를 가져야 한다고 생각해요. 난 살아있는 모든 것을 우리 자신하고 똑같은 것인양 생각하는 것은 뭔가 잘못됐다고 생각해요. 살아있는 모든 것에 우리 자신의 감정을 투영하는 것은 그릇된 짓이라고 느낀단 말이에요. 그건 분별력의 결핍, 비판의 결핍이지요."

"그렇소," 버킨이 날카롭게 말했다. "동물들에게 인간적 감정과 의식을 감상적으로 부과하는 것은 더없이 혐오스러운 일이오."

Ursula was just breaking out, when Hermione lifted her face and began, in her musing sing-song.

"I do think—I do really think we must have the *courage* to use the lower animal life for our needs. I do think there is something wrong, when we look on every living creature as if it were itself. I do feel, that it is false to project our own feelings on every animate creature. It is a lack of discrimination, a lack of criticism."

"Quite," said Birkin sharply. "Nothing is so detestable as the maudlin attributing of human feelings and consciousness to animals." (139)

뒤이은 발언을 통해 인간과 동물 중 어느 쪽이 "사용하는가"의 문제로 몰고가는 허마이어니의 입장은 동물과의 관계를 도구적인 관점에서밖에는 고려하지 않는다는 점에서 제럴드의 경우와 일치하며 동물에 대한 온전한 태도와는 거리가 멀다는 것이 뚜렷해진다. 그러나 여기서 그녀가 어슐러의 태도에 내포된 문제적 일면을 날카롭게 찌른 것도 분명하다. 물론 허마이어니, 제럴드, 구드런, 위니프레드 등과 비교할 때 동물에 대한 진정한 애정과 공감을 지닌 인물로 치면 어느 모로 보나 어슐러가 이에 가장 근접한 것이 틀림없다. 말에 대한 논의에서 자신의 입장에 대한 만만찮은 반론이 제기되

없음에도 불구하고 그녀는 헤어질 때 제럴드에게 분별있게 동물을 대하라는 직선적 충고를 잊지 않으며, 화자는 그녀의 이러한 투박한 건강성에 공감을 표했다. 그러나 이처럼 동물에 대한 그녀의 공감적 태도가 기본적으로 온당한 것이기에 거기에 은연중 동반된 자기투사는 그만큼 더 문제적이다. 동물에게 인간적 관념과 감정을 투사하는 태도는 어슐러에게 인간주의, 에고중심적 성향이 잔재하고 있음을 보여주는 것으로 그녀의 사랑관과도 무관할 수 없다. 버킨이 그녀의 사랑관을 "에고중심주의"로 비판하는 것(153)이 단지 서구적 사랑에 대한 일반론적 비판만은 아닌 것이다. 이러한 맥락에서 동물에 대한 어슐러의 인간중심적 태도의 극복은 중요한 문제로 제기되며, 그런 까닭에 「달빛」장의 결말부에서 그녀가 다른 생물들의 '미지의' 존재 영역에 눈뜨는 한편 구드런과 공유하던 "의인주의"(anthropomorphism, 264)와 결별을 고하는 것은 중대한 전환이 된다.

한편 고양이의 행동에 대한 버킨의 해석이 어슐러에 비해 좀 더 정확하기는 하나 고양이와 인간 사이의 유비를 끌어내는 그의 태도 역시 전적으로 긍정할만한 것은 못된다. 화자는 그의 언행이 자신의 관점을 이해시키려는 상황의 논리에 적절하지 않음을 극화하면서 두 인물과 고양이 사이에 가로놓인 절대적 차이를 환기시키는데, 이는 "두 인간을 완전히 잊어버리기라도 한 듯 먼 데를 바라보거나"(looking into the distance as if completely oblivious of the two human beings, 149) "갑자기 두 사람과 아무런 관계도 없는 척하며 총총걸음으로 사라지는"(150) 미노의 묘사를 통해 전달된다. 토끼 비스마르크가 많은 상징적 의미의 중첩에도 불구하고 생명의 신비를 지닌 한 마리의 살아 있는 동물로 남듯이 미노 역시 해석을 통해 인간의 세계로 전유될 수 없는 비인간적 타자성의 영역에 머문다.

이렇듯 고양이의 비인간적 타자성과 예측할수 없는 돌발성이 강조되는

「미노」장은 두 인물이 의식적 에고에서 벗어나 미지의 존재로 거듭나야 하는 작품의 극적 논리와 매우 유기적으로 결합되어 있다. 이 작품에서 '미지'의 주제에 주목하는 파커(David Parker)가 적절하게 지적하듯이 이 장은 두 연인의 의식적인 밀고당김에 우연하고 일상적인 사건을 겹쳐 놓음으로써 이를 통해 서로의 결점이라든가 방어기제가 극복되고 미지의 존재 상태로 발전하는 과정을 담고 있다. 고양이의 출현이나 하숙집 여주인 데이킨 부인(Mrs. Daykin)의 갑작스러운 등장 등의 예기치 않았던 사소한 일들은 버킨과 어슐러의 변화에 중요한 역할을 하는 것이다.[34]

버킨이 어슐러의 과거를 청해 들으며 서로에 대한 공감과 애정을 확인하는 이 장의 결말부는 표면적 애정의 이면에 무의식적 증오와 불신이 깔려 있는, 제럴드와 구드런의 관계와 대조적이다. 에고중심적 태도에서 비롯되는 그러한 은폐된 문제들이 관계의 진전과 함께 더욱 불거지는 제럴드와 구드런과는 달리 버킨과 어슐러는 다툼과 화합의 순간들이 교차, 반복되는 가운데 서로의 문제점들을 발견하고 또 교정하기도 하는 것이다. 그리고 버킨과 어슐러 사이의 확장된 공감은 유머와 아이러니, 웃음의 회복을 통해서 드러난다. 두 사람 모두에게서 "야릇하고 이유없는 작은 웃음"(a curious little irresponsible laughter)과 "섬광같은 거침없는 쾌활함"(a flash of wild gaiety, 153)이 나타나며, 버킨의 "이유없는" 웃음은 그가 추상적인 책임감에 짓눌린 병적인 진지함에서 벗어나 자신이 원하는 미지의 자아로 놓여나는 계기가 마련됨을 의미한다. 그의 변화는 끝까지 사랑을 고집하는 어슐러의 주장을 "사랑과 아이러니, 복종의 미묘한 목소리"(a subtle voice of love, irony, and submission, 154)로 받아들이는 데서 한층 분명해진다. 그의 이러한 유연성은 동반된 아이러니에서도 드러나듯 자기 입장의 근본적인 번복이나 철회가 아니면서도, 서구적 사랑관을 일거에 단절하고자 하는 관념성[35]이나 미노에 빗대어 "우월한 지혜"(150)를 주장하던 태도로부터 벗어나 있는 것이다.

그러나 두 인물 모두 옛 자아의 틀을 벗어나 '미지'의 존재로 놓여나는 데 대한 내적 저항이 만만치 않기 때문에 이들이 참다운 관계맺음을 성취하기까지는 무수한 갈등과 곡절이 뒤따르는데, 「수상 파티」("Water Party")장에서 두 인물이 육체적 관계를 가지는 대목과 이어지는 「일요일 저녁」("Sunday Evening")장에서 어슐러가 죽음에 대한 깊은 명상을 하는 대목은 그러한 어려움의 일단을 살피기에 좋은 곳이다. 익사사건이 발생한 뒤 죽음에 관해, 그리고 자신이 원하는 진정한 관계맺음에 관해 어슐러와 대화를 나누던 중 버킨은 어슐러와 입맞춤을 하며 새로운 관계를 시도한다. 그러나 '열정'(passion)의 틀에서 벗어나지 못한 그녀의 반응을 접하면서 "부드럽고 잠처럼 사랑스러운 처음의 완전한 기분"(the first perfect mood of softness and sleep-loveliness, 187)에서 벗어나 "불타는 열정의 옛 불길"(188)에 사로잡힌다. "그의 다름에도 불구하고"(In spite of his otherness, 187), 즉 '사랑'과 '열정'에서 벗어난 새로운 관계맺음을 열망하는 "그의 다른 자아"(his other self, 188)의 존재에도 불구하고 버킨의 내면에는 이를 "조롱하는" 옛 자아의 저항 역시 도사리고 있는 것이다.

사랑에 대한 강한 집착을 보이는 어슐러의 경우 버킨과의 만남을 통해 드러나지 않게 사유와 감정의 변화를 겪는 한편으로 이에 대한 한층 강한 내면적 저항에 직면한다. 위의 일이 있고 난 다음날 기대와 달리 버킨이 곧장 자신을 찾아오지 않자 "그녀의 열정은 피를 흘리며 죽어가는 듯 했고"(191), 그녀는 죽음에 대한 고통어린 치열한 성찰을 하게 된다. 여기에서 어슐러가 "순수한 미지"(the pure unknown, 192)인 죽음을 긍정하고 "죽음의 순수한 비인간적 타자성"(the pure inhuman otherness of death, 194)을 기꺼이 받아들이는 것은 토머스 크리치, 제럴드, 구드런 등이 죽음조차 의지로 부정하려는 태도를 보이는 것과 뚜렷한 대비를 이루며, 그녀의 내면에서 '미지'의 새로운 자아로 이행하는 중대한 변화가 진행됨을 뜻한다. 그러나 이에 대한 내적 저항 또한 만만치 않다는 사실은 그녀의 이러한 변화를 요구하는 버킨에 대해 그녀가 이유를 알 수 없는 "더없이 매섭고 궁극적인 증오"(197)를 가지는 데서 드러난다. "그는 본질적인 적의를 띤 광선, 즉 단지 그녀를 파괴할 뿐 아니라 그녀를 전적으로 부정하고 그녀의 온 세계를 폐지하는 광선인 듯 했다"(It was as if he were a beam of essential enmity, a beam of light that did not only destroy her, but denied her altogether, revoked her whole world, 198)는 데서 전달되듯이 어슐러의 증오는 그녀의 옛 자아를 타파할 것을 요구하는 버킨에 대한 저항이자, 고통을 수반한 그녀 내면의 변화에 대한 강렬한 저항이기도 한 것이다. 이처럼 그녀가 겪는 내적 변화가 의미심장한 만큼 이에 따르는 저항 역시 완강하기 때문에 이들의 관계는 일시적으로 소원한 국면에 접어들기도 한다.

그러나 이러한 어려움에 부딪치면서도 이들의 관계는 만남의 과정들을 거치면서 꾸준히 진전되며, 「달빛」장에서 중요한 계기를 마련하는가 하면 「나들이」장에서 마침내 진정한 성취의 단계에 접어든다. 타자성의 발현에 기반한 이들의 관계맺음이 동일성의 세계를 극복한 세계사적 의미를 지닌 사건임은 이를 전하는 화자의 진지한 언어를 통해서도 부각되지만 "나들이를 하다"(excurse)라는 이 장의 표제에서도 이미 암시되었다 할 수 있다. 액면 그대로 두 인물이 함께 나들이함을 뜻하는 이 표제어는 이 장의 진행과 더불어 훨씬 심층적 의미로 확대된다. 그것은 의식과 언어로부터 육체와 감각, 침묵의 차원으로, 에고의 동일성에서 벗어나 미지의 또 다른 자아의 층위로, 그리고 이 작품에서 그토록 강렬하게 환기된 파괴적인 동일성의 세계로부터 그 너머 타자성이 발현되는 창조적인 삶의 세계로의 나들이인 것이다.

버킨과 어슐러 사이에서는 언쟁과 화합의 반복적인 과정을 통해 도약의 순간이 부단히 예비되곤 함을 지적했지만, 「나들이」장에서 이들이 새로운 전기를 맞게되는 대목 역시 그러한 과정의 반복 가운데 생겨난다. 처음 반지를 건네받으며 이뤄지는 화합의 순간, 즉 어슐러 내면에 있는 "아랫공간" (under-space) 내지 "아랫침묵"(undersilence)이 열리며 에고를 벗어난 새로운 존재 가능성이 엿보이던 순간은 허마이어니와의 관계를 청산하지 못하는 버킨의 태도로 인해 이내 가장 격렬한 언쟁으로 변한다. 반지를 집어던진 어슐러가 홀로 걸어가버린 후 심신이 지친 버킨은 자신의 잘못을 인정하는 한편으로, 어슐러가 상대를 "흡수하고, 융합하고, 합병하고자 하는"(to absorb, or melt, or merge) "허마이어니의 추상적인 정신적 친밀성"과 표리관계에 있는 "감정적 친밀성"의 상태에 있는 것으로 파악하는, 일리가 있으면서도 다분히 상투화된 상념에 사로잡힌다. 그러나 고양이와 하숙집 아주머니의 출현 장면과 유사하게, 둘의 싸움에 갑자기 자전거 탄 사람이 나타나서 그들이 벌이는 언쟁의 흐름이 전환되듯이 버킨이 버려진 반지를 주워 닦는 순간 뜻밖의 중대한 전기가 찾아온다. 그것은 인물의 의식적, 무의식적 욕망과 예측불가능한 삶의 흐름이 만나서 생기는 필연적 우연의 순간이다.

> 그는 반지들이 길바닥의 부연 진흙 속에 놓여 있는 것을 차마 볼 수 없었다. 그는 그것들을 집어들어 무의식적으로 손에다 대고 닦았다. 반지는 미의 실재, 즉 따뜻한 창조 속에 있는 행복의 실재에 대한 작은 징표였다. 그러나 그는 자신의 손을 온통 더러운 흙투성이로 만들고 말았던 것이다.
>
> 그의 의식에 어둠이 드리워졌다. 무슨 강박증처럼 거기에 자리잡았던 끔찍한 의식의 매듭이 깨어져 사라졌으며, 그의 생명은 어둠 속에서 손발과 몸통 위로 용해되었다. 그러나 지금 그의 마음 속에는 한 가지 걱정되

는 점이 있었다. 그는 그녀가 돌아오기를 원했다. 그는 아무런 책임도 모르는 채 천진무구하게 숨쉬는 어린아이처럼 가볍고 고르게 숨을 쉬었다.

그녀가 돌아오고 있었다…… 그는 완전히 이완되어 평화롭게 잠들어 있는 듯 했다.

그녀는 다가와서 고개를 숙인 채로 그의 앞에 섰다.

"당신에게 무슨 꽃을 가져왔는지 보세요," 그녀는 자줏빛이 도는 붉은 히스꽃 한 가지를 그의 얼굴 아래로 내밀면서 뭔가를 동경하듯이 말했다. 그는 색깔있는 종처럼 생긴 꽃들과 나무처럼 생긴 작은 가지를, 또한 너무나 섬세하고 너무나 민감한 피부를 가진 그녀의 손을 바라보았다.

"예쁘군!" 그는 미소를 띤 채 그녀를 쳐다보고 꽃을 받아들며 말했다. 복잡함은 흔적없이 사라지고 모든 것이 다시 단순하게, 아주 단순하게 되었던 것이다……

그가 거기 툭트인 길 위에서 조용히 그녀를 안고 서 있는 순간 그것은 평화였다. 그저 평화일 뿐이었다. 드디어 평화가 온 것이다. 낡고 혐오스러운 긴장의 세계는 마침내 사라져버린 것이다. 그의 영혼은 강하고 편안했다.

He could not bear to see the rings lying in the pale mud of the road. He picked them up, and wiped them unconsciously on his hands. They were the little tokens of the reality of beauty, the reality of happiness in warm creation. — But he had made his hands all dirty and gritty.

There was a darkness over his mind. The terrible knot of consciousness that had persisted there like an obsession was broken, gone, his life was dissolved in darkness over his limbs and his body. But there was a point of anxiety in his heart now. He wanted her to come back. He breathed lightly and regularly like an infant, that breathes innocently, beyond the touch of responsibility.

She was coming back. . . . He was as if asleep, at peace, slumbering and utterly relaxed.

She came up and stood before him, hanging her head.

"See what a flower I found you," she said, wistfully, holding a piece of

purple-red bell-heather under his face. He saw the clump of coloured bells, and
the tree-like, tiny branch: also her hands, with their over-fine, over-sensitive skin.

"Pretty!" he said, looking up at her with a smile, taking the flower.
Everything had become simple again, quite simple, the complexity gone into
nowhere. . . .

It was peace, just simply peace, as he stood folding her quietly there on the
open lane. It was peace at last. The old, detestable world of tension had passed
away at last, his soul was strong and at ease. (309-10)

여기서 버킨은 자신을 짓눌러온 "끔찍한 의식의 매듭"으로부터 마침내
미지의 다른 자아로 놓여나기 시작한다. 이 중대한 전환은 의식적 노력과 예
측에서 완전히 벗어나 사변의 높은 위치에서 추락한 상황, 내팽개쳐진 반지
를 주워 닦느라 손이 흙에 뒤범벅이 된 어찌 보면 더없이 우스꽝스러우며,
사소한 현실에 몸을 낮춘 순간에 이뤄진다. 중대사와 일상사, 그리고 진지함
과 희극적 유머가 절묘하게 결합되는 지점이다. 물론 버킨 자신이 유머와 아
이러니를 보이는 것은 아니다. 「미노」장에서 의식적 자아의 추상성과 과도
한 진지함이 희극적 유머와 아이러니를 통해 극복되었다면, 위에서는 평화로
우면서도 "이완된", 웃음을 동반한 또 다른 진지함이 "아무런 책임도 모르
는" 순진성과 더불어 복원된다. 꽃과 어슐러에 대한 감정을 함께 담아내는
"예쁘군"이라는 한 마디의 말은 그렇게 되찾은 단순함 속에서 버킨에게 절
박하게 드리워진 위기, 즉 감정과 의식의 괴리가 해소되고 있음을 암시한다.
이는『무지개』에서 리디아를 처음 본 톰 브랭원이 자기도 모르게 토해낸 "바
로 저 여자야"(That's her, R 29)란 말을 통해 그의 마음 속 깊은 열망이 단순
하면서도 자연스럽게 의식으로 표출된 대목을 연상시키기도 한다. 톰에게는
그토록 수월하게 이뤄진 내적 갈망과 의식 사이의 조화가 버킨에게는 무수

한 시련과 실패를 거친 각고의 노력 끝에 힘겹게 달성된다는 사실은 버킨이 속한 현대사회의 불건강성을 반영하는 것이기도 하다. 그러나 언어와 의식의 계발에 대한 역사적 요청을 끝까지 밀고나가서 이에 따르는 온갖 어려움과 '복잡성'을 거친 뒤 다시 획득한 단순성은 그만큼 역사적 의의도 깊은 것이다.

"의식의 긴장"이 깨어짐은 "그의 생명은 어둠 속에서 그의 손발과 몸통 위로 용해되었다"는 데서 드러나듯 의식의 '타자'로서 억눌려 있던 육체의 소생과 겹친다. 그것은 또한 버킨의 단순해진 언어가 예고하듯 언어의 바깥인 침묵이 복원되는 것이기도 하다. 위 대목을 계기로 두 인물은 육체와 침묵의 차원으로 더 깊숙이 내려가는 가운데 에고에서 벗어난 미지의 자아로 나아간다. "그는 막 태어난 어떤 것처럼, 알의 껍질을 깨고 나온 새처럼 새로운 우주로 이제 막 깨어난 듯 그의 온 몸이 단순하면서도 번득이는 인식으로 깨어나서 몸 전체로 의식하는 것 같았다"(He seemed to be conscious all over, all his body awake with a simple, glimmering awareness, as if he had just come awake, like a thing that is born, like a bird when it comes out of an egg, into a new universe, 311-12)는 구절에서 버킨의 변화는 확연히 전달된다. 화자는 그의 변화를 접하며 마찬가지로 에고로부터 놓여나 새로운 차원의 존재로 접어드는 어슐러의 변화 과정을 한층 세밀하게 언급한 뒤, 이들이 셔우드 숲 (Sherwood Forest)에서 타자성이 발현되는 진정한 관계맺음을 성취하였음을 다음과 같이 밝힌다.

> 진정된 채 비인간적으로, 그녀의 드러나지 않은 벌거벗은 몸에 놓인 그의 손가락은 침묵 위에 놓인 침묵의 손가락, 신비한 밤의 육체 위에 놓인 신비한 밤의 육체였다. 결코 눈으로는 볼 수 없고 의식으로도 알 수 없으며,

오직 감촉을 통해 드러나는 살아있는 다른 존재로서만 알려지는 남성적인 밤이며 여성적인 밤이었다.

그녀는 그에 대한 욕망을 느꼈고 그를 만졌다. 그녀는 감촉을 통해 말로 표현할 수 없는 최대한의 교섭, 어둡고 미묘하며 완전히 소리없는 교섭을 받아들였다. 그것은 장엄하게 받고 또 주는 것이며 완벽한 받아들임이자 내줌이고 하나의 신비였다. 결코 알려질 수 없는 그 무엇의 실체, 즉 결코 의식적 내용으로 바뀌어질 수 없고 그 바깥에 남아 있는 생생한 관능적 실체, 어둠과 침묵, 미묘함의 살아있는 육체, 실재의 신비스러운 육체였다. 그녀의 욕망이 충족되었으며 그의 욕망 또한 충족되었다. 왜냐하면 그녀에게 있어서나 그에게 있어서나 서로는 같은 존재, 즉 태고의 장엄함을 지닌, 감촉을 통해 알 수 있는 신비하며 진정으로 다른 존재였기 때문이다.

Quenched, inhuman, his fingers upon her unrevealed nudity were the fingers of silence upon silence, the body of mysterious night upon the body of mysterious night, the night masculine and feminine, never to be seen with the eye, or known with the mind, only known as a palpable revelation of living otherness.

She had her desire of him, she touched, she received the maximums of unspeakable communication in touch, dark, subtle, positively silent, a magnificent gift and give again, a perfect acceptance and yielding, a mystery, the reality of that which can never be known, vital, sensual reality that can never be transmuted into mind content, but remains outside, living body of darkness and silence and subtlety, the mystic body of reality. She had her desire fulfilled, he had his desire fulfilled. For she was to him what he was to her, the immemorial magnificence of mystic, palpable, real otherness. (320)

의식, 언어, 시각과 빛의 "바깥"으로서의 육체와 침묵, 촉감, 어둠이 현저하게 부각되는 위 인용문은 두 인물이 의식을 벗어난 미지의 '다른' 자아로 놓여남과 동시에 이들의 서로에 대한 진정한 타자성이 확보되고 있음을 전달한다. 두 인물은 "사랑을 초월한 그 무엇, 자기자신을 능가한 데서, 즉 옛 존재를 초월한 데서 오는 더 없는 즐거움"(something beyond love, such a gladness of having surpassed oneself, of having transcended the old existence)의 경지에 이른 것이요, "새로운 하나, 즉 이원성으로부터 되찾은 새로운 낙원의 단위"(a new One, a new, paradisal unit regained from the duality, 369)를 형성하는 단계에 접어든 것이다.

화자가 직접 두 인물의 경험과 성취를 전하는 위 대목은 추상적 용어가 과도하게 사용된 점이나 작가의 의도가 지나치게 명시적으로 드러난 점이 결함으로 지적되기도 한다.[36] 그러나 추상적 용어들이 불필요하게 동원된 것도, 독자의 참여를 배제하는 작가의 일방적 언술이 이뤄진 것도 아니며, 오히려 독자의 참여와 변별적 안목이 각별히 요구된다고 볼 수 있다. 예를 들어 반복되는 "mystery", "mysterious", "mystic" 등의 용어만 하더라도 두 인물의 경험을 신비화하려는 작가의 의도를 반영한다기보다는 작품에서 다루어지는 다른 종류의 신비, 말하자면 아프리카 문명을 두고 쓰인 "태양광선의 부패하는 신비"와 서구 문명의 "얼음처럼 파괴적인 지식의 신비", 또는 제럴드와 구드런 사이에 진행된 "혐오스러운 신비의식들"(abhorrent mysteries, 242) 등을 환기시키면서, 독자로 하여금 이것들과의 변별을 통해 버킨과 어슐러가 이뤄낸 관계의 신비, 삶 그 자체에서 비롯되는 "새로운 신비"(a new mystery, 320)의 의미를 적극적으로 읽어내도록 요구하기 때문이다. 또한 "quenched, inhuman"이라는 표현 역시 작품에서 언급되는 다른 종류의 "비인간적인" 요소, 즉 제럴드, 구드런, 뢰르케 등에게서 발견되는 특성과의 구별을 요구하는 한편 '사랑'이나 '정욕'으로부터 벗어난, 이들이 도달한 '신비'의 성격을 암시하는 것이다.

그런데 버킨의 운전하는 모습이 이집트의 파라오에 비유되는 대목을 포함하여 사라센 헤드(Saracen's Head) 주막 장면부터 위 대목에 이르는 부분에 대해서는 대부분의 평자들이 지나치게 명시적으로 의미를 전달하려는 작가의 태도라든가 전문어(jargon)에 가까운 언어 사용, 그리고 아이러니의 부재나 교훈주의 등의 이유를 들어 작품의 결함으로 지적해왔다.[37] 이들의 지적처럼 이 부분이 충분히 만족스럽지 못한 것은 사실이지만 여기서 이 대목의 구체적인 공과나 평자들이 지적한 바의 적절성 여부를 상세하게 가릴 여유는 없다. 그러나 평자들의 주장이 사실이라면 이제까지 적절한 표현을 구사하던 작가가 왜 갑자기 이 대목에 이르러 실족하게 되었는지가 의아스럽지 않을 수 없다. 어떤 이유에서든 이 대목에서 작가의 예술적 분별력이 잠시 흐려진 탓인지, 아니면 비록 충분히 만족할 만한 성과를 내진 못했다 할지라도 이 대목의 극적 상황 자체가 작가로 하여금 이전과는 근본적으로 다른 재현 방식을 요구하는 데 따른 불가피한 결과인지 하는 점은 따져볼 문제이다.

분명한 사실은 의식의 차원을 넘어서고자 하는 과정에서 버킨과 어슐러 두 인물이 이전에 유사하게 경험했던 바와 연속선상에 있으면서도 본격적으로 새로운 단계인 이 대목의 경험을 작가가 이전과 동일한 방식으로 묘사할 수는 없을 것이라는 점이다. 또한 의식과 언어를 초월한 경험 자체의 성격상 인물들의 의식을 빌어 표현할 수도 없고, "사랑도 정욕도 아닌"(neither love nor passion, 313), 기존의 서구적 남녀관계의 통념을 뛰어넘는 그 이상의 어떤 경험이 상투적인 방식으로 서술되거나 쉽게 이해될 수 있는 것도 아니라면, 화자가 직접 나서서 이 경험의 내용이나 의미를 명료하게 전달할 필요성이 생기지 않을 수 없다. 화자의 이런 노력에도 불구하고 일부 평자들은 주막에서 어슐러가 버킨의 허리를 만지며 "남근적 원천보다 더 깊은"(deeper than the phallic source, 314) 관능성을 경험하는 것을 색다른 성적 교섭으로 이해하거나[38] 두 인물의 경험을 구드런과 제럴드의 관계에서의 그것과 구별하기 어렵다고 주장한다.[39] 그런가 하면 작가가 버킨의 운전 모습을 이집트인과 그리스인의 어떤 특성이 결합된 것에 비유함으로써 그 세계사적 의미를 분명하게 전달하는 대목조차 전혀 엉뚱하게 평가하곤 하는데[40] 이러한 사실들은 화자의 명시적 표현이 필요하다는 점을 오히려 반증하는 셈이다.

한편 작가가 두 인물의 성취에 담긴 중대한 의미를 전하면서도 동시에 이에 대한 객관적 거리와 균형감을 잃지 않고 있음은 홀더니스(Graham Holderness)가 지적하듯이 두 인물의 관계에 대한 '상징적'이고 '형이상학적인' 묘사와 일상사에 대한 사실적 차원의 묘사 사이에 대비가 두드러진다는 사실[41]에서 확인할 수 있다. 즉 화자는 주막집에서의 식사, 사퇴서를 쓰는 일, 어슐러의 집에 전보를 보내는 일, 행선지를 정하는 일, 밖에서 밤을 보내기 위해 식품을 사는 일 등 구체적 일상을 부각시킴으로써[42] 두 인물이 이뤄낸 값진 성취가 결코 일상적 현실의 세계로부터 동떨어진 무엇이 아님을 보여주는 것이다.

작가가 두 인물의 성취를 어디까지나 객관적 현실 속에서 냉정하게 가늠하고 있음을 보여주는 또 다른 주요한 증거는 이들의 관계가 새로운 차원에 접어든 주막집의 대화에서 버킨이 언급하는 "방랑"(wandering)이라든가, 그들 두 사람 관계를 넘어서는 관계, 즉 "우리가 함께 자유로워지기 위해서 당신과 나, 그리고 다른 사람들 사이에 완성되는 관계, 완성의 관계"(a perfected relation between you and me, and others—the perfection relation—so that we are free together, 316)에 대해 어슐러가 불안과 불만족을 느낀다는 사실이다. 이처럼 버킨과 어슐러의 관계가 일정한 성취의 단계에 접어든 바로 그 순간 버킨이 추구하는 남자들 사이의 관계가 중요한 문제로 부상됨으로써, 남녀관계의 성취가 그 자체로 완결된 성취가 아니라 오히려 더 막중한 새로운 과제를 본격적으로 제기하는 계기이며, 이 새로운 관계가 실현되지 않는 한 버킨과 어슐러가 일구어낸 결실 또한 일정한 한계를 가질 수밖에 없다는 작가의 인식이 전달되는 것이다.

사실 버킨과 제럴드의 관계는 어슐러와의 관계 못지않게 작품의 중요한 한 축을 이루는데, 여기서는 버킨이 제럴드를 통해 추구하고자 하는 "남자와 남자 사이의 깊은 관계"(deep relationship between man and man, 34)의 본질과 그 실패의 원인, 그리고 그것이 남기는 문제를 타자성의 주제와 관련해서 간략히 언급하고자 한다.[43] 버킨이 제럴드와 맺고자 하는 관계는 통속적인 수준의 "허물없이 편하고 자유로운 우정"(a casual free-and-easy friendship, 33)을 넘어서는 어떤 것임이 분명하다. 하지만 그것이 정확히 어떤 성격의 것인지는 버킨 스스로도 명확한 자기이해에 도달하지 못하며, 그런 만큼 이를 제럴드에게 명료하게 전달하지도 못하기 때문에 흔히 동성애적인 관계로 오해되기도 한다. 그러나 버킨이 원하는 관계가 동일성 세계를 극복하고 타자성이 발현되는 새로운 세계를 모색하려는 그의 진지한 시도의 일환임은 제럴드와의 깊은 관계에 대한 무의식적 열망을 줄곧 부정해오던 그가 돌연 '의형제'(Blutbrüderschaft)를 제안하는 구체적 정황을 살펴보면 분명해진다.

어슐러와 일시적으로 소원한 관계에 접어들고는 있지만 그녀와의 관계가 어느 정도 깊이 진행된 상태인 「남자 대 남자」("Man to Man")장의 도입부에서 버킨은 존재의 개체성 또는 타자성에 대한 긴 명상 속에서(199-201), 사람들이 "단일한 전체의 깨어진 파편들"(broken fragments of one whole)이 아니라 "우리 각자가 별개의 존재로서 차이 속에 성취되는 새로운 시대"(the new day, where we are beings each of us, fulfilled in difference, 201)가 도래하기를 갈구한다. 그는 병문안 온 제럴드와 함께 "특수한 재능"을 지닌 위니(Winnie)의 교육에 대해 논의하던 중 평준화시키는 교육 현실과의 타협이 불가피하다는 제럴드의 입장을 반박하면서 개인의 특수한 자질이 "정상적인 또는 보통의"

층위로 끌어내려지지 않는 "다른, 별개의 세계", "자유의 특별한 세계"(an extraordinary world of liberty)를 만들어야 할 필요성을 역설한다. 이러한 그의 생각은 「브레들비」장에서 허마이어니의 정신적 평등주의나 서구 민주주의의 평등 개념을 비판하고 존재의 '순수한 차이'에 입각한 국가를 건설해야 한다는 주장과도 통하는데, 그가 돌연 '의형제'를 제안하는 것은 바로 이러한 정황에서이다.

버킨의 제안에 어느정도 끌리면서도 제럴드는 이 문제를 좀 더 분명히 이해할 때까지 보류해두자고 함으로써 회피한다. 제럴드 역시 버킨의 제안이 존재의 "내재적 차이"에 기초한 새로운 세계의 창조라는 의도를 담고 있음을 감지하지만 바로 그 이유로 인해 제럴드는 선뜻 그 제의에 응할 수 없다. 이러한 사실은 두 인물이 구드런의 특별한 존재에 관해 대화를 나눈 직후의 다음 대목에서 확인된다.

> 제럴드는 웃었다. 그는 이 문제에 관해선 항상 거북함을 느꼈다. 그는 사회적 우월성을 주장하고 싶지는 않았으나 그렇다고 내재적인 인격적 우월성을 주장하려고 하지도 않았다. 그는 가치 기준을 결코 순수한 존재에 두려고 하지 않았기 때문이다. 그래서 그는 사회적 지위의 암묵적 가정 위에 불안정하게 서 있었다. 지금 버킨은 그가 인간들 사이의 내재적 차이라는 사실을 받아들이기를 원하고 있지만 그는 그것을 받아들일 의향이 없었다. 그것은 그의 사회적 명예, 그의 원칙에 어긋나는 것이었다. 그는 가려고 일어섰다.

> Gerald laughed. He was always uneasy on this score. He did not *want* to claim social superiority, yet he *would* not claim intrinsic personal superiority, because he would never base his standard of values on pure being. So he wobbled upon a tacit assumption of social standing. Now Birkin wanted him to accept the fact of intrinsic difference between human beings, which he did not intend to accept.

It was against his social honor, his principle. He rose to go. (209)

　물론 제럴드는 일정한 미덕을 지닌 인물로서 버킨의 제안에 상당히 끌리기도 하는 만큼 버킨의 제안도 처음부터 실패가 뻔히 예정된 무의미한 것은 아니었다. 그러나 위 인용문에서 그려지듯 제럴드가 가지는 엄연한 한계로 인해 둘의 관계가 실패할 수밖에 없는 것 또한 불가피한 사실이다. 제럴드가 버킨의 제안을 받아들일 수 없는 이유는 그가 동일성 세계의 주축을 형성하는 인물이기 때문이다. 뒤이은 「실업계의 거물」("The Industrial Magnate")장을 통해 제럴드가 산업세계에서 '순수한 도구성'의 척도 아래 절대적 균질화를 실현한 것이 민주주의적 평등 이념을 일거에 뛰어넘은 일면을 지녔으면서도 더 절대적인 평등 내지 균질화를 실행한 것임은 이미 앞의 논의에서 살펴본 바 있다. 산업적, 공적 영역과는 철저히 분리된 사적 영역을 상정하는 그의 태도(103) 또한 전형적인 자유주의적 입장이다. 버킨이 제럴드에 대해 열정적으로 다가간 뒤 곧 느끼곤 하는 "일종의 경멸, 또는 권태"는 이처럼 제럴드가 "하나의 존재 형식, 하나의 지식, 하나의 활동에 한정되는"(limited to one form of existence, one knowledge, one activity, 207), 즉 이미 창조적 삶으로부터 떨어져나와 서구문명의 주류에 완고하게 자리잡은 인물임을 감지하는 데서 비롯된다. 나중에 "모든 사람에게 있어서의 더 큰 자유, 즉 남녀 모두에 있어서 개체성의 더 큰 힘"(a greater freedom for everybody, a greater power of individuality both in men and women, 352)을 지향하는 남자들간의 관계가 필요하다는 버킨의 제안을 좀더 분명하게 거부하는 장면에서 다시 확인되듯이, 제럴드가 산업세계에서 발하는 절대적 의지는 곧 진정한 삶에 대한 "의지의 부재"(353)와 다름없다. 제럴드는 "자신이 생생하게 믿는 것도 아닌 기성 질서"(363)에 대한 집착을 벗어 던지고 존재의 타자성이 발현되는 새로운 삶으로의 전환을 감당할 만한 역량를 지니지 못한 것이다.

제럴드가 동일성의 논리에 지배된 서구세계를 대표한다 할 때 버킨이 모색하는 둘 사이의 관계가 결국 실패로 돌아간 사실은 존재의 타자성에 입각한 새로운 세계로의 전환 가능성이 적어도 그 세계 내부로부터 싹틀 수 있는 전망은 없음을 의미한다. 그러나 항구적으로 존재의 차이가 실현되는 세계, 다시말해 진정한 '고향'이 들어서지 않는다면 버킨과 어슐러가 성취한 온전한 남녀관계 역시 '나들이'와 '방랑'으로서의 역사적 한계를 벗어날 수 없는 것이기에 새로운 세계를 창조할 남자들간의 관계맺음에 대한 요구는 한층 더 절실해지는 것이다.

이것이 매우 어렵고 복잡한 문제라는 사실은 이 점에 관해 끝까지 입장의 차이를 좁히지 못하는 버킨과 어슐러의 대화장면들을 통해 전달된다. 어슐러는 둘만의 관계 이외의 다른 관계를 추구하는 일에 대해 기본적으로 배타적으로 나오는 문제점을 드러내지만, 버킨이 추구하는 남자들간의 관계가 주어진 현실 속에서 결코 가능하지 않다는 그녀의 판단은 정확한 것이다. 또한 "그것은 **저절로 일어나야만** 해요. 당신이 당신의 의지로 어떻게 할 수 있는 게 아니에요"(But it must *happen*. You can't do anything for it with your will, 363)라고 하며 버킨의 시도에 "강요하거나"(force) "윽박지르는"(bully) 성향이 있음을 지적한 것 역시 현실적으로 가능하지 않을 일을 무리하게 도모하는 데 따를 위험을 적절히 상기시킨다. 이에 대해 버킨은 어슐러의 비판에 담긴 타당성을 수긍하면서도 "그렇다고 아무런 방도도 취하지 않아야 한단 말이오"(363)라고 반문하며 자신이 추구하는 또 다른 관계에 대한 믿음을 끝내 포기하지 않는데, 그의 이러한 태도 역시 온당한 것임이 암시된다.

결국 작품은 이러한 긴장을 담은 채 그것에 대한 모종의 해결의 실마리를 암시하며 종결된다. 마지막 장에서 버킨이 제럴드의 시신을 두고 긴 명상을 하며 "거대하고 창조적인 비인간적 신비"(the vast, creative, non-human mystery, 478)에서 깊은 위안을 얻는 대목이 그것이다. 삶의 신비 자체에 대한 외경심을 간직한 채 인간의 역사적 한계를 겸허히 받아들이며 삶의 모험을 계속하는 것, 두 사람이 힘겹게 이뤄낸 관계맺음에 담긴 진실을 지키고 키워가며 미래를 준비하는 것이야말로 패배주의나 맹목적 활동주의에 빠지지 않는, 진정한 지혜의 길로 남는 것이다.

그러나 서구 사회 내부로부터 존재의 차이에 입각한 새로운 사회를 건설하는 것이 엄연한 역사적 한계로 남는 한편 존재의 타자성이 발현되는 새로운 세계에 대한 모색 또한 포기할 수 없는 절대적 과제로 제시되고 있다면, 삶의 신비에 거스르는 의지를 행사하거나 강요하는 위험으로부터 궁극적으로 벗어나면서도 이러한 역사적 과제를 해결할 단서를 어디서 어떻게 마련할 수 있을 것인가? 이것이 동일화된 서구 세계의 총체적 실상을 진단하고 존재의 타자성이 발현되는 온전한 삶의 가능성을 타진하는 힘겨운 작업 끝에『사랑하는 여인들』이 독자, 그리고 작가 자신을 향해 최종적으로 던지는 질문이다.

NOTES

1) 이 작품의 '묵시록적', 또는 종말론적 관점에 주목한 글로는 Kermode, 54-75; Maria Dibattista, "*Women in Love*: D. H. Lawrence's Judgment Book," *D. H. Lawrence: A Centenary Consideration*, ed. Peter Balbert and Phillip Marcus (Ithaca: Cornell UP, 1985) 67-90; Joyce Carol Oates, "Lawrence's Götterdämmerung: The Apocalyptic Vision of *Women in Love*," *Critical Essays on D. H. Lawrence*, ed. Dennis Jackson and Fleda Brown Jackson (Boston: G. K. Hall, 1988) 92-110 참조.

2) John Middleton Murry, rev. of *WL*, *Nation and Athenaeum* 13 August 1921: 713-14, rpt. in D. H. Lawrence: *The Critical Heritage*, ed. R. P. Draper (London: Routledge & Kegan Paul, 1970) 168-72. Rose Macaulay 역시 *Saturday Westminster Gazette*의 1921년 7월 2일자 서평에서 Murry와 같은 취지로『사랑하는 여인들』의 결함을 지적한다(Draper, 165-67).

3) Leavis, *DHLN* 218-31.

4) Leo Bersani, "Lawrentian Stillness," *A Future for Astyanax: Character and Desire in Literature* (1976; New York: Columbia UP, 1984) 156-85. 한편 심리학적인 관점에서『사랑하는 여인들』의 반복에 주목하는 Swift는 반복과 죽음의 관계를 논하는 가운데, 이 작품에서의 반복적 언어를 결함이 아닌 기교상의 본질적 요소로 평가한다. John N. Swift, "Repetition, Consummation, and 'This Eternal Unrelief'," *The Challenge of D. H. Lawrence* 121-28.

5) Michael Ragussis, "D. H. Lawrence," *The Subterfuge of Art: Language and the Romantic Tradition* (Baltimore: Johns Hopkins UP, 1978) 172-225 및 Bonds, *Language and the Self in D. H. Lawrence* 77-109.

6) Gilles Deleuze, *Difference and Repetition* (London: Athlone, 1994) 293.

7) Hough, 79.

8) Leavis, *Thought, Words and Creativity: Art and Thought in Lawrence* 86.

9) Mark Kinkead-Weekes, "The Marble and The Statue: The Exploratory Imagination of D. H. Lawrence," *D. H. Lawrence: Critical Assessments* 2: 209.

10) Bell, *LLB*, 120-21.

11) 버킨과 달의 이미지가 겹침에 대한 언급으로는 강미숙,『*The Rainbow*와 Women in Love 연구: D. H. 로렌스의 여성관과 '새로운 민주주의'의 모색』(서울대 박사학위논문, 1998) 177 참조.

12) 가령 데리다의 해체주의적 관점을 로렌스에 적용하는 Doherty는 달장면에 대해, "파열적 차이의 작용"에 의해 자기현전의 이미지가 붕괴되는 과정을 보임으로써 로고스중심주의와 모든 전통적 계서의 틀을 해체하려는 긍정적 시도의 다른 한편으로 "기원과 종말의 동일성을 보장하는" 수사적 책략, 즉 동일성으로의 회귀를 "불가피하면서도 필연적인" 것으로 만드는 달그림자의 은유를 통해 파열적 차이의 효과를 봉쇄하는 움직임 또한 병존한다고 보고 그 둘 사이에 갈등이 있음을 문제로 지적한다. Doherty, 490-91.

13) Colin Clarke, *River of Dissolution: D. H. Lawrence & English Romanticism* (London: Routledge & Kegan Paul, 1969) 99-106 및 Kinkead-Weekes, 앞의 글 209-10.

14) Introduction, *WL* lii-lv 참조.

15) 로렌스 소설에서의 희극적 요소를 강조하는 Howard Mills는 「달빛」장에서 전적으로 달빛장면에만 비평적 관심이 쏠리는 점에 이의를 제기한다. 그는 이 장을 버킨의 자기몰입적 태도에 대한 비판이 담긴 희극적 구조로 파악하면서, 버킨과 윌 사이에 펼쳐지는 희극적 장면이 이 장에서 상대적으로 많은 분량을 차지하고 있음을 환기시키고 그 구조적 기능을 강조한다. Howard Mills, "Mischief or merriment, amazement and amusement—and malice: *Women in Love*," *Lawrence and Comedy*, ed. Paul Eggert and John Worthen (Cambridge: Cambridge UP, 1996) 51-54.

16) Lawrence, "The Novel", *STH* 181.

17) Bersani, 11. 그러나 Bersani는 이러한 가능성을『사랑하는 여인들』에서 읽어내지 못하고 있다.

18) 백낙청, 「로렌스문학과 기술시대의 문제—『연애하는 여인들』을 중심으로」, 『20세기 영국소설 연구』(민음사, 1981) 127-28.

19) Kim Sungho, "Engaging the Ineffable: Feeling and the Trans-Modern Imagination in D. H. Lawrence's

Women in Love and *The Plumed Serpent*," 109-11. 허마이어니를 익히 잘 알고 있는 버킨의 즉각적이고
도 격렬한 비판 역시 그녀의 이러한 자위행위적 심리기제를 겨냥한 것이다. "As it is, what you
want is pornography—looking at yourself in mirrors, watching your naked animal actions in mirrors, so
that you can have it all in your consciousness, make it all mental" (*WL* 42).

20) Roberts는 작품 전반을 통해 화자가 구드런에 대해 일정한 존중을 보이고 있음을 지적한다. Neil
Roberts, "Lawrence's Tragic Lovers: The Story and the Tale in *Women in Love*," *D. H. Lawrence: New
Studies*, ed. Christopher Heywood (London: Macmillan, 1987) 38.

21) Dibattista, 79-81 참조.

22) Michael G. Yetman, "The Failure of the Un-Romantic Imagination in *Women in Love*," *D. H. Lawrence:
Critical Assessments* 2: 326-40.

23) 「브레들비」장에서 이 대목에 이르기까지 허마이어니의 심층적 의식에 대한 적절한 분석으로는
Leavis, *DHLN* 219-29 참조.

24) "Gudrun looked at Gerald with strange, darkened eyes, strained with underworld knowledge, almost
supplicating, like those of a creature which is at his mercy, yet which is his ultimate victor. . . . she
seemed like a soft recipient of his magical, hideous white fire" (241-42)

25) George H. Ford, "*Women in Love*: the Degeneration of Western Man," *D. H. Lawrence: The Rainbow and
Women in Love*, ed. Colin Clarke (London: Macmillan, 1969) 172-73.

26) 이 장면에서 구드런의 감각적 반응을 "정신화된 성"(sex in the head)의 전형적 사례로 논한 국내
논의로는 강미숙, 146-48 참조.

27) "And how much more powerful and terrible was his embrace, than theirs, how much more concentrated
and supreme his love was than theirs, in the same sort!" (330).

28) 관련 대목을 인용해 보면, "In their voices she could hear the voluptuous resonance of darkness, the
strong, dangerous underworld, mindless, inhuman. They sounded also like strange machines, heavy, oiled.
The voluptuousness was like that of machinery, cold and iron" (115).

29) "He... seemed to pour her into himself, like wine into a cup./ She would fill the fine vial of her soul
too quickly." (332)

30) 백낙청, 「로렌스 소설의 전형성 재론―『연애하는 여인들』에 그려진 현대예술가상을 중심으로」,
『창작과 비평』 20권 2호 (1992 여름): 61-91.

31) 이 작품에서 "자신을 내어줌/드러냄"(giving oneself away)의 문제를 예술가를 포함한 인물들의 성
격 및 관계를 규정하는 주요 요소로 보는 Ragussis는 이러한 능력을 풍부하게 가진 버킨의 대극적
인물로 구드런을 꼽는다. Ragussis, 174-76.

32) "There was always confusion in speech. Yet it must be spoken. Whichever way one moved, if one were
to move forwards, one must break a way through. And to know, to give utterance, was to break a way
through the walls of the prison, as the infant in labour strives through the walls of the womb. There
is no new movement now, without the breaking through of the old body, deliberately, in knowledge, in
the struggle to get out" (186).

33) 일례로 「미노」장에서 어슐러의 이러한 역할을 강조한 글로는 David Parker, *Ethics, Theory and the
Novel* (Cambridge: Cambridge UP, 1994) 166-67 참조.

34) Parker, 167-70. Parker는 두 인물이 의식적 방어기제를 뚫고 미지의 존재상태로 변화하는 과정을
작가의 "심리적, 윤리적 사유" 내지 "의미에의 의지"(will-to-meaning)가 그것을 초과하는 예술로

승화하여 탄생하는 과정과도 겹친다고 본다.

35) 다소 안이하게 서구적 사랑과의 절대적 단절을 말하는 버킨의 관념성은 '사랑'의 용어에 대한 그의 다음 발언에서도 드러난다. "The point about love . . . is that we hate the word because we have vulgarised it. It ought to be proscribed, tabooed from utterance, for many years, till we get a new, better idea" (130).

36) 일례로 Miko는 이 대목을 『무지개』에서 톰이 리디아와 '미지'의 새로운 관계로 접어드는 대목의 성공적인 재현에 비교하면서, 과도한 초월적, 추상적 용어의 사용 등으로 인해 실제 경험이 펼쳐지고 있다는 느낌보다는 단지 외부에서 관찰된다는 느낌을 주며, 문체 자체의 율동에도 불구하고 작가의 주장이 과도하게 두드러진다고 평가한다. Miko, 274-76.

37) Leavis, *DHLN* 177, 217; Daleski, 174-80; Miko, 272-76; Bell, *LLB* 122-23 참조.

38) G. Wilson Knight, "'Through . . . degradation to a new health' — A Comment on *Women in Love*," *D. H. Lawrence: The Rainbow and Women in Love*, ed. Colin Clarke (London: Macmillan, 1969) 138-40. 이러한 관점의 비평경향을 비판한 글로는 Mark Spilka, "Lawrence Up-tight or the Anal Phase Once Over," *D. H. Lawrence: Critical Assessments* 2: 281-96 참조.

39) Graham Holderness, *Women in Love* (Milton Keynes: Open UP, 1986) 98-101 참조.

40) Daleski, 178. 문제되는 작품의 대목을 인용하면, "Nothing more was said. They ran on in silence. But with a sort of second consciousness he steered the car towards a destination. For he had the free intelligence to direct his own ends. His arms and his breast and his head were rounded and living like those of the Greek, he had not the unawakened straight arms of the Egyptian, nor the sealed, slumbering head. A lambent intelligence played secondly above his pure Egyptian concentration in darkness" (318).

41) Holderness, 앞의 책 97-98.

42) 인상적인 두 대목을 인용하면, "They were glad, and they could forget perfectly. They laughed, and went to the meal provided. There was a venison pasty, of all things, a large broad-faced cut ham, eggs and creases and red beet-root, and medlars and apple-tart, and tea. "What *good* things!" she cried with pleasure" (314). ""There is some bread, and cheese, and raisins, and apples, and hard chocolate," he said, in his voice that was as if laughing, because of the unblemished stillness and force which was the reality in him" (319).

43) 버킨과 제럴드 관계의 진행 과정과 그 의미에 대한 상세한 논의로는 Paik Nack-chung, *SRW* 217-19 참조.

V. 결론

    지금까지의 논의를 통해 타자성의 문제가 『아들과 연인』, 『무지개』, 『사랑하는 여인들』 세 작품의 일관된 주제를 형성하며 심화되는 과정을 살폈고, 그 결과 이 세 작품들 사이의 근본적 연속성이 확인되기도 했다. 『아들과 연인』은 폴의 성장의 핵심 내용인 억압된 육체의 복원을 단지 폴 개인의 차원이 아닌 사회 전반의 차원에서 파악되어야할 사안으로 제시한다. 그리고 이러한 문제의식이 심화·발전된 결과, 『사랑하는 여인들』에서는 의식적 에고의 동일성에서 벗어나 의식과 육체의 분리를 극복하는 일이 서구문명사의 근본적 과업으로 조명된다. 한편 『무지개』는 남녀관계의 타자성을 비롯하여 '미지'의 주제, 그리고 자아 내적인 억압과 분열 등 『아들과 연인』보다 훨씬 복합적인 층위에서 타자성의 주제를 전개시키며, 브랭윈 집안의 3대에 걸친 삶을 통해 근대 서구세계가 당면한 존재론적 위기의 본질이 타자성에 있음을 분명히 밝힌 작품이다. 그러나 균질화된 근대세계에 대한 심층적 탐구라든가 온전한 존재 실현의 과업 자체는 숙제로 남겼는데, 이 역시 『사랑하는 여인들』에서 한층 본격적으로 다뤄진다. 이 소설을 통해 로렌스는 동일성의 원리에 의해 지배되는 서구세계의 실상을 주요 인물들의 삶 속에서 총체적으로 진단하며, 버킨과 어슐러의 관계맺음을 통해 타자성이 발현되는 온전한 남녀관계의 실현 가능성을 보여준다. 그런 한편으로 이 작품은 존재의 차이에 입각한 새로운 세계 창조라는 더 막중한 미완의 과제를 남겨놓기도 했다.

이처럼 타자성에 관한 '사유의 모험'(thought-adventure) 과정에서 중대한 과제를 남긴 『사랑하는 여인들』은 로렌스의 이후 소설들에 커다란 위기를 뜻하는 작품이기도 하다. 이 작품에서 동일화된 서구세계의 총체적 실상이 진단되는가 하면 그 속에서 타자성이 발현되는 온전한 삶의 성취 가능성이 최대로 확인된 만큼 이후 작품들이 그것을 다시 되풀이할 수는 없기 때문이다. 말하자면 『사랑하는 여인들』이 남긴 새로운 과제를 정면으로 밀고나가 새로운 가능성을 여는 길만이 남은 것이다. 그러나 이 소설에서 존재의 차이에 입각한 새로운 세계를 건설할 과제는 또한 그것이 서구문명의 현실에서 가능하지 않다는 진단과 함께 내려지기도 했다. 그런 까닭에 이제 남은 가능성은 서구문명 아닌 다른 세계에서 모색될 수밖에 없는데, 이 지점은 서구세계의 작가로서 로렌스가 넘을 수 없는 어떤 장벽이 서있는 곳이기도 하다. 실제로 당대의 여느 다른 문명이 새로운 삶의 가능성을 어떤 식으로 얼마만큼 지니고 있었는지도 문제지만, 그런 가능성이 있다 하더라도 서구작가로서 자기 문명의 진정한 '타자'를 충분히 이해할 수 있을 것인지, 또 자기 예술의 창조적 원천이었던 삶의 터전을 떠나서도 과연 구체적인 형상화가 생명인 소설의 요구에 온전히 부응할 수 있을지 등은 쉽게 떠오를 법한 의문인 것이다.

어쨌든 『사랑하는 여인들』에서 제기된 과제를 좇아 로렌스는 실제 영국을 떠나 '방랑'의 길에 올랐고 『아론의 지팡이』(*Aaron's Rod*), 『캥거루』(*Kangaroo*), 『날개돋인 뱀』(*The Plumed Serpent*) 등 소위 '지도자소설'에서 그려지듯 다양한 세계를 배경으로, 존재의 차이에 기초한 새로운 관계맺음의 가능성을 모색했다. 앞서 말한 바와 같은 작가의 곤경이 짙게 반영된 이 작품들의 성과와 한계를 이 자리에서 구체적으로 논할 계제는 아니다. 다만 이 소설들이나 비슷한 시기의 산문들을 통해 로렌스가 존재의 차이에 대한 자신의 사유를 '힘'(power)의 원리로 개진한 사실은 타자성의 문제와 관련해서 주목되는 점이다. 물론 이것이 로렌스에게서 돌연한 사유의 전환이 일어났다는 것을 뜻하지는 않는다. 서구문명을 지배해온 '사랑'의 원리나 '평등'의 이념을 대체할 것으로 제시되는 '힘'의 원리는 이미 『무지개』나 『사랑하는 여인들』에서도 무시할 수 없는 모티프로 등장했기 때문이다. 가령 『무지개』에서 '과학적'이며, 인간중심적인 지적 태도를 지닌 위니프레드의 영향을 받으면서도 동시에 이에 대한 본능적인 저항을 느끼는 성장기의 어슐러가 '사랑'과 더불어 '두려움', 또는 '힘'을 종교의 두 근원적 동기로 파악하는 가운데 기독교적인 '사랑'의 이상에 만족하지 못하고 "강하고 자부심에 찬" 존재가 되기를 열망하면서 '힘'을 동경하는 대목이 있다(*R* 317-18). 그런가 하면 『사랑하는 여인들』에서는 고양이 미노의 행동을 두고 어슐러와 버킨 사이에 벌어지는 대화에서 니체(Friedrich Nietzsche)의 '힘에의 의지'(Wille zur Macht)가 언급되는가 하면 이와 구별되는 진정한 '힘'의 개념이 버킨의 발언을 통해 전달되기도 한다(*WL* 150).

『아론의 지팡이』에서는 『사랑하는 여인들』을 통해 확인된 바 있는 '사랑' 이념의 근본 한계가 아론(Aaron)의 삶이라든가 짐 브릭넬(Jim Bricknell)의 사례 등을 통해 새롭게 조명되면서 '힘'의 모티프도 한층 본격적으로 다루어진다. 마지막 장에서 릴리(Lilly)가 아론에게 하는 발언을 통해서 잘 드러나듯 이 '사랑'과 더불어 삶의 가장 본원적인 동인의 하나로 제시되는 '힘'은 사랑의 원리를 대체하여 자아의 고유성 또는 타자성을 진정으로 실현 가능하게 하는 것으로 제시된다. 그러나 '힘'은 "자아 중심적"(self-central)이고 자아 "내부로부터 촉구하는"(it urges from within) 무엇이면서도 '힘에의 의지'처럼 의식적이거나 의지적인 것, 또는 타자를 강제하거나 "으르는" 것과는 구별된다. 따라서 '힘'의 차이에 입각해서 남녀 간에, 또는 남자들 간에 맺어지는 "복종"(submission)의 관계는 "굴종"(subservience)이나 "노예상태"(slavery)와는 구별되며, 어떤 억압도 없는 "측량 불가능한 깊고도 자유로운 복종"(a deep, unfathomable free submission)이라는 것이다.[1]

『아론의 지팡이』에서 릴리가 개진하는 이러한 '힘'의 원리는 작품의 극적 상황의 일부로 제시될 뿐 아니라, 존재의 차이, 즉 힘의 차이가 인정되는 비억압적인 관계맺음의 가능성은 아론과 릴리 사이에 형성되는 관계를 통해서 매우 조심스럽게 타진된다. 그러나 '힘'의 원리에 대해서 종종 파시즘적 요소라든가 타자성을 침해할 위험이 지적되곤 하는 만큼 이 '힘'의 원리가 그전까지 타자성에 관해 펼쳐진 로렌스의 사유와 근본적으로 상치되는 요소를 담고 있는 것은 아닌지 좀 더 짚어볼 필요가 있다. 물론 여기서 '힘'의 문제를 본격적으로 다루려는 것은 아니며, '힘' 개념이 종종 로렌스 자신이나 평자들에 의해 니체의 '힘에의 의지'와 비교되어 왔으므로 양자의 비교를 통해 이에 대한 간략한 검토를 해보기로 한다.

'힘'에 관한 로렌스의 사유는 『호저에 관한 명상』(*Reflections on the Death of a Porcupine*)에 실린 일련의 에세이들―「힘있는 자가 축복받을지니」("Blessed Are the Powerful"), 「사랑은 한때 작은 소년이었다네」("Love Was Once a Little Boy"), 「호저에 관한 명상」, 「귀족주의」("Aristocracy")―을 통해 좀더 상세하

게 전개된다. 특히 '힘'의 성격을 명료히 설명하려는 의도가 두드러지는 글인 「힘있는 자가 축복받을지니」에서 그는 단지 하나의 '관계'로서 '평등'에 기초하는 '사랑'과는 달리 "끝없는 비평등"(unending inequality, *RDP* 326)을 낳는 '힘'은 사랑보다 더 근원적인 것이라고 규정하는 한편,[2] 니체의 '힘에의 의지'와 구별함으로써 자신의 '힘' 개념을 규명하고자 한다. 그에 따르면 '힘에의 의지'는 "힘과 **의지**를 혼동한 오래된 오류"(the ancient mistake . . . of confusing power with *will*)의 산물로서 진정한 힘에 대한 몰이해와 "자의적인 의지의 신격화"(the apotheosis of arbitrary will)를 그 바탕으로 한다. 로렌스는 근대서구의 의지 중심적 경향을 비판할 때 늘 그러하듯이, '의지'를 "단지 에고의 한 속성"(no more than an attribute of the ego)으로 파악하며 진정한 힘과는 무관한 도구적 기능만을 갖는다고 강조한다. 따라서 그는 '힘에의 의지'를 "인간의 자아중심적 의지를 신격화한"(deifying the egoistic Will of Man) 인간중심적 사유의 소산이요 일종의 "으름"(bullying)에 불과하다고 한다(*RDP* 321). 이와 달리 진정한 '힘'이란 인간적 의식과 의지를 넘어선 '미지'의 차원에서 생겨나며 삶과 존재 자체이기도 한 근원적 힘이라는 것이다.[3]

그런데 '힘에의 의지'에 대한 이러한 비판은 다분히 니체의 원래 취지를 왜곡하고 있기에 로렌스가 에고의 의지를 비판하며 새로 규명하고자 하는 '힘' 개념이 오히려 니체의 그것과 상당 부분 일치하는 데가 있다.[4] "태초에 우주 그 자체가 **존재하는** 거대한 힘이었다"(In the beginning the cosmos itself was the great Power that Is, *A* 171)라거나, "힘은 모든 신비 중 가장 위대한 제일의 것이며, 모든 우리의 존재, 심지어 우리의 모든 생존의 배후에 있는 신비이다"(Power is the first and greatest of all mysteries. It is the mystery that is behind all our being, even behind all our existence, *RDP* 327)라는 발언에서도 드러나듯이 로렌스는 '힘'이라는 말로써 가장 근원적인 생성의 힘으로서의

'우주적 힘'(Cosmic Power)을 의도한다고 보이는데, 이는 니체의 '힘에의 의지'와 크게 어긋나지 않는다고 할 수도 있는 것이다.[5]

그러나 이러한 유사성에도 불구하고 그 둘 사이에 본질적인 차이가 있는 것 또한 사실이다. 형이상학적 차원에서 '힘에의 의지'를 본격적으로 규명하려고 할 경우 많은 어려움과 논란이 따르겠지만 적어도 그것이 무한한 자기 극복과 확장을 그 본질로 한다는 데는 이견이 없을 듯하다.[6] 로렌스 역시 삶이란 끊임없이 고양되어야 할 것임을 주장하지만 그에게 정작 중요한 것은 무한한 확장과 고양이 아니라 그렇게 해서 이룩된 상태 바로 그 자체이다. 진정한 '힘'의 차이도 거기에 달려 있다는 것이 그의 생각이다.

> 꽃핌을 향해 움직이지 않는다면 어떠한 인간 혹은 생물, 종족도 생생한 활력을 가질 수 없다. 그리고 아직 알려진 바 없는 꽃을 향해 움직이는 존재가 가장 힘있는 자이다.
> 꽃핌이란 우주 전체와의 순수하며 **새로운** 관계를 확립함을 의미한다. 이는 천국의 상태이다.

> No man, or creature, or race can have vivid vitality unless it be moving towards a blossoming: and the most powerful is that which moves towards the as-yet-unknown blossom.
> Blossoming means the establishing of a pure, *new* relationship with all the cosmos. This is the state of heaven. (*RDP* 361)

"우주 전체와의 순수하고 새로운 관계"를 통해 이룩되는 "천국의 상태"는 곧 "존재의 4차원"(the fourth dimension, of being)이다. 로렌스는 삶에 있어 '생존'과 '존재'의 차원이 한데 얽혀 있을 수밖에 없음을 지적하는 한편 두 차원을 엄격히 구분해야 한다는 점을 강조한다. 그리고 완전한 관계맺음을 통해 각 개체가 최대한으로 발현되는 '존재'의 차원에서는 각각의 고유함만이 있을 뿐 어떠한 비교도 불가능하며, 생존 투쟁에 있어서의 결정적 요소인 '활력'(vitality)의 궁극적 원천도 이 존재의 차원에 있다고 본다. 이와는 달리 생존과 존재의 차원을 '힘에의 의지'라는 단일 원리로 통합한 니체에게서 찾아보기 힘든 것은 우주와의 진정한 관계맺음, 그리고 이를 통해 이룩되는 존재에 대한 사유이다.[7]

이처럼 '힘'의 궁극적 성격에 있어 중대한 차이가 있기 때문에 두 사람 모두 힘의 차이에 부합하는 관계맺음의 당위성을 주장하더라도 그 관계맺음의 실제 모습과 내용은 상당한 차이를 보이게 마련이다. 가령 박애적이며 평등주의적인 태도를 사회의 근본 원리로 삼으려는 것은 "삶의 부정에의 의지"에 다름없다고 하며 이를 질타하는 니체의 다음 발언은 '힘에의 의지'에 입각한 관계맺음의 성격이나, 나아가 삶 자체를 바라보는 그의 기본 입장을 분명하게 보여준다.

> 우리는 모든 감상적 유약성을 뿌리치고 이 문제를 철저히 근본에 이르기까지 숙고해야 한다. 삶 그 자체는 **본질적으로** 전유, 상해, 낯설고 더 나약한 것에 대한 제압이자 억압, 가혹함, 자기자신의 형식을 강제로 떠안기는 것이고 합병이며, 최소한의, 가장 부드러운 형태에 있어서조차 착취이다...... 모든 건강한 귀족사회에서 그러하듯이 개인들이 서로를 동등한 존재로 대하는 그러한 조직체조차도 그것이 부패하지 않고 살아 있는 것인 한, 거기에 속한 개인들이 서로에게 삼가는 그 모든 것들을 다른 조직체들에 대해서는 행해야 한다. 그것은 육화된 힘에의 의지가 되어야만 할 것이며 성장하고 확장하기를, 제 것으로 취하고 우위를 확보하기를 원할 것이다. 이는 어떤 도덕 내지 부도덕에서 비롯되는 것이 아니라 그것이 **살아 있기** 때문에, 그리고 삶이란 곧 힘에의 의지**이기** 때문에 그런 것이다...... '착취'란 타락하고 불완전하거나 또는 원시적인 사회에 속하는 것도 아니

다. 그것은 하나의 근본적이고 유기적인 기능으로서 살아 있는 것의 **본질**에 속하며, 생의 의지이기도 한 내재적 힘에의 의지의 결과이다.

One has to think this matter thoroughly through to the bottom and resist all sentimental weakness: life itself is *essentially* appropriation, injury, overpowering of the strange and weaker, suppression, severity, imposition of one's own forms, incorporation and, at the least and mildest, exploitation. . . . Even that body within which . . . individuals treat one another as equals — this happens in every healthy aristocracy — must, if it is a living and not a decaying body, itself do all that to other bodies which the individuals within it refrain from doing to one another: it will have to be the will to power incarnate, it will want to grow, expand, draw to itself, gain ascendancy — not out of any morality or immorality, but because it *lives*, and because life *is* will to power . . . . 'Exploitation' does not pertain to a corrupt or imperfect or primitive society: it pertains to the *essence* of the living thing as a fundamental organic function, it is a consequence of the intrinsic will to power which is precisely the will of life.[8]

로렌스 역시 활력을 얻기 위한 '생존' 차원의 "정복"이 삶에 필수적임을 강조한다는 점에서(RDP 362) "감상적 유약성"에 함몰된 쪽과는 거리가 멀다. 그러나 그는 정복의 진정한 성취는 "새로운 꽃을 피우기 위한 정복자와 피정복자 사이의 완전한 관계"(the aim of conquest is a perfect relation of conquerors with conquered, for a new blossoming, RDP 361)에서만 이룩된다고 말한다. 이처럼 로렌스는 온전한 관계맺음을 통한 존재의 차원에 궁극적으로 주목하기 때문에 활력이 전이되는 정복의 관계 자체도 니체와는 사뭇 다른 양상으로 상정한다. 로렌스가 "삶의 가차없는 법칙"(the inexorable law of life)의 하나로 제시하는 다음 항목을 통해서도 이를 충분히 짐작할 수 있다.

우리의 생존에 있어서 활력을 얻는 가장 주요한 방법은 우리보다 하등한 생물들로부터 그것을 흡수하는 것이다. 그렇게 해서 그것은 새롭고 더 높은 창조로 바뀌게 된다. (흡수하는 데는 여러 가지 방법이 있다. 음식을 먹어삼키는 것이 한 방법이요, 종종 사랑도 또다른 방법이 된다. 그러나 최선의 방법은 양쪽의 **존재**가 포함되어 살아 있는 흐름 속에 전이가 일어나서 두 존재 모두의 삶이 고양되도록 하는 순수한 관계이다.)

The primary way, in our existence, to get vitality, is to absorb it from living creatures lower than ourselves. It is thus transformed into a new and higher creation. (There are many ways of absorbing: devouring food is one way, love is often another. The best way is a pure relationship, which includes the *being* on each side, and which allows the transfer to take place in a living flow, enhancing the life in both beings.) (*RDP* 359)

로렌스가 위에서 말하는 "최선의 방식"은 니체의 관점에서 본다면 아직 "감상적 유약성"을 완전히 탈피하지는 못한 증후로 보일 수도 있다. 그러나 로렌스 자신의 말처럼 존재와 생존은 늘 함께 얽혀 있고, "존재의 4차원"은 정복의 마지막 지점에 견고하게 위치한 무엇이 아니라 정복 과정 자체에 이미 침윤되어 순간순간 성취되고 드러난다고 할 때, 위 인용문에서 나타나듯 정복이란 거기에 관계하는 두 존재자의 삶과 존재를 고양하는 "살아있는 흐름"이 되며, 그 '최선의' 가능성을 향해 항상 열려있는 것이라는 지적은 중요한 의미를 가진다. 이는 존재를 망각하고 무한한 자기극복과 확장을 지향하는 사유와는 근본적으로 구별될 뿐더러, 궁극의 목표라는 '존재'의 이름을 빌어 정복의 무조건적 관철을 암묵적으로 용인하는 태도와도 다른 것이다.

이처럼 로렌스가 말하는 '힘'의 원리는 타자성에 관한 그의 사유와 본질적인 연관 관계에 있는 것으로서, 적어도 이론적인 차원에서는 타자성의 발현과 상치되지 않으며 오히려 타자성에 관한 사유가 발전적으로 이어진 결과이다. 그러나 이러한 '힘'의 원리를 실제 사회현실 속에 실현시키려고 한다든가, 거기까지는 아니더라도 이를 소설 속에 구체적인 사회적 관계맺음으로 형상화하려고 하는 경우에 따를 어려움이 어떠할지는 능히 짐작할 만한데, 그러한 어려움을 대표적으로 증명하는 작품이『날개돋인 뱀』이다.

『아론의 지팡이』나『캥거루』에서 '힘'의 원리나 이에 기초한 관계맺음의 가능성이 상당히 조심스럽게 타진되는 것과는 달리『날개돋인 뱀』은 멕시코에서 펼쳐지는 일종의 종교운동인 께짤꼬아뜰(Quetzalcoatl) 운동을 통해 힘의 차이에 입각한 새로운 공동체의 모습을 구체적으로 담아낸다는 점, 그리고 여주인공인 케이트(Kate)와 이 운동의 지도자인 라몬(Ramon), 그리고 시프리아노(Cipriano)와의 관계를 통해 서구문명과 다른 문명 사이의 접촉 가능성이 타진된다는 점에서『사랑하는 여인들』이 제기한 문제의식을 가장 전면적으로 이어받은 작품이다. 그러나 그 의도가 야심찬 만큼이나 이에 따르는 문제들 또한 만만치 않으며, 결과적으로 작품은 내용이나 형식에 있어 많은 결함을 드러내고 만다. 특히 작품의 중심을 이루는 께짤꼬아뜰 운동의 모습이 구체적으로 형상화되지 못한 것, 즉 물질적 분배 문제라든가 운동에 참여하는 사람들의 세부적인 관계맺음의 형태들이 제대로 드러나지 않고 막연한 상태로 남겨진 것은 작품의 중대한 결함이라 하겠다. 이러한 문제로 해서 파시즘에 대한 작가의 비판과 경계에도 불구하고 새로운 공동체의 실제 모습이 파시즘의 양상에 가까워지기까지 하는 것이다.[9]

『날개돋인 뱀』의 실패는 작가가『사랑하는 여인들』이나『아론의 지팡이』등에서 보여주는 자기경계에서 벗어날 때 존재의 타자성이 발현되는 세계에 대한 모색이 타자성을 오히려 억압하는 역설적 상황으로 변질될 수도 있는 위험을 보여준다. 새로운 세계에 대한 모색이 아무리 막중하고 긴요한 것이라 해도 작가 개인의 의지로 역사적 대안을 마련할 수는 없으며, 그 경우에 삶 자체의 "비인간적 신비"를 거스를 위험이 생겨나는 것이다. 그런 점에서 로렌스가 말년에 유럽으로 귀환해 『채털리 부인의 연인』(*Lady Chatterley's Lover*) 한 편의 소설 외에 『묵시록』(*Apocalypse*)를 비롯한 산문, 시 등 다양한 장르의 글들을 쓰며, 새로운 세계의 건설을 위한 대안을 전면적으로 감당하려고 하기보다는 구체적인 작은 실천들로 전환한 것은 작가의 진지한 자기반성의 증거로 평가해줄직하다.

실로 타자성에 관한 로렌스의 사유는 그의 작품 세계 전체를 관통하는 핵심적 문제로서 그의 예술적 성취의 성패 역시 이와 불가분의 관계에 있다. 『무지개』와 『사랑하는 여인들』의 탁월한 성취는 타자성에 관한 작가의 열정적인 사유에 근거한 것이었다. 또한 그 이후의 작품들에 적지 않은 예술적 결함들이 수반되었다 하더라도 이는 타자성에 관한 그의 사유가 빈곤하거나 쇠퇴한 탓이 아니라, 타자성의 문제가 제기한 내적 요청을 끝까지 감당하려는 작가적 성실성에서 비롯되었다 해야 옳다. 왜냐하면 그가 천착한 타자성의 문제는 서구문명의 본질적 한계를 짚어낸 것이었고 따라서 그 해결 역시 작가 개인의 노력만으로는 어쩔 수 없는, 서구세계의 근본적 전환을 요구하는 막중한 역사적 과제이기 때문이다.

1) *AR* 293-99 참조. 이 작품에서의 '사랑'과 '힘'의 문제를 논한 근년의 글로는 Michael Gerald Ballin, "The Duality of Love and Power in D. H. Lawrence's *Aaron's Rod*," *D. H. Lawrence Studies* 7 (Seoul: July 1999): 96-114 참조.

2) '사랑'과 '힘'의 관계에 대한 로렌스의 태도는 다소 유동적이다. 가령 '사랑'에 대한 '힘'의 근원적 우위를 주장하는 위의 글과는 달리 두 원리가 상호보완적인 것이 되어야 함을 주장하는 예로는 *A* 163-65 참조.

3) 이와 관련된 몇 대목을 인용해 보면, "First, power is life rushing in to us. Second, the exercise of power is the settling of life in motion"(*RDP* 323). "Power is pouvoir: to be able to. Might: the ability to make: to bring about that which may-be"(*RDP* 324). "The real power comes in to us from beyond. Life enters us from behind, where we are sightless, and from below, where we do not understand. And unless we yield to the beyond, and take our power and might and honour and glory from the unseen, from the unknown, we shall continue empty"(*RDP* 325).

4) Montgomery, 96-97 참조.

5) 들뢰즈는 니체와 로렌스의 친연성을 언급하면서 로렌스가 『묵시록』에서 에고, 또는 집단적 에고의 속화된 "권력"(pouvoir)과 "우주적 힘"(puissance)을 구별하였음을 높이 평가한다. Gilles Deleuze, "Nietzsche and Saint Paul, Lawrence and John of Patmos," *Essays Critical and Clinical* (London: Verso, 1998) 36-52.

6) Friedrich Nietzsche, *The Will To Power*, trans. Walter Kaufmann and R. J. Hollingdale (New York: Vintage, 1968), 332-81 참조. '힘의 의지'에 관한 논의로는 Martin Heidegger, "The Word of Nietzsche: 'God Is Dead'", *The Question Concerning Technology and Other Essays* 53-112 및 Richard Schacht, *Nietzsche* (London: Routledge, 1983), 212-53 참조. '힘의 의지'를 설명함에 있어서 Heidegger는 존재가 의지로 규정되는 근대 형이상학의 경향과 관련해서 의지에 초점을 맞춘다. 반면 Schacht는 '의지'는 힘 자체에 내재한 어떤 성향을 가리키는 "단지 은유적인" 표현에 불과하다고 하며 '힘'에 초점을 둔다. 그러나 '힘의 의지'가 부단한 자기극복과 확장을 본질로 한다고 보는 점에서는 두 사람이 대체로 일치하는 듯하다.

7) 하이데거는 니체의 '가치'중심적 사유가 '존재'에 치명적임을 지적한다. Heidegger, 앞의 글, 100-12. Bell은 이 글을 언급하면서 니체에게 결여된, 존재의 문제를 사유하였다는 점에서 하이데거와 로렌스의 공통점을 발견한다. Bell, *LLB* 7-8.

8) Friedrich Nietzsche, *Beyond Good and Evil*, tr. R. J. Hollingdale, Rev. ed. (Harmondsworth: Penguin, 1990) 194.

9) Paik Nack-chung, *SRW* 272 참조.

■ 인용문헌

I. Primary Sources

Lawrence, D. H. *Apocalypse and the Writings on Revelation.* Ed. Mara Kalnins. Cambridge: Cambridge UP, 1980.

_____. *Aaron's Rod.* Ed. Mara Kalnins. Cambridge: Cambridge UP, 1988.

_____. *Fantasia of the Unconscious and Psychoanalysis and the Unconscious.* Harmondsworth: Penguin, 1977.

_____. *The Letters of D. H. Lawrence.* Vol. 1. Ed. James T. Boulton. Cambridge: Cambridge UP, 1979.

_____. *The Letters of D. H. Lawrence.* Vol. 2. Ed. George J. Zytaruk & James T. Boulton. Cambridge: Cambridge UP, 1981.

_____. "The Odour of Chrysanthemums." *The Prussian Officer and Other Stories.* Ed. John Worthen. London: Penguin, 1995. 181-99.

_____. *Phoenix: The Posthumous Papers of D. H. Lawrence.* Ed. Edward D. McDonald. London: William Heinemann, 1936.

_____. *Phoenix II: Uncollected, Unpublished and Other Prose Works by D. H. Lawrence.* Ed. Warren Roberts and Harry T. Moore. London: Heinemann, 1968.

_____. *The Rainbow.* Ed. Mark Kinkead-Weekes. Cambridge: Cambridge UP, 1989.

_____. *Reflections on the Death of a Porcupine and Other Essays.* Ed. Michael Herbert. Cambridge: Cambridge UP, 1988.

_____. *Sons and Lovers.* Ed. Helen Baron and Carl Baron. Cambridge: Cambridge UP, 1992.

_____. *Studies in Classic American Literature.* Harmondsworth: Penguin, 1971.

_____. *Study of Thomas Hardy and Other Essays.* Ed. Bruce Steele. Cambridge: Cambridge UP, 1985.

_____. *The Symbolic Meaning: The Uncollected Versions of Studies in Classic American Literature.* Ed. Armin Arnold. Arundel: Centaur, 1962.

_____. *Women in Love.* Ed. David Farmer, Lindeth Vasey & John Worthen. Cambridge: Cambridge UP, 1987.

II. Secondary Sources

Adamowski, T. H. "*The Rainbow* and 'Otherness'." *D. H. Lawrence Review* 7.1 (1974): 58-77.

_____. "Self/Body/Other: Orality and Ontology in Lawrence." *D. H. Lawrence Review* 13.3 (fall 1980): 193-207.

Alcorn, Marshall W., Jr. "Lawrence and the Issue of Spontaneity." *D. H. Lawrence Review* 15.1-2 (spring-summer 1982): 147-65.

Alldritt, Keith. *The Visual Imagination of D. H. Lawrence*. London: Edward Arnold, 1971.

Balbert, Peter. "'Logic of the Soul': Marriage and Maximum Self in *The Rainbow*." *D. H. Lawrence and the Phallic Imagination*. London: Macmillan, 1989. 56-84.

Ballin, Michael Gerald. "The Duality of Love and Power in D. H. Lawrence's *Aaron's Rod*." *D. H. Lawrence Studies* 7 (Seoul: July 1999): 96-114.

Becket, Fiona. *D. H. Lawrence: The Thinker as Poet*. London: Macmillan, 1997.

Bell, Michael. *D. H. Lawrence: Language and Being*. Cambridge: Cambridge UP, 1991.

_____. *Literature, Modernism and Myth*. Cambridge: Cambridge UP, 1997.

Bersani, Leo. "Lawrentian Stillness." *A Future for Astyanax: Character and Desire in Literature*. 1976. New York: Columbia UP, 1984. 156-85.

Black, Michael. *D. H. Lawrence: The Early Philosophical Works*. London: Macmillan, 1991.

_____. *D. H. Lawrence: Sons and Lovers*. Cambridge: Cambridge UP, 1992.

Bonds, Diane S. *Language and the Self in D. H. Lawrence*. Michigan: UMI Research P, 1987.

_____. "Miriam, the Narrator, and the Reader of *Sons and Lovers*." *D. H. Lawrence Review* 14.2 (summer 1981): 143-55.

Booth, Howard J. "'Give me differences': Lawrence, Psychoanalysis, and Race." *D. H. Lawrence Review* 27.2-3(1997-98): 171-96.

Booth, Wayne C. "Confessions of a Lukewarm Lawrentian." Squires 9-27.

Chatterji, Arindam. "*Sons and Lovers*: Dynamic Sanity: a Post-Freudian Interpretation." *Panjab University Research Bulletin* 16.2 (October 1985): 3-21.

Clarke, Colin, ed. *D. H. Lawrence: The Rainbow and Women in Love*. London: Macmillan, 1969.

_____. *River of Dissolution: D. H. Lawrence and English Romanticism*. London: Routledge &

Kegan Paul, 1969.

Daleski, H. M. *The Forked Flame: A Study of D. H. Lawrence.* London: Faber and Faber, 1965.

Deleuze, Gilles. *Difference and Repetition.* London: Athlone, 1994.

_____. "Nietzsche and Saint Paul, Lawrence ad John of Patmos." *Essays Critical and Clinical.* London: Verso, 1998. 36-52.

Descombes, Vincent. *Modern French Philosophy.* Cambridge: Cambridge UP, 1980.

Dibattista, Maria. "*Women in Love*: D. H. Lawrence's Judgment Book." *D. H. Lawrence: A Centenary Consideration.* Ed. Peter Balbert and Phillip L. Marcus. Ithaca: Cornell UP, 1985. 67-90.

Doherty, Gerald. "White Mythologies: D. H. Lawrence and the Deconstructive Turn." *Criticism* 29.4 (fall 1987): 477-96.

Draper, R. P., ed. *D. H. Lawrence: The Critical Heritage.* London: Routledge & Kegan Paul, 1970.

Eagleton, Terry. *Criticism and Ideology: A Study in Marxist Literary Theory.* London: Verso, 1978.

_____. *Exiles and Émigrés: Studies in Modern Literature.* London: Chatto & Windus, 1970.

Ellis, David. "Lawrence, Wordsworth and 'Anthropomorphic Lust'." *Cambridge Quarterly* 23.3 (1994): 230-42.

_____. and Ornella de Zordo, eds. *D. H. Lawrence: Critical Assessments.* 4 vols. East Essex: Helm Information, 1992. Vol. 2 & 4.

_____. and Howard Millls. *D. H. Lawrence's Non-Fiction: Art, Thought and Genre.* Cambridge: Cambridge UP, 1988.

Fernihough, Anne. *D. H. Lawrence: Aesthetics and Ideology.* Oxford: Clarendon Press, 1993.

Ford, George H. "*Women in Love*: the Degeneration of Western Man." Clarke, *D. H. Lawrence: The Rainbow and Women in Love* 167-87.

Fraiberg, Louis. "The Unattainable Self." Tedlock 217-37.

Friedman, Alan. "The Other Lawrence." *Partisan Review* 37.2 (1970): 239-53.

Gavin, Adrienne E. "Miriam's Mirror: Reflctions on the Labelling of Miriam Leivers." *D. H. Lawrence Review* 24.1 (spring 1992): 27-41.

Gilbert, Sandra M. *Acts of Attention: The Poems of D. H. Lawrence.* Ithaca: Cornell UP, 1972.

Gray, Ronald. "English Resistance to German Literature from Coleridge to D. H. Lawrence." *The German Tradition in Literature 1871-1945.* Cambridge: Cambridge UP, 1965. 327-54.

Gutierrez, Donald. *Subject-Object Relations in Wordsworth and Lawrence.* Ann Arbor: UMI Research P, 1987.

Hardy, John Edward. "*Sons and Lovers*: The Artist as Savior." *Man in the Modern Novel.* Seattle: U of Washington P, 1964. 52-66.

Harrison, John R. "The Flesh and the Word: The Evolution of a Metaphysic in the Early Work of D. H. Lawrence." *Studies in the Novel* 32.1 (spring 2000): 29-43.

Heidegger, Martin. "Modern Science, Metaphysics and Mathmatics." *Martin Heidegger: Basic Writings.* Ed. David Farrell Krell. Rev. ed. London: Routledge, 1993. 271-305.

_____. *The Question Concerning Technology and Other Essays.* Tr. William Lovitt. New York: Harper & Row, 1977.

Holderness, Graham. *D. H. Lawrence: History, Ideology and Fiction.* Dublin: Gill and Macmillan, 1982.

_____. *Women in Love.* Milton Keynes: Open UP, 1986.

Hough, Graham. *The Dark Sun: A Study of D. H. Lawrence.* London: Gerald Duckworth, 1956.

Huxley, Aldous. Introduction. *The Letters of D. H. Lawrence.* Ed. Aldous Huxley. London: William Heinemann, 1932. ix-xxxiv.

Hyde, G. M. *D. H . Lawrence.* London: Macmillan, 1990.

Ingram, Allan. *The Language of D. H. Lawrence.* London: Macmillan, 1990.

Jameson, Fredric. *The Prison House of Language.* Princeton: Princeton UP, 1972.

Jeffers, Thomas L. "'We children were the in-betweens': Character (De)Formation in *Sons and Lovers*." *Texas Studies in Literature and Language* 42.3 (fall 2000): 290-313.

Katz-Roy, Ginette. "'This may be a withering tree this Europe': Bachelard, Deleuze and Guattari on D. H. Lawrence's Poetic Imagination." *Etudes Lawrenciennes* 10 (1994): 219-235.

Kermode, Frank. *Lawrence.* London: Fontana, 1973.

Kettle, Arnold. *An Introduction to the English Novel.* 2 vols. London: Hutchinson, 1953. Vol. 2.

Kinkead-Weekes, Mark. "The Marble and the Statue: The Exploratory Imagination of D.

H. Lawrence." Mack 371-418. Rpt in Ellis, *D. H. Lawrence: Critical Assessments* 2: 179-213.

_____. "The Marriage of Opposites in *The Rainbow*." *D. H. Lawrence: Centenary Essays*. Ed. Mara Kalnins. Bristol: Bristol Classical P, 1986. 21-39.

_____. "The Sense of History in *The Rainbow*." *D. H. Lawrence in the Modern World*. Ed. Peter Preston & Peter Hoare. London: Macmillan, 1989. 121-38.

Kim, Sungho. "Engaging the Ineffable: Feeling and the Trans-Modern Imagination in D. H. Lawrence's *Women in Love* and *The Plumed Serpent*." Diss. State U of New York at Buffalo, 2000.

_____. "Lawrence's Believing Community: Beyond Romanticism and Deconstuction." *D. H. Lawrence Studies* 7 (Seoul: July 1999): 21-35.

Knight, G. Wilson. "'Through . . . degradation to a new health' — A Comment on *Women in Love*." Clarke, *D. H. Lawrence: The Rainbow and Women in Love* 135-41.

Kuttner, Alfred Booth. "A Freudian Appreciation." Tedlock 76-100.

Leavis, F. R. *D. H. Lawrence: Novelist*. 1955. Harmondsworth: Penguin, 1976.

_____. *Thought, Words and Creativity: Art and Thought in Lawrence*. London: Chatto & Windus, 1976.

Littlewood, J. C. F. "Son and Lover." *The Cambridge Quarterly* 4.4 (autumn/winter 1969-70): 323-61. Rpt. in Ellis, *D. H. Lawrence: Critical Assessments* 2: 113-43.

Mack, Maynard, and Ian Gregor, eds. *Imagined Worlds: Essays on Some English Novels and Novelists in Honour of John Butt*. London: Methuen, 1968.

Martz, Louis L. "Portrait of Miriam: A Study in the Design of *Sons and Lovers*." Mack 343-69.

May, Todd. *Reconsidering Difference*. Pennsylvania: Pennsylvania UP, 1997.

McCabe, T. H. "The Otherness of D. H. Lawrence's 'Odour of Chrysanthemums'." *D. H. Lawrence Review* 19.2 (summer 1987): 149-56.

Michelucci, Stefania. Introduction. *Twilight in Italy and Other Essays*. By. D. H. Lawrence. London: Penguin, 1997. xv-xlv.

Miko, Stephen J. *Toward Women in Love: The Emergence of a Lawrentian Aesthetic*. New Haven: Yale UP, 1971.

Millett, Kate. *Sexual Politics*. New York: Doubleday, 1970.

Mills, Howard. "Mischief or merriement, amazement and amusement — and malice: *Women in Love*." *Lawrence and Comedy*. Ed. Paul Eggert and John Worthen. Cambridge: Cambridge UP, 1996. 45-69.

Milton, Colin. *Lawrence and Nietzsche: a Study in Influence*. Aberdeen: Aberdeen UP, 1987.

Montgomery, Robert E. *The Visionary D. H. Lawrence: Beyond Philosophy and Art*. Cambridge: Cambridge UP, 1994.

Mortland, Donald E. "The Conclusion of *Sons and Lovers*: A Reconsideration." *Studies in the Novel* 3.3 (fall 1971): 305-15.

Moynahan, Julian. *The Deed of Life: The Novels and Tales of D. H. Lawrence*. Princeton: Princeton UP, 1963.

Murry, John Middleton. Rev. of *Women in Love*, by D. H. Lawrence. *Nation and Athenaeum* 13 Aug. 1921: 713-14. Rpt in Draper 168-72.

Nietzsche, Friedrich. *Beyond Good and Evil*. Tr. R. J. Hollingdale. Rev. ed. Harmondsworth: Penguin, 1990.

_____. *The Will to Power*. Trans. Walter Kauffann and R. J. Hollingdale. New York: Vintage, 1968.

Niven, Alastair. *D. H. Lawrence*. Cambridge: Cambridge UP, 1978.

Oates, Joyce Carol. "Lawrence's Gotterdammerung: The Apocalyptic Vision of *Women in Love*." *Critical Essays on D. H. Lawrence*. Ed. Dennis Jackson and Fleda Brown Jackson. Boston: G. K. Hall, 1988. 92-110.

Paik, Nack-chung. "A Study of *The Rainbow* and *Women in Love* as Expressions of D. H. Lawrence's Thinking on Modern Civilization." Diss. Harvard U, 1972.

Parker, David. "Into the Ideological Unknown: *Women in Love*." *Ethics, Theory and the Novel*. Cambridge: Cambridge UP, 1994. 145-70.

Pritchard, R. E. *D. H. Lawrence: Body of Darkness*. London: Hutchinson, 1971.

Ragussis, Michael. "D. H. Lawrence." *The Subterfuge of Art: Language and the Romantic Tradition*. Baltimore: Johns Hopkins UP, 1978. 172-225.

Remsbury, John. "Real Thinking: Lawrence and Cezanne." Cambridge Quarterly 12.2 (spring 1967): 117-47. Rpt in Ellis, D. H. Lawrence: Critical Assessments. 4: 188-210.

Roberts, Neil. "Lawrence's Tragic Lovers: The Story and the Tale in *Women in Love*." *D. H. Lawrence: New Studies*. Ed. Christopher Heywood. London: Macmillan, 1987. 34-45.

Rooks, Pamela A. "D. H. Lawrence's 'Individual' and Michael Polanai's 'Personal': Fruitful Redefinitions of Subjectivity and Objectivity." *D. H. Lawrence Review* 23.1 (spring 1991): 21-29.

Sagar, Keith. *The Art of D. H. Lawrence.* Cambridge: Cambridge UP, 1966.

Sanders, Scott. *D. H. Lawrence: The World of the Five Major Novels.* New York: Viking, 1974.

Schacht, Richard. *Nietzsche.* London: Routledge, 1983.

Scheckner, Peter. *Class, Politics and the Individual: A Study of the Major Works of D. H. Lawrence.* London: Associated UP, 1985.

Schneider, Daniel J. *D. H. Lawrence: The Artist as Psychologist.* Kansas: UP of Kansas, 1984.

Schorer, Mark. "Technique as Discovery." *Hudson Review* 1 (spring 1948): 67-87. Rpt. in *Perspectives on Fiction.* Ed. James L. Calderwood and Harold E. Toliver. London: Oxford UP, 1968. 200-16.

Schwarz, Daniel R. "Speaking of Paul Morel: Voice, Unity, and Meaning in *Sons and Lovers.*" *Studies in the Novel* 8.3 (fall 1976): 255-77.

Simpson, Hilary. *D. H. Lawrence and Feminism.* London: Croom Helm, 1982.

Sklenicka, Carol. *D. H. Lawrence and the Child.* Columbia: U of Missouri P, 1991.

Spilka, Mark. "Lawence Up-tight or the Anal Phase Once Over." *Novel* 4.5 (fall 1970): 252-67. Rpt. in Ellis, *D. H. Lawrence: Critical Assessments* 2: 281-96.

_____. *The Love Ethic of D. H. Lawrence.* London: Dennis Dobson, 1955.

Squires, Michael, and Keith Cushman, eds. *The Challenge of D. H. Lawrence.* Madison: U of Wisconsin P, 1990.

Stoll, John E. *The Novels of D. H. Lawrence: A Search for Integration.* Columbia: U of Missouri P, 1971.

Swift, John N. "Repetition, Consummation, and 'This Eternal Unbelief'." Squires 121-28.

Tedlock, E. W., ed. *D. H. Lawrence and Sons and Lovers: Sources and Criticism.* London: U of London P, 1966.

Templeton, Wayne. "The Drift Towards Life: Paul Morel's Search for a Place." *D. H. Lawrence Review* 15.1-2 (spring-summer 1982): 177-93.

Van Ghent, Dorothy. "On *Sons and Lovers.*" *The English Novel: Form and Function.* 1953. New York: Harper Torchbooks, 1961. 245-61.

Wallace, M. Elizabeth. "The Circling Hawk: Philosophy of Knowledge in Polanyi and

Lawrence." Squires 103-20.

Watson, Garry. "D. H. Lawrence and the Abject Body: a Postmodern History." *Writing the Body in D. H. Lawrence*. Ed. Paul Poplawski. Westport: Greenwood Press, 2001. 1-17.

Weiss, Daniel A. *Oedipus in Nottingham: D. H. Lawrence*. Seattle: U of Washington P, 1962.

Williams, Raymond. *Culture and Society: Coleridge to Orwell*. 1958. London: Hogarth Press, 1993.

_____. *The English Novel from Dickens to Lawrence*. London: Chatto & Windus, 1970.

Yetman, Michael G. "The Failure of the Un-Romantic Imagination in *Women in Love*." *Mosaic* 9.3 (spring 1976): 83-96. Rpt in Ellis, *D. H. Lawrence: Critical Assessments* 2: 326-40.

Yudhishtar. *Conflicts in the Novels of D. H. Lawrence*. New York: Barnes & Noble, 1969.

강미숙. 『*The Rainbow*와 *Women in Love* 연구: D. H. 로렌스의 여성관과 '새로운 민주주의'의 모색』 서울대 박사학위논문. 1998.

백낙청. 「'다른 어떤 율동적 형식'과 리얼리즘─*The Wedding Ring*에 관한 로렌스 편지의 해석 문제」. 『황찬호 교수 정년기념 논문집』. 황찬호 교수 정년 기념논문집 간행위원회편. 서울: 1987. 157-75.

_____. 「로렌스문학과 기술시대의 문제─『연애하는 여인들』을 중심으로」. 『20세기 영국소설연구』. 서울: 민음사, 1981. 110-51.

_____. 「로렌스 소설의 전형성 재론─『연애하는 여인들』에 그려진 현대예술가상을 중심으로」. 『창작과 비평』 20권 2호 (1992 여름): 61-91.

_____. 「로렌스의 재현 및 (가상)현실 문제」. 『안과밖』 창간호 (1996): 270-308.

최선령. 『20세기 초반 교양소설 연구: D. H. Lawrence와 James Joyce, Thomas Mann의 작품을 중심으로』. 서울대 박사학위논문. 2002.

황정아. 『D. H. Lawrence의 근대문명관과 아메리카』. 서울대 박사학위논문. 2003.

저자 윤영필

　　서울대학교 인문대학 영어영문학과 졸업

　　동 대학원에서 문학석사, 박사 학위 취득

　　현재 경기대학교 인문대학 영어영문학과 조교수로 재직

　　● 주요 논문

　「쿳시의 소설에 드러난 몸과 언어:『야만인을 기다리며』와『포우』를 중심으로」

　「텍스트성과 소설: 파울즈의『프랑스 중위의 여자』」

　「타자성과 인간존재: 로렌스와 레비나스」

D. H. 로렌스의 소설과 타자성

초판 1쇄 발행일　2009. 5. 15

지은이　　　윤영필
펴낸곳　　　도서출판 동인
펴낸이　　　이성모
주 소　　　서울시 종로구 명륜동 아남주상복합빌딩 118호
전 화　　　(02)765-7145, 55
팩 스　　　(02)765-7165
HomePage　www.donginbook.co.kr
E-mail　　　dongin60@chol.com

등록번호　　제 1-1599호
ISBN　　　978-89-5506-396-7
정 가　　　16,000원